漫娱图书
SINCE BOOKS

Moon..

Moon.

她轻轻跳着，来到驾驶位，牵着林倚眠的手下车，然后像个流落山野的公主一样，向她行礼，邀她共舞。

林倚眠不太会跳舞，但不管许月亮带她去何处，她都会去。

许月亮带她来到花树下，看白色的灯光，白色的星辰一般的花瓣，落到她身上。

许月亮带她踏着音乐，像飘于流淌的河。

许月亮带着她转圈，一下又一下，晕眩得像陷进柔软的云朵。

许月亮贴着她的耳边跟她说话，整个世界都随着她的气息忽明忽暗。

许月亮将她带入春天，

她这才进入了春天。

月亮为你失眠

Moon

✦ 今轲·著 ✦

长江出版社 CHANGJIANGPRESS　漫娱图书

Sleepless Luna.

Moon.
那些期待许月亮偷偷跑到她教室来的日子，那些吃着许月亮塞的零食读着信的日子，那些远远望着许月亮等待她傻笑的日子，大概是她最快乐的日子。

Sleepless Luna.

如果她不在身边，她存在在社交账号里，她在直播的视频里，她在林绮眠的回忆里，那就会变成天边的一轮月，让她可望而不可即。

Contents

目录

Sleepless Luna.

Hi，林绮眠，我是许月亮。

THE MOON IS SHINING ALL NIGHT FOR YOU.

第一章

Chapter I

S 市的八月，天热得跟火炉一样。

林绮眠出了门诊综合楼，被热气拍得皱了皱眉。一丝风都没有，下午五点多的太阳还是高悬当空。

手机在包里响起来，林绮眠接通电话，大步往停车场走去，电话里黄小艺不住地催她：“林大医生，你到哪儿了啊？你到哪儿了啊？”

林绮眠面无表情地撒谎：“路上太堵了。”

黄小艺说：“那你快点儿啊，快点儿，人都到齐了，就差你了，他们都开始喝酒了……”

林绮眠跨进医院地下停车场的阴影里：“好的。”

黄小艺又絮叨了几句，大意无非是让林绮眠打扮得漂亮点，今天的场子有外人，传说中的林大美人一定要闪亮登场。

林绮眠将包扔到后座，矮身上了驾驶座：“我先挂了，要开车了。”

黄小艺拔高声音：“欸，你刚不还说路上堵吗？搞半天还没上路啊！”

林绮眠笑笑，没应她，挂了电话。

车子驶出停车场，林绮眠打开导航，选了条最容易堵车的路。但今天命运之神没有眷顾她，路上意外通畅。她遵纪守法地保持车速和车距，绝不抢一个红灯，却还是在四十分钟后到达了约定的餐厅门口。

这是一家生意火爆的网红餐厅，太阳还没落山就迫不及待地打开了巨大的彩色灯牌。餐厅内灯红酒绿，门外的停车位满满当当。

林绮眠找了个空位，慢悠悠地侧方停车。一个穿得花里胡哨的人昂首阔步地从餐厅里跑出来，到了她的车跟前，用力地拍车窗。

林绮眠降下车窗，黄小艺伸脑袋进来，目标明确地看向她的脸："你就是这么打扮的啊？"林绮眠语气平静，没什么起伏，"朴素自然的妆容，更容易拉近人与人之间的距离。"

黄小艺问："朴素自然的意思就是不化妆？"

她皱着脸，快给林绮眠跪下了："姐，我知道你天生丽质，你就算三天不洗头扎人堆里也是鹤立鸡群。但今天真的求求你了，赵贝贝把她新交的男朋友带来了，明里暗里夸了一晚上帅了。我虽然没有男朋友，但我有美女朋友啊！姐，咱今天真不是来平易近人的，我的牛皮都已经吹出去了，我们不能输……"

林绮眠垂眸打开了扶手盒："这都比，有意思吗？"

黄小艺把车门拍得咔咔响："有，可太有了，仙女你不知道凡人的苦……"

林绮眠随便摸了支口红出来，黄小艺及时闭嘴了，她不敢再说话，静静地看着林绮眠给嘴唇涂上了奢华的丝绒红。

一张如山水画般清雅的脸染上了绚丽的色彩。眼似秋水，唇如烈焰，林绮眠有着一副淡妆浓抹总相宜的完美长相，不管看多少次，都让黄小艺觉得惊艳。林绮眠放开了低束着的长发，有着自然弧度的黑鬈发倾泻下来，将黄小艺的视线挡了个严实。黄小艺羡慕得眼睛都快红了："姐，凭什么你智商那么高，工作那么忙，头发还那么多？"

林绮眠换掉脚上的白球鞋，踩着昨天刚买的、还没来得及拿回家的高跟鞋下了车："把跟无聊的人比无聊的事的时间拿来睡觉就好了。"

黄小艺撇嘴："我不爱你了。"嘴上这么说着，人还是快速到了林绮眠身边，一边替她拿包，一边替她整理头发。

两人一进餐厅，就吸引了来自四面八方的目光。混乱的暗色调装饰和灯光里，穿着简单白衬衫和西装裙的林绮眠神色清冷，与这环境格格不入。

偏偏她的格格不入又是极其好看的，严肃却不呆板，冷漠疏离又自有光芒，让人看着便觉得自惭形秽。

黄小艺看一眼林绮眠，再伸着脑袋看向自己的餐位处，嘴角疯狂地上扬。

她兴奋地低声道："赢了，仙女我们赢了，就你这一亮相，赵贝贝和她的男朋友看得眼睛都直了！"

林绮眠的嘴巴动了动："你未来一个月不要拉着我参加聚会。"

黄小艺连忙点头："好的好的，您说什么就是什么，没问题。"

两人在一众视线里落了座。除了赵贝贝和她的男朋友，座位上还有两个女生，都是黄小艺的朋友。林绮眠收了点身上的生人勿近气质，微笑着和大家打招呼。

几个女孩并不太敢和她搭话，简单地询问过后，得知林绮眠是医生，她们连酒都不太喝了。倒是赵贝贝的男朋友热情得很，又是招呼服务员给林绮眠拿碗筷，又是殷勤地给她倒饮料。

林绮眠抬眸看了他一眼，男人仿佛受到了鼓舞："老说我是贝贝的男朋友，我都还没来得及做个正经的自我介绍，我叫程峰，安市人，现在在S市跟剧组。"

林绮眠没应声，男人自己笑起来："巧吧，我跟小艺是老乡，她说你俩是发小。你是一中的吧，咱俩算是校友呢。"

"呵。"林绮眠往后靠着椅背，发出了一声意味不明的冷哼。

黄小艺察觉出她的不爽，赶紧圆场子："我刚才还和贝贝聊这个来着，发现还真巧。贝贝你不是说想加点儿吃的？这会儿人不多，让程峰赶紧去点菜。"

赵贝贝没来得及说话，程峰一抬手："我叫人过来就行，服务员——"他猛然顿住，抬手撞了撞赵贝贝的胳膊："你要什么来着？"

赵贝贝瘪着嘴，几秒钟后才低声回答："沙拉。"

程峰说："哎，你们女生就是，什么不好吃非得吃沙拉，那沙拉酱的热量也高得很。胖不胖这事，看开点儿，天生的……"

桌上的女生都不想说话了。程峰点完菜，还在就女生的身材的事发表重要讲话："很多人减了肥也不一定好看，真瘦的人吃什么都不胖。我们在片场选演员，想要上镜好看，还是得天生骨相好……"说到这里，他又看向林绮眠："像林医生这样天生丽质的，还是很少见的。"

说完，他哈哈大笑，自觉开启了一个愉快的话题，左右看看企图获得赞同，但没人在这个时候附和他。赵贝贝端起面前的酒杯，重重地砸到了桌面上。

程峰终于反应过来，企图转移话题："说起一中，咱们有个同学现在是橙子直播有名的'宅男女神'，你们知道不？前段时间她跳舞的视频还上微博热搜了，就是排位比较低……"

程峰低头，拽过自己的包，从里面掏出了平板电脑："我这真是职业病，她那个条件，做直播可惜了，要是能来拍戏，早火了。"

"喏，你们看，"他把平板电脑展示给大家看，"漂亮吧？她这是'原装脸'，身材好，名字也好听，叫小月亮……"

黄小艺顿住，一把拿过程峰的平板电脑，瞪大眼睛看着画面里的人。粉色的直播间被设置成三重分屏模式，戴着兔耳饰品的女孩正在跳舞，杏仁眼，微笑唇，身上的毛绒兔女郎套装又纯洁又勾人，腰肢细软，堪称人间尤物。

黄小艺彻底呆住，在桌上别的人开始喊"什么啊让我看看"的时候，她把平板电脑稍稍侧了一点，让林绮眠能大致看见。

"好像是许月亮。"黄小艺小声道。

林绮眠的身体没动，表情也没动。但她的视线落在屏幕上，停留了许久。画面里的女孩笑容灿烂，唇和眼睛弯起来的时候，像弦月。

头顶空调的风打在林绮眠脸上，掀起了她的一缕头发，发丝擦过耳际有些痒。林绮眠抬手将头发别到了耳后，从包里拿出手机，谁都没看，起身往外走："抱歉，我接个电话。"

没人敢拦她。林绮眠一路出了餐厅，推开门的一瞬间，蓝色的天幕上正挂着一轮薄薄的月。背后还有夕阳，将云霞染成了红色。

林绮眠回到了车里，直播软件和房间号都刻在了她的脑袋里。她下载了软件，进入直播间。

是许月亮。再没人会长成这样，再没人让她看着，会觉得脊柱一点一点地僵住，指尖发麻。林绮眠攥着手机，直到黄小艺给她发来了消息，才退出直播画面。

黄小艺配着一个小心翼翼的表情问她："绮眠，你还回来吗？"

"回来。"林绮眠回复得很快。

再进餐厅的时候，林绮眠脸上那点儿礼貌客套的笑容都没有了。她彻底冷下了脸，身上的气息有些骇人。黄小艺一路看着她走进来，莫名想到了中学时那个很厉害的女校长，嘴张了好几次，都没能说出一句缓和气氛的话。

林绮眠到了餐桌前，没有坐下，突然对她说了句："小艺，抱歉。"

黄小艺愣得像个没电的钟表："啊，什么？没什么啊……"

程峰一如既往地没眼色，笑嘻嘻地接话："没事没事，你干什么去了啊？这么久……"

林绮眠没理他，打开手机，放到了赵贝贝面前。手机屏幕上是橙子直播的一个用户主页，程峰靠过来看，脸上的笑容终于消失。

林绮眠滑动手机屏幕，一项项地给赵贝贝解释："这是程峰的橙子直播账号，账号名称是他的名字拼音加生日，你应该认得出来。"

"这是他的账号等级，尊贵皇钻，需要每月固定支付一万八千元。后面这串数字代表连续消费次数，所以最近五个月，程峰在这个账号上至少花费了九万元。他的注册时长是四年零八个月。

"这是他的关注列表。随机查看一位主播，他在这位主播的粉丝榜第二位，用的还是管理员头像。他的粉丝贡献值是5970328，折合人民币五万九千元。

"我们可以看到，他的喜好十分统一，在他没有关闭主页之前，他为每一位主播消费的金额，你都可以轻易查到。"

"你说什么呢？！"程峰喊起来，去抢林绮眠手里的手机，"我不能看看直播了？！"

"可以看，我不关心。"

林绮眠把重音放在"我"字上，早他一步收回了手机，拿在手里又滑动了一下屏幕。手机又一次递到了赵贝贝眼前，这次林绮眠没说话，只是给她看。

手机上是程峰刚才在林绮眠出去的时候发过来的微信好友申请，林绮眠当着赵贝贝的面，将程峰的微信号拉进了黑名单。

赵贝贝捏着拳头，脸涨得通红。程峰去拉她的手："宝贝你听我解释……"

"滚！"赵贝贝喊了一句，推开了他，包没拿就往外跑去。

程峰抬手指向林绮眠，表情凶狠："你是不是有病……"他话没说完，黄小艺提着酒瓶站起身，指了回去："你再放一句屁试试！"

场面混乱，众人都看了过来，餐厅经理快步走了过来。

程峰又指了两下林绮眠，这才抓起赵贝贝的包，快步追了出去。

黄小艺攥着酒瓶，手都在抖。林绮眠这时候反倒坐下了，拿过茶壶给自己倒了一杯茶。她把茶一饮而尽，再次道歉："我要开车，以茶代酒，抱歉，搅了你们的饭局。"

她抬眼看向对面两个一脸慌乱的女孩，勾了勾唇角，露出一个温和的笑容："你们可以继续，我买单。"

这饭哪里还吃得下去。林绮眠喝过几杯茶，黄小艺的身体不抖了，心情平静了，她和对面的两个小姐妹骂了一会儿程峰，这饭局也就算是结束了。

从店里出来后，黄小艺上了林绮眠的车。车子开出去，行驶方向是黄小艺的家，车内空调舒适，空气里有淡淡的木质香味。

不到必要的时候，林绮眠不爱说话。车内沉默良久，还是黄小艺先开的口："绮眠，对不起，我没想到会搞成这个样子。"

"没事。"林绮眠轻轻转着方向盘，"下作的人哪里都有，今天凑巧碰到了而已。"黄小艺又骂了几句程峰，然后便眼神飘忽，一副想看林绮眠又不敢看的样子。林绮眠侧头看了她一眼，问她："想说什么？"

"就……那个……"黄小艺犹犹豫豫，"你平时都不爱管这些闲事，今天这么生气，是不是因为他说了……许月亮啊？"

许月亮。

林绮眠的指尖在方向盘上轻轻敲了一下。"有可能。"她回答道。

黄小艺伸着脖子，观察她的神情："没想到月亮现在是个主播哦，还挺火的。高中毕业之后，我就没见过她了。你跟她有联系吗？"

林绮眠停顿一秒："没有。"她的表情没什么大的变化，黄小艺稍稍放下心来，说话也大胆起来："月亮高中的时候看着挺胆小的，现在活泼开朗多了。她舞跳得是真不错，人也越来越漂亮了。其实读书的时候她也很漂亮吧？就是那个时候她不会打扮，剪着锅盖头，还戴着眼镜……"

"小艺，"林绮眠打断了她的话，"你明天上班吗？"

黄小艺说："上。"

林绮眠说："那你代我给赵贝贝捎句话。"

黄小艺愣住："啊？"

林绮眠说："你是个很优秀的女孩，黄小艺那么自信的人，都天天跟你比。所以不要再在垃圾堆里找男朋友了。"黄小艺哈哈哈地笑起来，成功被转移了注意力。后面的车程，话题再多，都没扩散到许月亮身上去。

两人住得不远，送黄小艺回家后，林绮眠打开手机，重新进入了许月亮的直播间。许月亮这会儿没在跳舞，正跟直播间的观众聊天。

林绮眠要开车不能看屏幕，只听得见许月亮欢快的回答声。

“对啊，最近都是逢整点跳舞，没办法，我也不能一直跳嘛。

“一跳舞你们就都跑过来了，超级管理员也过来了。

“我没有被罚过呀，我超级听话的，不违规，这个超管大哥很清楚的。求求你啦，千万不要给我发罚牌。

“啊，谢谢羊羊，谢谢羊羊送我的火箭！超级感谢！今天月亮可以加个鸡腿啦！叫哥哥？不要啦，你肯定没有我年龄大……”

林绮眠看了眼手机屏幕，左下角的火箭礼物图标在不断跳动。

昵称叫羊羊的观众在连续地送出礼物，许月亮便也在不断地感谢，羊羊想要听许月亮叫哥哥，许月亮看似拒绝了好一会儿，其实已经间接地说了好几声哥哥。

她的嗓音清甜，带着点撒娇的语调，任谁听了都喜欢。

林绮眠长长地呼出一口气，加快了车速。车子进了自家小区的停车场，她给手机静音，拿着手机推门下车。高跟鞋踩在空旷的空间里，每一声都很响亮。待到了电梯前，林绮眠才突然反应过来自己忘了拿包。包里有电梯卡，这是她平日里绝不会落下的东西。

就像黄小艺说的，她今天有些反常，反常地路见不平多管闲事，反常地逃避话题心绪不宁。反常的一丝邪火，从心底里冒了出来，在关于许月亮的某些细节里，噌噌地往上蹿。

林绮眠快步回到了车上。她没拿包，干脆关上车门，将自己彻底置身于一个密闭的空间里。

许月亮的脸亮起来，名叫羊羊的粉丝送了很多礼物，所以她的感谢仪式还没有结束。林绮眠点开送礼物的选项，一个火箭一千点，就可以让许月亮叫出你的名字，笑容甜美地致谢。

程峰为女主播花了很多钱，林绮眠把这当作证据来证明赵贝贝遇人不淑。现在，林绮眠却有把自己扔进垃圾桶的冲动。

屏幕上飘过一条七彩的弹幕，彰显着这位会员尊贵的身份：“你再不听哥哥的话，下一次就要让你喊爸爸了哦。”

许月亮脸上的笑容有一瞬间的凝滞，她侧了侧身子，眼眸低垂，整理桌面上的玩偶：“我们今天晚上的粉丝任务没完成，还需要饭卡……”

林绮眠分屏，点进个人中心，充值付款，一气呵成。再回到直播间的礼物页面，她在火箭和饭卡之间犹豫了一秒，然后点了饭卡。许月亮这个级别的主播不会感谢这么低等级的礼物，但她说了，需要饭卡。

左下角的礼物榜跳出了一行字：“z92565611 向小月亮送出饭卡 ×1。”

许月亮仿佛突然发现了什么天大的好事，眼睛瞪得溜圆，双手举起来，对着屏幕不断拱手：“谢谢 z92565611 送出的饭卡一张！谢谢！谢谢！谢谢 z92565611 送出的饭卡一张！！”

林绮眠：……

许月亮很激动：“11 是新注册的用户，非常感谢你把第一张饭卡送给了我，谢谢谢谢！！”她一副感动得要哭的模样，两只戴着猫爪手套的毛茸茸的白手掌不断在屏幕前晃悠，整个人像只傻乎乎的招财猫。

林绮眠按着礼物键，有些发呆。她心里的那点火莫名其妙地就下去了一些，像被淅淅沥沥的小雨浇灭了。

许月亮还在喊：“啊，谢谢 11 送出的饭卡，谢谢谢谢，你不用一个人完成任务，我还有别的粉丝，谢谢 11，我……”

许月亮的眼神偏了偏，林绮眠随着她的目光视线晃了晃，看到自己的那条礼物播报信息在不断变化。

“z92565611 向小月亮送出饭卡 ×37”

“z92565611 向小月亮送出饭卡 ×38”

“z92565611 向小月亮送出饭卡 ×39”

林绮眠顿了顿，松开了一直按着屏幕的手指。礼物数值的跳动停止了，许月亮也终于松了口气：“谢谢 11 送出的 44 张饭卡。”

林绮眠：……

这数字不太吉利。

许月亮笑容甜美地看着镜头，并不在意她停止在这个尴尬的数字上，眼睛亮闪闪地问她：“11，你想要我干什么呀？”

送 44 张饭卡就可以提要求吗？林绮眠看向弹幕，有很多人已经开始替她说话。

“叫爸爸吧！”

“倒立洗头，倒立洗头！”

“全平台都在跳‘开火车’舞，主播开个火车吧。”

“老婆老婆，完成了粉丝任务干什么都可以吗？”

林绮眠眯了眯眼，右划屏幕找到了粉丝任务页面。这是平台分配给主播的直播任务，每完成一阶段就可以得到相应的流量扶持奖励。

许月亮现时段的粉丝任务还差 55 张饭卡，林绮眠这次没犯傻，找到了批量送礼界面，一次性送出了 55 张饭卡。

页面弹出播报信息，许月亮一脸震惊地捂着嘴，又开始疯狂感谢。这次不等林绮眠发话，她自己拉开了椅子，让全身都可以出现在镜头里：“我给 11 表演一个新学的螃蟹舞吧！”

螃蟹舞，顾名思义，动作真的很像螃蟹。许月亮穿着性感猫女仆服装，跳着非常搞笑的螃蟹舞，动作惟妙惟肖，表情到位，显得十分好笑。

林绮眠笑起来。这大概是她今天晚上露出的第一个真挚的笑容。

弹幕里大多数人都在哈哈笑，但也有少数的人，发表着极其不和谐的言论。有继续让许月亮喊一些奇怪称呼的，有说无聊的，有开黄腔的，还有骂橙子直播挂羊头卖狗肉的。

“这就是舞蹈区新晋宅男女神？你家女神是这傻样啊！”

林绮眠的手指动了动，在许月亮跳完舞整理头发坐回来之前，送了她一艘豪华游轮。到底是大数值的礼物，礼物特效占满了整个屏幕，一艘游艇撒着礼花开了过去。

许月亮弯腰看向电脑，镜头只能拍到她的下巴以下，细白的皮肤和垂落的浅色发丝萦萦绕绕，像一片白色的雾。林绮眠眨了眨眼。

许月亮的脸回到了镜头里，还是那样欢乐活泼，脸上挂着永不言败的可爱笑容，仿佛所有不好的评论在她这里都是不存在的。

她能看见的，就是她拥有了一个新晋粉丝。她快乐又感动地捧着脸道：“11，你对我也太好了吧，你成年了吗？如果是学生，请不要花这么多的钱。”

“成年了。”林绮眠打字回复道。她的弹幕也带上了颜色，是淡淡的粉，在满屏乱七八糟的白色弹幕里显得很温柔。

许月亮咧开嘴，笑容扩大：“那为了感谢你，我要提前开始今天晚上的深夜表演，你还没看过我跳舞吧？刚才的螃蟹舞不算，我真的是舞蹈类主播！”

深夜表演不愧是深夜表演，画面调暗了，音乐变得迷离了，许月亮进入状态，完全不像是在直播。这更像是一场诡秘的欢迎模式，往深处去是绚丽又危险的奇异世界，入口处是最能蛊惑人心的舞娘。她的每一个动作都挠在你心尖上，每一个眼神都似有深意地引人入迷。

弹幕已经疯狂了，观众激烈地表达狂热的赞美之情。

林绮眠关掉了弹幕，整个世界都清静下来。她眼里所能看到的，不过是一个从未知晓的许月亮，和她记忆里的那个许月亮完全不一样。

直播一直进行到了凌晨两点，许月亮和大家打招呼再见的时候，还是活力满满的状态。林绮眠脖子发酸，眼睛也发酸。手机屏幕熄灭下来，她往后靠进椅背里，闭着眼睛休息了会儿，这才拿包上了楼。

这一晚林绮眠睡得很不好，脑袋里都是许月亮晃动的身影。

没有完整的剧情，只有片段的画面。许月亮穿着校服和同学拉着手奔跑；许月亮偷偷躲在教室外面啃冰激凌；许月亮把一封粉色的信塞进林绮眠的桌兜；许月亮穿着猫耳女仆装，问林绮眠：“你成年了没有呀？”

林绮眠睁开眼，窗外晨光大亮，可她的胸口又空又心悸得厉害，仿佛熬了个通宵。手机里有医院发来的消息，通知她明后两天去 B 市参加一个交流会。还有黄小艺清早发过来的大量信息，讲昨天赵贝贝和程峰那事的后续。

没什么值得惊讶的，赵贝贝翻看了程峰的手机，发现了他对许多主播、网红、小演员发的骚扰信息，开头都是一句“你要跟着哥干早火了。”

赵贝贝和程峰大吵了一架，连夜搬出了两人同居的房子。黄小艺最后总结道：“她还挺拎得清的，看来我可以转述你的忠告了。”

过了会儿，她又发来了两条消息：“那些小姐姐也可怜，被这种披着个导演皮的渣滓骗。他哪里有本事捧红别人啊。”

“也不知道他骗了多少人，真想曝光他。”

林绮眠猛然清醒，退出微信界面，点进了橙子直播。

程峰的账户名她还记得，现在主页已经完全锁了，看不到任何信息。林绮眠只能通过小月亮的粉丝榜查看，月榜排行会显示前五十名，总榜排行只显示前二十名，在这里面，她没有发现程峰的踪迹。

这大大降低了许月亮会被程峰骗的概率，起码从目前的数据来看，许月亮并不是程峰的重点“钓鱼”对象。林绮眠稍稍放下点心来。

她起床收拾，在打卡时间的前一分钟进了医院。

佑海口腔是S市最知名的牙科医院，和各大公立医院都有合作，但他们内部是完全的私企制度。医生没那么忙，管理也宽松，谁有个什么事迟到早退一下，并不会记录到最终的考勤里去。

所以当林绮眠匆匆地将工作证贴上打卡机的时候，路过的方医生笑起来：“你怎么不从南门那边进？”

“来得及。”林绮眠看了眼腕上的手表，“刚好。”

方慧珍的目光从她的头扫到了她的脚：“小林啊，你今天有点不一样啊。”

林绮眠低头看了眼自己：衬衫有点不平整，裙子侧缝有点偏，鞋子上沾着一点灰，没来得及擦干净。

许月亮打乱了她的作息，也打乱了她一丝不苟的生活。林绮眠的指尖微微动了动，抬头的时候她挂上了一个温和的笑容：“可能是还没换上衣服。”

方慧珍笑笑，不深究这个问题，和她聊起了工作上的事。她们是同一个科室的医生，有什么特殊的病例、有趣的事，都会交流交流。大多数时候林绮眠都只是听，她是个优秀的聆听者，绝不在不必要的时候插话。

方慧珍笑着道：“我今天一早接了个电话，一个患者预约明天过来拔牙。”

“我觉得明天肯定不行，这姑娘好玩得很。她大半个月前智齿发炎过来拍了片，一听我说这牙得拔，就开始哭。

“她边哭边和我约时间，我说你炎症消了、不在生理期就可以来。上周二，她过来了，口腔状态很好，很适合动手术。

“结果我下单子的时候她跑了，说自己有事，那个腿抖得啊，几乎是筛着糠出去的。”

方慧珍叹了一口气，偏头看向林绮眠：“哎，你说碰到这样的患者，真是一点办法都没有。拔牙多大点事啊，麻药一打，什么感觉都没有了。”

“嗯。”林绮眠应了一声。

方慧珍说：“她好像还是个网红来着，我带的那个实习生，说看过她直播。”

“直播？”林绮眠接了话。

难得见她有兴趣，方慧珍多说了些：“对，很漂亮。胆子小是小，但人没什么架子，挺有礼貌的。不知道你认识不，我看那几个小孩都知道，她的名字挺好记，叫月亮……”

林绮眠停住了脚步。方慧珍犹豫道：“姓什么来着？唉，我这记性……”

林绮眠说：“许。”

方慧珍一拍手：“哎，对，是许！看来你也认识，那真是小有名气了。”

林绮眠闭了闭眼，感觉有穿堂风从耳边呼啸而过，吹得她脑子都有些蒙。

当一个人离开你的世界的时候，她可以杳无音讯，仿佛从来都没存在过。可当她再回来，四面八方，铺天盖地，所有的巧合都集结在了一起，哪里都是她的消息。之后同行的路程里，方医生再说什么，都没能提起林绮眠的兴趣。

进了休息室，林绮眠打开衣柜，盯着挂在里面的白大褂许久，这才拿出衣服，穿到了身上。她把头发扎了起来，鼻梁上架着一副金边平光镜，这样可以有效增加患者对她这张脸的信任度。

她要开始工作了，不能再想许月亮了。

今天颌面外科的门诊量挺大，还有几台小手术，一直忙到十二点后，大家才歇下来。

休息室里聚集了一堆年轻人，一块儿点了顿大餐，大家边吃边聊天。

彭小帅是新来的实习生，跟在方医生手下，人长得帅气，性格也活泼，很快就和科里的护士们打成了一片。

“方老师人超好啊，我有事请假她都会给我批准的，不过我明天哪儿都不去，我女神会过来。”

护士们捂着嘴惊叫：“是上次被吓哭的那个吗？”

“对啊。”彭小帅笑得灿烂，“她有些胆小，超可爱的。”

“是可爱，长得也太漂亮了。人家的眼睛怎么就能长那么大呢！”

“她哭得眼睛都快肿了，你还能看出来大？”

“她的眼睛肿了都比我的大，忽闪忽闪的，睫毛也长，又黑又密，我刚开始还以为她是化了妆，后来看她哭得一把鼻涕一把泪的，才发现人家天生丽质。”

“彭小帅你眼光不错啊。”

彭小帅掏出了手机："那必须，我的宝藏主播，之前跳舞上热搜的就是她。你们下载了橙子直播的软件吗？可以给我女神加一个关注……"

休息室里间突然传来"咔"的一声，那是柜门合上的声音。吵吵闹闹的人群收了声，彭小帅伸着脑袋往里看，压低了声音："里面有人啊……"

"好像是林老师，我进来的时候看她进去了……"大家彻底不敢吱声了。

林绮眠是他们科里最年轻、漂亮的女医生，却并没有和他们玩到一块儿去。

她对待患者温和可亲，对待同事尊重有礼，学历背景优秀，工作认真负责。大概就是因为太完美了，所以总让人觉得和她是两个世界的人。

林医生从来不会主动挑起任何工作外的话题。上班时间哪怕诊疗室里一个人都没有，林医生也不会玩手机。

科里组织过大大小小的聚餐团建活动，十次里面林医生只会去一次。自从林医生来到他们医院，年假、病假、事假全都没用过。她仿佛一个无情的工作机器，清冷的一张美人脸，面上总是无波无澜，让人没法去猜测她私底下的生活。时间久了，大家也不敢猜测。

所以提到林医生的时候，大家总会下意识地沉默。特别是在这种时候，生怕自己的吵闹打扰到了林医生。

休息室里变得异常安静，只剩下了吃饭的细微咀嚼声。

里间的门被轻轻一推，穿着白大褂的林绮眠走了出来，双手插在兜里，她对上他们的视线，勾起唇角问了句："吃饭呢？"大家慌忙应声。

"嗯嗯。"

"我们想吃火锅，就叫了大家一块儿。"

"林老师中午好。"

"林老师吃饭没有？"

"吃完我们会把这里收拾干净的，然后一起去院子里散味……"

"挺好的。"林绮眠应了一声，视线落在桌上彭小帅的手机上，停留了一秒。彭小帅很机灵，立马站起了身。他拉开了身边空着的凳子："林老师，一起吧，这家的锅底是真不错。"

大家静了一瞬，下一瞬都更热情了。林绮眠笑笑，走到了桌前，但人并没有坐下。她看了看大家，问彭小帅："刚才听你们在聊什么女神……"

"哎。"彭小帅应了声，脸一下子变得通红，"就是我很喜欢的一个主播，平时会看看她的直播。在咱们医院，您才是真女神……”

“我看看。”林绮眠打断了他的话，视线下移，落点还是在他的手机上。

“啊……”彭小帅赶紧打开了手机，页面正停在许月亮的主页上。

“很漂亮。”林绮眠真心实意地感叹了句。

彭小帅的脸又红了一个度，好像自己在专业领域被夸了一样：“嗯，还，还行……”

林绮眠瞄了他一眼：“你经常看她的直播？”

彭小帅点头：“嗯，下班以后……”

林绮眠问：“看了几年了？”

“啊，没有没有……”彭小帅疯狂摆手，“我不太看女主播，上大学以后时间比较自由，爱打游戏，就看看游戏直播……”

“她来橙子直播几年了？”林绮眠将话题拉了回来。

彭小帅见她神色自然，没有什么要责备自己的意思，放下心来。

他对小月亮的来历如数家珍：“其实月亮来橙子也就两年多一点，之前她在海鱼，那边很黑，但她的性格耿直。海鱼年会的时候叫了一大堆女主播，让她们上台玩游戏，那游戏挺侮辱人的，月亮当场翻脸，海鱼那边就找借口把她的直播间封了……”

“后来是橙子替她付了一大笔违约费，才把人签过来。月亮很努力，别人一天播八个小时，她能播十二个小时。你别看她现在主要跳舞，其实她什么都能干，有段时间还做吃播呢。”

彭小帅挠了挠头：“反正我喜欢她也不仅仅是因为她漂亮，还因为她够努力，我每天看看她，就觉得干什么都有动力了。”

说到这里，彭小帅真情流露，围着桌子的护士们齐刷刷地呦了一声。

“看来是‘真爱粉’。”

“帅帅，那你要把握住机会啊，明天人家过来了，好好努力，争取能加个微信。”

“女主播漂亮，我们家帅帅也不错啊……”

“你的橙子账号叫什么？”林绮眠突然问。

彭小帅愣了愣，一下子捂住了手机：“林老师，那个，这个是我的私人号……”

林绮眠问：“你在她的粉丝榜上吗？”彭小帅彻底呆住。

林绮眠挺直了身子，抬手推了推鼻梁上的眼镜：“喜欢一个主播，就要支持她的事业。”说完，她和大家招招手，走出了休息室。

休息室里静了半分钟，确定林绮眠不在了，一下子炸开了锅。大家七嘴八舌的，全在问彭小帅。

“怎么回事啊？林老师居然关心你看直播？”

“帅帅不简单啊，是不是平时和林老师就走得近啊？她平常都不太跟我们说话的。”

“林老师只是不说废话，开会的时候还是说得挺详细的。”

“所以就是啊，帅帅你到底和林老师是什么关系？她居然要你的直播账号，而你居然还没给她！”

“不会是什么远方表亲吧，彭小帅你藏着大秘密呢！”

彭小帅的脑子嗡嗡的，他连连摆手否认，但问题太多，大家的情绪太兴奋，根本听不进去他说的话。被轰炸到最后，彭小帅也陷入了深深的疑惑。已知他和林绮眠并没有什么亲戚关系，已知他曾经给各科室的老师送礼物企图打好关系时就被林绮眠拒绝了，而且被拒绝得很惨。

“来医院就好好学习，不要想一些乱七八糟的东西。”这是林绮眠对彭小帅的评价，让彭小帅至今看到林绮眠都有些害怕。

所以到底为什么呢？彭小帅低头看着自己的手机。他的主页并没有什么特别的地方，他家里的条件一般，自己又还只是个实习生，并不会花多少钱在这些娱乐项目上。

林绮眠看起来是那种压根都不知道橙子直播存在的人，怎么就关心起他给主播花钱的事了呢？她最后那句话的意思，到底是让他给小月亮花钱，还是说反话不让他给小月亮花钱呢？

“你们说，”彭小帅开了口，盯着手机里小月亮性感可爱的照片，“林老师是不是很讨厌这种女主播啊？”

大家顿了顿，彭小帅觉得这个思路很合理：“像林老师这样家境又好，受教育水平又高，工作中救死扶伤，一年还要发表两三篇论文的人，应该有些看不起女主播这样的行业……”

“她关心这件事，大概是想提醒我，不要给主播乱花钱。”彭小帅攥着手机，表情纠结，“那我先不花了，明天小月亮来咱们医院拔牙，可千万不要碰到林医生。”

在食堂吃完午饭，林绮眠回到了诊疗室。

他们医院地方大，每位主治医师的诊疗室基本都是独立固定的。林绮眠没有午休的习惯，又喜欢安静的环境，所以她吃完饭后都会回到诊疗室里，整理整理东西，看看书，听听音乐。

今天，看了一半的书就放在右手边，林绮眠拿着，却半晌都没有翻开。

手机在她的兜里第一次这么有存在感，她能感受到那份沉甸甸的重量，也能感受到橙子直播对她的召唤。

按照彭小帅的说法，许月亮的直播时长比一般主播多得多。她昨晚两点才下播，那是不是现在，已经在准备开始了呢？

彭小帅对小月亮的八卦那么清楚，但他并不认识许月亮这个人。所以那些信息里，到底有多少是真的，有多少是假的呢？

许月亮难道大学没毕业就开始做直播了吗？算起来，那个时候国内的直播行业还没兴起，完全是摸石头过河的状态，也是大家对网络主播偏见最大的时候。

所以是什么样的契机，让许月亮一个高中时胆小又腼腆的女孩子，选择了这个充满争议的职业？又是什么，让她经历了那么多的困难，还坚持了这么久？

林绮眠觉得自己需要一个小月亮的人物访谈。但她清楚，不会有这样的访谈。直播的时候，没人关心小月亮心里在想什么，那些放在她主页的直播剪辑里的画面，都是她跳舞的样子、被粉丝欺负的样子、做错事出糗的样子……

许月亮现在到底是什么样子？许月亮到底是什么样子……

林绮眠向来不允许问题停留在大脑里超过一天，除非那是人类未解之谜。

她从兜里掏出手机，先给院办打了个电话，然后给黄小艺发去了信息：“你知道许月亮大学读的什么专业吗？”

黄小艺回复得很快：

“我不知道。我去问问，你稍等。”

林绮眠盯着手机屏幕，静静等待。

十来分钟后，黄小艺发来了信息："S大汉语言文学，教育方向。"

也就是说，原本许月亮是打算做老师的。做老师和做主播，这两者之间的差异可太大了。

林绮眠问："她毕业后从事过别的工作吗？"

黄小艺回她："这我就不知道了。我问的是之前他们班的班长，只知道她大学考了哪里。我再给你打听打听，你还想知道哪些？一块儿发过来。是不是只要能打听到的都行啊？就跟高中时一样。"

跟高中时一样。林绮眠的心一跳，她快速回复道："没有。不用打听了。我就是随便问问，只是对直播行业比较好奇。"

黄小艺那边一直显示"输入中"，最后发过来一个字："哦。"

林绮眠收了手机，看书。

这天下班，她既没有饭局要赴，也没有直播要看。手机被她扔在了包里，包被挂在玄关处的架子上。她进了浴室，泡了一个时间很长的澡。水彻底凉了她才起身，把头发吹得没有一丝水汽了才裹着浴巾走出浴室。

她不太想看书，也不太想动电脑。

天已经黑了下来，深蓝色的幕布上遥遥地挂着一弯月亮。

房间里光线昏暗，林绮眠开了投影仪看电影。这是一部黑白音乐剧，老派的唱腔，老派的剧情，拖拖沓沓，磨磨唧唧，让她想起少年时一个人窝在家里的样子。那时和现在倒也没什么大的区别。

第二天的天气让人闷得透不过气，光是出地铁口到医院的这段路，就足以让彭小帅出一脑门的汗。

他在更衣室里待了很久，将脸上和身上的汗都擦干净，又往身上喷了点止汗露，将头发梳理得锃光瓦亮，这才走出更衣室。

他往科室去的路上，有关系好的护士同他打招呼："小帅，你今天格外帅啊。"彭小帅抬手在脑门上一比画："特殊的日子，我当然要特殊地对待。"

护士捂着嘴小声道："女主播啊？"

彭小帅的嘴角疯狂上扬："对。"

护士道："可是方老师今天不在啊，去开会了。"

"啊？"彭小帅愣住了，赶忙掏手机，"她没说要开会啊，昨天早上还和我说起今天要做的病例呢。”

护士道：“我听陈主任说的，B市的那个学术交流会，派方老师过去了。”

彭小帅打开微信里和方老师的聊天页面，没有新消息。他又点开方老师的朋友圈，看到了她半个小时前发的机场出发图。

彭小帅一下子急了：“她怎么突然出差了呢？她也没跟我说，那今天的患者怎么办？”护士拍了拍他肩膀：“放心啦，肯定不会让你上的，患者应该是分到你们科室其他医生那里去了。”

其他医生……彭小帅赶紧点开排班表，今天值班的颌面外主治医师里，赫然有林绮眠的名字。“完了……”他忍不住道。

林绮眠今天有些忙，早上做了两台手术，有一台比较麻烦，她站了很久。

结束手术以后，她正跟患者交代术后注意事项，彭小帅进了她的诊疗室，将一盒新鲜的阳光玫瑰葡萄放到桌子上。林绮眠没理他，彭小帅在旁边眼巴巴地待了一会儿，出去了。

送走患者，助理蓁蓁捧着那盒阳光玫瑰，问林绮眠：“林老师，你现在吃吗？我去洗。”

林绮眠摘了手套，道：“我不喜欢太甜的水果，你拿去吃吧。”

蓁蓁赶紧把东西放到一边：“那中午吃饭的时候再说。”

“嗯。”林绮眠应了一声，去洗手。

这会儿没患者，蓁蓁站在她跟前，犹豫了几次，终于开了口：“林老师，彭小帅过来找你好几次了——就是方老师带的那个实习生……”

林绮眠多按了一遍洗手液：“嗯，我知道。”

蓁蓁说：“他应该是有什么事吧，方老师今天的患者不是分到咱们这儿了吗？下午有台手术，他是不是想看看啊？毕竟您的拔牙技术可是院里数一数二的，好多人都想过来偷师学艺呢。”

林绮眠擦干了手：“他想看的应该不是拔牙。”

蓁蓁瞪大了眼，林绮眠道：“你把他叫过来吧。”

彭小帅很快过来了，林绮眠坐在办公桌后，桌上电脑里的医院系统登录的是方慧珍的账号，患者列表里显示着许月亮的名字。

林绮眠盯着那个名字，问彭小帅：“你找我有什么事？”

彭小帅道："林老师今天辛苦了，我们方老师要开会，预约都挪到了您这里……"

林绮眠说："尽快进入未知信息。"

彭小帅卡了下壳，而后脖子一梗，看着林绮眠："林老师，下午有个患者叫许月亮，就是昨天在休息室里我说的那个女主播。您放心，我没有给她乱花钱，她干的是正经的工作，我是正经的观众。"

林绮眠问："所以呢？"

彭小帅说："她比较胆小，可能会哭，希望您不要介意。我会尽力安抚她，如果可以的话，这台手术我申请做您的助理。"

林绮眠觉得有意思得很。许月亮高中的时候呆呆傻傻的，从来不和男生一块儿玩儿，每天干得最起劲的事，也就是下课的时候冲到小卖部去，买点吃的、喝的。她买了辣条、棒棒糖、五毛钱的汽水，边吃边往教室走的时候，幸福得眼睛都眯了起来。

这样的一个女孩儿，扔在人堆里找都找不到，现在却真成了别人的女神。网上的观众多，现实里的粉丝眼巴巴地求到了林绮眠面前来，好像谁都比她跟许月亮的联系多一点。

林绮眠勾起唇角笑了笑："好啊。"她用极其温和又平静的语气，"不管患者是什么职业，什么身份，什么关系，我们做医生的，都会一视同仁。"

下午两点半，传说中的漂亮女主播终于来到了佑海口腔。

从她在前台签到开始，微信八卦小群里的消息就没断过：

"来了来了，小帅，你的女神今天也太好看了。"

"她的身材也太好了吧，同样是人，别人怎么这么会长呢。"

"我看到了我看到了，她那个头发怎么卷的？理发店烫不出来这效果吧？"

"你们要不说是主播，我还以为是个小明星呢。"

彭小帅出现，回复了几条消息，然后发了一个红包，求爷爷告奶奶似的道："拜托大家在医院群里聊聊就可以了，千万别发到网上去，万一有心怀不轨的粉丝跑来医院，那就麻烦了。"

"明白。"

"谢谢老板，明白明白。"

"帅帅你还待在诊疗室干什么？出去接你的女神啊，多在她眼前晃两圈，混个脸熟也好啊。”

彭小帅盯着这条消息，捏紧了手指。他也想。他原本的计划是从小月亮踏进佑海口腔的第一秒起，他就假装偶遇，然后一路带着她到诊疗室，整个诊疗过程都陪着她。但现在不可以了，小月亮的主治医师换成了林绮眠，林绮眠还跟他强调了，对待所有的患者都要一视同仁。

这是林绮眠第二次因为小月亮的事教训他了，彭小帅不敢轻举妄动，生怕自己好心办了坏事，让林医生更讨厌小月亮。所以别说出去接了，彭小帅现在连诊疗室都不敢出，只能坐在沙发上，抖着腿焦急地等待。

林绮眠的诊疗室在他的斜对面，门大开的时候能稍微看到一点里面的情形。相比他的焦灼，林医生平稳冷静，一切如常，正在跟一位年长的患者聊天。

群里一路播报，许月亮离这里越近消息发得越快。终于，有人来到了诊疗室门口，探出半个脑袋，轻声轻气地问："请问方医生在吗？"

彭小帅手一抖，手机掉到了沙发缝里。他埋头慌里慌张地翻出了手机，这才应了一声："是这里。"

许月亮扒着门框，视线扫了一圈，见里面没人，才露出了半个身子："我这会儿能进来吗？我是之前预约拔智齿的许月亮。"

"对，请进请进。"彭小帅终于找回一点理智，站起了身，"你先进来，这会儿没人。"许月亮走了进来。她穿了件波希米亚风的碎花长裙，步子跨得又小又轻盈，浅金色的长发和裙摆一块轻轻晃动，水波纹一般。

和之前一样，彭小帅不太敢去直视她的脸，视线来回飘了两圈，没地儿放，他干脆去倒了杯水。"你坐。"水端到许月亮面前，彭小帅才道，"方老师今天临时出差，你的手术将由我们科的另外一位主治医生主刀。"

"啊？"去端水的又白又细的手指停住了，许月亮的声音都变小了，"方医生不在啊，那……我是不是约别的时间比较好？"

其实彭小帅也觉得约别的时间比较好，方老师和蔼可亲好说话，有她在，彭小帅都能自在点。但没等他给点暗示或者明示，有道身影从诊疗室门口走过，清冷的嗓音像一捧冬天里的雪塞到了后脖颈里去。

"来了？做术前准备。"

彭小帅一个激灵，坐他对面的许月亮也一个激灵。林绮眠只是路过，白大褂飘了那么一下，就足以让诊疗室里的两人心惊胆战。

许月亮说话都有些结巴了："这……这个是要给我，拔……拔牙的医生，吗？"

彭小帅点头："是，是。"

许月亮坐直了身子，喉咙滑动："好……好年轻啊……"

彭小帅赶紧安慰她："你别看林医生年轻，她的技术很好的。我们这边一些特别难拔的牙，都是林医生处理……"

他话没说完，许月亮已经有些泪汪汪了。她的眼睛本来就大，瞳孔又黑又亮，眼泪冒出来的时候，就像一泓被太阳照着的清泉，波光粼粼。

彭小帅嘴里的话噎住。许月亮轻轻吸了吸鼻子，努力不让自己的眼泪掉下来："我这个情况，算特别难拔的吗？"

彭小帅心里慌乱，嘴上也乱："你这个一般，切口找得好的话能直接撬出来，可能钻都不用上……"

听到"撬"和"钻"字的许月亮：……

彭小帅连忙道："欸，你别哭。林医生刚才都看到你了，她知道你今天要过来拔牙，你可不能当着她的面跑了，她很……"

彭小帅咽了咽唾沫："严肃的。"

许月亮没控制住自己："哇——"她彻底哭了出来。她是有前科的，一哭就很难停下来。拔牙这种事就是会越想越怕，彭小帅手忙脚乱地给她抽纸巾，她又怕拔牙又怕严肃的医生，这次连逃跑的理由都不敢想了。她的眼泪成串地往下掉，彭小帅看着心疼，问她："要么我们再往后挪挪？"

许月亮却疯狂地摇头，甩得眼泪都飞了出来。她一边哭一边跟彭小帅说："你做准备……"然后自己躺到了治疗台上。

林绮眠靠着走廊的墙，听完了大部分的对话。许月亮真胆小啊，许月亮哭得真随便啊，许月亮嫌弃她年轻，怕她拔不好牙。

许月亮的牙片她看了，埋伏阻生，是有点麻烦，但并不难。林绮眠拔过的类似牙齿，没有一千，也有八百了。

有护士从走廊尽头拐弯过来，跟她打招呼："林医生。"林绮眠应了一声，诊疗室里的声音骤然停了。

林绮眠戴上口罩，推了推鼻梁上戴着的眼镜，用医生们最常用的双手插兜姿势，走进了诊疗室里。她没看治疗台上的许月亮，来到了彭小帅身边，问他："麻药下了吗？"彭小帅躲她半米远："下了。"

林绮眠俯身查看电脑上的病历，确定无误后，道：“去拿药吧。”

彭小帅看了她一眼。因为拿药的时候要交费，所以一般都是患者自己去拿的。除非遇到了什么紧急情况，或者是住院病例，才会稍后结算。林绮眠说着要一视同仁，结果现在就开始区别对待，彭小帅非常担心。

他停顿了几秒，林绮眠转头，对上了他的目光，表情十分严肃，彭小帅不由得往后缩了缩。

林绮眠开口解释道：“她那个样子，能拿吗？”躺在治疗台上的许月亮本来就竖着耳朵，听到医生提起自己，吸鼻子的声音都停住了，安静得仿佛失去了呼吸。“对，对。”彭小帅应了两声，拿了单子，快速出了诊疗室。

诊疗室里就剩下了林绮眠和许月亮。

林绮眠转身，靠着办公桌，望向许月亮。这个角度，能看见的只有许月亮那漂亮的浅金色长发和垂落下来的裙摆。色彩缤纷鲜亮，轻而易举地就跳脱出了医院这冷清的环境，让周遭一下子都变得陌生起来。

林绮眠在想，许月亮会不会认出自己。脱离高中时期自己沉迷的那些并不存在的幻想，真的客观理智地去回忆，她和许月亮真正的交集，不过那一次。

黄昏洒在空荡荡的教室里，同学们都去拍毕业照了，许月亮每次都能精准地找到这样的好时机。她溜进他们班，溜到林绮眠的桌前，做贼一样把校服外套里藏着的东西掏出来，塞进了林绮眠的桌兜里。

林绮眠进了教室，攥住了她的手腕。

如果可以再来一次，她一定不会去攥住那截细得仿若无骨的手腕，然后盯着那双鹿一般纯真又慌张的眼睛，带着自以为是的笑容问她：“你在做什么？”

“我、我、我……是我哥让我干的，他喜欢你不关我的事啊……”

这就像一份等待很久的礼盒，你兴冲冲地拆开了，却发现贺卡上写的不是你的名字。爱恨不长久，尴尬永流传。

林绮眠至今记得那一幕发生时自己的反应，记得许月亮结结巴巴说的每一个字，记得寒意从头顶落下来，激得四肢都僵硬的感觉。

林绮眠闭了闭眼，把这些从她的脑袋里赶出去，然后大跨步上前，拉上了治疗台的帘子。

蓝色的帘子，蓝色的治疗台，许月亮躺在她面前，脖子梗得直直的，脚并得紧紧的，像一尊僵直的美丽雕像。

她的双手交叠放在胸前，努力憋住了呼吸，但仍然很快乱了气息。眼泪从迷蒙的眼睛里不断往外涌，她胸口起伏，带动得手指都微微发颤。

活色生香。林绮眠脑袋里不合时宜地蹦出这几个字，她又不合时宜地感受到了一丝莫名的爽感。就像多年大仇得报，那个当年被人宰杀的自己成了操刀手。

“你好。”林绮眠道。

许月亮的视线根本没法对准她，嘴巴一开一合，断断续续跟她道：“医生，医生对不起，我……我不是故意哭的，我……我忍不住，我也不想哭啊……”

林绮眠快要控制不住自己上扬的嘴角。她该庆幸自己这会儿口罩眼镜戴得齐，还能伪装成一个正直无私的医生。

许月亮响亮地吸了一下鼻子，林绮眠侧身，从治疗台上抽了两张纸巾出来，盖到了许月亮的脸上。

许月亮呼吸骤停，林绮眠道：“擦一下。”

许月亮拿起纸巾，一通乱抹。脸上到底是干净了，视线也清楚了，林绮眠再转过来的时候，两人对上了视线。在无影手术灯下，林绮眠清晰地看到许月亮的瞳孔微微放大，她露出一个显而易见的惊讶的表情。

有脚步声响起，彭小帅掀了帘子：“林老师，东西都拿来了……”

林绮眠的太阳穴微微一跳，她接过了他手里的东西。彭小帅走到一旁，一边洗手一边道：“你不用怕，打了麻药，什么都感觉不到……”

林绮眠突然道：“你去忙吧。”彭小帅愣住。

林绮眠拿过医用铺巾，俯身下去，对许月亮道：“脖子抬一点。”

许月亮愣愣地看着她，乖乖照做。林绮眠的手指穿过她的头发，帮她系好了铺巾。靠近的那一瞬，有清甜的香气传来。直起身的时候，林绮眠反而觉得这香气愈发明显。

彭小帅还愣着，林绮眠面无表情地下达命令：“把蓁蓁叫过来。”

说好的事情现场反悔，彭小帅十分不理解，却也毫无办法。他气冲冲地出了诊疗室，小小的一方蓝色空间里，又只剩下了林绮眠和许月亮两人。

这话本来就该林绮眠说。她戴上了医用手套和面罩，微微弯了弯唇角，语气像春风一般和煦：“不要怕，我不会让你疼的。”

THE MOON IS SHINING ALL NIGHT FOR YOU.

第二章

Chapter I I

蓁蓁工作的时候很安静，这是当初林绮眠选她做自己助理的原因。蓁蓁安静又默契地给她递东西、打灯，仿佛一个工具人。在工具人的凝视下，林绮眠毫无心理负担地配好了麻药，转头对许月亮道："张开嘴。"

许月亮配合地张嘴："啊——"嘴张了，但没完全张大，她像个给医生检查喉咙的小孩子一样，又怕又不敢违抗命令。

林绮眠举着针管，一时语塞："不用出声。"

许月亮赶紧闭紧了嘴巴。

林绮眠又道："嘴要张开。"

许月亮又赶紧张开了嘴，眼神飘忽落在她手里的针尖上，眼泪又快涌了上来。这让林绮眠有一种错觉：自己不是医生，是个残酷的杀手。

她盯着许月亮看了几秒，许月亮感受到了她的目光，保持着 0 型的嘴巴微微颤抖。

林绮眠抽了两张纸递给蓁蓁："帮她擦眼泪。"这话一出，也不知道哪里触到了许月亮的神经，她本来还汪在眼睛里泪水唰的一下又掉了出来。

眼泪掉出来了许月亮也不敢抬手去擦，嘴巴动了又动，林绮眠突然就对接上了她的脑回路："现在可以说话。"

许月亮赶紧使用自己的嘴巴："美女姐姐医生，你要给我打针了吗？"

这称谓让林绮眠的心轻轻一跳。她仔细观察许月亮的神情，许月亮单纯，无辜，小心翼翼，泪水涟涟。这些情绪没有一丝造假的嫌疑，看来许月亮是真没认出她。

林绮眠眨眼，在心底长长呼出一口气，应了一声："嗯。"

许月亮问："是麻药吗？"

林绮眠惜字如金："对。"

许月亮又问道："打在哪里呀？"

林绮眠说："牙龈。"

许月亮的眼睛扑闪扑闪的，蓁蓁眼疾手快地接住了她的眼泪，来了个回旋擦。

许月亮捏着拳头："那，美女姐姐医生，你轻点啊，我害怕……"

"嗯。"林绮眠俯身，再次命令，"嘴张大。"

许月亮躺平身体，张开了嘴。樱桃小口只张开了一点点，林绮眠抬手按在了她的脸颊上："要扎这块，再张大点。"

许月亮虽然已经害怕到了顶峰，却还是乖乖地配合。林绮眠扩开她的唇角，下针，推入，小声地跟她聊天："你是因为害怕了就忍不住说话吗？"

她换个角度再下针："为了讨好医生，你什么称呼都喊得出来？"

许月亮眨巴眼睛，林绮眠说："嘴巴不能动，你用脑电波回答，我接收得到。"

许月亮的眼珠子骨碌碌转，林绮眠一本正经："嗯，听到了，你回答'是的'。"

许月亮：……

林绮眠收了针，问她："疼吗？"

许月亮睁着大眼睛看她，林绮眠笑了笑："对，不疼。"

她回身整理东西："我说了不疼就不疼。今天在这间房子里，最疼的部分已经过去了，现在我们等麻药药劲上来，就可以正式开始了。"

"如果你觉得告诉你手术步骤，更有利于你缓解紧张的话，我可以边做边给你讲解。"

许月亮疯狂地点头，大概是怕林绮眠没看到，又抬手拉了拉她的衣袖，让她回了头。

林绮眠转头看许月亮，她再一次点头，眼神异常坚定，眼泪都没有了。

其实许月亮现在可以说话了，只要不是在林绮眠操作的时候，她怎么说话都可以。但许月亮变成哑巴的样子实在是有趣，比她叫林绮眠美女姐姐医生有趣多了。

林绮眠指了指自己的脑袋，又指了指许月亮的脑袋，用哄小孩的语气说：“哇哦，这答案真是让人惊讶。”

她挑了手术刀出来，在许月亮眼前晃了晃：“第一步，是切开包裹着你的智齿的牙龈，怕不怕？”

许月亮点头，但随即便张开了嘴巴，她浑身直挺挺的，一副英勇就义的模样。林绮眠是真被逗乐了，笑起来，笑意轻易地就爬上了眼角。

许月亮只敢转动眼珠子，瞄见她的模样，眼睛亮亮的。

林绮眠再开口的时候，语气温柔得自己都有些惊讶：“别急，还得再等会儿。”

其后的手术过程，按照两人的约定，林绮眠每做一步，都会告诉许月亮自己在干什么。

这个控制不住自己眼泪、多次从牙科医院逃跑的许月亮竟然在手术过程中异常地配合。舌头让摆哪里就摆哪里，嘴让张多大就张多大，有那么几秒，她甚至坚持得脸部肌肉都自发地颤抖了。

没用多长时间，那颗埋伏阻生的智齿便被林绮眠取了出来。许月亮瞪着眼睛，已经完全是好奇的表情。林绮眠便给她展示了一圈：“形状不错，牙根凑一块给你比了个心。”

许月亮笑起来，嘴巴不敢动，就只有眼睛弯弯的，即便是狼狈地躺在治疗台上的样子，也有些好看。

林绮眠缝好了线，塞上了止血棉，嘱咐她：“一周后来拆线。”

许月亮抬手指自己的脑袋，林绮眠在她的嘴巴上比画出拉开拉链的动作：“好了，你可以说话了。”

许月亮动了动嘴唇，仿佛在适应这个刚刚失去的器官，半晌，才发出几个音：“谢谢拧医森，戏苦了（谢谢林医生，辛苦了）。”

因为咬着棉球，她发音含糊，配着本来就软绵的腔调，嗲得不得了。林绮眠的胳膊起了一层鸡皮疙瘩，她站起身，摘了手套去洗手。

蓁蓁开始跟许月亮交代注意事项，每说一项，许月亮都要努力应一句。

等蓁蓁说完，许月亮也嗲声跟她道谢，并称呼她：可爱医生小姐姐。

林绮眠心情复杂，却又想笑。她再没看那个无辜又残忍的许月亮，对蓁蓁道：“待会儿休息好了，带她去把费交了。”

蓁蓁应声，林绮眠出了方慧珍的诊疗室，回到了自己的房间里。早有患者等着她来看片子，她就这么又忙了起来。

手机在兜里一下下地振动，林绮眠忙过这一阵，掏出来看了眼。黄小艺发了一大段消息过来，全是关于许月亮的。

“她从大二的时候就开始做直播了，大四那年还没毕业就签了海鱼，所以应该没做过别的工作。

“大学的时候，她当过写真模特，那个时候脸很圆，拍那种日系照片特别可爱。照片还能找到，你看看。”

几张照片传了过来。

“她应该做了很多兼职，成绩也没落下，拿了四年的奖学金和两年的助学金。

“她拿助学金好像是因为家里有人生病了。不知道她入主播这一行，有没有这个原因。

“她一直挺努力的，脸没整过，就是瘦了，加上化妆技术精进和现代直播美颜，所以看起来差别挺大的。

“也不知道她现在真人什么样。

“我没特意打听啊，就是跟你随便聊聊，带你了解一下主播行业嘛。”

林绮眠在心里回了句没开美颜，然后把手机重新塞回了兜里。

蓁蓁回到了诊疗室，坐到了她身边，小声说了句：“彭小帅生气了，刚才在天井抽烟。”

林绮眠脸冷心狠：“举报给院办。”

蓁蓁皱着脸：“他没在室内抽，不算违纪吧？”

林绮眠说：“擅离职守。”

蓁蓁攥着手机：“我就是怕他到时候在方老师面前说什么，影响了你和方老师的关系。”

林绮眠说：“我和方老师就是普通同事关系。”

蓁蓁忍不住了：“他们有个小群，群里不止咱们科的人，人多嘴杂的。

但凡他说点什么，大家就又要传一些莫名其妙的谣言了。”

林绮眠看过去：“你也在群里？我看看。”

蓁蓁立刻把手机递了过去，当间谍当得毫不手软，还帮她翻了翻群里的消息。林绮眠没看出来什么谣言的隐患，只看到了男男女女对许月亮美貌的赞叹。她收回了目光，问蓁蓁：“刚才那位患者漂亮吗？”

蓁蓁的眼睛一下子亮了，她捂着嘴，声音压得只有她俩能听见，语气却激动得仿佛等了很久终于等到了今天。

“不只是漂亮啊，老师你不觉得她超可爱吗？她也太可爱了吧！我带她去交费，她还跟我做脑电波交流！”

林绮眠：……

蓁蓁也不忘夸赞林绮眠：“话说回来，林老师你也太会哄人了，她那么害怕，都被你哄得服服帖帖的。他们整天说您高冷，我看您去儿童那边都完全没有问题……”

林绮眠抬了抬下巴：“去，把刚才这两个病历补了。”

蓁蓁的话头被打断，她却并不沮丧，高高兴兴地坐对面干活去了。

林绮眠的手机又振动了两下，黄小艺见她没回复自己，十分不甘心地开始“钓鱼”：

“你需要许月亮的联系方式吗？

“虽然她现在是当红主播，这些都属于机密了，但也不是不能搞到手。

“咱们都是老同学嘛，认识了能更好地了解主播行业。”

林绮眠快速地打字：“不需要。”获取别人的联系方式并不是本事，有本事的是别人在你心里是什么地位，你也能在别人心里有同样的地位。

今天，所有人对待许月亮，和许月亮对待所有人，都是一个样。这个所有人里，包括她林绮眠。她觉得许月亮漂亮，大家都觉得许月亮漂亮；她觉得许月亮可爱，谁都能体会到许月亮的可爱。许月亮会在她面前哭，是因为许月亮在谁面前都会哭；许月亮跟她撒娇，是因为撒娇是许月亮的社交技能之一，只要有需要，她就能发挥到淋漓尽致。

所以林绮眠多一个联系方式，又有什么必要呢？

林绮眠回完消息，将手机扔到了桌子上。

门口有身影晃动，她望出去，许月亮探着半个脑袋，脸颊鼓鼓的，像只胆小又柔软的仓鼠。

“有什么事吗？”林绮眠问。许月亮赶紧跳了进来，迈着小碎步快步到她跟前，把自己的手机递了过来。手机上是一个大大的微信二维码，许月亮卷翘的长睫毛忽闪忽闪的，她抬起眼皮，小心翼翼又充满期待地望了林绮眠一眼。

“林医生，能加你的联系方式吗？”许月亮甜甜地道，“我怕出现什么意外情况……”顿了顿，她又立马补充，“当然，没什么问题的话，我不会打扰您哒。”

患者想要加医生的联系方式，这很正常。特别是在牙科，治疗往往在短期内无法结束，患者吃饭、说话都要用嘴，就觉得存个医生的电话，或者加个微信，能更有安全感一些。至于医生乐不乐意给，那就因人而异了。

私人医院要创收，巴不得每位医生的手机通讯录里都塞满顾客。公立医院按部就班嫌麻烦，大小问题都是来了医院再说。

林绮眠根据病情来判断，碰上患者要电话，十次里面有五次会给。像许月亮这样简单地拔个智齿，以她的惯例来讲，完全没必要。

“有问题了就过来，刚才蓁医生应该跟你说了注意事项。”林绮眠忽视掉面前的二维码，抬手指了指对面的蓁蓁，视线回归到桌面的病历本上。

“对，你还有什么不清楚的吗？”蓁蓁赶紧应声道，她笑容灿烂，热情得不得了，并很快掏出了自己的手机，“如果……”

林绮眠眼皮一跳，她感应到的信息，许月亮也很快感应到了，手里的二维码一偏，就要挪到蓁蓁那边去。

林绮眠突然站起了身，身体带动椅子发出的声响阻断了蓁蓁没来得及出口的话，她指了指许月亮：“你跟我过来。”许月亮惊讶地瞪大了眼睛。

林绮眠转身往治疗台走，抬手拉上了帘子：“我看一下。”

许月亮掀帘子进来，声音怪可怜的：“医生，我是出什么问题了吗？”

林绮眠戴上手套：“坐。”许月亮端端正正地坐下，一点都不敢动了。林绮眠俯身，托住了她没创口的那边脸。脸颊的温度透过橡胶温热地传递过来，林绮眠的视线落在她的另半边脸上，装模作样地看了看。

“没什么问题。”她道。

许月亮长呼出一口气，鼻息打在林绮眠的大拇指尖上。林绮眠收回了手，转身摘手套：“棉球咬三十分钟再吐，这期间少说话。”

许月亮待她回身，抬手指了指自己的脑壳，示意她脑电波交流成功。想到这个动作她也跟蓁蓁做过，林绮眠看她一眼，面无表情地掀帘出去。

许月亮的动作慢了一点，她出来的时候，林绮眠的手机放在桌角上，上面显示着二维码。

“加上。”林医生在写东西，语调冷酷，头也不抬。许月亮赶紧扫码，好友请求发过去以后，还小声地提醒了一句："发过去了。”

林绮眠拿过手机，面无表情地点了通过。许月亮朝她鞠了一躬，又朝蓁蓁鞠了一躬："谢谢两位医生，辛苦了，一周后见。”

林绮眠手下的笔没停，重复道："少说话。”许月亮捂着嘴跑出了诊疗室。

再接待了两位患者，林绮眠今天的工作就结束了。临近下班的点，大家都开始有些懒懒散散、心不在焉。蓁蓁去和彭小帅那边对接今天挪过来的病例，林绮眠在空荡荡的诊疗室里翻开了那本没看完的书。

手机响了一声，和平日来消息的声音不一样。林绮眠看过去，界面上一个鲜亮的橙色图标推送了消息："你关注的主播‘小月亮’开播啦！今天她有悄悄话和你说……”悄悄话，什么悄悄话？林绮眠点开了那条推送，心想许月亮今天最好没话说。推送却并不会显示什么完整信息，大概每位主播开播都有悄悄话。手机直接跳转到橙子直播软件，进入了小月亮的直播间。

林绮眠：……

网速不错。

今天小月亮的直播间是白色的，背景是柔软的蕾丝和羽毛。左边放着一个白色的花架，架子上有一盆繁茂的喷雪花，枝条零零散散地垂落下来，很是好看，但按照季节来看，花应该是假的。

而镜头前的人把长发扎成了两条低垂的鱼骨辫，上面缀着漂亮的水晶发饰，身上背着羽毛翅膀，脸上画着仙女妆容，眼角的亮片闪闪发光，仿佛下午来他们医院哭着拔牙的那个人，也是假的。

林绮眠难以形容自己的心情，但她给自己的心情找到了充分的理由，比如，哪怕是一个普通的医生，遇到了一个普通的不听医嘱的病人，也会有现在的心情。

直播间里放着音乐，许月亮坐在椅子上，随着音乐的节奏轻轻晃动。

门口有同事路过往里看了一眼，林绮眠塞上了耳机。

直播间这会儿人不多，这个点，大部分人上课的在上课，上班的在上班。偶尔飘过去的一两句弹幕都是些无意义的内容，许月亮便也没说话。

就这么晃了快十分钟，终于有人发弹幕道："小月亮今天怎么不说话？"许月亮看到弹幕，立马指了指自己的脸，弹幕多了起来，但没人理解她的意思。

许月亮把胳膊伸出画面外，拿来了一个东西——她把被毛巾包着的冰袋，贴到了左边脸上。弹幕上有管理员开始解释："月亮今天去拔牙了，没法说话，大家多多谅解。"许月亮用力地点头。

弹幕一片"哈哈哈"，有人说她的脸是有点肿；有人说她真是敬业，拔完牙还要开直播；有人阴阳怪气地骂："所以观众的时间不是时间吗？就来看你的这张脸？？"

许月亮啪啪地敲着键盘，自己打字。主播弹幕回应："非常抱歉，我想完成直播时长，今天肯定是不能跳舞了。"

"我的医生让我少说话，所以礼物感谢只能弹幕播报了。

"但我待会儿会跟大家分享一下拔牙经验。"

林绮眠心里舒服了不少，手指在礼物发送键上摩挲了一下，又收了回来。

林绮眠将手机塞进了兜里，继续看书。为了监督，她耳机没摘。许月亮直播间的背景音乐一直陪她下了班，陪她开车回到家。

直到她进了浴室准备洗漱，将手机声音接到了家里的蓝牙音箱上。

音箱是她花了大价钱订购的，在装修的时候便嵌入了墙体，泡澡的时候听点音乐，加上浴室的混响，效果极好。

许月亮的音乐品味不错，她选的歌虽然都是流行歌，但挺好听的。

林绮眠打开了水，音箱里突然传出一声轻轻的气音。声音实在太小了，她没听清，刚想出去拿手机看看，声音便再次响起。

是许月亮，压着嗓子，声音轻得像一片云："不疼。"

林绮眠停住了动作，许月亮又道："医生技术可好了，很快的。"

"她还和我聊天呢，但不让我说话。

"脑电波交流。

"我看到拔出来的牙了，医生还说牙根给我比了个心呢，嘿嘿。"

大概是许月亮离麦克风太近，林绮眠家的音响效果又太好，这一声"嘿嘿"里的起承转合清晰得像是从耳边擦过，让林绮眠心里微微发痒。

许月亮到这里停住了，林绮眠等了会儿没听到她再说话，便继续自己手上的动作。浴缸里的水到达水位，在灯光的照射下波光粼粼。林绮眠脱掉身上最后一点束缚，抬脚跨进浴缸里。被温热的水流包裹，可以消除一天的疲乏。

“麻药劲儿我觉得还有一点点……”过了会儿，许月亮的声音再次响起，“因为现在还不是特别疼。”

“也有可能因为我及时吃了止疼药?

“就还好啦。

“不能吃饭喝水，两小时吧。

“不饿啦，现在也不是我吃饭的点。

“当然听话了，给我拔牙的医生……可漂亮了。”

林绮眠：……

许月亮又重复了一遍：“真的可漂亮了。”

林绮眠的脚趾在水里微微抠起，说漂亮就说漂亮，谁见了她林绮眠不夸一句漂亮？但为什么夸漂亮的时候要拖长音，音拖得长得快赶上她浴缸里的水波纹了。

许月亮说：“她戴着口罩，还有眼镜，还有那个罩罩，不知道叫什么……

“那也能看出来漂亮，漂亮就是漂亮。

“她穿着白大褂更漂亮，光看背影也漂亮。她个子好高的，手指很长，捏手术刀好漂亮。”

林绮眠猛地从水里出来，扯了浴巾裹住了自己。

许月亮还像个复读机一样，不停念叨着“漂亮漂亮”。林绮眠拖鞋都懒得穿了，就这么光着脚出了浴室，来到了被她扔在外面的手机前。

手机屏幕亮着，许月亮为了说话声音清晰，离摄像头很近，一张脸占满了屏幕，她肤色很白，便显得嘴唇越发红艳。

有人在弹幕里说：“再漂亮有我们月亮漂亮？”

许月亮笑得眉眼都弯起来，夸自己的时候还挺害羞的：“不是一个风格，我是这种可爱的，美女姐姐医生是高冷女神。”

看着这张脸，再听这种话，林绮眠只觉得浑身都起了一层鸡皮疙瘩。

她抬手去关直播，身上的浴巾滑了下来，手忙脚乱去拽浴巾的时候，手指误触，不仅直播间没退出去，还连送了两个火箭。

许月亮惊喜地提高了声音："11 你来啦！"

林绮眠：……

她已经在这个直播间待了快两个小时了，许月亮这会儿才发现吗？

许月亮仿佛真接通了脑电波感应技能："刚才我就看见你啦，你没说话我也就没说，我今天不好讲话……"林绮眠心想：你也没少说。

许月亮笑着道："你送我礼物是很赞同我刚才说的话吗？嘿嘿嘿，医生姐姐真的好……"

林绮眠疯狂戳礼物键，送出了一串礼花。大面额的礼物终于转移了许月亮的注意力，许月亮把椅子往后一滑，起身开始准备感谢。结果因为动作太猛，她不知道触到了哪里的神经，突然捂着嘴打了个喷嚏。

喷嚏过后，她呆立在原地，手没有放下来，眼神却已经完全傻了。

弹幕开始疯狂地发"主播怎么了"。许月亮的眼泪开了闸一般涌了上来，她捂着嘴跑到了镜头前，匆匆说了句"对不起，我的伤口好像崩了"，然后便下了播。

屏幕黑下来，林绮眠的账号自动退出了直播间。所有的声音都消失了，林绮眠攥着手机，觉得房间里静得可怕。

伤口崩开这事并不可怕，可怕的是，许月亮的伤口崩开，诱因好像是她。林绮眠的脑袋里不受控制地开始播放许月亮掉眼泪的画面：她躺在治疗台上哭，她站着哭，说话哭，稍微吓一吓就哭。

林绮眠浑身上下湿漉漉的，觉得自己要被许月亮的眼泪淹没了。

她退出橙子直播，切换微信，刚登录上这个联系人不到十个的小号，新添加好友皎皎的语音通话便打了过来。

林绮眠接起了通话："喂。"

许月亮的声音带着哭腔，可怜得像只惊恐的鹿："林医生，我的伤口好像崩开了呜呜呜，嘴里都是血……止不住……"

林绮眠揭掉了身上的浴巾，大跨步往衣帽间走："不要怕，没事，不要舔伤口，打车来医院。"她的声音清冷，语气平稳，仿佛说的是真的，"直接进我的诊疗室，我刚好在值班。"

林绮眠很快到了医院，盛夏的夜晚热浪翻涌，医院大楼里冷气开得很足，只有值班的几个诊疗室亮着灯，看起来阴森森的。

林绮眠从大厅走过，夜班护士看见她，有些惊讶地问候了句："林医生。"

林绮眠点点头，护士还想再说什么，但林绮眠脚下步子跨得大，人也没有要停留的意思，只留给她一个匆匆而过的背影。

护士拿起手机，在小群里面发语音："我刚看见林医生了，她今天不是白班忙了一天吗，怎么这会儿还来医院？"

群里很快讨论纷纷，彭小帅问："她这会儿去医院，是落了什么东西吗？"

护士回："不知道嘛，看着挺着急的，落东西的话应该很快就出来了，我看看。"

这会儿医院里没什么人，大家也真是闲得慌。

还真就有人开始播报林绮眠的行程：

"林医生去更衣室了。

"林医生换了白大褂出来，去诊疗室了。

"欸，真是奇了怪了，怕不是有什么大人物半夜来就诊……"

林绮眠做好了准备，她的大人物却迟迟未来。医用口罩捂得人有些烦闷，林绮眠登录账号点开患者信息，许月亮填的地址在另外一个区，过来的确得花点时间。

微信里除了一个语音记录，再没别的任何消息。林绮眠盯了会儿那个粉嫩的兔子头像，最终还是没能抵挡住未知的诱惑，点进了许月亮的朋友圈。

她的朋友圈发的是一些零零散散的图片和文字，一个月基本发两条，两条都和吃的有关。今天吃了火锅，明天吃了烧烤，为了买网红甜品排了很久的队，过节的时候自己包了有些丑的粽子……

这些倒是和林绮眠记忆中的那个许月亮完美地重合在了一起。许月亮的爱好非常简单，并且专一持久，就是吃。她吃了也不胖，肉都长在该长的地方，也的确算是独到的天赋。她的朋友圈没有限制展示时间，林绮眠一条条看过去，每张图片都点开，生生把自己给看饿了。

许月亮去过的很多店，其实林绮眠也都去过。推算下来，许月亮在这座城市生活了七年，林绮眠来 S 市两年半，两人却从来都没有偶遇过。

不过无所谓，偶遇了许月亮也认不出她。林绮眠退出朋友圈，将手机扔到了桌上。

又等了一会儿，空荡的楼道终于传来了脚步声。高跟凉鞋踩在石材地面上，明明频率挺快，声音却并不刺耳。她就连脚步声都软乎乎的，透着单纯无害的气息。

林绮眠坐直了身子，整理好眼镜和口罩，将一个陌生美女医生的身份贯彻到底。门框旁露出了个小脑袋，许月亮真像个小动物，总是用脑袋探路。

林绮眠装作忙碌地在纸上画了两个圈，这才抬眼望向门口。许月亮对上她的视线，赶紧把自己的身体露了出来，指着自己的手机用力比画。

林绮眠收了笔，道："进来说。"许月亮噔噔噔地跑到了她跟前，脸颊比下午走的那会儿肿多了，嘴抿得死紧。

她这会儿倒是乖巧，一个字都不说，拿起手机，打开字幕页面。林绮眠眼前便飘过一行大大的白底黑字：林医生好，我是刚才给你打电话的许月亮……字幕挺长，滚动的速度也不算快。林绮眠收回目光，简洁明了地道："我记得你。"

许月亮嘴一瘪，一副快哭了的表情。林绮眠起身指了指治疗台："去，躺下。"许月亮赶紧过去躺下了，犹犹豫豫的，不知道嘴巴要不要张开。

无影灯打在脸上，林绮眠这才注意到，许月亮来之前不仅换了衣服，居然还卸了全脸的妆。现在干干净净、白白嫩嫩的模样，和下午那会儿没什么两样。让她等的这些时间，大概就是花在这上面了。许月亮打电话的时候吓成那样，居然还在意这些，看来并不想让人去猜测她的职业，注意到她的职业。

林绮眠的手指轻轻地点在她的脸颊上："张嘴。"许月亮的嘴张开了一点点，因为疼，脸皱成一团。

林绮眠抬手，稳住了她的下颌和脑袋："忍一下，嘴张大点，不然我看不清。"许月亮全力配合，疼得眼角挤下了几滴眼泪，却并没有像中午那会儿一样泪如泉涌。

林绮眠检查完伤口，心里的石头轻轻地落了地。"伤口没有什么问题，只是血凝块掉了。"林绮眠换了镊子，"再忍一忍，我把掉了的血凝块清理一下。"许月亮很听话，手指攥紧衣服，身子却一动不动。

林绮眠将红色的血块夹了出来，扔进托盘里："好了。"

"好了？"许月亮发出一声小到不能再小的疑惑。

"对，没出血了。"林绮眠摘了手套，跟她开了个玩笑，"再来迟点，伤口就愈合了。”

“啊……哈……哈哈……”许月亮想笑，却又没法笑，只能发出断断续续的哼哧声音。

林绮眠边洗手边跟她解释：“术后伤口会渗血是正常情况，你要相信自己身体的修复能力，但大量出血还是要及时来医院。对了……”她顿了顿，转头看许月亮，明知故问，“你怎么搞的？一般人的血凝块第一次就长住了。”

许月亮：……

林绮眠问：“嘱咐你少说话你做到了吗？”

许月亮：……

林绮眠又道：“其实一般患者我都不会提醒这个，你……”

许月亮抢答道：“医生我知道了，我话有些多……”

“嗯。”林绮眠唇角上扬，甩了甩手上的水滴。

许月亮低着脑袋，一副做错事了的小学生模样。

林绮眠回到自己的座位上，等了她一会儿，才问道：“还有什么问题吗？”

许月亮坐在治疗台上，没下来：“林医生我可以再待一会儿吗？我怕它待会儿再……”她的声音越来越小，直至消失。

“哦——”林绮眠拖长声音，道，“可以。”

她摇了摇头，叹口气：“唉，患者对我还是缺乏信任哪。”

许月亮：！！

许月亮从治疗台上滚了下来，几步站到了林绮眠面前：“林医生，我没有……”林绮眠头也不抬：“那你就听我的话，少说话，多休息，按时吃药，按要求吃饭。”顿了顿，她又加了句，“早点睡觉。”

许月亮不敢说话了，怕扯动伤口也不敢点头，只能不断地眨巴眼睛，表示我记住了。林绮眠手上的笔没停，在等许月亮走。

许月亮却还是不走，静静地杵在她身边，目光有如实质地落在她脸上。林绮眠没法不想起许月亮今天直播时说的那些话：美女姐姐医生的眼睛漂亮，背影漂亮，就连拿手术刀的手指都漂亮……林绮眠用指尖搓了搓笔筒，扔下了手中的笔。许月亮见她这动作，立马把自己的手机举了起来。林绮眠转头，便看到了一行大字：林医生，多少钱呀？我怎么付款呀？

她原来只是想问这个。林绮眠道：“不用付，不收钱。没花费材料没开药，也没怎么占用我的时间，所以不收钱。”许月亮一脸感激，朝她鞠了个几乎九十度的躬，直起身的时候，在手机上疯狂打字：“谢谢林医生，您真是个大好人。”

林绮眠：……

林绮眠无奈：“快回去吧你。”

许月亮终于转身出了诊疗室，林绮眠长长呼出一口气。她拿过手机，换回了微信大号，一堆消息跳了出来。

蓁蓁问：“林老师你去医院了啊？群里的人也不知道什么毛病，在直播你干了什么。”蓁蓁还发来几张截图。

“欸？女主播也去医院了吗？彭小帅真是疯了，说他立马过去。”

林绮眠猛地站起了身，收了手机，快步往外走去。

许月亮的动作还挺快，这才多久，楼道里已经没有了她的身影。林绮眠追出去，出了楼，看到她到了院中间，而彭小帅就在几步远的地方，身边停着一辆机车，手上拿着头盔。

彭小帅往许月亮走去，林绮眠皱起了眉，第一次连名带姓地在许月亮面前，叫了她的名字。

“许月亮”三个字，像这热得发闷的夜晚，堵在她的胸口。

许月亮转身，头顶的路灯让她的眼睛发亮，她带着微微惊喜的表情回应：“欸？”然后她又立马闭紧了嘴。

林绮眠快步走到了她跟前：“我也出去，一起。”许月亮瞪着大眼睛，有无数的疑问都写在她的眼睛里，但明显都不是什么重要的问题。

“别说话，跟我走。”林绮眠无视了那些无聊的问题，带着她拐了个弯。许月亮乖乖地跟在她身边，和她保持着半个身子的距离，一点意见都没有。

林绮眠没有去看彭小帅，带着许月亮一直到了医院的侧门门口，然后在马路边停下了脚步。“你在这里打车更方便。”林绮眠道。

她说这话的时候并没有看许月亮，而是盯着马路来车的方向。这个点还不算太晚，平时往这里一站就能拦到车。

林绮眠打算拦到了车就功成身退，但今天不知道怎么了，放眼望去一辆出租车都没有。于是两人只能这么干站着，时间一久，便显得十分尴尬。

林绮眠执拗地没有转头，许月亮的手指却轻轻地戳了戳她的胳膊：“林医生，你也回家吗？”她的声音很轻，像一丝风。

林绮眠终于转头，给她一个警告的眼神。许月亮却笑起来，话里满是讨好的意味：“今天就剩这点说话额度，我现在全用啦。”

林绮眠：……

许月亮眨巴眨巴眼睛：“林医生，你回家的时候不脱白大褂，不摘口罩吗？”林绮眠看着许月亮，半晌没说话。她有些搞不明白这小破姑娘在想什么，是势必要拆穿她好心的送上车服务，还是想借机看看人美心善的林大医生到底长什么样？抑或者两者都有，反正许月亮的兴奋之情溢于言表，就差在她面前直接搓手了。

“看来还是不疼。”林绮眠总结道。

“啊？”许月亮没反应过来。

终于有车远远地开过来，林绮眠抬手叫车。出租车在她们面前停下，林绮眠打开后车门：“到家了发个信息。”

“嗯嗯，好。”许月亮欢快地钻进了车里。

车子驶了出去，许月亮还努力地透过车窗在给她招手。林绮眠没跟她做这种无聊的、傻乎乎的互动，她眯眼看了看车尾的车牌，默默地记在了心里。

她转身往医院里走，回家当然要把这身行头脱了。

她来到中院，彭小帅还在之前的位置，只是头盔挂在了车头上，人在那儿直愣愣地杵着，看起来有些愤怒，完全没了刚才那个激动的样子。

林绮眠还是没打算理他，但彭小帅追了上来，叫她：“林老师，您等一下。”林绮眠继续走自己的路：“有什么事吗？”

彭小帅跟在她身边：“我有些话想要跟林老师聊聊。”

林绮眠直截了当：“说。”

彭小帅望了下四周：“这里不方便，我能不能请您喝杯咖啡……”

“不能。”林绮眠干脆利落地拒绝了他的邀请，并停下了脚步。

她看着彭小帅，语气里不带一丝情绪：“我们是同事，同事之间的话题在医院都能说。”

彭小帅表情纠结，但眼看着林绮眠说完话就又要走了，他索性把心里最在乎的东西直接掏了出来：“林老师，您是不是对我有什么意见？”

林绮眠：……

林绮眠道：“你把自己想得太重要了。”

彭小帅深吸口气：“您要是对我没意见，那就是对小月亮有意见了。”

林绮眠没听懂。

彭小帅说：“您说好了一视同仁，但现在对她就是区别对待。您做手术的时候不让我看，现在她半夜来医院，您也不让我接触。我不知道她到底出了什么问题，但我想提醒老师一下，她好歹是有几百万粉丝的女主播，是有影响力的。一旦这次拔牙出现什么问题，到时候影响的是我们整个医院的声誉。”

林绮眠不知道该说点什么，彭小帅的这段话让她不知道该从何说起。而且折腾这一趟，她有点累了。虽然身体并没有做什么辛苦的动作，但和许月亮的相处就像是在给她的心脏进行深度按摩，又酸又麻，让人心累。所以她回了彭小帅一个字，“哦”，意思是她听到了，她知道了。

彭小帅一脸茫然。林绮眠转身继续走自己的路，彭小帅愣在原地，重拳出击打到了空气上，让他惊讶到不知所措。

半晌，林绮眠走得没影了，彭小帅一脚踹到了旁边的大理石柱子上。然后他忍着脚痛给朋友发消息：“林绮眠到底有什么背景啊？她凭什么这么狂啊？”

朋友回复：“具体的不知道，只知道是惹不起的背景，她来了佑海就爬得特快，院长见了她都眉开眼笑的。”

彭小帅嗤笑了一声：“院长见到美女都眉开眼笑的。”

朋友问他：“等到你的女神了吗？”彭小帅又往地上踢了一脚：“这事没完，我绝对要把她那档子破事挖出来。”

林绮眠不太在意自己招人恨，毕竟她长这么大，也没怎么招人喜欢过。

她的性格又冷又硬，脾气又怪又臭，现在要做个社会人，她好歹进行了些伪装，才出落成如今这个偶尔能换一句“林医生，您真是个大好人”评价的地步。林绮眠想到许月亮说这句话时的表情，就想笑。确切来说，开车回家的路上，她一回想起今天许月亮的样子就想笑。

许月亮怎么这么好笑？年龄也不小了，她还跟个傻狍子似的，一惊一乍，什么心思都写在脸上。就算她有一部分藏着掖着了，也要告诉你：嘿，我有话没说，我有秘密，我要你来猜，我厉害吧！

她不该去做什么跳舞主播，应该去做个欢乐喜剧人，那样的话，林绮眠一定发动全世界的人给她投票。毕竟今天算是林绮眠这么多年来，最开心的一天。

车子进了车库，林绮眠掏出手机看了眼，没有新消息提醒，她点开微信才发现自己忘记切换账号。她皱着眉头将微信切到了小号，来自皎皎的信息发送自两分钟前："林医生，我到了，今天辛苦了，谢谢你。"

朋友圈还有个红点，林绮眠点进去，果然是许月亮新发的朋友圈。这次没有吃的可拍，她便拍了自己在路灯下的影子，配字："开心！"

林绮眠：……

也不知道一个拔了牙又差点血崩、大晚上跑医院的人有什么好开心的。

为了不让许月亮误会，林绮眠点开聊天页面，回复道："女孩子晚上一个人出行，要注意安全。"潜台词：我送你上车是出于安全的考虑，我让你回家发条消息也是出于安全的考虑，我就是这么谨慎、认真、注重出行安全的林大医生。

许月亮很快回复道："呜呜呜林医生你也太好了，关爱患者，人美心善！"

她还发了一个猫咪撒娇的表情。还不如不回。将手机扔进兜里，林绮眠下了车。

严格来说，今天的澡她才泡了一半，但现在，她不太有什么心情继续泡了。她怕自己刚进水里，许月亮又打个哈欠、摔了一跤、半夜发烧等等，整她个措手不及。

随便做了点东西吃了，林绮眠窝到了沙发上。为了监督患者有没有好好遵医嘱，她点进了许月亮的直播间。很好，最近一次直播还是昨晚，结束在一堆让人慌张的弹幕里。有人在小月亮的动态下留言，问她怎么样了。

许月亮没有亲自回复，但有戴着管理员头衔的人回复："没事了，月亮去过医院，已经休息了。"林绮眠很满意，根据她目前能看到的关于许月亮的信息，许月亮看起来的确是休息了。

让她唯一有点不满意的，是管理员那个金黄灿烂的皇冠标识，彰显着他身份的独特以及和许月亮的亲近。真亲近的话，他怎么不陪着许月亮去医院？

林绮眠端起茶杯喝了一口茶，设置了手机分系统，让两个微信号可以同时上线。因为多了一个监督任务，这一晚的林绮眠，睡得还是不太好。

往后的两天，其实她都睡得不太好。

她不是一个有手机依赖症的人，平日里工作、学习的时候，手机都扔得挺远，不到必要的时候，不会让人打扰她。

而现在，她需要时不时地就看一眼手机。看小月亮主播有没有开播，看小月亮主播的管理员有没有发布最新的主播消息，看微信小号有没有来自皎皎的信息，看皎皎有没有拍点清汤寡水的吃的，感叹自己痛苦的禁食生活……

一般来说，年轻的患者是很容易在社交软件上发出相关感慨的，特别是许月亮这种以食为天的年轻患者。但什么消息都没有。许月亮也太听话了，好好休息得仿佛消失了一般。

诊疗室里没有患者的时候，林绮眠将手机抵在桌面上，来回地摆弄。

蓁蓁气呼呼地进来，一屁股在对面的椅子上坐下，兀自生了好一会儿气，才跟林绮眠道："林老师，彭小帅也太过分了！"

林绮眠的视线没动，仍然落在一旁的档案柜上："怎么了？"

蓁蓁趴着身子，压着声音道："方医生去开会那两天，他们的病人都是我们接诊的。今天方医生回来了，人家还没说什么呢，彭小帅让我去检查病历，说要拿给老师看，万一发生点什么问题，他可解释不清楚。"

"然后他就指着女主播的病历过不去了，一会问我利多卡因的剂量是多少，一会儿问我卡着的牙槽骨是怎么处理的，一会问我患者术后有没有什么不良反应……

"他什么意思啊？！他就是嫌那场手术你没用他呗！没让他在女主播面前露脸呗！"

蓁蓁没好气地总结道："他出现了人家也看不上他。"

林绮眠手上的动作停止了。她看向蓁蓁，道："患者有名字。"

"啊，对不起。"蓁蓁的脸一下子红了，"月亮，许月亮……"

林绮眠问："他还说什么了？"

蓁蓁道："还问我您最近的排班时间。"

林绮眠：……

蓁蓁皱着脸："对了，他还在群里问客服患者回访的事。"

林绮眠的心一跳。的确，患者回访是个很好的借口。彭小帅可以轻而易举地拿到许月亮的电话，然后给她拨过去，关心她的术后状况。

蓁蓁犹犹豫豫地道："林老师，你说他是不是记仇，然后想从我们接收的患者里找出点问题，然后投诉我们？"

"嗯，有可能。"林绮眠拿起手机往外走，"不过我们的操作一直很规范，你要有信心。"

她出了门，路过对面诊疗室的时候，刚好对上了彭小帅的目光。

彭小帅立马收了目光，一副做贼心虚的模样。

其实不用猜，彭小帅心里在想什么，林绮眠一清二楚。最开始就是他想接近许月亮，想出现在许月亮身边给她留个好印象。好像他喜欢一个主播，看了她的直播，就有资格去插手别人的生活了一样。

结果他被林绮眠截了胡。林绮眠不喜欢彭小帅跟一大堆人讨论许月亮的模样，不喜欢他落在许月亮身上热烈又贪婪的目光。她阻断了彭小帅接触许月亮的机会，甚至在私人时间里为许月亮复诊，这让彭小帅怒不可遏。

他无法理解她对许月亮的优待，便只能往龌龊的方向猜测。比如，林医生瞧不起女主播的职业，或者嫉妒她的年轻漂亮，所以不认真做手术，导致术后出了差错，只敢在半夜偷偷接诊。呵，林绮眠在心底翻了个白眼。她不觉得人有私心是错，她只是觉得小男孩见识浅薄，格局实在太小了。

林绮眠乘坐电梯，到了顶层的天台之上。

天热得能在沥青上浇一层火。天台上没人，林绮眠挑了个隐秘的位置，拨了许月亮留在医院的手机号码。

响了几声后，电话被接起。林绮眠用四平八稳、公事公办的语气道："您好，我是佑海口腔的林医生，十七号您在我们医院颌面外科做了智齿拔除手术，为了确保您的术后恢复，我们需要做一个患者回访。"

林绮眠顿了顿，给自己一个假装看资料的时间："请问许女士，您这两天感觉怎么样？"

"啊……"电话那边愣了几秒钟。

林绮眠不着急，静静地等着。即使被热浪烘着，她也有足够的耐心。

电话那端终于冒出几个字，含含混混，黏黏糊糊的："林……医生吗？"

"对，"林绮眠道，"给你拔牙的林医生。"

那边的语气一下子软下来，怎么听都像在撒娇："林医生，我的脸肿了，嘴张不开，我喝了两天粥了，粥汤汤，我好饿……”

听到这个描述，林绮眠放下心来。做完口腔手术以后，哪有不挨饿的？

“还有其他症状吗？”林绮眠问。

“偶尔会发热，都不高，37.5 度。”许月亮道，“吃了药体温一会儿就下去了。”

林绮眠明知故问：“你这两天有好好休息吗？”

“没法不休息……”许月亮提到这个，悲从中来，“林医生我真的好肿啊，我好丑啊……”她顿了顿，声音微微提高：“林医生，咱们俩有微信的，我加了你的微信你记得吗？我的微信名叫皎皎，明月皎皎的皎皎。”

林绮眠应道：“嗯。”

许月亮小心翼翼地试探：“我可以拍照发你微信吗？我太肿了……”

“好，可以。”林绮眠道。她这真是公事公办，每个人的术后状态不同，炎症过于严重的话，要及时干预。

许月亮说了一连串的“谢谢”后挂了电话，那个沉寂了几天的微信号终于迎来了新的小红点——是许月亮的自拍照。许月亮的半边脸已经肿到了脖子，像网上那个“被蜜蜂蜇了的小狗”一样的自拍照。

林绮眠的心脏像被人抓了一把。她皱起眉头，再没耽搁，直接发了条语音过去：“来医院，你需要挂水。”许月亮回复得非常快：“哦哦哦，好好好。”

林绮眠往楼下走，刚回到自己诊疗室所在的那一层，又碰到了彭小帅。

在同一层楼同一个科室，碰到很正常，但他却不像普通的同事那样打个招呼就完事，而是要看你一眼，又躲掉你的目光，那就太不正常了。

彭小帅已经越过了她，往后走去。林绮眠停住了脚步盯着他，彭小帅进电梯前目光又斜斜地瞄过来，被林绮眠逮了个正着。彭小帅的眼神立马开始乱晃，林绮眠嘲讽地笑了笑。

她转身，继续走自己的路，并掏出手机给许月亮发消息：“这两天医院有没有别人给你打电话？”许月亮坦诚又直接：“有。是个男生，打电话的时候是下班时间，没说自己的名字。”

“我以为是信息泄露遇到骗子了，所以直接挂了电话……

“林医生，他不会真是你们医院的医生吧？！”

许月亮还发了一个“可怜猫猫”的表情。

“呜呜呜林医生我不是故意的，前段时间我们公司一直在做反诈骗宣传，我就很谨慎。”

林绮眠笑起来，但在医院里，她不好笑得太开，所以憋得胸腔都在颤，然后她理直气壮地给许月亮回消息：

“你做得很好，他就是骗子。”

许月亮很激动：“哇！我也太厉害了吧！！我就说嘛，哪有人下班了还关心我伤口疼不疼，还管我手术的时候害不害怕……”

林绮眠挑了挑眉，许月亮那边的“正在输入”状态持续了很久，终于跳出来一句话：“除了林医生。”

林绮眠：……

许月亮又开始疯狂地夸她：“林医生好好哦，我能碰到林医生真是好幸运好幸运啊！”

“老师！”蓁蓁差点撞到林绮眠身上去。

林绮眠猛然回神，才发现自己已经到了诊疗室门口。蓁蓁手里端着自己的保温杯，杯子里的水面上浮着一颗晃悠悠的红枣。

林绮眠往后退了一步，拉开了两人的距离。蓁蓁用双手捧住杯子，吓得花容失色：“还好还好，没给您泼身上。”

“没事。”林绮眠道。她越过蓁蓁往里走，低头给许月亮发消息：“快到了给我打电话，车停在我上次送你的侧门。”

许月亮问：“您上次真是特意为了送我啊……”

林绮眠：……

“老师！”蓁蓁又喊了句。

“嗯？”林绮眠心不在焉地应了一声。

蓁蓁又折身回来了，探着身子瞅她：“我给您发的消息您还没回我。”

“哦，是吗？”林绮眠看着手机通知栏的图标，没离开现在的界面，“你说什么了？”蓁蓁说：“吴教授问你今天下午有没有时间，他会过来看牙，可能会稍微迟一点。”

林绮眠说：“哦，没有。”

蓁蓁：？？

林绮眠将手机揣进了兜里：“我这里临时有个病人，会耽搁很久。让他明天过来吧。”

蓁蓁说："可是老师你明后两天休假。"

“是吗？”林绮眠偏了偏脑袋，“那没办法了，只能工作日见了。”

蓁蓁应道："哦。"她指了指自己手里的东西，“我去加点料就回来，一分钟！”

林绮眠点点头："不急。"她拉开抽屉，取出了口罩："忙完了来诊疗室坐着就行，有事给我打电话。"

蓁蓁有些搞不明白了。林医生一会儿有病人，一会儿没病人，一会儿说自己还要在医院待很久，一会儿又要离开。林医生人在这里，又好像没在这里，跟她说着话，又好像她根本不存在。仿佛在神游天外，奇哉怪哉。

蓁蓁仔细盯着林医生的脸，之前很长时间，她觉得林医生的脸是一张完美的、永恒的脸。现在，这张永恒如冬日湖泊的脸裂开了些缝隙，往里窥去，流水潺潺。林医生应该是高兴的。好像有什么值得期待的事情即将发生。

蓁蓁觉得自己也不用搞明白了。女神的事，她不必搞明白，她只要做好贤内助就可以了，于是她响亮地应了一声："好嘞！"

林绮眠估算着时间，去了输液室一趟。佑海的输液室条件不错，干净整洁，有坐的有躺的，有饮水机有洗手间。只是最近病人多，房间的空位被填了快一半，男的女的老的少的挤在同一个空间里，总是闹哄哄的。

林绮眠穿着白大褂从中间经过，几乎所有人的目光都在她身上巡礼了一圈。如果许月亮来了，估计是同样的效果。倒不是说她火到了人人都会注意的地步，主要是大家输液的时候都真的很无聊，而许月亮的相貌，即使素颜肿着脸，也绝对引人注目。

手机在兜里振动起来，林绮眠接起了电话。许月亮的声音因为张不开嘴十分含混不清，却依然可以透露出昂扬的兴奋："林医生！我到啦！"也不知道她脸肿成那样地来医院挂水，有什么好兴奋的。

林绮眠大跨步地往外走，嘱咐她："先别进来，找凉快的地方待着。"

许月亮也不问她缘由，对她的话言听计从："嗯嗯，我先去旁边的便利店。"

林绮眠挂了电话，出了综合大楼，太阳明晃晃地烤着大地，炽烈灼热。

她到了侧门，也进了便利店。

便利店里没什么人，许月亮十分显眼。她戴着白色的棒球帽，穿着条蓝白相间的海军领连衣裙，腰线拉得高，一双腿显得又细又长，像是恋爱漫画里才会有的青春少女。

林绮眠多看了她两眼，这才朝她走去。林绮眠一动，许月亮便转过头来，戴着个大大的口罩，眼睛却亮得不得了。

“林医生……”她小声叫着，小跑着到了她跟前，然后仰着脑袋充满期待地看着她。

林绮眠说：“走吧。”

“欸。”许月亮跟在了她身后。

林绮眠带着她走出便利店，进了侧门，往另一个方向走去，眼看着离综合大楼越来越远，许月亮却仿佛哑巴一样，一个字都不说。

林绮眠侧头看她，许月亮立马和她对上了视线。

林绮眠眸光下移，许月亮眨巴眨巴眼睛：“林医生，要看脸吗？”

林绮眠：……

大热天的在这大马路上看脸，也亏她想得出来。

“不看。”林绮眠回答她，并加快了步子。

直到两人进了新楼，“住院部”三个大字到许月亮眼前了，许月亮才终于意识到了不对劲：“林医生，我得住院啊？”

“你现在才问？”林绮眠道，“防诈骗意识还是不到位啊。”

许月亮的眼睛一下子耷拉了，她的眼型本来就圆，摆这种丧气的表情的时候，像只可怜的狗狗。

“狗狗”眼泪汪汪地看着林绮眠，嘟囔道：“怎么就……住院了啊……”

“不住。”林绮眠道，她怕再迟回答一秒，这“狗”就哭成了泪人。

“综合大楼那边的输液室人太多了，所以带你来这边输液。”林绮眠解释道，“待会儿给你看看，应该没什么事。打的也是消炎的药，比口服的剂量重，所以效果会好很多。”

“哦哦哦。”许月亮连忙应声，把眼泪吞了回去。

林绮眠带她上了电梯，刷卡上楼，到达最高层。这里干净明亮，崭新的淡蓝色墙壁像海水一般，中央空调的风凉爽又舒适。

楼道里一个人都没有，林绮眠推开了一间病房的门，道：“坐。”

许月亮进了房间，瞪着大眼睛坐到了沙发上，又立马弹了起来。她看着这里的独立床位、独立卫生间、沙发、茶几和电视机，惊恐地问：“林医生，这得多少钱啊？”林绮眠被逗笑了，许月亮的表情真可爱。

按道理来说，她那么大一个当红主播，不应该差这点钱。但许月亮认真得不得了，好像林绮眠说一个数，她能立马把门甩到她脸上，马上逃跑。

“不要钱。”林绮眠拉开抽屉，掏了棉签出来，“口罩摘了，现在可以看脸了。”

许月亮还直愣愣地站着，这个时候变得非常聪明：“不不不林医生，使用这样的病房，不可能不要钱。”

林绮眠：……

林绮眠道：“你不是住院，只是过来挂一会儿水，不到两个小时就结束了。”

许月亮很坚持：“那就是钟点房的价格。”

林绮眠：……

林绮眠还举着那根棉签：“如果是你要求的，那确实得掏钱。但现在是医院资源不足，所以费用医院自己承担。”

“这样啊。”许月亮半信半疑。

林绮眠的表情坦荡，她继续编：“不然我为什么要出去接你呢？你如果不放心的话，可以打开手机录音。”

“啊，不不不……”许月亮疯狂地摆手拒绝，“我没有不信林医生，我只是没想到……”

她搓了搓双手，傻乎乎地笑了下：“这种好事能落到我头上。”

林绮眠愣了愣，许月亮已经乖乖地重新坐下。她摘了口罩和帽子，被蜜蜂蜇过一样的脸露了出来。

林绮眠看着她的脸，许月亮道：“林医生你想笑就笑吧，我自己照镜子都忍不住笑。”

林绮眠并不想笑。拔完牙以后脸肿成许月亮这样的并不常见。肿成这样还要医生打电话才能叫到医院来的，倒是稀奇。

林绮眠检查她的伤口，没什么问题。她的指尖轻轻压在许月亮的脸颊上，能够感觉到明显的硬块。许月亮龇牙咧嘴，林绮眠轻轻一挑眉，问她：“疼？”

许月亮点头，又努力解释：“其实也不是很疼，就是感觉自己的脸好重。”

“要我联系方式的时候，不是说了有什么特殊情况会联系我吗？”林绮眠扔掉了手里的棉签，站直身子看着她，“你不觉得自己现在这样是特殊情况吗？”

“我查了，”许月亮道，“百度说有炎症是正常的。”

林绮眠道：“你的百度对你还挺客气。”

许月亮不敢说话了，又变成了做错事的小学生模样。

林绮眠打开冰箱拿了瓶水出来，放到了她面前：“你休息会儿，我去拿药。”许月亮用力点头：“谢谢林医生。”

林绮眠出了房间，下楼，走过炎热的室外，回到自己的诊疗室。她下单，配药，然后拿了药又往外走。

这个时候已经接近下班时间，蓁蓁看她忙活，一时之间不知道自己该不该加班。她跟在林绮眠的屁股后面，企图去帮她拿手里的东西：“老师，这是哪里要用呀？”

“你不用管。”林绮眠躲过了她蠢蠢欲动的手。

“哦。”蓁蓁应声，手不动了，嘴也不敢动了，但脚还是跟着她。

在出综合楼之前，林绮眠停下脚步，问她：“你要干什么？”蓁蓁看着她手里的东西：“老师，我……扎针这事，不是输液室来，那也是我来呀。”

林绮眠问：“我不会扎针吗？”

蓁蓁愣愣地道：“老师这不是会不会的问题。”

林绮眠又问：“我扎得不够好吗？”

蓁蓁说：“老师，这也不是好不好的问题。”

林绮眠看了眼腕表：“行了，你下班了。”说完，林绮眠转身走了，动作利落绝不拖泥带水。蓁蓁看着她离去的背影，再看看被扔下的自己，开始担心是不是自己做错了什么事，要失去这份工作了。不然，给人扎针这种活，怎么都不会轮到林主治医生啊！

林大医生却并不在乎自己干什么活，也不在乎现在已经是下班时间。她回到新楼顶层的VIP病房，推开房门，问里面乖乖待着的许月亮：“你想坐着还是躺着？”许月亮看一眼那干净整洁到一丝褶皱都没有的白色床单，说：“坐着。”林绮眠抬了抬下巴：“那坐那边去。”

许月亮赶紧换了个方向。林绮眠将托盘放下，蹲到了她身边：“手。”许月亮伸出手，白白细细的手腕瘦得像一节藕片，手背却肉乎乎的。

林绮眠抓住她的手，用医生最无情的态度，最高效的速度，在许月亮的手背上啪啪拍了两巴掌。她拍一下，许月亮就抖一下。等她拍完了，许月亮小声地问：“医生，我的手背是不是特别难扎啊？”

林绮眠说：“嗯。”

林绮眠又说：“人瘦手胖。”许月亮嘴角耷拉，一副要哭的表情。

林绮眠回身拿起针管弹了弹：“不急，先皮试。”那两下拍许月亮算是白挨了，皮试扎在手腕上，和手背没什么关系。

下针的时候，她眼泪就掉出来了。林绮眠拔出针头，她努力偏脑袋，不让林绮眠看见她的眼睛。

林绮眠哪能看不到她的眼睛，当许月亮出现在她身边的时候，她无时无刻不在注视着那双眼睛。那双盛满情绪的眼睛，快乐、伤心、害怕，都在人的心尖上跳舞。

林绮眠往后退了两步：“等十五分钟，有什么不舒服的就告诉我。”

“嗯。”许月亮偏着脑袋点头。

林绮眠坐到了一旁的凳子上，等这十五分钟过去。许月亮有些困了，便偷偷地瞄她。

为了让许月亮偷看得容易一些，林绮眠掏出手机，装作忙碌的样子。其实屏幕还停留在两人的微信聊天页面上，她就没退出去。就那么几行字，几句话，一张自拍照，林绮眠来来回回地上下滑动，脑袋放空地看了好些遍。

捱完这十五分钟，林绮眠去给许月亮扎上了针。许月亮不敢看扎针的过程，等林绮眠都离开了，才猛然回头道：“扎完了？怎么不疼？”

林绮眠笑了下，没回答她这么无聊的问题。

四瓶药需要一段时间才能打完。现在是林绮眠的下班时间，她倒是可以待在这间房子里，盯着药水瓶，给许月亮提供至尊的林医生医疗服务。

但许月亮大概是不敢要的，刚才等皮试的时间，她的一张脸上就已经写满了“林医生你怎么还在这儿？林医生你不忙吗？林医生时间到了我会叫你的，所以林医生你到底为什么还在这儿”的神情，林绮眠怕自己再待下去，许月亮会问她：“林医生你是想抢劫我的银行卡吗？”

林绮眠拿过遥控器，打开了房间里的电视机，然后将遥控器放到了许月亮的手边："看会儿电视，药打完了叫我。"许月亮乖乖道："嗯嗯。"

林绮眠补充："发语音或者打电话都行。"许月亮连忙点头："嗯嗯嗯。"

林绮眠出了病房，带上了门。隔着一道墙，她几乎能感觉到许月亮松了一口气。而她，站在空无一人的楼道，摘下口罩，也长长地呼出了一口气。

没事干，又不想离病房太远来回跑麻烦，林绮眠去了走廊尽头的休息室，输入密码，开锁进门。

没一会儿，房门被人敲了敲，有人问："谁在里面啊？"林绮眠起身打开门，是章院长。

"章院长。"她问候了句。

"是小林啊。"章院长往里瞅了瞅，"怎么过来这边啦？"

"有病人在病房。"林绮眠并不打算隐瞒，这一排房间里，就这么两间亮着灯，也瞒不下去。

"哦——"章院长拖长声音，"是——"

林绮眠自动接上："是我的一个妹妹。"

"哦，这样啊。"章院长笑起来，又问道，"妹妹这是——"

"没什么事，"林绮眠笑了笑，"拔智齿。"

章院长一副了然的表情，对她竖了竖大拇指："这活儿找你就对了。"

林绮眠说："哪里。"

话说到这里，这通寒暄基本也就结束了。章院长看了眼手机，笑着道："该下班了，你忙完带妹妹去吃咱们对面开的那家……差点忘了，她现在没法吃。那就祝妹妹早日康复。顺便代我向林总问好。"

林绮眠说："好。"

章院长离开了，林绮眠回到房间，关了灯。暮色渐起，林绮眠坐在沙发里，什么事都没干。

她在等着手机闹铃响起。每瓶药都有个大概打完的时间，她给许月亮调的输液速度，许月亮肯定是没有胆子改的。那什么时候一瓶药会打完，她便可以较为精准地估算出这个时间。

换第二瓶药的时候，林绮眠进了病房。许月亮还在乐呵呵地看电视，猛然望见她，吓得浑身都颤了颤，然后她慌张地抬头向上看："对不起，对不起林医生，我以为还有一会儿呢。”

换第三瓶药的时候，离林绮眠的闹钟响还有三分钟，许月亮就已经发来了消息。短短的一条语音，声音很轻的：“林医生，好像要完了。”林绮眠点开那条语音，听了三遍才起身。

换上最后一瓶药，许月亮抚着肚子，肚子咕噜噜地叫。

林绮眠给许月亮的那瓶水她喝了一半，放在桌边，林绮眠问许月亮：“你要去洗手间吗？”

“不用不用。”许月亮摇头，“我刚才去了，我自己可以的。”

林绮眠又问：“那……你要吃东西吗？”

许月亮的眼睛都快落泪了：“可以吃吗？”

“当然可以，”林绮眠道，“如果你不疼的话。”

“疼。”许月亮的眼睛耷拉下去，“我张不开嘴，没法咬，吃不了。”

林绮眠道：“嗯。那我去吃饭了，对面开了家烤肉店，大家都说味道不错。”许月亮睁大眼睛：“烤……肉……”

林绮眠笑笑：“你乖乖听话，好了就能吃了。”

许月亮蔫得跟个好几天没浇水的草似的：“嗯……”

林绮眠承认，她是故意说烤肉的。看着这样的许月亮，她总是想再欺负欺负她，然后再……哄她。

“我给你带杯奶茶，你能喝的那种。”林绮眠问许月亮，“你最喜欢什么口味？”

林绮眠在对面的商场转了一圈，并没有去吃烤肉。最后这瓶药量少，挂不了多久，没有那个时间让她去吃一顿正经的饭。

她也不太想去。烤肉随时都能吃到，而病房里的那个人，可不是随时都能见到的。

林绮眠来到了奶茶店前，对店员道：“芒果芋泥奶绿，不要啵啵，去冰，加芝士奶盖，不要果仁。”

店员一脸茫然。林绮眠指了指他们的立牌：“你们的招牌特饮，取这个上部，取这个下部，我付双份的钱，不可以吗？”

点单的店员愣住了：“这个，我们没有这么做过，无法保证口味。”

林绮眠说：“口味不重要。”

店员：……

林绮眠往后看了一眼：“如果你不确定能不能点这一单，可以问一下你们店长。”店员立马转头，叫来了店长。林绮眠对店长轻轻点了点头，重复了自己的要求，并补充道：“麻烦了，因为是病人需要的，所以想尽量满足她的要求。”

这一片不止他们佑海一家医院，店长听到这话，立马拍胸脯保证道：“能做，而且一定要做好！”

林绮眠笑着道：“谢谢了。”

这杯奶茶花了一些时间，不知道店长脑补了什么，东西递过来的时候，奶茶杯上贴着张可爱的卡通便签，上面写着：“一定要加油哦！！”

林绮眠唇角上扬，没有摘下那便签，就这么提了回去。

林绮眠到休息室，继续穿上她的全副装扮，然后推开了病房的门。

许月亮在看一部电视剧，电视剧演到了感人的地方，她瘪着嘴，眼泪汪汪的。林绮眠将奶茶放到了她面前：“快喝，不然奶盖化了。”

许月亮的泪光变成了闪亮的星星：“奶盖！”

林绮眠轻声道：“嗯。”

许月亮一只手扎着针不敢动，另一只手拆外卖盒子拆得艰辛。林绮眠在她身边坐下，帮她打开了。

一大杯漂亮的奶茶，色泽鲜亮，甜香四溢，许月亮的肚子当即便又咕咕响了两声。林绮眠送佛送到西，帮她打开盖子，搅拌奶茶：“奶盖融进去口味肯定差点，但你现在没法空口吃。”许月亮盯着奶茶，用力地点头。

林绮眠道：“里面加的都是不用嚼的料，有淀粉，有糖分，有脂肪，都是你现在的身体比较需要的。”

许月亮都快把脑袋点掉了。

林绮眠抽了纸巾出来，擦干了杯身上挂着的水珠，又垫了两层，才把奶茶送到了许月亮手上：“喝的时候还是要慢点，小口慢慢喝。”

许月亮迫不及待地把嘴凑了上去。她的唇瓣有些干，只敢张开很小的程度，也就只能抿住一点点杯口。

食物进嘴，她的脸皱巴成一团，是痛苦又快乐的神情。两口奶茶下肚，许月亮眼睛里的泪花一点都没少，嘴唇被滋润，变得红艳艳的。

林绮眠看着她，慢悠悠地说完最后一点医嘱："拔完牙不能用吸管，你小心一点，别着急。"

许月亮攥着那杯奶茶，突然顿住，不知道怎么，一下子就哭了起来。虽然她之前也不能算没哭吧，但现在显然是真的悲伤。她的眼泪根本止不住，簌簌地往下落，哽咽声压在嗓子眼里，硬憋着，偶尔溢出一声，像是鹅叫。

"呜呜呜呃……呜呜呜呃……"

许月亮哭了好一会儿，林绮眠没插话。直到许月亮哭得差不多了，把嘴又放在了杯沿上，林绮眠抽了两张纸巾递给她。许月亮没接纸巾，嘴巴也有些忙不过来："我没手擦，待会儿擦。"

林绮眠捏着那两张纸巾，许月亮的眼睫毛上还挂着泪珠，嘴巴一点都没停，小口小口地啜着。林绮眠最终还是控制住自己收回了手，顺便站起了身，她拉开了距离："你先喝。"

许月亮见她要走，嘴巴终于舍得从奶茶上挪开："林医生，你吃过饭了吗？"

林绮眠：……

这个问题不好回答，她说吃过了的话，刚才离开的时间实在是太短了，根本不够吃饭。她说没吃过的话，好像她刚才出去那一趟是专门为了给许月亮买奶茶似的。虽然事实看起来的确是这样，但就像林绮眠没有去给许月亮擦眼泪一样，这是身为医生的林绮眠对病人许月亮不可做的僭越行为。如果她做了，那就不可说。

"我……"林绮眠道，"带了些东西回来。"

许月亮愣愣道："啊？"

林绮眠道："就不和你一块儿吃了。"

许月亮又快哭了："呜呜呜好，谢谢林医生，你真是个……"

林绮眠抬了抬手："吃你的吧。"她出了病房，"药快完了叫我。"

这次的时间十分精准，林绮眠的闹钟响了，许月亮的语音也过来了。到底是吃了些东西，她的声音听起来比之前有精气神多了。

林绮眠进了病房给她拔针，许月亮的那杯奶茶还有大半杯，她攥在手里，没舍得放下。小小的、肉肉的一只手，也不知道怎么就能攥得住那么大的奶茶杯子。

林绮眠帮她压着伤口，停顿半分钟。她没看许月亮，视线落在旁边的桌子上，好像她对每个病人都是如此亲力亲为，如此贴心一般。

许月亮一直仰着脑袋看她，眼神直白、天真，充满崇敬和艳羡。

“好了。”林绮眠直起身，收拾针管和药瓶，“明天、后天再挂两天，我把单子给你，你找家离得近的社区医院就行。”

“开的药就不用吃了，成分都是一样的，再吃就过量了。

“你疼了就吃布洛芬，不疼就忍忍。这药伤胃，你这几天又没好好吃饭，别嘴好了，胃坏了……”

“林医生。”眼看她要出门了，许月亮嘟嘟囔囔地叫了声。

林绮眠停住脚步：“嗯？”

许月亮抱着奶茶，嘴巴开开合合的，半晌也没说出什么话来。

林绮眠问：“我要下班了，你有什么事……”

许月亮赶紧道：“林医生我们一起走。”

林绮眠：……

许月亮拿起桌上的收费单：“我还要去那边缴费。”林绮眠说：“嗯。”

许月亮说：“我的奶茶钱也还没给你。”林绮眠依然只回了一个字：“嗯。”

许月亮整理自己的包，戴上帽子和口罩，来到了林绮眠身边：“我们走吧！”

林绮眠：……

不知怎么她就和许月亮一块儿下了楼。下了楼，林绮眠还要陪着许月亮去综合楼缴费，缴完费又陪着她穿过中庭，去了侧门。

等车的时候，许月亮吸着奶茶问她：“林医生你真的不换衣服吗？”

林绮眠：……

许月亮小声说：“我那会儿不是故意哭的，我就是没想到竟然可以喝奶茶。我觉得我这两天好亏，太可怜了……”

林绮眠道：“人不吃饭会饿死，伤口恢复也需要营养。”

许月亮点点头：“嗯嗯，我现在懂了，就像我腿上划了个口子，跟我吃东西没关系的，只不过现在我的口子在嘴里。”

林绮眠提醒她：“嗯，吃完东西记得漱口。”

许月亮乖乖应道："嗯嗯嗯。"

路口的红灯拦住了一大片车流，里面不乏亮着"空车"显示牌的出租。

许月亮盯着路口，猛地回头看林绮眠："林医生，明天周末，你还在医院吗？"

林绮眠面上无波，手指在口袋里拽住了一根线头，重重地扯。或许是气温实在太高，或许是一直戴着口罩实在太闷，或许是因为身边站了个人……一切都热烘烘的，热风包裹了她。

林绮眠的脚尖轻轻点在地上，她没有去看许月亮的脸："在。"

"啊，好辛苦。"许月亮小声地感慨。

而后，两人再无话。

这让林绮眠的心如同遭遇了空调制冷系统。

绿灯亮，出租车到了她们面前。林绮眠拉开车门，示意许月亮钻进去，然后甩上了车门。再没多余的嘱咐，她随便招了招手便转身往回走。没走两步，手机便在兜里嗡嗡响了两声。

消息来自"皎皎"：

"林医生你真的是为了特意送我。"

林绮眠：……

风把她的白大褂吹起，出租车驶了出去，手机页面上的"正在输入"几个字不断地闪烁。林绮眠没回复，等着许月亮自己把这些话说完。

"林医生，我不知道自己攒了多久的运气，才遇到了你这么好的医生。

"林医生，我有点庆幸自己长了智齿。

"林医生，其实我那会儿哭还有一个原因，我太感动了，已经好久没有人这么关心我吃东西了。除了火锅店的服务员。"

林绮眠一下子笑了。

许月亮还在输入："对了林医生，奶茶叫什么名字，多少钱啊？这是我喝过的最好喝的奶茶！"

林绮眠的指尖在键盘上摩挲，她准备给这杯成分复杂的奶茶胡诌个名字和价格。

许月亮的消息又跳了出来："我可不可以明天还去你们医院挂水？就在那个病房，我愿意出钱。"

THE MOON IS SHINING ALL NIGHT FOR YOU.

第三章

Chapter III

当然可以。病人想在哪里输液，是她的自由。许月亮舍近求远，放着便宜又方便的社区医院不去，非得来他们佑海 VIP 病房享受高端服务，林绮眠怎么能拒绝呢？她看着许月亮发来的消息，琢磨良久，回了一个字：“好。”

那边又跳出来好几条消息，跟她说明天大概几点过来，跟她说“今天辛苦了，明天见”，甚至跟她说“晚安”。

最后，许月亮又问了一遍关于奶茶的事。

“我不记得了。”林绮眠这样回她，顿了顿，又发了一条，“明天你请我喝奶茶吧。”许月亮满口应下。

聊天就此结束，林绮眠回到医院，换衣服下班。人刚到停车场，黄小艺的电话就打了过来。“林大医生，明天没什么事吧？你跟我去海滨浴场，来个美人共浴。你放心，这次就咱们两人，别的什么零零碎碎的都没有，咱们就是去散心，就是去快乐！”

林绮眠拉开车门：“我没什么要散的。”

黄小艺说：“我有啊！我这一周过得可太精彩了，之前你不是让我联系高中同学吗？哟，我打听到了好多事，你绝对想都想不到……”

林绮眠说：“那就不想。”

黄小艺：……

黄小艺小声道：“绮眠你是不是还生我气呢？电话里不好说，我这里真有一些东西，咱们见面聊。”

“不用了。”林绮眠道，发动了车子，“我要开车了，你明天找别人玩，我最近比较忙。”

黄小艺急急忙忙地补充：“是关于……”林绮眠打断了她的话：“再见。”

林绮眠这电话挂得有些无情，但她现在的确不太想从别人嘴里听到有关许月亮的事情。人的思维会在短短的时间里发生翻天覆地的变化。

几天前，她明示暗示，到处打听，是因为隔了漫长的时间空隙，“许月亮”这三个字变成了一个模糊的意象。林绮眠无法具体地去感知她，去了解她，甚至去回忆她。因为回忆在大脑经年累月的暗示中，是会骗人的。所以她需要一些外界信息，一些逻辑信息，一些别人眼中的许月亮，去落实她心里的意象。

现在，这完全没必要了。林绮眠想起许月亮，可以明确地想起她的笑，她的眼泪，她说话的声音；她的手机里有两人的聊天记录，她的电脑里有许月亮的病例信息；许月亮吃什么药她知道，许月亮喝什么奶茶只有她知道；她甚至可以预判许月亮的一些行为，从她那双大眼睛里，读到她没有说出口的情绪。所以还有什么必要，从别人嘴里听到一个口口相传的许月亮呢?

林绮眠垂眸滑动了下手机，小号里朋友圈的红点又亮了起来。她点开，看到许月亮白嫩嫩的一截小臂抱着奶茶，背景是车后座。这条朋友圈没有配文字，只有一个红心小表情。

林绮眠抿了抿唇，放下手机将车开出去的时候，从后视镜里看见了自己的脸。她的唇角上扬，形成一个轻松又快乐的弧度。

第二天，林绮眠在家里消磨完大半天的时间，在下午四点到达了医院。

去换衣服的时候，有不少同事看见了她，略带惊奇地跟她打招呼。林绮眠微笑着回应，并不做解释。这是她的秘密，越隐秘，越有趣。

许月亮和林绮眠约的时间是五点，林绮眠这次没有出门接她，而是让她自己来新楼。许月亮到达楼下的时间是四点四十五分，非常礼貌的赴约时间。

“电梯要刷卡才能上去。”她给林绮眠发消息。

林绮眠抬脚跨进电梯里，觉得这几个字看起来可怜兮兮的。

她下楼接了许月亮上来，电梯里只有她们两个人。许月亮双手捏着双肩包背带，贼兮兮地跟她说：“林医生，VIP 就是不一样啊。”

“当然，”林绮眠道，“一分钱一分服务。”

许月亮往她跟前靠了靠：“大明星要搞牙，是不是都来这边？”

林绮眠垂眸看了她一眼：“嗯。”

许月亮眉头一抬：“哇，那我也算是大明星了。”

你可不是嘛。长得天生丽质，身材管理到位，专业技能精进，工作态度积极，哄我这种小粉丝，一哄一到位。

林绮眠淡淡地嗯了一声，许月亮自己在口罩下面乐了好一会儿。

来到病房，林绮眠戴上手套，准备再给大明星做做检查。许月亮的心思却没在自己的脸上。她将双肩包卸下放在自己的大腿上，然后埋头从里面翻出了一杯保温袋裹着的奶茶，一份切得整整齐齐的水果拼盘，一堆品种丰富的进口零食。

林绮眠：……

许月亮扬起脑袋，像等待表扬的乖学生：“林医生，这奶茶是我喝过的 S 市最好喝的奶茶。水果是最当季、最新鲜的、最好吃的，都是我洗得干干净净、自己切的。零食是各大网红博主推荐，经过我亲口检验的非常不错的零食，您一定要都尝尝！”

林绮眠说：“好。”

许月亮快乐地晃了晃身子，把自己往沙发另一边挪了挪，这才摘下了口罩：“林医生你真是神了，我今天一觉睡醒就发现肿消下去了好多。”

林绮眠走近她，捏住了她的脸：“是抗生素神。”

许月亮接着道：“那……”

林绮眠很快截住了她的话头：“张嘴。”

许月亮张开嘴：“啊——”

没什么问题，林绮眠给她挂上了水。

望着林绮眠的时候，许月亮除了扎针的那只手没动，身体的其他部位几乎都在动。她扭来扭去，扭来扭去，还是没忍住，催促林绮眠：“林医生，你尝尝嘛，尝尝嘛。”林绮眠看着她那张快乐的脸，不知道当自己摘下口罩以后，还能不能看到这张快乐的脸。

现在的快乐就已经足够，林绮眠当然不会选择冒险。

她弯腰，从抽屉里拿出一个大纸袋子，将桌上的东西一一装了进去。

“我拿去办公室吃。”她道。

“啊……”许月亮兴奋的神情消失了。

林绮眠说：“还有别的病人。”

许月亮低下了脑袋：“哦。”

林绮眠收拾好了东西往外走，许月亮在她身后，静悄悄的。

房门打开前，林绮眠决定跟她开个玩笑：“想要我只为你一个人服务也不是不可以。”

许月亮眼睛一亮：“欸？”

林绮眠笑着道：“很贵很贵很贵的哦。”

许月亮：……

许月亮瘪着嘴，一副压根就不敢问价的表情。

林绮眠忽而觉得通体舒畅，整个人都轻飘飘的。“我待会儿过来。”她道。

房门关上，许月亮打开了电视机，林绮眠去了休息室。

林绮眠将休息室的窗帘都拉上，门反锁，这才打开了这些零食的包装，慢悠悠地品尝起来。

许月亮推荐的奶茶很好喝。许月亮切的水果非常甜。许月亮精心挑选的零食，她吃不了那么多，只打开一包尝了尝，剩下的都藏在了带锁的柜子里。

这天，直到挂完水，林绮眠才回答了许月亮等了快两个小时的问题。“味道不错，特别是奶茶，”她停顿了下，故意拖出带着意味深长的腔调，“比我买给你的，大概好喝很多。”

“啊……”许月亮终于发现了自己的严重口误。

她慌忙摆手，努力解释：“不不不林医生，你给我买的绝对绝对绝对是我喝过的最好喝的奶茶。这个好喝和那个好喝不一样，它不是一种好喝。我给你的奶茶它是那种固定的、成品的、千篇一律的好喝，你给我的奶茶是特别的、流动的、有着不一样寓意的。啊，我在说什么呜呜呜……”许月亮脸红了，眼睛也红了，急得都要找条地缝钻进去了。

林绮眠努力控制着自己的唇角，最终还是没控制住，嘴巴笑起来的时候，眼睛和眉毛都会微微弯起。

许月亮看见她的表情，一捂脸，自暴自弃地道：“呜呜呜林医生你是故意的……”

“嗯。”林绮眠大言不惭地应了，在电梯门打开的时候，替她挡了挡，“你回家后早点休息。”许月亮进了电梯，点头：“嗯。”

林绮眠笑着朝她招招手：“明天见。”许月亮用力点头：“嗯。”

彭小帅已经观察林绮眠很久了，从那天他在诊疗室里被赶出来以后，他的所有注意力便都放在了林绮眠身上。

林绮眠什么时候该出现在什么地方，什么时候不该出现在什么地方，他开始认为，自己比谁都清楚。比如，林绮眠不该在休假时间的傍晚出现在医院，更不该在综合大楼里晃一圈之后，便消失不见。

彭小帅牺牲了自己的休息时间，进行了适量的跟踪，知道林绮眠去了去年刚建成的新楼，而且是去的五层往上的 VIP 病房。

但最近几天 VIP 病房并没有入住记录。彭小帅和 VIP 病房的护士搞好了关系，知道她这两天闲得很，基本就是带薪休假。

而五层往上除了病房，只剩下一间特别的办公室，独属于他们院长——真正掌握着医院大权的章院长，总是对林绮眠笑脸相迎的章院长。

彭小帅觉得所有的思路都理清了，年轻貌美的女医生凭什么在院里节节高升，凭什么对所有人趾高气扬，凭什么惹了网红主播还毫不在意地企图瞒天过海……所有的一切都有了答案。现实龌龊又残忍，但也让他觉得兴奋，他决定当一回勇敢无畏的正义使者，揭露这令人不齿的丑恶。

林大医生，明天见。

周天，天气依旧炎热，不适合任何室外活动。

早上，林绮眠在图书馆打发时间。中午她回家休息，睡前吃了几颗许月亮零食大礼包里面的青梅，酸酸甜甜恰到好处，惹得她一整场梦境都是这味道。

午睡没有定闹钟，林绮眠醒的时候便有些神思恍惚，日光照射在晃动的纱帘上，柔软又明亮，让她想起许月亮的脸。

许月亮高中时的脸和现在的脸相比，其实没什么大的变化。

如果那个时候，许月亮和她之间，也有一件类似于“拔牙”的复杂事件联系，或许她们就不会像如今这般，相见不相识。林绮眠抬手，遮住了自己的下半张脸。很难认出来吗？她明明也有一双很好看的眼睛。

林绮眠赖在床上，就这么伤春悲秋了足有十来分钟，才起了床。

手机在图书馆的时候调成了静音，午休的时候也没开。这会儿她拿过来一看，工作用的微信账号上有一排未读消息，来自好几个人。

有蓁蓁的，有办公室热情的张主任的，还有跟她进院时在一个科室，后来被调到分院去的一位称得上朋友的同事……

打开浏览了一遍，大家竟然全都在说一件事情。有人在当地的医药论坛匿名发表了个八卦帖子，帖子里那个年轻漂亮、心比天高，靠着不正当关系上位的女主人公，被人在后续跟进的回复里揭露是佑海口腔的林绮眠。

由于林绮眠曾在这个论坛里因一张病人偷拍的工作照片爆火过，所以这个帖子也变得非常热闹。

“如果是她的话也不稀奇，有那么张脸，谁不用谁是傻子。”

“院长的级别就可以泡这种大美人了吗？我现在去学医还来得及吗？”

“怪不得林大医生的眼睛长在头顶上，谁都瞧不起。”

“你们没有证据不要乱说，我在林医生那儿看过牙，她人很好。”

“楼上小心求锤得锤。”

林绮眠退出了论坛链接，伸了个懒腰。

这楼盖得还不够高，可以让子弹再飞一会儿。

她打下一行字“帖子我看了，后续会处理，谢谢关心，祝工作愉快”，然后复制粘贴给了微信列表里所有给她发有关消息的人。

和许月亮的约定如期履行。林绮眠依旧提前来到了医院，换好衣服，然后去新楼等人。来回的路上，同事们落在她身上的目光，可能变得复杂了一点点，但无所谓，林绮眠经常接受这样的目光洗礼，对此已经毫无触动了。

今天的许月亮穿的是条粉色的连衣裙，粉色就算了，胸口竟然有个大大的红心，配着层层叠叠的荷叶边装饰和脑袋上的蝴蝶结发卡，整个人仿佛一份待拆的甜蜜礼物。

电梯门一打开，林绮眠心想：这不比什么无聊的、龌龊的、关于自己的八卦好看多了？“下午好啊。”她跟许月亮打招呼。

许月亮脚步轻盈，几乎是跳着进了电梯，站在了她身边：“林医生下午好！”高马尾晃了晃，有着精心收拾过的漂亮弧度。

林绮眠垂眸盯着她头发上的蝴蝶结：“看来恢复得不错。”

许月亮捂住了自己的口罩边，没有仰头，但眼睛努力地往上看：“林医生你还没看我的脸呢。”

林绮眠说：“不看我也知道。”

许月亮摇头：“那不行。”

她低声嘟囔了句：“那就没有惊喜了……”

林绮眠笑起来。她真想去揪一揪许月亮的马尾，扯一扯她绑得有些歪的蝴蝶结。

电梯到达了顶层，林绮眠歪了歪身子，靠近许月亮一点点：“你要是恢复得像我想的那么好的话，今天有奖励。”许月亮的眼睛亮了。

林绮眠抬脚出了电梯，许月亮追在她身后，一路小跑：“林医生，什么奖励什么奖励？你想的那么好是多好？”林绮眠只笑，不回答她。

两人进了病房，许月亮熟门熟路地放好包，端端正正地坐到了沙发上，双腿并拢，腰身板直，脑袋伸得像企鹅。

林绮眠来到她面前，许月亮提醒她：“林医生，你忘了戴手套、拿棉签。”

“今天不用。”林绮眠目光下垂，视线滑过她卷翘的睫毛，和细细的一截绵延进口罩的鼻梁……

“把口罩摘了。”林绮眠道。

“哦哦。”许月亮把手捏在了口罩边上，眼睛弯起来，嘴里喊着，“现在是见证奇迹的时刻！”说完，她这才摘了口罩。奇迹是一个小巧挺翘的鼻尖，是一张红通通如花瓣一般的唇，是一个人明明叫月亮，脸上却总是盛满灿烂的阳光。

她怎么就这么好看。林绮眠眨了眨眼，再往后，不见得有这么光明正大可以看到许月亮的时刻。她看了好一会儿，看到许月亮不敢笑了，战战兢兢地问她：“林医生……怎……怎么了……我的脸……”

林绮眠收回了目光：“没什么。”她转身拉开了距离，去配药，“你恢复得很好，今天挂完药就可以结束治疗了。”

许月亮在她身后，语气蔫蔫的，没了刚才的兴奋昂扬：“是不是不够好，没有达到你的要求……”

林绮眠挑了挑眉，忙活自己该干的事。蹲下身给许月亮扎针的时候，许月亮低头看着她："林医生，我觉得我已经恢复得够好了，我觉得我拔牙没受什么罪，比我想象的好很多很多很多……"

林绮眠道："那你以后想象的时候，可以乐观一些。"

许月亮在林绮眠掌心中的手指动了动："那我的……奖励……"

林绮眠说："你今天化妆了。"

许月亮：！！

林绮眠直起身，帮她调整输液速度："都是女生，我看得出来。"

许月亮：……

"技术不错，妆感清透，气色看着好了很多。"林绮眠抿抿唇，一副为难的表情，"那你说，这算不算是作弊了呢？"

许月亮：……

眼看她的嘴巴瘪了起来，眼睛耷拉了下来，林绮眠赶紧逃出了病房："待会儿见。"然后她在楼道笑了好一会儿。

奖励当然还是要有的。毕竟，给许月亮的奖励，不如说是给她自己的奖励。

再回到病房的时候，林绮眠带了一份飘香四溢的鱼粉，在许月亮震惊的目光里，她打开盖子，将筷子递到了她手上。

许月亮的口水都快流出来了："能吃吗？我连粥都还没法好好喝……"

林绮眠说："其实这种类型的食物比粥还好入口，你试试。"

许月亮立马矮了身子，抄起筷子就吃。她吃第一口的时候还小心试探，第二口的时候便已经在狼吞虎咽了。一口气吃了小半碗，许月亮抬头的时候，眼睛里溢着快乐的泪水："太好吃了，我的命都是这碗鱼粉给的。"

林绮眠靠着沙发扶手，笑得不行。

许月亮减缓了进食速度，吃一口和林绮眠聊一句。

"不到这种时候，林医生，我真不知道原来吃粉基本不用嘴。

"是我太饿了吗？还是您又找到了我生命中最好吃的粉，这味道，怎么就这么完美呢？

"这算是奖励吗？其实我刚才想明白了，题是您在电梯里才跟我出的，妆是我来之前就化好的，所以我不算作弊。

"林医生，你真好。

“林医生，我是不是话太多了？对不起，呜呜呜，我这几天都没跟人说话……”

林绮眠真想掏出手机，把许月亮这样子给录下来。她突然有些感谢许月亮的职业，这让她往后起码能够在手机软件里看到许月亮的脸。许月亮在直播的时候是这个样子吗？

不尽然是。许月亮直播时只拿出了她百分之一的可爱，剩下的百分之九十九，林绮眠窥到了一分，还有九十八分，藏在林绮眠无尽的想象里。

“如果喜欢，”林绮眠道，“你以后可以多吃吃鱼粉。”

许月亮用力地点头，干完了最后一根粉：“好可惜，配菜和肉我还不能吃。”

林绮眠走过去收拾桌子，替她打开电视机，换上了新的药。

许月亮摸摸肚子，眼神开始有些飘忽：“吃饱了就……困……”

林绮眠拉开了病床上的被子：“困了就过来躺会儿吧。”

许月亮愣愣的：“啊？”

林绮眠说：“被子我都已经拉开了，算在你的费用里了，钱花都花了。”

许月亮立马站起了身，自己举着药瓶过来，挂在了床头的撑杆上。

林绮眠抬高她扎针的那只手，帮她盖好了被子。空调和电视机的遥控器都放在了她手边：“还看电视吗？”

“先放着，”许月亮打了个小小的张不开嘴的哈欠，“我听着声不容易睡着。”

林绮眠说：“你睡呗。”

许月亮说：“要看药呢。”

林绮眠拉过一旁的凳子坐下了身：“你放心睡，我帮你看着。”

许月亮眨巴眨巴眼睛，脑袋陷进纯白色的枕头里，唇瓣轻轻碰了碰，不等她发出疑问的声音，林绮眠自己解释道：“VIP 服务项目。”

许月亮小小地应了一声：“哦。”

林绮眠看着她的眼睛：“脑袋放正，别压着脸。”

许月亮乖乖地躺好，侧脸在灯光的照射下，有层暖融融的光。

时间一分一秒地走，太阳落山，电视无声，床上的人呼吸均匀。

林绮眠弯了弯唇角，想起年少时的某个夜晚，她也曾如此幻想某个人睡着的样子，像孩子一般的纯真睡颜——然后她的脑袋里冒出了这个被用烂了的庸俗比喻。

彭小帅在楼道里蹲守了一个小时，终于等到了目标人物。

章院长从外面风尘仆仆地进来，身上穿着板正的三件套西装，头发梳得整整齐齐的，不难看出专门做了造型。

彭小帅一个踉跄，差点从台阶上掉下去，赶忙掏出手机对准，疯狂地按快门。

直到章院长进了电梯，他才收回手机，给微信页面一直陪着他的兄弟发消息："男方出现了，特意打扮过，真不知道他老婆看到了做何感想。"

那边很快回复过来："他还真来了啊。"

"这幽会地点选得也太大胆了吧，最危险的地方就是最安全的地方？

"但你光有两人上楼的照片也没法说明什么啊，还有别的人上去。

"论坛里的楼盖了快三百层了，不知道谁出来带的节奏，这会儿都在问你要证据。"

彭小帅点进链接里，现在支持他的人和骂他的人各占一半，骂他的什么难听的话都有，说他猥琐，心是黑的看什么都是黑的。

彭小帅每看一条，心里的火就噌噌地往上冒。他做这些事，并不是为了自己，是为了小月亮，为了那些来林绮眠这里看病却遭受了不公待遇的人。

小月亮的事只是冰山一角，等他将林绮眠和章院长的事曝光了，林绮眠没了靠山，剩下的那些自然会浮出水面。

这是很危险的，他完全置个人安危于不顾。但那些辱骂在随时提醒他，这是他必须去做的事。他要证明自己的清白，并且还这个世界一个干净！想到这里，彭小帅只觉得万丈豪情，越挫越勇。

"会有证据的，铁证如山。"他给朋友回复道。发完消息，他便去了护士站，和护士嘻嘻哈哈地聊完天，顺走了她桌上放着的电梯卡。

这个点，医院里已经没什么人了，新楼里更是寂静。彭小帅从第五层往上搜寻，不出他所料，果然到了最顶层才有了亮光。一间亮着的病房，里面似有声音传来。

彭小帅将手机别在了胸口的口袋里，确保可以录下自己所见到的一切。他走向那间病房。风萧萧兮易水寒，他带着一身的壮志豪情，猛地握住了房间门把手，向下按去。

没想到，房门竟然没有反锁。他本来就是要打屋子里的人一个措手不及，现在如有神助，房门推开的一瞬间，他简直控制不住自己脸上愉快的表情，肌肉都开始颤抖。

按照早已计划好的，彭小帅努力装作意外闯入的模样，喊了一声："啊，有人在啊！"

房间里光线明亮，桌上沙发上都扔着一些东西，床上的被子被拉开，被窝里明显有人。而床边的人刚刚是俯身的姿势，这会直起了身，身材修长挺拔，果然是林绮眠。

彭小帅张着嘴，立马又喊了一声："啊，是林医生啊！"

他抓紧时间输出信息："您在这边是有什么事吗？没听说有病人啊。"

林绮眠看了过来。她戴着口罩和眼镜，所以神情只能通过眉毛和一点不明了的眼神传达。她似乎有些震惊和疑惑，但她站在那里，双手插进白大褂的兜里，身姿端正，没有一点慌张。

彭小帅往里走了一步，将胸口手机镜头的位置对准了病床，企图拍到床上人的脸："这么晚了，您还没下班……"

林绮眠终于出声，打断了他的话："你在干什么？"

反正镜头拍不到他，彭小帅已经不顾自己在林绮眠眼里的样子了，他直直地冲着病床过去，只要一步，再一步，所有的龌龊就会大白于天下。

但在这一步即将到来的时候，林绮眠拦住了他。她的手抓住了他的肩膀，一个女人细长的手，跟鹰爪一般，几乎掐到了他的骨头缝里去。疼痛袭来，彭小帅大叫了一声。林绮眠就这么掐着他的肩胛骨，将他扔了出去。

"你怕了！"彭小帅喊道，"你以为你还拦得住我吗？！"

"你以为今天的事曝光了，你还能好好地当你的林大医生吗？！

"你这样做，对得起你学医时宣读的誓词吗？！对得起生你养你的爸妈吗？！

"我敬重你，把你当老师，你竟然……"

"病得不轻。"林绮眠低声说了句，一脸难以言喻的表情。

她往床头的位置挪了挪，想要挡住许月亮的视线，不让许月亮看到这糟心的一幕，但许月亮突然一伸胳膊，把她扒拉到了一边。

许月亮整个人几乎从床上翻滚了下来，也不顾还扎着针的手，朝彭小帅喊道："不是这样的！我不允许你这么说林医生！"

林绮眠：……

床上的人终于全须全尾地出现在了彭小帅的视线里，出现在了他的手机镜头里。彭小帅愣在那里，怎么都想不到，和林绮眠鬼鬼祟祟“暗度陈仓”的人会是他心心念念的小月亮。

明明他打电话过去询问许月亮的术后情况时，许月亮说他是骗子，并且凶巴巴地挂了他的电话，显然已经对整个佑海口腔和它里面的所有医生都失去了信任。所以她为什么还会出现在这里？手背上还扎着针？

彭小帅福至心灵，想到了唯一的答案。他激动地问许月亮：“月亮，你怎么样了？你是不是感染了？手术是不是出现了问题？你别怕，你跟我说。我认识很多厉害的医生，我帮你解决。你不要再被她骗了，她……”

许月亮眉头皱起来，忍着还隐隐作痛的伤口，字正腔圆地道：“林医生就是厉害的医生。”

“我没有感染，手术也没有任何问题，我只是体质原因，有些发炎。

“林医生人很好，我已经没什么事了，来这边的病房是因为大楼那边人太多了，我嫌吵。

“VIP 病房我付了钱的！不关林医生的事！”

彭小帅：……

林绮眠忍不住了：“噗。”她低头看许月亮的手臂，道：“宝贝，针歪了。”

许月亮的脸一下子涨得通红。

彭小帅：……

林绮眠压根不想理那个跳梁小丑，将许月亮拽回来，命令她：“坐下。”

许月亮像条呼哧呼哧还在吐气的鱼，人坐下了，嘴还要跟人吵：“我希望你不要乱传谣，林医生是非常尽职尽责的好医生，对每个人都很好！她没有……私心！”说到这里，她明显有些底气不足。

许月亮低头偷偷看了林绮眠一眼，林绮眠正认真地给她处理手背上歪了的针头，动作利落轻柔，许月亮感觉不到一点疼。这给了她勇气，她挺直身体，胸有成竹地道：“我是她的病人，我可以证明！”

“行了。”林绮眠重新调整输液管，拍了拍许月亮的肩膀，“乖乖坐着，就这一点药了，好好挂完。”

许月亮用力地点头：“嗯！林医生说的话我都听！”

“好。”林绮眠对她笑了笑。

彭小帅还站在那里，整个人都已经僵了。林绮眠转身走向他，钳住了他的胳膊，将他往外拉去。彭小帅没有反抗，几乎被拖着出了病房。

病房门关上，林绮眠将人一直带到了安全通道里，这才松开了手。

她抽掉了彭小帅胸口口袋里别着的手机，彭小帅下意识地去抢，被她早有预判地躲开了。

手机屏幕上还是录像状态，已经录了快十分钟的时长。林绮眠没有停止录像，将摄像头对准了彭小帅的脸：“说说，你还有什么要控诉的。”

一个人的迷茫、无措、尴尬和窘迫，在摄像头里几乎无处遁形。彭小帅露在衣服外面的皮肤都变成了红色，他的五官拧到了一起，再一次去夺林绮眠手里的手机。

林绮眠抬手，朝他竖起一根食指。彭小帅就像一只被驯服的狗，盯着那根食指，一下子就不动了。这个姿势方慧珍经常使用，通常用来让彭小帅安静，制止他的一些错误的行为，让他认真学习。

方慧珍是他的老师，而林绮眠和方慧珍是一样的级别，也是他的老师。他们学生进了医院，很少将医生称呼为医生，还是像在学校时那样叫老师。

这样做是亲切，也是尊重。他原本是很尊重老师的，怎么突然就变成了这样？彭小帅弯下了腰，那团燃烧在胸口里的火掉进了海里，让他觉得浑身发冷。他想来想去，怎么也想不明白，于是只能喃喃出声：“你为什么不让我当助理？你答应了我的……”

林绮眠说：“因为你对许月亮存在私心，你看到她的时候很不冷静。我不确定你在手术过程中，能不能保持冷静。”

彭小帅蹲下了身，手插进头发里，狠命地揪：“那你为什么不让我见许月亮？那是下班时间……”

林绮眠说：“你只顾着自己的想法，大概没有注意到，许月亮并不想让人在医院里认出她主播的身份。她来医院的时候没有化妆，没有特意打扮，身边甚至都没带一个朋友。”

“她在交谈的过程中没有透露任何自己的职业信息，而你已经让全医院都知道了，有个网红女主播，要在佑海拔牙……”

林绮眠挑了挑眉，叹了口气：“还和我强调了很多遍。”

彭小帅已经彻底呆了，抬头看向林绮眠，眼睛里全是血丝：“为什么我以前问你的时候你不告诉我？”

林绮眠的语气很淡，平静无波：“因为我不是你妈。”

她将手机摄像头退到后台，点开了彭小帅的网页浏览记录，进入了那个医药论坛，她把后台发帖记录一一截图，打开微信，找到了自己。

林绮眠的大号，为工作和本来就不多的一点私人生活用，为了方便，名字就叫林绮眠。但彭小帅给她改了备注，写着“林·女魔头”。

林绮眠给自己发送截图，顺便跟彭小帅说：“谢谢。”

忙完这些，她将手机扔回给彭小帅：“视频我不需要，你看着办，没事干的时候可以多看两遍。”

“论坛楼已经盖得够高了，里面不乏一些对我的人身攻击以及隐私泄露，我将转交给我的律师处理。

“如果你对许月亮在我院的就医过程还有任何疑问，可以收集材料，交给院办。”林绮眠说着，突然笑了笑，“如果你怕院办和我还有什么私人关系，可以越级投诉给院长。章院长一定会秉公处理。”

回到病房的时候，许月亮的最后一瓶药刚见底。

她坐在床边沿，见林绮眠进了屋，目光立马黏在了她身上。林绮眠到了她面前，拔针、按压、收管子。许月亮嘴巴张了好几次，终于在林绮眠转身的时候，着急地问道：“林医生，怎么样了啊？”

林绮眠忙活自己的，没回身：“什么怎么样？”

许月亮起身到了林绮眠跟前，跟在了林绮眠的屁股后面。林绮眠往北她往北，林绮眠朝南她朝南。林绮眠弯身从抽屉里取东西的时候，许月亮离得太近躲避不及，撞到了她腿上。

“啊，对不起对不起，林医生，我……”许月亮慌慌张张又可怜兮兮的，“我没注意……”

“我要真有这么大一条尾巴，不撞上倒是奇怪了。”林绮眠将文件袋递给了她，“去交费吧，明天就不用来医院了。”许月亮快速地翻了翻里面的各种收据：“林医生，VIP 病房你就只算了今天的！”

“哦，是吗？”林绮眠皱了皱眉头，“严格来说，VIP 服务你也只享受了今天的。"

"不。"许月亮摇头，态度前所未有的坚定，"三天就三天，就按三天的算。林医生你给我打一下之前的病房费用的单子，我现在就去交费。"

林绮眠将手揣在了衣兜里，看着她。几秒钟沉默的空隙里，许月亮既没有流那些混乱的眼泪，也没有一丝犹豫的气息。

"现在不嫌这里贵了？"林绮眠问她。

许月亮迸出两个铿锵有力的字："值得。"

林绮眠说："可是第一天是我带你来这儿的。"

许月亮突然弯了弯上半身，靠近林绮眠，用只有两人能听到的音量道："其实我也觉得，该从后面两天算。第一天是免费体验卡，后面是我自己要求的。"

林绮眠沉吟道："嗯……"

许月亮眉头一挑，目光对上林绮眠的视线，一副交流机密的模样："但这不是出了这事了么，咱们不能让人抓住了把柄。"

咱们？林绮眠一下子笑了："什么事？"

许月亮一跺脚："林医生你没必要一个人硬撑着，我都看到了！我也不知道你们到底是怎么回事，但我知道哪里的职场都不好混，总是有些小人……咳咳……反正，其他的我没办法，我这里得把记录搞得清清楚楚、明明白白的。你要是需要人证，随时给我打电话，能配合你的我都配合，甚至一些……善意的谎言也可以，大家都是成年人嘛，我懂的。"

许月亮一张小嘴说了一堆，自己把自己都说得不好意思了。她皮肤白，所以脸红起来就特别明显，淡淡的粉色从脸颊往上爬，到了耳朵处聚成红艳艳的一团。在透光的位置，几乎连血管都看得清。

于是，这些啰啰唆唆的话，自认为成熟又世故的计谋，到了林绮眠的耳朵里，左边进右边出，最后她的大脑里只剩下了一个念头。

她真可爱，林绮眠想，我即使是在高中的时候，看人的眼光也很不错。

"林医生，林医生，"许月亮轻声叫她，"你明白我的意思了吗？"

林绮眠点点头："明白。"许月亮又试探着问："那……这样可以吗？"

林绮眠说："可以。"许月亮高兴起来，眉眼弯弯的，在脸变得更红之前，和林绮眠拉开了距离："那你不要忘了我啊。"

林绮眠眨了眨眼，没回她。许月亮拿着文件袋，在屋子里转了一圈，把自己的包背好，把桌子收拾干净，甚至回身把病床上的被子都叠了。

“那……”她对还在屋子里的林绮眠招招手，“林医生再见，我去缴费了。”

“嗯，再见。”

许月亮离开了病房，再要不了十来分钟，她就会离开这所医院。

再过两天就可以拆线，但许月亮一直以来的医疗记录，其实都是在方慧珍那里的。她是方医生的病人，没发生今天这些乱七八糟的事情之前，林绮眠还能把人拐到自己身边看几天。现在，医院内网里谣言肯定已经传得沸沸扬扬了，林绮眠不想再把许月亮扯进来。那些话题连落在她身上都不行。

林绮眠去了休息室，把锁在柜子里的零食通通装进袋子里，背回了家。

晚些的时候，方慧珍打来了电话，跟她说彭小帅交了离职申请。

“嗯。”林绮眠道，“今年还有两个很不错的实习生，让汪主任给你调个过去。”

方慧珍犹犹豫豫的，最终还是道：“小林啊，小帅是来我家给我交的申请，一个大男生，哭哭啼啼的，跟我说他对不起你，让你不要记恨他。”

“我怎么会记恨他。”林绮眠道，“在医院的时候没说过几句话，离了医院，走在大街上我都认不出来他。”

方慧珍道：“欸，那就好那就好，他一个年轻人，难免犯错……”

林绮眠没接话。她说的是自己的心里话，至于别人怎么理解，就不是她能控制的了。彭小帅这样的人，在她的生活里就像偶尔踩上的一坨鸟屎，处理干净了就行，谈不上记恨。谁会记恨一坨鸟屎?

电话挂断以后，林绮眠回了自己的代理律师几条信息。

晚上临睡之前，律师告诉她，取证已完成，帖子已经被后台隐藏。

林绮眠回复“辛苦”，便切换到了另一个微信页面。

皎皎的朋友圈没有更新，她刷新了一遍，还是没有更新。往前拉了拉，林绮眠想，大概是因为，皎皎同学这个月的朋友圈更新量已经超标了。

林绮眠扔了手机，关了灯，躺在床上，看了好一会窗外透进来的光影。

城市污染实在是太严重了，只有在明月皎皎的时候才能发现，夜晚该是块天幕。

第四章

Chapter IV

第二天，新的一周，新的工作。林绮眠如常来到了医院，蓁蓁到得比她还早，她进门的时候，蓁蓁已经整理好了桌面，泡好了茶。

林绮眠拉开椅子，蓁蓁晃着手里的水杯："林老师，你要不要尝尝这个？我从我爸那里薅来的好茶，香得很。"

"可以试试。"林绮眠不拒绝来自可爱小姑娘的好意。

"好嘞，那我去给您泡。"蓁蓁小心翼翼地拿走了她的水杯。

"谢谢。"林绮眠笑了笑。

在蓁蓁泡茶的空隙里，方医生从她的诊疗室门口路过，跟她打了个招呼。

有几个护士从她的门口路过，装作聊天的样子，但眼神还是偷偷瞄了过来。

林绮眠静静欣赏这一方世界里的百态千姿。蓁蓁端着杯子回来，林绮眠闻了闻："好茶。"

蓁蓁笑呵呵的："林老师，同样的事情您来做，那感觉就是不一样。我爸老嫌弃我拿保温杯泡茶呢。"

"今天份的马屁够了。"林绮眠道，"离上班时间还有五分钟，要不要说点别的，看你自己了。"

蓁蓁立马压低了声音，伸长脑袋："老师，那个帖子消失了。"

林绮眠也压低声音："嗯，我干的。"

蓁蓁说："彭小帅今天没来医院，有人说他离职了。"

林绮眠道：“嗯，他自己干的。”

蓁蓁说：“所以老师我怀疑有的人畏罪潜逃。”

林绮眠抬眼看她：“你才知道？”

“嗷——”蓁蓁叫了一声，她有种窥探到真相的震惊和兴奋，然后她用力地一巴掌拍到了桌子上，“他神经病吧他！”

林绮眠抬眼看了下门口：“章院长。”蓁蓁猛然一惊：“嗝……”

章院长尴尬得手都不知道往哪里放了。他上下晃了晃：“那个，小林你过来我办公室一趟。”

蓁蓁绷着身子不敢动弹，脸全皱巴到了一块。章院长又立马补充了句：“跟你说说咱们那个新综合科的事。”

“好。”林绮眠道，“我忙完手上的事，待会儿过去。”

章院长点点头走了。蓁蓁把自己埋在了桌子上。林绮眠喝了会儿茶，时间差不多了，这才起身去了院长办公室。

她刚一进门，章院长就迫不及待道：“门开着，门开着。”看着他比她更在意避嫌这事。林绮眠将门大敞着，章院长搓着手，还真跟她聊了几句新科室的事，问她有什么意见。

林绮眠说了点自己的想法，章院长顺势就把话题猛地转了过去：“咱们要搞的这个康复中心啊，是要占新楼一整层的。到时候咱们肯定要全院开会，集体说一下这件事。我就想，要不，到时候把你这个投资人的身份公布一下？”

“这样啊。”林绮眠笑了笑，“我觉得不是很有必要。”

章院长有些着急：“一整栋楼都是你掏钱建的，我不能让你为医院做了这么大的贡献，连个名头都没落……”

林绮眠挺真诚的：“章院长，我不在意名头的事。”她说的是心里话，她也明白章院长的意思。平日里这种事瞒着就算了，现在闹了这么一出，帖子可以删，人可以开，但流言蜚语已经传起来了，要彻底制止，就得从源头上解决问题。比如公布林绮眠的身份，让大家知道她是大名鼎鼎的林森建业的总裁千金。而佑海拔地而起的这座新楼和即将建成的特级康复中心，都是人家掏的钱。

林绮眠到底凭什么在医院里节节高升，凭什么可以保持几乎不近人情的清高，如果有些人就是不愿意相信她有这个实力的话，不如告诉他们一些他们愿意信服的东西——林绮眠是佑海的股东，大股东。

林绮眠的确为所欲为。她不在意的东西就是不在意，不想要的东西就是不想要。章院长说服不了她，急得脑门上冒了一层的汗。

他坐不住了，来回踱步地找借口、找理由，横竖劝不动之后，索性一拍手，把自己的底线彻底摊开来。

“小林啊，算我求求你了。”章院长苦不堪言道，“你不在意，我在意啊。我追了我老婆八年啊！好不容易家庭美满、儿女双全了，她现在不让我进家门了啊！”

“我昨天出完差回来，住的是医院啊。

“我说不清啊！她说，不能看男人说什么，要看男人做什么。

“她还说，她信了，说哪个男的不喜欢年轻漂亮的女人。

“你爸爸那边我没法交代就算了，我平日里也见不着林总。但我想见我老婆啊，三天了！三天没见着了！”

三天啊，是挺久的。林绮眠的指尖捏住了兜里的手机，将它在掌心里转了转。如果许月亮来拆线的时候她们能见着，那差不多就是三天。如果许月亮来拆线的时候，她没见着这一面，那就不知道得是多少个三天了。

林绮眠点了点头，终于答应了下来：“好，公布吧。”

大会还没开，消息却不胫而走。“林绮眠是豪门之女，佑海老大”这事，比那造谣她私生活的帖子传播速度还快。

果然，能够打败谣言的，只有更劲爆的真相。

林绮眠回到诊疗室，第一个病人还没看完，蓁蓁去了趟洗手间回来，便开始昂头挺胸、自信满满，颇有些狐假虎威之势。林绮眠看她一眼，继续自己的工作，蓁蓁努力抿嘴憋着，就想得空问她一句。

林绮眠手上没停，看完一个病人便立马叫下一个，一直让蓁蓁憋到了中午休息时间。

“我去吃饭了。”林绮眠扔下句话。蓁蓁着急地跟上：“老师您去哪儿吃啊？您肯定不去食堂吧？叫外卖还是下馆子啊？或者有其他安排？老师您这么……厉害的人一般会怎么安排午饭啊？”

林绮眠：……

人真是奇怪，一旦沾上了什么背景，在别人眼里就跟怪物似的。

“我以前怎么吃的？”她转头问蓁蓁。

蓁蓁愣住。

林绮眠说：“我又不是第一天来佑海，以前怎么吃，现在就怎么吃。”

“哦哦哦。”蓁蓁窘迫地抠了抠衣角。

林绮眠出了诊疗室，以前的午饭，她图方便就在医院食堂吃，想清静点就去外面随便找家店坐坐。

今天，去食堂肯定是不方便了，被那么多人盯着，林绮眠担心自己胃胀气。

她换了衣服，干脆去了停车场，踩一脚油门，离这些眼光远一点。

车子停在了某个没什么人流量的商场外，扔在一旁的手机振了振，是不寻常又有些许快乐印象的频率。林绮眠拿过手机，看到了屏幕上跳出的信息：“您特别关注的主播小月亮开播啦！快来欣赏她的劲爆……”

林绮眠：……

这些开播提醒都怎么回事？不会好好断句就别断句。许月亮这会儿开播有什么好劲爆的？她也就是跟粉丝聊聊天，不出意外的话，前半个小时的话题都会跟自己拔的那颗牙有关。

出于对无良广告的厌恶，林绮眠没有点进开播链接。她打开微信小号，刷新了下朋友圈，还是没有更新。林绮眠把手指往下滑了滑，很轻易地就翻到了许月亮上个月的美食分享：“千达的这家草帽鱼，味道好鲜哦。”

林绮眠推门下车，行，今天就吃鱼。进了店，服务员热情地介绍着他们的特色菜。林绮眠没往耳朵里去，拿过菜单，找到了许月亮照片里的那些菜品。

“就这些。”她勾选了那些菜品。

服务员道：“您一个人吗？我们的菜量比较大，可能吃不完。”

林绮眠眉梢上挑：“这是几个人的量？”

服务员道：“两到三人。”

林绮眠：……

林绮眠将菜单推出去：“就这些，吃不完我会打包。”

服务员出了包间，林绮眠一个人坐在又宽又大的桌子前，心里有些不是滋味。她向来喜欢一个人吃饭，清净、自由、想吃什么吃什么，想什么时候结束什么时候结束。但不是每个人都喜欢这样。甚至绝大多数人都不喜欢。

一个人吃饭能被网络营销号算到“孤独的等级”里去，所以，许月亮不是一个人来吃的，倒也没什么稀奇的。没人希望自己孤独，林绮眠也并不想许月亮孤独。但陪许月亮吃饭的人是谁呢？家人？朋友？

林绮眠往后缩了缩身子，戴上耳机，点进了橙子直播。刚进许月亮的直播间，林绮眠就听到她说：“午饭啊，那当然是两个人吃更好呀。”

林绮眠：……

许月亮的目光在屏幕上看了看，突然笑得十分灿烂地对镜头招了招手：“11，你来啦。”

林绮眠：……

每个送礼物的人她都记得这么清楚吗？

许月亮问：“11，你吃饭了没呀？”

林绮眠：……

她不想再听到关于吃饭的话题了。林绮眠动动手指，点开礼物栏，挑了个跟食物无关的小额礼物，送出了一大堆。

“哇！”许月亮成功地被吸引了注意力。但这次她没有着急感谢，而是随着音乐声轻轻地点着脑袋，数她送出的量有多少。

林绮眠终于得空好好欣赏直播间里的许月亮。今天她穿的是“爱丽丝梦游仙境”主题服装，脑袋上别着顶黑色的小礼帽，小礼帽旁有个穿格子裙的小兔子。许月亮也穿着格子裙，胸口红黑两色交错，胳膊上是无肩异色泡泡袖。她的项链是金色怀表的样式，造型生动，栩栩如生，随着她的晃动，似乎随时能够打开看看时间。

许月亮的妆容也和服装很配，用色大胆，绮丽梦幻，右眼角下画着梅花和方片图案，一切都很漂亮，很用心。昨天她刚挂完水，今天肿刚消得差不多了，她就马不停蹄地恢复了工作，称得上勤勤恳恳，爱岗敬业了。

林绮眠按着礼物发送键的手往左边一滑，便送了个火箭出去。

许月亮惊喜道：“哇哦！”

屏幕上飘过一堆弹幕。

“谢谢大佬。”

“好些天没看月亮跳舞了，正愁等不到点呢。”

“大佬恭喜发财，大佬继续发财。”

“先富带动后富，月亮快点跳舞。”

……

“好好好，谢谢11，谢谢大家等我这么久……”许月亮说着便推开椅子，站起身弯腰选歌，“你们想看什么啊？要不先来点开胃菜？”

服务员进了包间，把托盘上的东西放到了林绮眠面前：“这是咱们家赠送的开胃菜。”

林绮眠：……

服务员出了包间，林绮眠快速打字：“不用跳。”

许月亮正忙活着，没看见她的弹幕。但有无数人帮忙提醒。

“月亮月亮！大佬不让你跳舞。”

“大佬什么意思啊，哥们这都等着呢。”

“大佬肯定想玩更刺激的。”

……

许月亮注意到了弹幕，啊了一声。

林绮眠扔了个礼花，清了屏。她的彩色弹幕慢悠悠地飘了过去：“午饭时间，好好休息。”许月亮微微张着嘴，大概没遇到过这种情况，有些呆愣。

弹幕很快又多了起来：

“原来大佬是想我们保存体力，积蓄营养。”

“大佬用心良苦，兄弟们不要不识好歹啊。”

“好好好，下个小时再说。”

……

林绮眠闭了闭眼，将手机挪得远了些。

菜上完后，她将手机支到了桌面上。被她下令不许跳舞的许月亮真就没跳，坐在电脑前，继续随着音乐摇头晃脑地和大家聊天。她选择了一些自己想聊的、不会引起什么冲突的话题。

“嗯，牙已经不疼了。

“那不能给你们看，伤口可吓人了。

“能吃啊，我当然能吃东西，不能吃东西那你们不就见不到我了。

“吃了嗯……奶茶……”

林绮眠抬眼看去，说完奶茶两个字的许月亮眉眼弯弯，笑得肉乎乎的脸颊都快挤出一个酒窝来了。

“还有……”许月亮顿了顿。

林绮眠脑袋里冒出两个字，鱼粉。

许月亮果然说道：“鱼粉。”

“当然能吃，我医生给我吃的。

“医生可以管啊，医生会建议你吃什么呀。

“我当然听医生的话。

“对，就是那个漂亮姐姐医生。

“好吃啊，超好吃的。

“有可能是因为饿了吧……但……”

许月亮嘿嘿一笑：“也有可能跟环境有关。”

也有可能跟环境有关。是指 VIP 病房里吃东西香吗？还是因为享受着林医生的 VIP 服务？林绮眠的勺子轻轻在碗里晃了晃。奶白的鱼汤入嘴，又香又浓，没有一丝腥味，确实挺鲜。

许月亮的声音在林绮眠耳朵里嘀嘀咕咕。好像她一直聊吃饭这个话题也不错。

午餐结束，林绮眠开车回医院。停车的时候刚好到了下一个整点，林绮眠扔出两个礼花，把 VIP 病房的钱还了，顺便提出多余的要求：“继续休息，除非有人砸得比我多。”

屏幕上一下子满是弹幕，林绮眠退出了直播间。真大佬从不回头看爆炸。

但真大佬这一下午，脑袋里时不时就会跳出一个问号。这个小时，许月亮有没有跳舞？下个小时，许月亮会不会跳舞？

重新复工之后，许月亮跳舞的开胃菜到底是什么？正餐是什么？饭后甜点又是什么？

挨到下班时间，这一天，林绮眠下班的速度比谁都快。她一路大跨步地过去，所有企图和她搭话的人都没能开得了口。

车子冲上公路，晚高峰被她甩在了车后，医院里那些吵吵闹闹、纷纷扰扰的人和事，也被她甩在了脑后。她现在只想做一件事情：回到家，窝进沙发里，打开她巨大的 4K 激光投影仪，再打开她立体环绕的家装音响，看许月亮的直播。

她不仅要看实时的直播，还要看之前的录屏。她知道管理员只录许月亮跳舞的视频，但她可以把弹幕一一翻上去，来复原整个下午完整的时间线。

她身上充满了一股无法抑制的热量，从胸口烧向四肢，烧到脑门。可能只是因为好奇，可能出于幼稚的好胜心，可能今天的工作实在太无聊，可能这就是直播这种娱乐形式的魅力。

也可能，也可能是她连着见了三天的许月亮，在这个固定的时间段，就像某种惯性……她就是必须看到她。

林绮眠看了个爽。回家扔了手机，没人能打扰她。林绮眠泡澡的时候在看，吃晚饭的时候在看，等吃完了，窝在沙发里开了瓶酒，慢悠悠地喝，慢悠悠地看。明明许月亮的直播内容堪称无聊，无非就是聊天，感谢礼物，和别的主播 PK，到点跳舞……但就是有着让人欲罢不能的吸引力。

她的脸蛋漂亮，声音也好听，跳起舞来好看，聊起天来也可爱。她的粉丝多，肯花钱的也很多。不出林绮眠意料，中午那会儿她放完话以后，没几秒钟，就有人砸了更多的礼物，来赢得这场胜利。

开胃菜舞蹈林绮眠看了，竟然是一首老掉牙的《酸酸甜甜就是我》。

但许月亮跳起来甜美可爱，充满活力，有不少人夸她跳得好，也有不少人说她骗人。

许月亮跳完舞，整理了下有些滑下来的泡泡袖，回答大家："酸酸甜甜可不就正开胃嘛。"她那点儿精明看起来傻乎乎的，却正合大家心意。

许月亮就像一个活泼、接地气的邻家妹妹，就在你触手可及的地方，只要你走上前跟她打招呼，她就会冲你露出纯真灿烂的笑容。

所以许月亮直播间的小额礼物几乎一直不断，哪怕在那些出名的舞蹈视频下面，评论也都出奇一致地表达了对她的喜欢。这真是天生的绝好路人缘。

林绮眠一直看到了她下播。深夜两点，欢乐和笑声骤然中止，留下一个黑漆漆的屏幕，万籁俱寂。

林绮眠杯子里的酒还有一点，她一口喝完，去刷了牙，上床睡觉。

毫不意外的，林绮眠有些睡不着。脑袋里大概是装进了太多许月亮的影像，所以她闭上眼睛的时候，还可以清晰地"看见"她的脸，她的笑容，她跳舞的样子。

她偶尔会有一些诱人的动作，做完以后，又有些害羞。

林绮眠抬手盖在了眼睑上，没什么用。林绮眠拉起被子，把自己彻底蒙住，也没什么用。

下午回家路上的那些热量，仍然积蓄在她的身体内，让人总觉得有什么事情没有完成。

这种状态持续了整个晚上，第二天起床，林绮眠的脑子昏昏沉沉的。

林绮眠没有开车，叫了辆车，就这么大脑放空着到了医院。

医院还是那个医院，和以往没什么大的不同。病人也都还是那些问题，她闭着眼睛都能给出诊断。唯一不同的好像就是她自己，一副有心事的样子。

结果林绮眠午休时，许月亮并没有开播。管理员通知开播时间依旧是下午两点，许月亮昨天来得早，纯粹是请假之后的复播福利。

于是，许月亮上班了，林绮眠也得上班了。她开始有些生气，许月亮为什么不能像普通主播那样，起码等到打工人的工作时间结束后再开播。

林绮眠就这么等着，忍着，熬到了下班。

好在今天不开车，她在下班路上就可以戴上耳机，进入到另一个世界。看着屏幕里的许月亮，流逝的时间便仿佛是另一个人的时间。

如此三天过后，林绮眠登上了小月亮主播的礼物月榜第一。ID 后那一串无意义的数字，也成了直播间粉丝眼中的土豪象征。

管理员给土豪大佬发来了私信："11 大佬要不要加入月亮的超粉群？"

林绮眠问："什么是超粉？"

管理员回："给月亮累积消费超过一万橙子币账号就会挂上超粉标志，可以进入超粉群。群内月亮会不定期空降，跟大家聊天。开播时间我们会提前提醒，逢年过节群成员会有特别礼物。"

林绮眠道："一万点就可以？不加。"

管理员道："大佬爽快，那大佬要不要加入月亮的航海群？只有月榜前二十名的粉丝才可以进入。"

林绮眠道："航海群比超粉群多了什么？"

管理员道："福利都差不多，但航海群更尊贵。"

林绮眠没有犹豫："拉我进航海群。"

管理员回道："好嘞。"

画面一跳，林绮眠的橙子账号进入了航海群内。群名叫"小月亮光辉万丈”。

林绮眠：……

管理员欢迎她加入小月亮坚实的支持者团体，群内众人纷纷复制粘贴发消息：

“欢迎榜一大哥，愿榜一大哥再创辉煌。”

“欢迎榜一大哥，愿榜一大哥再创辉煌。”

“欢迎榜一大哥，愿榜一大哥再创辉煌。”

……

林绮眠：……

她没回复，退出群界面，保持了一个榜一大哥该有的高冷。等这波欢迎潮过去了，她才点开了群信息，顺着成员一一看下去。群成员数量远远不止二十个，看来是成年累月积攒下的忠实粉丝。

群主是许月亮的直播账号，头像戴着小皇冠。林绮眠打开了账号头像，上面的许月亮不知道什么时候染的粉色头发，扎着双马尾，在眼睛旁比着剪刀手。林绮眠又回到了直播界面，看一眼现在的许月亮，再看一眼不知道什么时候的许月亮。

两者一样可爱。林绮眠动动手指，送出了今晚的大游轮。瞬间，已经被林绮眠隐藏了窗口的航海群跳出了一堆信息：

“@z92565611 恭喜榜一大哥再创辉煌！”

“@z92565611 恭喜榜一大哥再创辉煌！”

“@z92565611 恭喜榜一大哥再创辉煌！”

……

林绮眠：……

这个群里的人真是热情过头了。

直播间里的许月亮偏了偏脑袋，看向了另一块屏幕，然后弯起眼睛笑起来。她站起身，立正，朝屏幕豪气冲天地拱了拱手：“恭喜 11 再创辉煌！”

林绮眠忍不住了：“噗。”她也笑了起来。

这晚直播结束后，许月亮果然空降了航海群。她说的内容很简单，就是跟大家再道个晚安，配着可爱的表情。

回复她的人很多，那些喜欢复制粘贴造势的“机器人”这会儿便恢复了真人状态，抓紧时间能多调戏一句是一句。各种人都有，霸道的，体贴的，流里流气的，冷静自持的……花样百出，各有各的风味。林绮眠便没发消息。

许月亮对大家的回应非常地一致且公道，全都是：谢谢，辛苦了，你也做个好梦哦。林绮眠庆幸自己没发消息。

临了，许月亮通知大家：明天有事，结束时间不定，直播可能会晚一些。林绮眠立马反应过来，许月亮大概是要来拆线了。

许月亮要来拆线了……

林绮眠扔下手机，起身往浴室走去。凌晨两点半，林绮眠熬最晚的夜，敷最贵的面膜。

新的一天，林医生精神抖擞。她一改这几天两耳不闻窗外事的状态，来了医院换了衣服，先去了对门诊疗室一趟。

方慧珍因为彭小帅的事本来就对林绮眠很愧疚，这些天听闻林绮眠的身份，愧疚中还夹杂了深深的担忧。她想找机会和林绮眠再说道说道，修复两人之间的关系。但这几天林绮眠浑身围绕着一股生人勿近的气息，让人不敢打扰。所以，林绮眠进了她的诊疗室，方慧珍那真是意外又惊喜，蓬荜都生辉。方慧珍拉着林绮眠坐下，跟她天南海北地聊了一通，为表亲近，还给她看了看自己今天预约的工作量。

林绮眠扫过两遍，没有看到许月亮的名字。

“嗯，那您忙。”林绮眠站起了身。

“好好好。”方慧珍连忙送她。

林绮眠回到了自己的诊疗室，她划拉了下自己的预约号，那上面更没有许月亮的名字。不过只是拆个线而已，许月亮没有预约也正常。如果跟医生熟了，有些患者连挂号都不用，直接进来，坐下两分钟就可以拆完走人。

林绮眠推了推鼻梁上的眼镜，低头看了看手机。手机上静悄悄的，并没有什么新信息。林绮眠抬头看对面坐着的蓁蓁，蓁蓁对上她的视线，莫名地抖了抖：“林老师……”

林绮眠道：“嗯。”

蓁蓁小心翼翼地问：“您有……什么事吗？”

林绮眠道：“你往左一点。”

蓁蓁不解："啊？"

林绮眠又说："往左一点，挡住光了。"

蓁蓁连忙应声："哦哦哦。"

她赶忙把椅子往旁边拉了拉，阳光在她的脸上晃了晃。她抬头的时候有些蒙，因为这间房间的窗户在林绮眠的身后，灿烂的日光照射进来，穿过了林绮眠的身体，才落到她身上。只有林绮眠挡她的光的份，她哪里挡得住林绮眠的光？但无所谓，林老师说挡了就是挡了，她别说往左挪一点，哪怕挪出这间办公室都可以。

往后的时间里，林绮眠时不时就会往外看一眼。她的视线穿过大敞着的门望进楼道里，再越过楼道，瞥见对面诊疗室里的一点情况。

那里人来人往，有男有女，有老有少，就是没有许月亮。

直到上午的上班时间都快结束了，林绮眠的视线里才晃过一道身影，浅金色的头发，绿色团花的漂亮裙子。

她匆匆进了方医生的诊疗室，只给林绮眠留下一团模糊的光影，像被乌云罩着的水中月，还没碰，就晃没了。

这会林绮眠的诊疗室里没病人，她盯着对面的门，手里的笔在指尖转了一圈。许月亮怎么就去了方医生那里？虽然她的确是打算让许月亮拆线的时候去方医生那里的，但许月亮怎么就去了方医生那里？

虽然分开时许月亮嘴上说着"随时联系我""不要忘了我"，但那之后，一条消息都没主动给她发过，倒是直播的时候，她对着一个只有一串数字的账号，又唱又跳，谢了又谢。

她怎么就去了方医生那里。林绮眠就在对面空坐着，她怎么连个招呼都不过来打一下。

"蓁蓁，"林绮眠突然发问，"你觉得患者会记住医生吗？"

蓁蓁仰着脑袋想了想，给出了自己觉得客观的答案："如果没有什么特别的事情发生的话，医生大概就属于看病的时候十分重要，病好了就会被很快忘掉的人吧。"

林绮眠：……

手机振动了两下，是橙子直播推送了新消息。林绮眠点开，管理员私信她："11 大佬，这个月的微信位空出来了，你要上车吗？"

林绮眠问："什么意思？"

管理员回："就是你可以加小月亮的微信号，她有空的时候会和大家一块儿打游戏。"

林绮眠：……

手段真不错。可惜她已经加了许月亮的微信，没这个必要了。

还没来得及回复，那边又发了一条消息过来："xylxyl135789，号是这个，备注记得填上你的橙子账号啊，不然不通过的。"

林绮眠看着那串号码，愣了愣。她迅速打开了自己的微信小号，点进了皎皎的账号信息，138XXXXXXXX，明显不一样。而且她一旦反应过来，很快就发现，皎皎这个号，和她后来给许月亮打过去的记录在病历上的电话号码也不一样。

她有小号，许月亮当然也有小号。她怕暴露自己的身份，给了许月亮一个不用的私人号。而许月亮，大概也从自己的众多小号中挑了一个，随便加了她。怪不得她的朋友圈更新得那么少。怪不得这几天一条消息都没有。

林绮眠盯着手机，又问了蓁蓁一个摸不着头脑的问题："蓁蓁，你如何看待一对多的关系？"

"一对多？"蓁蓁拧起了眉头，"怎么个多法？"

林绮眠说："一个医生对很多个病人，一个……明星，对很多个粉丝。"

"啊！"蓁蓁竖起了手指，"这个我懂，我懂。我是追星女孩，特别懂。这种情况，千万不能奢求，你要珍惜当下，感恩拥有。你要明白，虽然他不属于你一个人，但他的心分成了很多很多片，每一片都是真的……"

林绮眠：……

蓁蓁好奇地看着她："林老师，你追星吗？还是你家……哪里的小孩追？"

林绮眠说："我不……"

有人从对面诊疗室出来，这次动作慢了很多，走一步顿三步，捂着脸颊，眉头皱着，像只委屈的兔子。

林绮眠接上了话："追。"

蓁蓁问："那你……"

林绮眠站起身，往上拉了拉口罩，结束了这个话题。

她走出了诊疗室，以匆匆而过的姿态，在经过某个人身旁的时候停住，略带惊讶道："许月亮？来拆线吗？"

许月亮的手还捂着脸，眉头却一下子舒展开来，她看向林绮眠，惊喜地叫道："林医生！"

"嗯。"林绮眠应了她一声。

许月亮这才道："是啊，我来拆线。"

她左右看了看，想说什么又不敢说的样子，犹犹豫豫，最后靠近林绮眠，小声问她："林医生你有空吗？你们快下班了吧？我请你吃饭。"

林绮眠眉头挑了挑，许月亮这人真是奇怪，想不起来她的时候连个招呼都不打，想起来了就要请人吃饭。但林绮眠总不能戴着口罩吃饭，于是她拒绝了许月亮的邀请："不太方便去吃饭，但有什么事你可以直说。"

你最好有事。

有人从她们身边经过，许月亮往后退了一步，装作若无其事的样子。

林绮眠：……

搞了这么一出，她现在对于许月亮来说，竟然是什么不可见人的东西吗？

林绮眠抬了抬手："没事的话我先忙了，有病人在等我。"

许月亮连忙道："啊，那您先忙，您先忙。"

然后她就这么让林绮眠过去了。林绮眠直直地走到了楼道拐弯处，许月亮也没有叫住她。拐过弯，林绮眠停下脚步，长长地吐出一口气。她有些不服气，之前没有接触就算了，现在许月亮拔这趟牙，她尽心尽力，难道都不能留下一点特别的印象吗？

还是说，许月亮见过的特别的事实在是太多了，她做的这些，算不得什么。

林绮眠产生了深深的、久违的挫败感。不过林绮眠并不是什么经受一点挫折就会自动放弃的人，或许以前年龄小的时候是，但现在绝对不是。

她去了更衣室，在自己的储存柜的角落里摸出一个备用手机，开机，用放在里面没用过的新卡注册了一个新的微信账号。

账号名字设置成一个看起来无意义、帅气又很到位的句号，头像是一张纯黑的图片。这些十分符合她榜一大哥砸钱狠、话不多的形象。

林绮眠向 xylxyl135789 发送了好友申请，备注里填上了自己在橙子直播的账号名。

申请快速通过，许月亮的这个微信号和她的直播账号高度统一，名字叫小月亮，头像是扎着粉色双马尾比剪刀手的照片。

林绮眠点进她的朋友圈，里面是一长串的图片，有吃的喝的，有天气风景，还有九宫格自拍照，几乎每天都有内容更新。林绮眠一阵惆怅。

她给蓁蓁发消息："看一下楼道里有人吗？"

蓁蓁很快回复她："林老师，没有，你今天可以提前溜。"

林绮眠：……

看来许月亮说的想请林绮眠吃饭果然只是客气，现在她应该已经离开医院，投入到工作中去了。

林绮眠盯着两个手机，皎皎依然沉默，而小月亮发来了可爱表情。

"老板你好！"

"谢谢老板支持我的工作！"

林绮眠的手指在屏幕上摩挲，半晌，只回了一个"嗯"过去。那边又发了两个表情，算是结束了这次的对话。

林绮眠将两只手机都揣进兜里，决定回去继续工作。她私人生活不顺，还是可以在工作里找找成就感的。

就这么一直到了正式的下班时间，大家都开始去吃饭了，林绮眠还待在诊疗室里。蓁蓁叫了她两次，林绮眠的回答都是"你先去"。

蓁蓁走之前，眨巴着眼睛提醒她："林老师，追星要适度哦。"

林绮眠说："我不是说了我没追。"

蓁蓁呵呵地笑："我说的是你家的小朋友，哎，这种事情太上瘾了，容易让人沉迷，三观都变了……"

林绮眠：……

蓁蓁唠叨完，离开了办公室。

林绮眠的笔尖划在笔记本上，一低头看到一串不规则圆形。怎么就那么像月亮？

有人敲了敲她办公室的门，声音很轻，带着一股做贼心虚的味道。林绮眠抬头，看到许月亮的脸，心跳一空。

林绮眠没想到她会出现在这里，所以跟等着她很久才等到她出现的感觉完全不一样，突然的袭击容易让人紧张，林绮眠的脑袋猝不及防地掉进一团朦胧的雾里。

林绮眠抬手扯下了笔记本上的这页纸，扔进纸篓。这动作也莫名地有了些做贼心虚的感觉。“什么？”她眼神晃了晃，足有一两秒之后，才问道。

许月亮小碎步地溜进来，又回头往门外看，顿了顿，干脆跑过去，把门关上了。

林绮眠：……

许月亮盯着门把手：“我看下班以后，有很多诊疗室的门都会关的。”

林绮眠回：“嗯。”

许月亮转头看她：“要反锁吗？”

林绮眠：？

大概是她脸上疑惑的表情太过明显，许月亮不好意思地笑了笑，抬手撸了撸自己的头发，放过了门把手，走到了她跟前。

但许月亮比之前可胆大多了，不用林绮眠说，自己便扯过凳子坐下了。

许月亮说：“有外人在说话不方便……”

林绮眠：……

她倒是不知道，什么时候自己在许月亮那里也算是熟人了。毕竟许月亮连个微信大号都不给她。

许月亮殷切地看着她：“林医生，之前的事情处理得怎么样了呀？你一直没有给我发消息，所以我今天拆线也不敢来你这儿。你给我开的单子上都是方医生的名字，我就去方医生那儿了。这样应该会给你少很多麻烦的吧？”

林绮眠：……

许月亮是装了什么特殊的探测器吗？探测到林绮眠的不开心，便立马给出了解决方案。

许月亮的脑回路如此地自成一派，让林绮眠觉得，就这样误会着，不让她知道那些所谓的真相倒也好。在许月亮的心里，林绮眠是一个为了她徇私，因此受到了举报和处罚的老好人医生——这总比许月亮很快忘了她好。

“没事了。”林绮眠道，“这两天感觉怎么样？”

“挺好的，伤口已经基本不疼了，吃饭也可以吃很多了。”许月亮轻轻碰了碰自己的脸颊，“就是刚才拆线的时候有点疼，感觉扯着了。”

“嗯。”林绮眠应了一声，心道：你要是来找我拆，就不会疼了。

许月亮眼皮一抬：“林医生你要不要再看看我的伤口？”

林绮眠看了看那紧闭着的房门：“不用了，没什么症状就没什么事。”

许月亮点头：“哦哦哦。”

然后房间里就陷入了安静。这是一种难以言喻的安静，和之前在 VIP 病房的时候完全不一样。

之前她们有事可做，有章程可以遵循，所有的交流和行动都是有理有据的、自然的。但现在，拔牙这件事已经彻底结束了，两人之间再无话题可聊，她们本该挥挥手，说声再见，但谁都没有先开这个口。

林绮眠是说过再见的，那之后，她便只能隔着屏幕看到许月亮，和千千万万的观众一起支持许月亮。

于是林绮眠这次没有开口。在尴尬的沉默中，她站起身，往治疗台走：“还是看看吧。”

许月亮很开心：“好好好。”她躺在了治疗台上，林绮眠这次愈发仔细，不仅给她检查了伤口，还认认真真地检查了她其他的牙齿。

许月亮的牙齿小巧整齐，干净漂亮，牙龈粉嫩健康，将牙根包裹得十分完整，大家普遍有的一些牙齿问题，林绮眠硬是没能从许月亮的口腔中找出一点来。

林绮眠：……

林绮眠道：“你的牙齿保护得挺好啊。”

许月亮特别自豪：“我从小刷牙就仔细，小时候不是有个册子，教大家怎么洗手怎么刷牙嘛，我全按照那个上面来的，大家都说我的牙齿漂亮！”

林绮眠应道：“嗯。”

许月亮还眼睛闪亮亮地望着她，林绮眠只得继续夸：“很棒，要是每个人都跟你一样，我就……”

许月亮笑起来，林绮眠也忍不住笑起来：“我就可以早点退休了。”

林绮眠扔下了手中的器具，脱掉了手套，有些认命道：“如果不出什么意外，你不用再来牙科医院了。”

许月亮从治疗台上下来，跟在她身后：“我没有一点龋齿什么的吗？”

“没有。”林绮眠跟她开玩笑，“但你另外一边也有可能长智齿。”

许月亮瞪大了眼睛：“还长啊？”

林绮眠说：“嗯，一切皆有可能。”

许月亮说：“那我到时候还来找林医生，让林医生给我拔。到时候我就挂林医生的号，这样不管干什么，别人都不好说什么了！”

林绮眠手上的动作顿了顿，她几乎无声地应了一下：“嗯。”等你真挂我的号，就会发现我叫林绮眠。但你还记不记得林绮眠这个名字？我是不会主动问出口的。

许月亮还想说什么，包里的手机突然响了起来。她看向林绮眠，林绮眠抬了抬下巴：“你接电话吧。”

许月亮接起电话，没说几句眉头便皱了起来。她就这么皱着脸，再望向林绮眠的时候，林绮眠走过去打开了门，对她轻声道：“再见。”

许月亮攥着手机，愣愣地看着她。林绮眠知道，这一秒，许月亮恍了神，没有听电话。很快，许月亮离开了诊疗室，房间里恢复了死气沉沉的安静。

林绮眠掏出了兜里的两部手机，给备用手机下载了橙子直播软件，登录账号，这样两部手机就完全分了开来，一边网络一边现实。林绮眠将两部手机一块儿摆在桌面上，看哪个先亮起来。

备用的那部手机亮了，航海群里管理员通知：小月亮今晚会迎来人生中重要的 PK 时刻，希望大家做好准备，有钱的出钱，有力的出力。

林绮眠看了一会儿群消息，搞明白了。舞蹈区有一位叫 Anna 的女主播最近比较火，趁着许月亮前些天请假，从热度榜第二到了第一，压了许月亮一头。她的风格和许月亮完全不一样，许月亮主打甜美可爱，Anna 的人设是高冷御姐。

因为风格不同，所以主播的受众也不同。Anna 的粉丝一向不太瞧得起小月亮，觉得她幼稚、做作、聒噪、虚伪、爱营销。所以这次 Anna 登顶，他们扬眉吐气，便对小月亮极尽嘲讽。两边粉丝到哪儿都吵，网站倒是找到了商机，上午宣布了一个 PK 活动，各主播之间可以任意下战书，参与和获胜都有丰厚的奖励。

刚刚，Anna 向小月亮下了战书，并且在小月亮还没有明确应战的时候，发布了一条主页动态。动态是个网传动图，有人在逗一只乌龟，乌龟缩着脑袋，不管怎么碰都不出壳。Anna 配字：“小乌龟真可爱。”这明摆着是在隔空喊话，如果小月亮不来应战，就是缩头乌龟。

航海群内群情激昂，大家纷纷表示受不了这种委屈。

有人问林绮眠：“11 大佬，今晚你来吗？”林绮眠没回答。她不太确定。

理智上来讲，她并不想把自己融入这个群体里去。因为许月亮见识过这个群体里太多的人，她融进去只会被淹没，变得跟其他人一样。

但从情绪上来讲，她无法预判自己能不能够忍得住不去看许月亮的直播。

群内的消息回复得很快，林绮眠想起许月亮离开时皱着脸的表情。

不知道她面对这些纷争的时候会如何处理，但林绮眠觉得她肯定会应战的。就像之前彭小帅在她面前叫嚣时，许月亮红着眼睛从她背后钻出来，替她大声辩驳时那样。

果然，午休过后，林绮眠上了班，许月亮也坐在了直播间里。她当着所有粉丝的面，点了 Anna 发来的战书的同意键，脸上笑意盈盈，一点都不犯愁的模样。“只要时间排得过来，我都会接受的啦，”许月亮笑着道，“跟其他主播一起玩很有意思的。”

林绮眠收了手机，放心了不少。

下午的病人不算多，但来了位特别费事的人，卡着她快下班的点，占住了她身边的位置，又撒娇又撒泼地缠了她半晌。

“你上周就拒绝我了。”黄小艺道，“还骗我说你忙。你忙什么了？说来我听听。”林绮眠没法说，上周她是挺忙的，忙着算计许月亮。

“看看这表情。”黄小艺指着她的脸，“做贼心虚。”

林绮眠让出一步：“我明天早上可以陪你吃早饭。”

黄小艺问：“是今晚咱俩玩个通宵，明天一块儿吃早饭的意思吗？”

林绮眠摇头：“不是。”

林绮眠说：“我们这个年龄，通宵太伤身体。”

黄小艺：……

黄小艺说：“所以你的意思是，让我大周末一大清早地爬起来，跟你吃顿豆浆油条？”

林绮眠说：“你可以拒绝。”

黄小艺捂住了脑袋：“啊啊啊怎么找你玩儿这么费劲啊？我都是翘了班才过来的，真的被你气得牙疼。”

林绮眠立马进入状态：“躺下，我看看。”

这一看，还真有问题，黄小艺的一颗老牙有了个龋洞，林绮眠用探针查看了一番，对她道："补了吧。"

黄小艺张着嘴，满脸惊恐："现在？"

林绮眠说："择日不如撞日，十分钟结束。"

黄小艺推开她，跳下了治疗台。"我不干。"黄小艺拿着包就要跑，"我没这个准备，我想到你那个钻子的声音我就头疼，我以为你最多就是给我开点消炎药……"

林绮眠有些无奈，不知道患者们到底何时才能克服对牙齿治疗的恐惧。

她莫名地就想到了许月亮，嘴上也没忍住："有位患者，是个小妹妹，拔牙之前哭得可惨了，我跟她讲清楚之后，她就特别乖，特别配合，自己默默流眼泪但绝对一动不动，非常听医生的话。"

黄小艺：……

林绮眠说："你还不如她。"

黄小艺：……

林绮眠叹口气："来，把牙补了，我陪你吃晚饭。"

黄小艺终于躺回了治疗台。

治疗结束以后，林绮眠践行诺言，和黄小艺一块儿出了医院。

黄小艺吃喝玩乐的主意多，上车以后在那儿订餐位。林绮眠的手机在包里不断振动，她打开包，看了一眼。振的是备用机，航海群里有消息。

许月亮和 Anna 的 PK 马上就要开始了，大家现在都在奔走相告，橙子官方甚至把两人照片凑一块儿做了个海报，给了个推荐位。

许月亮的直播间没停，她已经播了好几个小时了。

黄小艺就在身边，林绮眠没法打开直播间去看，但她真的有些好奇，大战在即，许月亮现在在干什么？她不休息一会儿养精蓄锐吗？还是召唤粉丝，以便之后打榜？

林绮眠摸出耳机，戴了一只在耳朵上，她点进了直播间里，但拉上了包的拉链，没有看画面。耳机里是熟悉的背景音乐，许月亮特别钟爱这几首歌。经过这些天的熏陶，林绮眠的脑海中能浮现出许月亮听着这些音乐时摇头晃脑的模样。停顿了几秒，许月亮的声音传入了她的耳朵。

"不急啊，还有一个小时呢。"她轻快地道，"会呀，整点的舞还是会跳的。"

“不休息，我不累的。

“嗯……要换衣服吗？也可以。那你们想看什么风格的衣服？我待会儿去找找看。

“JK 制服？嗯，之前穿过了，没买新的了。

“那就只剩下我的高中校服了，哈哈哈哈要看吗？”

林绮眠攥了攥手指。高中时的许月亮，就是埋在她心口的一根刺，稍一提及，便扯得她心血翻涌。

许月亮说：“哎，我知道你们没人想看，咱们的校服盖得多严实啊，你们看到了，大概只想好好学习。”

林绮眠心想：谁说的。

许月亮说：“我高中的时候？嗯，我高中的时候很普通，扔人堆里面找不见的那种。我成绩一般，长得也一般，每天傻呵呵的。有什么不信的啊，真的，那个时候没人喜欢我……”

林绮眠一把拉开了包的拉链，伸手进去，熟能生巧地送礼物。她正想再熟能生巧地盲打两个字发出去，她的肩头突然伸出了个脑袋，左边耳朵钻进黄小艺兴奋的声音：“绮眠，你在干什么呢？！”

与此同时，右边耳机里，许月亮惊喜地喊道：“哇，感谢 11！”

“没干什么。”林绮眠将黄小艺拨开，盖住了手机画面。

但她越是这样，黄小艺当然越是兴奋。林绮眠鲜少有这种刻意隐瞒的时候，简直像一个满腹秘密的人，终于露出了大大的破绽。

黄小艺伸长了身子，努力越过林绮眠去看：“我不信我不信，绝对有事情，你看你还戴着耳机……”

耳机里的许月亮说：“11 你是想看校服，还是不想看啊？他们都嫌弃我，如果你想看，就打 1，拜托啦，给我点面子，11111。”一连串的 1，喊得林绮眠的指尖都麻了。

而黄小艺穷追不舍：“林绮眠你是不是在看什么不得了的视频？你怎么了？！”黄小艺八卦的心比天大，使了劲的时候跟头蛮牛似的，非要看看林绮眠在看什么。林绮眠用两只手扒拉她，才把她推回到了座位上去，司机师傅从后视镜里看了一眼，笑着道：“小姑娘，活泼得很。”

“小姑娘，你给我安静点。”林绮眠按着人，眼睛没跟人对视，撒谎的时候便镇静自若，毫无负担，“我……在开会。”

“开会？”黄小艺瞪着眼睛，骤然减低了音量，“我虽然不聪明，但你也别把我当傻子。你开会正常，但开个会脸红脖子粗的，还不让我看就不正常……”

林绮眠威胁她：“我现在下车，让你一个人去吃饭也正常。”

黄小艺闭紧了嘴巴。这种事，林绮眠向来说到做到，黄小艺缩回了身子，视线还在林绮眠的包上转。

许月亮久久等不到回应，声音带着笑意道：“胡说，11 肯定是在忙，或者他就是……打字慢！”

林绮眠：……

许月亮真会替她找借口，敲个 1 能有多慢？她一只手抵住了那边偷窥的人，另一只手摸进包里，快速打了一串 2 发送了出去。

耳机里欢快的声音瞬间偃旗息鼓，半晌才响起她无比失落的回应：“啊……”

林绮眠笑起来。许月亮又开始给自己找借口：“11 不想看还砸礼物，说明 11 觉得我穿其他衣服更好看，他是在夸我好看。”

林绮眠唇角上扬，乐得不行。她侧了身子，拿出手机，将屏幕挡得严严实实，快速敲下一行字。

“你穿校服肯定也很好看，但他们不懂欣赏，就不给他们看了。”

许月亮开心道：“哇！！”这次林绮眠得以从指缝间看到许月亮的笑脸，眼睛闪亮亮的，她是真的快乐。

林绮眠将手机又塞了回去，许月亮的声音在她耳边说：“你们看看人家 11，多会说话！”

“哪里，哪里是托，我怎么可能请得起 11 这么大的托？”

黄小艺是不敢动了，但她的眼睛没瞎。她眼珠子骨碌碌地转，上下左右地打量林绮眠，把能看到的都看了，她斜着眼睛看林绮眠那张春风满面的脸：“你这开会说的是什么内容啊？你这么高兴。”

林绮眠坐直身子，清了清嗓子：“医托。”

黄小艺：……

林绮眠说：“上次市里专项行动过后，医托行为少了很多，我感到很欣慰。”

黄小艺陷入了深深的思索。她不说话，林绮眠自然不会再继续这话题，她没摘耳机，眼睛看不到直播间的画面，耳朵便更在意直播间里的声音。

许月亮快乐地感谢，耍赖拖时间，想把感谢的舞蹈和待会儿整点的舞蹈混到一起，一次性解决。许月亮还要替她做决定，说11肯定是希望我这样的，他一直喜欢我多休息。

黄小艺在身边，林绮眠没法反驳，便先让她占了这个便宜。

车子到达黄小艺选定的餐厅门口的时候，许月亮刚好和大家暂时拜拜，去换衣服和妆容，准备今晚的对决。

林绮眠的耳机里没了许月亮的声音，只剩下背景音乐，便没什么听的意义了。她转头问黄小艺："今晚吃什么？"

黄小艺抱怨道："林大医生你可想起来身边还有这么大一活人了。"

林绮眠道："一直都记得，不然我就不是只听会了。"

黄小艺问："那您这会开完了吗？"

林绮眠说："中场休息。"

黄小艺撇撇嘴："所以趁着中场休息，您搁我这儿吃顿饭？"

林绮眠道："工作生活两不误，我也不容易。"

黄小艺懒得跟她贫了，反正也贫不过。

两人进了餐厅，她也不管林绮眠要吃什么了，可着自己喜欢的点。林绮眠对此毫不在意，甚至笑吟吟地夸奖她做事有条理，思虑周全。

等菜都上桌了，林绮眠终于舍得摘了耳机，开始吃饭。但手机摆在旁边的座椅上，直播画面缩小在角落，仍然在播放。黄小艺起身拿东西的时候看到了手机，但看不清画面，偏了偏脑袋问她："绮眠你什么时候换手机了？"

林绮眠说："备用机，想用哪个用哪个。"

黄小艺满脸狐疑，坐下的时候又瞅了林绮眠好几眼。

林绮眠把百分之八十的注意力分给了现在正在进行的现实生活，用来吃饭喝水，和黄小艺聊天。剩下的百分之二十，一半给了直播间画面，一半给了群里的消息。

PK已经开始了，两位主播的画面各占一半，并不多做交流，各玩各的。

平时的PK项目很简单，就是在固定的时间内，比谁的人气高。这次平台既然做了活动，就要搞得花哨一些。PK 有个任务表，有直播间正在观看的粉丝数量，有弹幕活跃度，有各个层级的礼物量要求，甚至还有粉丝比拼。总之，就是从方方面面提要求，让主播们使出浑身解数，看谁能够获得更多的流量，看谁的榜单大哥们更加忠心。

比赛前期，两边的氛围还都比较轻松。许月亮带着自己的招牌笑容，跟大家聊天打趣，讲讲冷笑话。而 Anna 更加随意，冷着一张脸，摆弄摆弄东西，甚至端起一旁的碗吃饭，并不讨好直播间的大部分观众，只在有人砸礼物的时候，没什么表情地说声谢谢。平日里没有比较就罢了，现在画面凑到一块儿这么一对比，许月亮的敬业程度确实不一般。但观众们并不是来看谁更敬业的，两位主播代表了两种风格，只是看更喜欢哪一种罢了。

在这期间，林绮眠几乎没怎么动手，许月亮自己的粉丝够热情，两人成绩基本持平，许月亮还要稍稍高一点。航海群里面会随时播报战况，这比林绮眠自己去看要方便多了。

黄小艺跟林绮眠说起最近工作上的不顺的时候，直播间的比赛进入了中期。航海群有两位大佬特别给力，许月亮的成绩一时之间和 Anna 拉开了很大的距离。林绮眠放下心来，将注意力收回，专心听黄小艺说话。

她等着这顿饭结束，那边的比赛也结束了。然后她回到家，好好地给许月亮庆贺。但时间不长，林绮眠的手机突然不断地振动起来。

正在说话的黄小艺停住了，有些惊讶地抬了抬下巴："怎么回事啊？谁给你发这么多消息？快看看。"林绮眠点亮画面，先是看到了来自航海群疯狂刷屏的消息。管理员正在号召全体成员，骂骂咧咧地组织大家冲锋。

而群里的消息也是脏话不断，好像发生了什么特别让人气愤的事情。

"稍等一下。"林绮眠拿起手机就要往外走。

黄小艺挥挥手："哎都这时候了，你别藏着掖着了。有什么事赶紧都在这儿处理，这边的包间还算安静，你出了门只能找厕所。"

林绮眠顿了顿，坐下了："那你自己……"

黄小艺说："行了，你快忙你的吧。"

林绮眠垂眸，专心看手机里的消息。

PK进行到了后半程，Anna那边来了个大佬，让Anna的成绩反超了许月亮。

之后，只要许月亮这边求礼物，那大佬便给 Anna 砸礼物。一次两次三次四次，直播间的观众都察觉出了不对劲，很快便有人在许月亮的直播间解释，说 Anna 的这位大佬粉丝，原本是许月亮直播间的半年榜第一。

后来发生了某著名事件，许月亮和他完全闹崩，榜一大哥消失，再出现居然是在对手的直播间里。而且看这阵势，他就是冲着许月亮来的。Anna 赢不赢不要紧，但许月亮必须输。

航海群里群情激奋，林绮眠看消息这一会儿，已经有很多人喊着“最后争口气了”。但他们送多少，那大哥便给 Anna 砸多少礼物，白白给对手送成绩。

大哥的账号名叫“就是玩儿”，玩得是真开心。Anna 的粉丝也开心得不得了，好多人跑来许月亮的直播间里嘲讽。

“主播你要个大的呗，要得越大，我们 Anna 赚得越多。”

“不知道的以为你跟 Anna 是亲戚呢，你在前面叫唤，Anna 在后面捡钱。”

“啧啧啧，旧爱难抵新欢，你说你当初是为啥？”

“听说你把钱都给人退了，真的假的啊？退了多少啊？你退得起吗？”

“她要真退得起还在这跳什么舞？早躺家里当公主去了。”

“前面等等，你说的是哪种公主？”

林绮眠看了眼弹幕，扔了两个礼花清屏，航海群的人里见她出现，掀起一波热潮。

“大哥你终于来了大哥。”

“大哥我们以为你不疼我们小月亮了呢。”

“大哥你别管之前那大哥，那就是个坏胚。”

“11 大哥才是真绝色。”

“11 大哥你看咱们怎么打？”

……

林绮眠没回复。她放大了直播间画面，看许月亮。

许月亮刚刚结束一段舞蹈，回身过来换音乐，俯身的视角明显可以望见屏幕，她的目光在上面停留，只有一瞬间的停滞，很快便恢复如常。

就像平日里直播忽略那些开黄腔的一样，她忽略了所有的攻击，只笑着感谢那些给她送礼物的人。名单念了一长串，她直起身，双手合十朝屏幕鞠躬：“谢谢，真的非常感谢大家。

“你们想看什么舞都可以在弹幕里发出来。

“今天的礼物够我跳满二十四小时了，人家还要睡觉的，所以拜托大家给我留条命，你们明天再砸，我明天再跳。

“月度任务都已经完成啦，小月亮很开心。”

这明显是在劝大家，不要再和对面打了，这种接近于放弃的姿态，让Anna粉丝的嘲讽达到了顶峰。

“这就不行了啊，兄弟，不够持久啊。”

“怎么不敢让人砸了，怕到时候退不起吗？”

“应该是觉得自己不值这个价。”

“想到会赢，没想到会赢得这么简单。”

“‘就是玩儿’大哥牛！”

…………

林绮眠关闭了弹幕显示，看着许月亮的脸。

许月亮选好了新的歌，然后转身回到可以看见全身的跳舞位置，准备下一支舞蹈。音乐还没到点之前，她侧了侧身子。有几秒钟的停顿，看起来她是在整理头发。就是这几秒钟，林绮眠感受到了许月亮的沮丧，甚至没有愤怒，就只是难过，平静的难过，像无声的河。等她再转过头的时候，还是那个笑容灿烂的小月亮，随着劲歌热舞，有着永动机般满满的活力。

航海群里已经陷入混乱，有人说打，有人说听月亮的别打了。

林绮眠快速在键盘上打字：“打。但要讲究方式方法。

“这个群里，每个人今天晚上还能出多少，给个数。

“管理员统计一下，现在先别砸，冲最后十几秒。

“礼物从小往大走，收尾我来补。

“发送礼物需要时间，我们打这个时间差。”

有人道：“对面也会冲最后几秒，一般额度都比较大。”

林绮眠说：“我补得上。”

群内所有人都激动了：

“我们榜一牛！”

“11大哥再创辉煌！！”

“11大哥再创辉煌！！”

…………

计划定了下来，群里安稳了许多。管理员组织起来，弹幕里的粉丝也不跟那些过来挑事的吵了，有过分的，直接踢出直播间拉进黑名单就可以了。

等许月亮跳完这支舞再回来，直播间里变得异常和谐，平日里挺调皮的一些粉丝，现在都在夸她。

“撒花。”

“月亮跳得真好！”

“舞技又精进了。”

“月亮真漂亮。”

“月亮真可爱。”

“月亮就是最棒的。”

…………

许月亮笑起来，眼睛变成月牙儿：“谢谢大家，你们也是最棒的！”至于 Anna 直播间的人会说什么，他们管不住，只能眼不见为净。

PK 时间来到最后几分钟，一切顺利。林绮眠充好值，并开通了橙子的免密扣款服务，以防万一。直播间突然进来了一个带着五彩金光的账号，顶着尊贵的皇爵王冠，占据了所有人的视线。许月亮的微笑有一瞬的怔忪，这人的昵称是“就是玩儿”，进来先砸了个礼花。

弹幕瞬间激增：

“这人怎么来了？”

“这不是隔壁大佬吗？”

“这是发生什么了？”

“看个女主播，剧情也太刺激了吧！”

许月亮看着屏幕，没感谢这个礼花。

“就是玩儿”的七彩弹幕很快弹了出来：“怎么连个欢迎都没有？这就是舞蹈区第一女主播的素质吗？”

“哦，你现在不是第一，变第二了。

“这就认输了吗？服气吗？不是犟得很吗？

“现在说声你错了，我立马送你回第一。”

弹幕很热闹。

“这爱恨情仇。”

“这霸道总裁。”

“我怎么品出了点小情侣闹矛盾的滋味。”

“大哥不愧是大哥，哄老婆都哄得这么兴师动众。”

“我现在很喜欢看 Anna 的表情。”

“月亮快认个错，认错认错，一家人不说两家话。”

“那看来之前那事是真的了，钱退了也是进自家口袋。”

…………

许月亮脸上的笑容消失了，她攥紧了手指，睫毛忽闪，眼圈很快就红了。

林绮眠的心脏像是被人攥住，抓她的就是许月亮的手。一点细微的风动，便可以刮起她的惊涛骇浪。

林绮眠见过很多次许月亮哭，但不想让她现在哭，她点进早已准备好的礼物栏，选择发送。瞬间，无数的烟花和游轮，在屏幕上不断炸开。

航海群里安静了一瞬，然后炸了锅。

“大佬你怎么现在就冲刺了啊？”

“你现在冲了待会怎么办啊？！”

“不是说了要理智地获得胜利吗？”

“大哥疯了，我怎么办？我也要疯！”

“疯就疯，看谁欺负我们小月亮！”

“兄弟姐妹们！冲啊！！”

漫天的特效像是号角，屏幕上已经看不见任何弹幕，也看不见任何画面了。许月亮的脸藏在这号角之后，像是裹上了一层坚硬的盔甲。

两人的 PK 条发生了翻天覆地的变化，属于小月亮的蓝色血条极速攀升，像是反噬的大蛇，吞没了红色的 Anna。

林绮眠打下一行字：“你本来就是第一。”

下一瞬，她的手机屏幕突然陷入了黑暗，一条黄黑配色的预警信息跳到了林绮眠的视线里。“检测到您的账号有非正常消费行为，请立刻停止！！”信息来自国家反诈中心软件。

第五章

THE MOON IS SHINING ALL NIGHT FOR YOU.

Chapter V

林绮眠努力地退出警告界面，却没能退得出去，手机就跟死机了一般，毫无反应。正当她准备关机重启的时候，另一部手机响了起来。

林绮眠没理，还在捣鼓这边，对面一直看着她的黄小艺终于忍不住了，站起了身：“绮眠，你的手机在响，到底怎么了啊？你电话都不接了。”

“有点忙。”林绮眠皱着眉，心里是真有些着急。商定好的计划被她提前打破了，当时只想着最后差多少她都来补就行了，但现在，PK 时间马上就要到了，而她补不了了。黄小艺绕过了桌子：“要不要我帮你接下电话？”

林绮眠听着那一声声不断的振动也烦：“嗯，你看看是谁的电话。”

黄小艺从她包里掏出了手机，然后愣在了那儿：“绮眠，是派出所的……”

林绮眠：……

她拿过了手机，屏幕上跳动着的座机号码下面有个自带的标记，S 市 XX 区金水街道派出所。林绮眠在黄小艺紧张又惶恐的注视下，接起了电话：“喂。”

电话那端是一个正气凛然、普通话又非常标准的男声，他说了自己的身份和警号，然后告知林绮眠她可能上当受骗了，希望她能来派出所一趟。

林绮眠清了清自己方才有些着急上火的嗓音，恢复了平日里镇定自若的模样：“张警官，非常感谢您。但我的账户支出都是自己亲手操作的，没有被任何人胁迫或者欺骗，请您放心。”

张警官问：“你是不是在短时间内往一个固定账户多批次转出了账目？”

林绮眠道：“是。”

张警官问：“并且你转钱的这个账号不是在常用设备上登录？”

林绮眠道：“是。”

张警官叹了口气：“傻姑娘啊，你中了最新的网络诈骗了啊，我们这里已经有很多的案例了，他们清醒以后都后悔不已呀，你现在立马停止手上的操作……”张警官苦口婆心地教育她，一副把嘴皮子都要磨烂了的架势。林绮眠多次解释，但她根本无法获得警方的信任。

到最后，张警官说乏了，直接问她：“你现在在哪儿？”林绮眠出于对人民警察的信任，报了自己所在的位置。

电话终于挂断，林绮眠看了眼时间，许月亮那边的 PK 已经结束了。

备用手机是真卡壳了，这会儿黑屏了，常用的这部手机上也有橙子直播的软件，她倒是可以登录上账号看看结果。但她突然有些不敢看，就像你明知道自己做错了题，却还要面对的考试成绩。林绮眠盯着手机，犹豫之间呆在了那儿。

黄小艺都快被吓死了。今天林绮眠一直不对劲，在车上的时候，戴着耳机喜笑颜开地开会，吃饭的时候一直操心着别的事心不在焉。好不容易林绮眠稳定下来，恢复了平日里的样子，和她好好吃了会儿饭，突然手机振了两下，林绮眠就又被勾走了魂。然后她握着个手机，一会儿皱着眉头，一会儿神态舒展。手指不断地在屏幕上打字、滑动，视线来回地快速移动。

别人这样就算了，谁还没个情绪激动的时候？但这可是林绮眠，“泰山崩于前而色不变，麋鹿兴于左而目不瞬”，黄小艺高中背到这两句诗时，脑子里就是林绮眠的脸。林绮眠常年顶着一张冰山脸，仿佛对世间万物无欲无求，只想让大家离她远一点儿。

怎么现在成了这样？她不仅接到了派出所的电话，接完以后还一副失魂落魄的模样。这得是多大的事？这会儿黄小艺脑袋里的联想不管拉出来哪一个，都够她腿软的。她好几次张嘴，才终于发出声音：“绮……绮眠……到底怎么了？有什么事，你……你说，我们大家一起面对……”

林绮眠抬眼看向她，目光还有些凝滞：“没事。”

轻飘飘的两个字，黄小艺断然是不会相信的：“真的，不管多大的事，我们一块想办法，路是死的，人是活的……”

林绮眠说："真没事。"

黄小艺犹豫道："你……"

林绮眠眉头蹙了蹙："但可能会有些麻烦。"

黄小艺说："啊，什么麻烦？"林绮眠没有回复她，因为答案已经来到了眼前。餐厅经理带着穿着制服的警官来到了她们的包间，警官的脑门上冒着一层汗，左右一望："你们谁是林绮眠？"林绮眠抬了抬手："我。"

三人一块去了派出所。倒也不怪警官如此多疑，最近网络诈骗盛行，还真有一种诈骗方式和林绮眠的手机被监测到的情况形式十分相近。人在上当受骗时，脑子是十分糊涂的，警官们经常是生拉硬拽，才能把人扯回来。

林绮眠坐在派出所里，把自己的手机拿出来，一一给张警官证明了，这才终于获得了信任。"没被骗就好。"张警官皱着眉头，还是对林绮眠的行为十分地不赞同，"但追星不要影响生活啊。"他起身，把黄小艺叫了进来："你们一块儿坐，我来给你们说说沉迷网络游戏、直播、追星等等的危害。"

黄小艺一脸疑惑，但她不敢说话。她长这么大还是第一次进派出所。

张警官讲了半个小时，讲完之后，黄小艺起身，对天发誓："张警官，我绝对不沉迷网络，好好生活！我不追星！不看直播！我打游戏太菜了就是偶尔玩玩，我都不花钱的，我白嫖……啊，这个嫖它不是那个意思，就是，就反正我绝对不花钱就是了！！"

张警官点点头："很好，你也要多关心关心你朋友……"

黄小艺说："我朋友她更不可能，她什么都不玩。她是医生，每天就知道工作、看书，叫出来吃顿饭都难……"

张警官：……

林绮眠：……

张警官说："你还不知道她为什么来这儿的吧？"黄小艺一脸困惑。

张警官说："你看你还是个医生，医生赚点钱多不容易，别花太多在主播身上……"黄小艺惊呆了。

又是半个小时后，两人终于出了派出所。闷热的天被远处的惊雷划了个口子，突然之间，狂风和暴雨都落了下来。黄小艺和林绮眠就站在派出所的屋檐下，没法走进雨里，也没有叫车离开。沉默，长久的空白的沉默。

大雨带来凉爽，把黄小艺的衣角掀了起来。她抬手压了压，终于找回自己的声音："是，是月亮吧？"都摊开了，林绮眠反倒觉得平静："嗯。"

黄小艺问："是……上次我们去吃饭以后，你就开始看她的直播了吗？"

林绮眠道："嗯。"

黄小艺说："她的直播这么……好看吗？你都没有见过她本人现在是什么样子……"

林绮眠说："我见过。"

黄小艺说："啊？什么时候啊？"

林绮眠说："她来我们医院拔智齿，我给她拔的。"

黄小艺愣住了："啊……"

两人又陷入了沉默。黄小艺不知道从哪里问起，林绮眠也不知道该从何说起。半晌，黄小艺尴尴尬尬地笑着说："高中的时候你就……现在还是……对她很有兴趣哦。"林绮眠没回答。

黄小艺说："哈哈，那就，有空的时候叫她出来，咱们一块儿吃顿饭，都是同学嘛，现在难得在一个城市。"

林绮眠说："她不知道给她拔牙的是我。"

黄小艺傻了："啊？"

"她挂的别的医生的号，我一直戴着口罩。"林绮眠顿了顿，"不过没戴口罩的话，她可能也认不出来。"黄小艺彻底沮丧了。风大雨大，她仰头看着林绮眠在灯下的漂亮侧脸，十分想不通，曾经互相关心、偷偷靠近、差一点能成为好友的两个人，怎么就走到了现在这一步。重逢之后，两人苦上加苦。

"我们叫个车吧。"她道，"饭也没吃完，要不要去喝酒？"

林绮眠说："不了。"黄小艺没忍住，还是道："你那个……确实，不要这么花钱了，警官说得对，赚钱不容易，咱还有很多省钱的办法呢……"

林绮眠转头看她："你要不要看看我的账户余额？"

黄小艺困惑道："啊？"

林绮眠掏出手机，随便登录了个手机银行，给她看了一眼。

黄小艺瞬间暴躁了："随便吧，您想咋花就咋花，我怎么就忘了呢，您是个富二代啊！下次吃饭你掏钱啊！我都跟着你进派出所了……"

林绮眠笑了笑："好。"

来了辆车，黄小艺骂骂咧咧地走了。

林绮眠又吹了会儿风，这才叫车回了家。

她那会儿着急，现在反倒不急了。备用手机得重启一下，她到现在都没启动。张警官说得对，人在上头的时候脑袋是蒙的，是完全丧失理智的，会做出和平日里完全不同的行径。

林绮眠从小到大这么多年，没对什么事这么热心过，除了许月亮。

张警官还说，等过了那个劲儿以后，人是会后悔的。

会后悔吗？林绮眠好像是后悔过。她后悔自己高中时自以为是，误解别人的意图，让她们陷入了这样尴尬的境地。但她从来没后悔遇见许月亮。

那些期待许月亮偷偷跑到她教室来的日子，那些吃着许月亮塞的零食读着信的日子，那些远远望着许月亮等待她时傻笑的日子，大概是她最快乐的日子。如果要找出一段时光同它媲美的话，那也只能是现在再遇到许月亮的日子。

所以她后悔吗？她一点都不后悔。这简直是上天的馈赠，只要她不再报以多余的期待，她就可以幸运一天是一天，快乐一天是一天。

至于花出去的钱，反正又不是她赚的，她一点儿都不心疼。她的父亲林海森给她这些公司股份的时候，一副父爱如山的模样："眠眠，这些都是爸爸欠你的，希望你以后能高兴一点。"看，钱用来买高兴，这不正好吗？

林绮眠想到这些，便彻底终结了那些胡思乱想的混乱情绪。

她洗漱干净，换了身舒服的睡衣，躺在床上，继续专注自己的看直播事业。

手机重启，无数消息涌了进来。林绮眠先去看了眼直播间，许月亮的直播还在继续。她笑容甜美，情绪昂扬，看起来并无异样。

林绮眠开着小窗口去看 PK 结果，橙子直播的讨论区里，最前面的热帖就是这场比赛。小月亮赢了。在意外失去她以后，其余的粉丝并没有松懈，一鼓作气，压根就没有给对手反攻的机会，直接冲到了最后一秒。

许月亮还是赢了，用一个再创新高的成绩取得了断层第一，重回巅峰。

林绮眠如释重负，觉得欣慰，又觉得心口仿佛被滴了柠檬汁，酸溜溜的。

她将航海群里的消息拉到了冲锋那会儿的时间线，一一往下看，群里经历了"疯狂地喊她，忍不住骂她，狂欢，然后冷静下来开始猜测她发生了什么事"的全过程。

就在刚刚还有人问：11 是不是得罪了敌方大佬，账号没了？

林绮眠回复道："我没事。"

群里瞬间跳出一堆人，发来满屏幕的问号。

"所以你干吗去了？"

"所以你到底干吗去了？"

"所以你吹了号角，扔下兄弟去送死，然后自己干吗去了？"

林绮眠："抱歉。操作太频繁，手机坏了。"

群里嚷起来，说她骗鬼呢，问她是什么牌子的手机，这就帮她质问官方客服。林绮眠没再解释，扔了个红包进群，并且跟管理员道："麻烦你把后面超出预算的账号的礼物金额统计一下，我退给大家。"

这样的处理方式，任谁有不满都会偃旗息鼓，群里开始一片祥和：

"嗨，这事搞得。"

"我们都是担心你。"

"也不是钱的事，主要是不能接受兄弟叛变。"

"是退全款吗？对不住了哥们，这钱我得要，不然下个月我没生活费了。"

"今天真是打了一场漂亮的胜仗，对面那群人都快气疯了，这会还在讨论区开帖骂。"

"骂有什么用，我那会儿去 Anna 直播间看了一眼，还有人喊着让'就是玩儿'出来，把 Anna 送回第一去，哈哈哈哈，结果那家伙 PK 结束后就没影了。"

林绮眠没多聊，退出群，准备查一查"就是玩儿"的事。

手机滴滴一声，又有了新信息：来自你的特别关注，小月亮。

正在直播的小月亮，嘴上还在跟粉丝说"最爱你们了，我才不偏心呢"，手却偷偷地在桌面下私信 z92565611，道："11，你在吗？"

她发的还是句聊天专用废话。林绮眠放大了直播间的画面，看着许月亮那张表面上专注认真、实际上心不在焉的脸，静静地欣赏了几秒，这才回复了一个字："嗯。"

许月亮目光下移，睫毛轻微地一颤，然后她借着抽奖，把双手光明正大地放在了键盘上，先给林绮眠发过来几行字："你没事吧？"

"群里的消息我都看到了，谢谢你。

"如果睡得晚的话，等一下我，我有话跟你说。"林绮眠眉头一挑，现在她们不就在说话吗？许月亮这样偷偷摸摸的，还挺刺激。她那点劲儿又上来了，回复许月亮："这会儿有空，待会儿就不一定了。"

许月亮念奖品的时候打了个磕绊："抽，抽三份，中奖的粉丝不要嫌弃，没中奖的不要可惜，我们下个小时再抽一轮……"

她稍稍顿了顿，继续说："今晚我可能会下播得早一点……没事，就是有些累了，对，毕竟我之前也算是做了个小手术嘛。"

林绮眠收到了手术对象发来的消息："我下播后找你，如果你忙就等闲了再回复我。"

林绮眠没在私信里回复，而是在直播间送了个小礼物，在弹幕上打字："好。"她的弹幕颜色也变成了五光十色的，飘过去的时候还戴着小小的皇冠，特别显眼。许月亮看着屏幕，笑了一下。

她继续直播，林绮眠去"忙"自己的。

橙子直播讨论区里关于女主播的帖子不少，但如果有恶毒的人身攻击或者不实诽谤，举报后帖子会被删除。

林绮眠搜到了不少关于许月亮的帖子，大部分是一些橙子直播举办的活动的通报，底下盖了几百层楼。许月亮的热度集中在今年，所以在这类帖子里，也是今年才出现了一些明显是许月亮忠实粉丝的支持评论。剩下的一小部分帖子内容，有私人发起的女主播选美大赛，有喊着要许月亮某一天的直播视频的，有讨论许月亮和其他主播关系好坏的。

关于那个"就是玩儿"的著名事件，林绮眠并没有找到思路清晰的前因后果，但能看出，许多人把这个当许月亮的黑点，但凡要说她不好的时候，就得提两句这事。没办法，林绮眠只得去私聊航海群的管理员。管理员平时说话做事的样子，一看就是多年老粉，大概里里外外，没有什么事是他不知道的。但她刚一提到关于"就是玩儿"退钱的事，管理员就突然冒出来一句："月亮找你退钱了？"林绮眠发过去一个疑问号。

管理员回："哎，月亮就是这样，虽然作为主播，天天嘴上说着要礼物，但她其实不想接受太大额的礼物。"

"今天这事，我就知道她肯定得找你退钱。

"兄弟，我也是看你真心喜欢月亮，才跟你说这事，你尽量让月亮少退点吧。

“咱们砸出去的礼物，六成给平台，月亮只能拿到四成。她退钱自己得补一大半。

“别看她现在挺火，熬过来也不容易。”

林绮眠：……

林绮眠把话题拉回来：“所以她之前给那个‘就是玩儿’退钱，也是这个原因？”

管理员说：“那不一样。”

“月亮一般是看有人上头一下子砸得太多了，或者是学生自己本来就没钱还在那儿逞能的，她觉得粉丝事后会后悔，才会去退一下。

“‘就是玩儿’他是真有钱，砸过不知道多少个主播了，来月亮这儿以后，一直挂在榜一，本来也挺好的……就是嘴贱。”

林绮眠问：“嘴贱？”

管理员说：“平时开个黄腔就算了，他为了吹牛居然跟人说自己私下约到了月亮。这话被人截图发到了讨论区，那天月亮的直播弹幕全都是问她多少钱的。”林绮眠闭了闭眼，密密麻麻的怒火从四肢百骸冒了出来。

管理员说：“当晚月亮就去跟人对质了，结果就是她把‘就是玩儿’给她砸的所有礼物钱全退了回去，包括分给平台的那部分。”

“转账截图她回复在了之前的那个谣言帖里。

“她闹得太过了，伤了大佬的面子，而且看直播的嘛，就是觉得花钱能买点……

“所以那事之后，有一批人就像被戳到了肺管子，看到她就骂，多难听的话都有，好一阵子才消停。

“我觉得月亮也是有阴影了，之后有人给她多送一点的礼物，她都会劝一劝。”

许月亮的确会劝，进许月亮直播间的第一天，林绮眠就被问有没有成年。

当时林绮眠只以为她是在开玩笑，没想到还有这层缘故。

屏幕上的字刺眼刺心，林绮眠的火窝在胸口里，无处发泄。

林绮眠说：“那今天月亮 PK 赢了，那批人不又得疯？”

管理员说：“疯啊，发了好几个帖子，我跟几个管理员举报得及时，都删了。”

林绮眠说：“辛苦了。你私下再问下大家，今晚谁后悔了，都可以来我这里退钱。不要告诉月亮，我不会让她退钱的。”管理员那边输入了好一会儿，最终只发过来一句：“大哥您可对她可真好。”

林绮眠说：“对了，还有一个事。以后‘就是玩儿’这种东西，统一叫坏东西。叫什么大佬，我这种才是真大佬。”

管理员五体投地，给林绮眠发来了一屏幕的“抱拳”表情。

林绮眠切回了直播界面。往后的时间，她一边看直播，一边处理补贴和退款的事，直到许月亮下了播。

许月亮信守承诺，这边屏幕一黑，那边消息就发了过来。不过她不是通过橙子直播的账号，而是小月亮的私人微信。

她顶着粉色的可爱头像，软乎乎地问她：“1111，睡了吗？我下播啦。”

林绮眠盯着那行字，没回她。过了两分钟，许月亮的消息再次跳了出来：“看来睡着了呀，那祝你好梦。”

“然后我先说一下事情，等你醒了再回我。

“今天真的非常非常感谢你，没有你我肯定就输定了。

“但其实输了也没关系的，PK 输了是经常有的事，我更在意大家是不是喜欢看我的直播，是不是喜欢我跳的舞。

“我知道你是真的喜欢我啦，所以才会给我出谋划策，还帮助了我那么多。

“但这些本不是你该有的花销，平日里你给我的支持已经很多很多了，我的直播最多也就值这些钱了。

“所以，所以可不可以给我一个账号，让我把你今天晚上的花费打给你呀？

“我真的真的真的没有别的意思！你千万千万千万不要误会！我就是觉得大家赚钱都不容易……

“然后，这事是我们之间的小秘密！我不会告诉别人，你也不要告诉别人哦！

“再次感谢你，鞠躬！我会好好练舞的，你有什么想看的舞蹈都可以跟我说！

“最后，我看到你发的那条弹幕了，因为有你们我才会是第一，我会加油工作，尽量当久一点的第一。”

许月亮发来的一大片的消息，文字和人一样，带着丰富的情绪波动，让林绮眠仿佛可以看到许月亮站在她面前说这些话的样子——一定是紧张的，担忧的，惶恐的，又努力积极向上，保持着活泼可爱的。

那些小心翼翼去表述，又泄漏无疑的小心思，每一处都是真挚的，善良的，仿佛是童话世界里的公主才会拥有的完美品质。

她怕 11 误会退钱的原因，所以不断解释。她怕 11 在意面子，所以表明这是秘密，自己绝对不会说出去。她给 11 许下承诺，在自己力所能及的工作范围内尽量满足。而最可贵的是，在经历过那么多的恶言恶语之后，她仍然愿意给 11 最美好的假设。

假设他是一个单纯的、喜欢她的人，喜欢看她的直播，喜欢看她跳舞，喜欢和她聊聊天，然后送出礼物。假设他无其他的恶意。她期望，无其他的恶想。

林绮眠甚至有些嫉妒 11——这个伪装在网络账号后的，只用发挥出一点功用的自己。因为只是一部分，所以她可以去满足许月亮的期望。而真实的林绮眠，在窥得许月亮闪闪发光的可爱时，只想要与她的联系再亲近一点。

林绮眠放下了手机。

这一晚林绮眠几乎睁眼到天明，她已经数不清这是第几个失眠的夜晚了。

第二天，她仍然没有回许月亮的消息。最好的拒绝，就是不跟许月亮交涉此事。因为一旦交涉，林绮眠压根不知道自己又会干出什么事情来。

上午十点，她的备用手机发出“丁零丁零”的声音，涌入了好几条信息。

她不就山，山来就她。许月亮朝气蓬勃地和她打招呼，问她睡醒了吗，吃早饭了吗，今天周末是不是在家休息啊。

林绮眠摩挲着手机，继续没回。

下午，许月亮开直播前又来了一次。林绮眠只得退出了自己的橙子直播账号，以游客身份看直播。不能送礼物，不能发弹幕，无法互动，简直让她手痒得仿佛有蚂蚁在指尖啃噬。如此过完了周末，又过完了工作日。

许月亮执拗得很，天天两趟问候，雷打不动，就想得到她的银行卡账号，好给她打钱。但许月亮的执拗又都是软软的，说着一些软话，挑一些最大可能不会打扰到她的时间，发消息的数量也恰到好处，绝对不会让她感觉厌烦。

被许月亮如此主动缠着，林绮眠甚至感觉到了一丝飘忽于云朵之上的幸福感——当你一低头，就有可能收到可爱的消息。

一周之后，许月亮终于气馁了，她发给林绮眠一个大大的“猫咪叹气”的表情，然后道：“我不退你钱了。”林绮眠瞬间出现：“真的？”

许月亮那边愣了好久，再回复的时候，发了条语音：“啊——你真的是在故意躲我！！”大概只有语音才能尽情地表达她的心情。

林绮眠笑起来，点一遍语音条，再点一遍，然后加入收藏。

十来秒之后，许月亮恢复理智，打字道：“我要是再跟你提退钱的事，你是不是又要消失？”林绮眠大言不惭：“是。”

许月亮问：“你是不是连橙子直播的账号都不登了，直播都不看了？”

林绮眠撒谎成瘾：“是。”许月亮彻底蔫了下去：“那好吧。”

“那你总得让我补偿点什么吧？呸，不是补偿。那你总得让我感谢你点什么吧？”林绮眠陷入思索，许月亮自己送上门：“可以是特别一点的东西。”

特别一点的东西，可以是什么东西？许月亮平时感谢粉丝的花样挺多的，唱歌、跳舞、讲笑话甚至学猪叫，这些都很可爱。

但既然这件事在许月亮心里这么受重视，缠了她足足一个星期，又主动提出要特别一点，如果林绮眠提了这些如常的要求，反倒好像辜负了许月亮的一片心意。一时没有好的想法，林绮眠先回复：“我想想。”也不用显得那么着急，好像她搞这一通，就是为了从许月亮这里换点什么似的。

许月亮的消息很快跳了出来，透着股快乐的气息：“好！那11你好好想。没有时间期限的，什么时候都可以。”

林绮眠勾起唇角笑了笑，许月亮又发过来一条消息：“那这个事情说定了，我就不再骚扰你了哦，这些天真是打扰啦。”

林绮眠勾起的唇角掉了回去。她可不可以提要求，让许月亮一直打扰她？

这天晚上，林绮眠终于登录账号进入了直播间。她刚一进去，许月亮就站起身极其夸张地来了一套欢迎仪式，动作之多，简直如同一套广播体操。

“欢——迎——z——9——2——5——6——5——6——1——1——”

林绮眠：“噗。”

许月亮居然把她这个毫无意义的账户名都记住了。

许月亮说：“11许久未来，月亮和直播间的朋友们，都十分想念啊……”

屏幕上立马飘过一排弹幕：“主播自己想念，不关我的事。”

“我一老爷们不想念别的老爷们，但榜一大佬要是给我砸大游艇，我也可以想念一下。”

“我不仅想念，还可以抱抱。”

“11 这么久没来，是去别的直播间了吗？”

“没有。”林绮眠敲下两个字，发送。

“谢谢大家。”林绮眠扔了个礼花。

许月亮抿着唇，想笑又忍着的模样。

航海群的管理员发了私信过来：“大哥这几天忙吗？”

“大哥，月亮是找你退钱成功了吗？

“如果月亮给你退了，我就多砸点礼物给她补一补。”

这管理员对许月亮是真挺上心。

林绮眠回道：“不用补，那件事结束了。”

“我有件新的事情想要请教你。以前的那些榜一榜二，一般会提什么要求？”

管理员问：“直播间里提的吗？”

林绮眠问：“私下也有提吗？”

管理员说：“其实一般人都是想有些私下的联系的，比如见个面吃个饭什么的……”

林绮眠：……

这真是诱人的要求。林绮眠看着这几个字，仿佛她这辈子没见过许月亮似的。视线回到直播间的画面，许月亮在跟人解释：“不是我不感谢 11，是 11 不喜欢我的那些感谢方式，他一般都是让我休息。”

“你们还不信，我说的是真的。”

“11 很少给我提要求，”许月亮用双手捧住了自己的脸蛋，笑得跟朵花儿似的，“可能他沉迷于我的脸，只要看到我美貌的脸庞就满足了吧。”

林绮眠：……

她陷入了天人交战。她当然有很多很多的要求，很多很多的私心。

她当然想这张脸就在她面前，不用隔着屏幕，不用环绕着众多观众。就她们两个人，吃饭也好，说话也好。她既然打造出了一个对许月亮别无所图的“11”的形象，便不想去破坏它。她不想让许月亮失望。

“嗯。”林绮眠打了一个字，回复在弹幕里。这个字在一众和许月亮开玩笑嘲笑她太过自恋的弹幕里，显得格格不入。

许月亮眨了眨眼，大概是捧着脸的动作有些久了，所以脸颊有两道红红的印子。“我说了嘛，”她的声音软软的，因为不好意思，头还垂下躲了躲摄像头，“11 对我是真的好。”

林绮眠陷入柔软的懒人沙发里，一时不知道是该满足还是该苦恼。

直播结束后，林绮眠去洗漱，准备睡觉。回来的时候，她远远地望见备用手机上闪着呼吸灯——有消息来了。她脚下顿了顿。之前的确是会有消息的，有可能在她做完一台手术后，有可能在她吃过晚饭后，也有可能在她泡完澡，出了浴室后。但那是因为许月亮在催她拿钱。那样热切的她，可怜又可爱。可现在是为了什么？林绮眠走过去，拿起了手机。

果然是来自许月亮的信息，小月亮问她：“1111，你想好了吗？”哦，她又来催那个要求了。林绮眠有些郁闷，问她：“你是不是欠着别人东西就不舒服？哪怕那是你自以为地欠着。”

许月亮回：“嘿嘿，11 真聪明！一下子就猜对啦！”

顺带附赠“猫猫发射爱心”的表情。

林绮眠：……

林绮眠说：“不许催，我想好了就告诉你。”

幸好第二天是周末，林绮眠难得地睡了个懒觉，挨到十点多才起床。

她怀疑这大概也是许月亮的起床时间，因为在十一点的时候，小月亮的微信号更新了一条朋友圈，发的是自己吃早餐的照片。吃就吃，她非得咬着面包片，凑到镜头跟前来，笑得鼻子眼睛都没了。

林绮眠盯着照片里的许月亮，脑袋里突然灵光一闪。她快速地滑动屏幕，翻看了小月亮近三个月的朋友圈，又抓了另一个手机过来，翻看了皎皎的朋友圈。最后她终于选定了个对象，给许月亮发消息道：“你做个 PinkD 家的脏脏包的吃播吧。”许月亮很快回复了过来，一个字：“啊？”

林绮眠笑着打字：“怎么？为难了吗？”

许月亮说：“这么简单啊。”

林绮眠：……

她这是被嘲讽了吗？

许月亮说：“11 以为我很在乎形象，所以不敢做这种吃播吗？”

“那你可真是太小瞧我了哈哈哈哈哈……

“你来得迟，没见过我以前做吃播的样子呢，我一个人可以干掉一桌的东西！”

林绮眠回：“不许用手。”

许月亮：……

林绮眠冷酷道：“好了，你去准备吧。我今晚就要看。”

许月亮：！！

时间紧迫，许月亮没再给她发消息。而林绮眠在放下手机的一瞬间便从沙发上跳起来，奔去了衣帽间。

PinkD 这家甜品店有两个特点，一是全 S 市就只开了一家，二是他们不提供外卖服务，只能堂食。

许月亮的直播开始时间通常在下午两点，中间无间隔，最多有个十来分钟的休息时间。在这些条件的限制下，许月亮要想今晚直播吃上 PinkD 的甜品，便只能现在出发，立马去买，除此之外，她只能通过朋友或者跑腿服务买。

林绮眠赌许月亮自己去买。赌对了，她就可以见许月亮一面。

PinkD 所在的位置，在林绮眠居住的区。许月亮家所在的区她知道，她过来会花费一些时间。许月亮来医院的时候，从来都是打车来的，自己应该没有车。而林绮眠开车过去，不管怎么样，都会比许月亮早到。

一路畅通，林绮眠顺利到达了 PinkD 所在的商场。

PinkD 的店面在二楼，只有一个入口，它对面有个咖啡馆，装修成树洞森林的样子，从外望进去，光线昏暗。这一切简直完美。

林绮眠进了咖啡店，随便要了点东西，坐在了可以望见对面甜品店入口的位置，并且让服务员拿走了桌上的烛台。

室内黑暗，室外明亮，很适合隐蔽。旁边的桌坐着两个小姑娘，拿着一堆奇奇怪怪的东西在自拍，所以林绮眠这样的顾客，算不得奇怪。

没人来打扰林绮眠，她望着窗外，静静地坐着。她擅长这样静静地坐着，脑袋里可以想很多事情，也可以什么都不想。什么都不想，只等一个人。

等许月亮匆匆地过来，奔进店里，然后买一份她指定的甜品，再奔出去。

她会穿什么样的衣服？到底会不会着急？她会一个人，还是身边跟着其他人？她会就买那一份脏脏包，还是干脆买遍整个店？

毕竟她那么爱吃，好像对于她来说，吃就是世界上最幸福的事情。

时间一分一秒地过去，咖啡凉了，冰激凌化了。

林绮眠的思绪偶尔会打个岔，想到自己真的是费尽心机，伺服良久。好在她没有什么太坏的心思，这要求能让她看到许月亮，又不会让对方紧张难堪就够了。既保全了 11 大佬的声誉，又满足了林绮眠的愿望。

手腕上的腕表指向了十二点半，距离这场等候结束，还有一个半小时。林绮眠终于看到了一抹熟悉的身影，从商场明亮的通道小跑着过来，裙摆摆动，花影摇曳。她戴着顶棒球帽，抬头的时候还是可以望见脸上的妆，比日常妆容浓多了。她涂着闪亮亮的眼影，压在棒球帽下的长发也被编成了很多细小的彩色辫子，看来今天的直播，许月亮打算走又甜美又酷辣的风格。

林绮眠坐直了身子盯着她。

短短的一段路，林绮眠用尽力气把时间无限拉长。许月亮身影一闪，推门进了店。林绮眠呼出一口气，才发觉自己刚才忘了呼吸。

店里的情景，她看不清了。林绮眠低头，随便搅了搅杯子里融化的冰激凌。

许月亮的动作很快，不到十分钟，她便推门出来。她手上果然提了一个很有分量的大袋子，一看就不止买了一种。林绮眠笑起来。

许月亮转身，抬脚往前走去。林绮眠已经换上了目送的表情，但许月亮的脚步突然一顿，停在了原地。她四下环顾着，仿佛在找什么店。

她的目光落到咖啡店时，林绮眠本能地躲了躲。许月亮抬脚，朝咖啡店走来。她的目标那么明确，脚步那么坚定，简直不给林绮眠做其他猜想的机会。

人家就是买完甜品再来买咖啡的，有吃有喝，多完美。

林绮眠慌乱起来，出来得匆忙，她不仅没有戴口罩、戴眼镜，还一点妆都没有化。衣服是随便扯了两件出来穿的，衬衫领子上有点褶皱，紧身牛仔裤也是最没有意思的那一种。她的头发随便扎着，有些乱。

在许月亮推开店门的那一秒，林绮眠无比清晰地了解到自己的诉求，那就是，她可以暴露身份，可以重逢，但绝对不是在此时此刻、此情此景之下。

旁边桌的女孩还在嬉闹，林绮眠一步跨过去，拿起了她们桌上的搞怪头套，声音冷冽道："拜托了，我想玩一下。"

两个女孩愣住，而许月亮跨进昏暗的店里，一转头，就看到了一只身高腿长，腰线迷人的……绿头鱼。怎么会有身材这么好的绿头鱼？

林绮眠没动，许月亮望着她也没动。

服务员在许月亮的身后道："点餐请来这边。"

许月亮终于舍得收回视线，去吧台前先把东西点了。

制作需要时间，许月亮靠在吧台边缘，转身又看了过来。两个小妹妹仰着脑袋，也一直看着林绮眠。林绮眠干脆坐下了，头套有一股淡淡的橡胶味，里头黑乎乎的，如果不摆正位置，视线会非常受阻。

她正了正那头套，小妹妹扑哧发出笑声。

林绮眠的声音从头套里传出来，压得很低："这个……挺好玩。"

"是的是的。"扎红蝴蝶结的妹妹道，"姐姐你也喜欢吗？"

林绮眠：……

倒也谈不上喜不喜欢，毕竟她都没看清这是个什么东西。

"这个可好玩了。"扎蓝蝴蝶结的妹妹把一个东西递到了她面前，"可以从嘴巴塞进去吹的。"

林绮眠扶着头套低了低脑袋，看到了小朋友才会玩的吹吹卷。

林绮眠：……

红蝴蝶结问："姐姐你要不要试试？"

虽然不知道具体效果如何，但林绮眠既然坐在这里了，未经允许使用了别人的东西，和别人友好互动一下总是要有的。

她拿起了吹吹卷，但没往头套里塞。色彩鲜艳花纹斑斓的吹吹卷夹在她的指尖，顺滑地从食指翻转到了小拇指，又翻转了回来。

"哇！"红蝴蝶结开心地喊起来，"姐姐你转得好厉害！"

蓝蝴蝶结也激动道："姐姐你上学的时候一定是转笔大赛第一名！"

红蝴蝶结拿起了手机："美女姐姐你要不要我帮你录一段视频啊，你戴着头套玩这个，真的太酷啦！"林绮眠抬手挡了挡面前的手机，从头套狭窄的缝隙里对上了许月亮的视线。

许月亮微微弯着身子，一动不动地在看她。仗着有头套掩盖，林绮眠直视了回去，没有躲避。而就是这一秒钟的对视后，许月亮突然笑了起来，抬脚就朝她走来。

林绮眠不耍酷转什么吹吹卷了，抬起双手，紧紧地抓住了头套的边缘。

许月亮到了她们面前，笑容像这破天气的太阳一样灿烂，释放着和谁都能玩到一块的亲和力。"你们好呀！"她笑着指了指林绮眠的脑袋，"这个也太可爱了吧！在哪里买的呀？”

红蝴蝶结说：“哇小姐姐你也想要吗？我发你链接。”

许月亮立马掏出了手机，打开了自己淘宝好友的界面：“好呀好呀。”

许月亮真是哪里都能加好友，哪个账号都能变成社交软件。

红蝴蝶结一边给许月亮发链接，一边嘴上唠叨着：“这个也可爱，这个特别搞笑，我觉得这家店不错，我们买的这个味道就不大……”

“是吗？”许月亮抬头，朝林绮眠看过来。

林绮眠心想：看我干什么？

许月亮笑得眼睛弯弯的，问的方向很明确：“美女姐姐，这个是没有什么味道吗？”做贼也不能太心虚，林绮眠抓着头套边缘，想着压低嗓音回一句。但还没等她开口，许月亮突然凑了过来，遮住了林绮眠所有的视线。那两个狭窄的孔里，只剩下了许月亮放大的脸。她忽闪忽闪的大眼睛和抹着亮晶晶唇釉的唇，唇珠饱满，唇角微微上翘，她像没什么坏心思又调皮的猫咪。

“我闻闻。”许月亮说着，鼻尖凑过来，用力吸了吸气。林绮眠没躲。

许月亮闻完，笑着道：“是没什么味道欸，但美女姐姐的香水好好闻，我也想要了。”林绮眠没控制住自己，往后闪了闪。她遮住了脸，却忘了气味这回事。好在许月亮的咖啡做好了，服务员喊她取餐。许月亮直起身子，嫣然一笑，表达了对此次交流的愉快和感谢。

她朝大家挥了挥手：“再见。”蝴蝶结妹妹们用力摆手：“小姐姐再见。”

许月亮手上拿满了东西，走到店门口的时候，又回头看了一眼。

林绮眠端坐在椅子上，没敢动。绿头鱼呆愣愣的，像个失去灵魂的傻乎乎玩偶。许月亮消失在了视线里，蝴蝶结妹妹们大胆地讨论了起来。

“那个小姐姐好漂亮啊，她的妆也太好看了吧！”

“是舞台妆吧，我们不会偶遇了什么没出道的小偶像吧？”

“呜呜呜呜今天美女含量超标了，我也太幸福了……”

林绮眠摘下了头套：“她是很好看。”

红蝴蝶结立刻道：“美女姐姐你也好好看！不瞒你说，我们俩刚才偷偷看你很久了……”

蓝蝴蝶结说：“我们还怕你嫌我们俩吵呢，没想到你也喜欢玩这些。”

林绮眠将那头套翻过来，好好看了看。

头套太丑了，还是一种难以言喻的、令人难忘的丑。

红蝴蝶结说：“哎呀刚才点了录像就忘了关，这个视频里面，还有刚才那个小姐姐……”

“别发出去。”林绮眠下意识道。

红蝴蝶结说：“不会的不会的，没有经过别人同意，我们不会乱发的。”

林绮眠的指尖轻轻在桌面上滑了滑：“里面有我，发给我吧。”

小妹妹很好哄，说什么听什么，不仅把视频发给了林绮眠，还把自己手机里的原始文件删掉了。视频封面就是她戴着那个丑鱼头套的样子，林绮眠不忍点开，收了手机，出了咖啡厅，回家看直播。

这一趟虽然出了意外，但收获也不少。香水又不是什么整个S市只有她一个人会用的高级限量版，许月亮不至于凭这个就确定了鱼头里的人是谁。

下午两点，许月亮准时出现在了直播间。她的发型和妆容没有变，就是林绮眠见到的那一套。提前知道了许月亮今天的造型，这让林绮眠有一种奇异的愉悦感。一切照旧，林绮眠甚至拿了本书过来，边读边看。

直播进行了两个小时，不知道弹幕上谁问了什么，许月亮突然道：“我今天看到了一个特别好玩的东西……”

林绮眠抬眸。许月亮抬手在脑袋上比画了下：“有个很漂亮的大姐姐戴了一个很可爱的鱼头套。”

弹幕问：“都戴了头套你怎么知道漂亮？”

许月亮说：“我早就说过了，真正的美女是不用看脸的，哪儿都美。”

弹幕起哄：“又来了又来了。”

许月亮嘿嘿笑了笑：“确实，又让我想到了我的美女姐姐医生，你还别说，真有点像……”林绮眠送了两个礼物出去，打断了这个话题。

许月亮经常提到她的美女姐姐医生，之前解释请假原因的时候提，牙龈有点上火了提，哪怕看到了个绿头鱼也提。

提来提去，第一次的时候让林绮眠心慌，第二次的时候让林绮眠高兴，到现在，就只剩下了平淡如水的埋怨。许月亮虽然说了那么多次，但离开以后，便再也没给她发过消息。皎皎那个账号，就像被许月亮遗忘了一样。

直播进行到了天刚黑的时候，许月亮起身，说她休息一下，换套服装，然后来个特别表演。人一出镜头，林绮眠便收到了小月亮发来的微信：“11

在吗在吗？吃播要开始啦！”林绮眠回复：“在。”

她一直在，从提出要求的那一刻开始，每一个重要的时刻都在。

十来分钟后，画面一闪，镜头里出现了满满一盘的爆浆巧克力面包。原来的一大份面包，被许月亮切成了无数小块，巧克力粉和熔浆散满了整个盘面，透着可以填满肚子的香气。

“看这是什么！”许月亮喊着，只出镜了一只细白的手。

林绮眠砸了个礼花过去，铺满整个屏幕的特效消失之后，许月亮也跳入了画面。她穿着校服，那件高中时的校服，最普通的蓝白配色，宽宽大大，毫无版型可言。

校徽处被许月亮贴上了个卡通贴纸，但林绮眠知道那下面是什么样子，就像林绮眠早就知道，当许月亮穿上了这件衣服，会是什么样子。她有些憨，有些傻，有着细白的手腕和脖颈，笑起来的时候像雨后的操场上刚刚修剪过的草坪。这是可以拉回时光的样子，是她唯一能为自己的青春正名的样子。

许月亮眉眼弯弯，噘着嘴说：“这是给 11 的特别表演——”

林绮眠眨了眨眼，许月亮双手背后，俯身，一口叼住了一块餐盘里的面包，囫囵吞进了嘴里。她唇边沾得都是巧克力粉，许月亮鼓着腮帮子，吃完了才笑着道：“无手投喂！”

她问 11：“我聪明吧？早就说了，这难不倒我！”

弹幕全在提醒她嘴边有东西，在许月亮伸出舌头去舔之前，林绮眠发送出去一条弹幕：“不许表演了。”许月亮愣住，大概是以为她不满意，再笑起来的时候有些尴尬：“11 真是个不许怪……”

林绮眠又发了条私信过去：“我想一个人看。”

许月亮有求必应。直播间的吃播突然之间就停止了，她端着餐盘出了画面，再回来的时候，身上的校服没了，嘴巴上的口红也补起来了。

“咱们就当无事发生。”许月亮开了音乐，站起身，“挑首歌把刚才的热量消耗了。”

弹幕里有人不满：“大佬说停就停，这么多观众，没人权啊！”

后面一长串弹幕回应他：

“有本事你第一啊。”

“有本事你第一啊。”

“有本事你第一啊。”

…………

林绮眠扔了两个礼物，将弹幕清干净，认真看许月亮跳舞。

新的一月到来，目前她还是许月亮的月榜第一，但积累的礼物值并不高。

为了不在后面有什么意外情况的时候再一口气砸太多，让许月亮觉得有负担，林绮眠循序渐进，不着痕迹地稳坐第一。

今天的直播如常结束，林绮眠洗漱过后准备睡觉，备用手机传来了消息提示声。她的备用手机放在床头柜上，反倒是常用的那部手机经常被扔在客厅桌子上。

林绮眠打开手机，小月亮向她发来了一段三分半钟的视频。

“因为是给 11 一个人的，所以我没着急吃。

“但我完全没有违规哦！

“面包很好吃，谢谢 11 投喂！”

她又发来一个“给老板鞠躬”的表情。

林绮眠的手指在白色的对话框上滑过，先打字回复她：“好的，辛苦了。早点休息。”

许月亮也很快回复：“11 晚安！祝好梦！”

林绮眠回：“好梦。”

梦大概会是好的，但觉肯定是睡不早了。林绮眠的手机里有两段视频，她点开白天那段，自己戴着个搞笑头套，僵着身子，紧张不已，唯唯诺诺。许月亮的身影晃过，娇憨活泼，玲珑剔透。因为不是有意拍的，所以画面角度奇怪，总是会聚焦在某个身体局部，说话的人多，声音也杂乱。

在和许月亮重逢之前，林绮眠绝不认为自己会这样。

到了晚上这段视频，许月亮乖巧可爱。不让她用手，她就真的不碰，人坐在桌前，背着手，只低了脑袋去咬盘子里的面包，像只小狗。

她穿着那件校服，为避免发丝掉落下来，将长发高高地扎成了一个丸子，脸上的妆也卸了一半，只剩下让眉眼更清晰的部分。

她吃两口，就要抬头向镜头笑一笑，吃到最后，嘴巴里塞着东西，还要抿着唇嘟囔两句：“他家的甜品味道真的不错，11 你可以试试。”

月亮的工作是讨人开心，好像别人开心了，她也就真的开心了。

THE MOON IS SHINING ALL NIGHT FOR YOU.

第六章

Chapter VI

过了周末，林绮眠回到了工作岗位，许月亮请假休息一天。

在许月亮的直播间待了这么久，林绮眠知道她是个劳模，没想到她竟然劳模至此。休息并不是休息，她只是不开直播而已。

一大早管理员就在群里发布了消息，月亮今天陪大家打游戏，要报名的人把队排好。林绮眠查了下游戏名，是一款战术竞技游戏，通常是大家组队，每局大概半个小时。

等林绮眠下载安装好游戏，光航海群里的报名队伍，就已经长得没有尽头了。林绮眠算了下，哪怕今天许月亮不吃不喝一直打游戏，也没法陪完这么多人。管理员还在喊有没有人，林绮眠单独给他发了信息过去："这么多人，她打不完吧？"

管理员："群里惯例，打不完就排个队，下次再一起玩。"

林绮眠："嗯，那我排个队吧。"

管理员："不用排，你想玩随时找月亮就行。"

林绮眠："什么意思？"

管理员："你是榜一啊，榜一就有这特权。"

特权还真多。

管理员："大佬今天玩吗？玩的话我把时间给你空出来。"

林绮眠："玩，晚上七点后吧。"

管理员："好嘞，黄金时间段，座满。"

游戏有些复杂，中午休息的时候，林绮眠看完了新手教程，又去靶场练了一会儿枪。下午下班以后，她回家洗漱吃饭，然后正襟危坐在了沙发里。

七点一过，小月亮便给她发来了消息："1111，现在开始玩吗？"

林绮眠："嗯。"

小月亮："我可以带个朋友吗？是个游戏区的妹子。但她和我们玩的时候不开直播。"本来就是组队游戏，林绮眠不太在意有别的人："可以。"

小月亮："那就我们仨，然后匹配个路人队友？"

林绮眠："嗯。"中午她只知道了这游戏的基础操作，并不了解游戏生态，所以今天晚上的战略就是，许月亮说什么是什么，她跟着许月亮就好。反正她也不是为了玩。林绮眠点开邀请链接加入组队，队伍的语音频道很热闹，许月亮正在和另一个女孩聊天。屏幕提示玩家段位相差过大，可能会降低积分。许月亮问道："是 11 吗？这是你的小号吗？"

林绮眠没开语音，打字道："大号。"

许月亮问："啊，11 平时不太玩游戏吗？"

另一个女孩道："这就是 11 大佬吗？欢迎大佬！哪有男生不玩啊？他肯定是拿小号骗你的啦。"

许月亮介绍道："11，这是我跟你说的那个主播，叫薇薇，她游戏玩得很好的。"

薇薇道："我不行我不行，我等着 11 大佬带我躺赢呢！"

林绮眠打字："带不了。"

薇薇的笑声卡了下壳："哈……月亮，大佬不愿意带我。"

林绮眠："月亮带我。"

许月亮笑起来："11 我不太行的，我们俩待会就躲薇薇背后吧。"

林绮眠："嗯。"

薇薇问："大佬不开语音吗？"

林绮眠："不方便。"

薇薇拖长声音哦了一下，然后便跟许月亮聊起了别的话题："下个月的活动你看了没？真的好抠门啊，就是拿钱换流量……"

匹配进入游戏以后，许月亮在薇薇的话缝里加了一句："11，你跳伞跟我们吧？”林绮眠打字：“跟。”

薇薇说：“主城正面对抗啊同志们，冲啊冲啊！！”

然后下一秒，队伍的三个人都挂上了跳伞标志，只有林绮眠还在飞机上。

许月亮喊道：“欸，11 你没跟上吗？要自己跳吗？”

林绮眠是想跟着他们跳的，但她刚才找了下跟随跳伞的位置，刚找到，队友们便已经跳了。林绮眠打字：“没来得及。”

游戏进行中时输入法屏幕是横向的，用着十分不顺手。等林绮眠打完这几个字发出去，她已经距离队友们很远了。

许月亮问：“11，你是真的不玩这个游戏啊？”

林绮眠继续艰难地打字：“嗯，没骗你。”

许月亮笑着道：“那你现在跳吧，我落地去找你。”

林绮眠跳下了飞机。降落伞她也不太会用，所以飘飘荡荡好一会儿才落了地。她脚下一片荒原，草秃，房子远。

许月亮看了下位置：“11，背后的山梁上有间房子，你过去看看有没有枪。”林绮眠原地转了一圈，找准了方向，往房子跑去。

荒原上很安静，只有沙沙的脚步声，耳机里许月亮和薇薇在聊天。

“我跑了啊，要找车去接 11。”这是许月亮的声音。

“啊啊啊，楼上有人，对面两个，二号三号指望不上了，四号你过来啊！”这是薇薇的声音。

林绮眠跑了好长一段路，终于进了山梁上的屋子。这间破败的小房子里没什么物资，她搜来找去，拿了两个绷带，套了个一级甲，捡了颗地雷。

许月亮问她：“11，有枪了吗？”

林绮眠：“没。”

许月亮又问：“看到人了吗？”

林绮眠：“没。”

许月亮笑起来，嗓音很甜，显得可爱又积极：“那很好啊，虽然没有武器，但也没有敌人呀！”

“11 你上二楼找那个没有窗户的房间躲起来，我马上就过来了。

“物资你不用愁，我在路上捡饱了，带过去给你。

“其实你跳的这个位置很棒欸，高处对平原，非常好的防守位。

“我有预感，咱们肯定在圈内……哇，三级头，11 你运气好好呀！”

林绮眠听从许月亮的指挥，上楼把自己藏好了。

许月亮说的关于游戏的分析她不太听得懂，但她能听明白，许月亮在安慰她，安慰她不要对现在的境况感觉到沮丧。她抛离队友远远地过来保护她，什么好东西都要给她。耳机里还有其他队友的声音，但林绮眠的耳朵自动过滤掉了，只剩下许月亮的。许月亮的声音并不大，在游戏里脱离掉了直播时的一点刻意提高的音调，显得轻松自如了许多。她不仅来救林绮眠，还一直在陪林绮眠说话。哪怕林绮眠没法出声，只能时不时地打个“嗯”回应。

有车声渐近，许月亮昂扬道：“11，我来啦！”

而薇薇的声音也在耳机里爆开，信息重要，林绮眠不得不听到。

“啊——我没了！

“四号也没了！两队人围攻我们！！

“二打八，真是打扰了！

“垃圾游戏！毁我青春！！”

“咳。”林绮眠清了清嗓子，没打字回应。

薇薇喊许月亮：“月亮，重开吧，这局不行。”

许月亮进了房子，脚步声噔噔噔地上楼，林绮眠的视线一晃，许月亮的游戏人物穿着条黑白熊猫洛丽塔裙，扎着可爱的双丸子头，身姿娇俏地站到了她面前。“你不用等我们，先退出去重开吧。”许月亮对薇薇道，“我们打完这局找你。”

薇薇沉默了两秒，退出了游戏。一号和四号的头像都灰了，只剩下了许月亮和林绮眠。耳机里一下安静下来，只在遥远的地方听到两声枪响。

许月亮的游戏人物唰唰地往下扔着东西，扔完了绕着满地的物资跑了两圈：“11，捡起来，都捡起来。”林绮眠走过去，自动拾取的手快出残影。她有了一把冲锋枪，上百发子弹，急救包、可乐和药，还有三级头二级甲。

许月亮把她自动换下的一级甲穿上，收了枪，突然在她面前跳起了舞。可爱的游戏人物蹦蹦跳跳，冒着粉红色的桃心，林绮眠几乎无缝替换成了许月亮的脸。许月亮和她建模的游戏人物一样可爱。

许月亮比她建模的游戏人物还可爱。

许月亮跳完舞，蹲在了她身旁：“我们等等，现在还有车，我们两个小菜鸟能躲就躲，扛到最后，应有尽有。”林绮眠也蹲了下来：“嗯。”

许月亮问：“但这样是不是比较无聊啊？你刚开始玩这个游戏，我就带你走这么保守的策略，别这把玩完，你就再也不想玩了哈哈哈哈。”

许月亮说：“我刚开始玩的时候，连方向都分不清，队友让我往左我往右，我那个时候还不听话，又菜又大胆，见到人就冲，冲了就精准地接住子弹……”

林绮眠操纵着游戏人物，试了好几次，才终于挪到了许月亮的对面。就这么对蹲在房间的角落里，听许月亮说着话，林绮眠感受到了新奇的、让人浑身舒畅的快乐。她踢掉了脚上的拖鞋，抬腿，用同样的姿势蹲在了沙发上。

“不无聊。”林绮眠打字道。

“我喜欢这个游戏。”林绮眠说着真心话。

这一局游戏，两人大部分时候都蹲着，在远离敌人的位置，听着枪响，聊着天。许月亮说了很多她玩游戏的趣事，也讲了很多游戏的知识。林绮眠默默地记下，等到了要跑的时候，尽量跟紧许月亮，寻找掩体，不给她惹麻烦。

就这么到了决赛圈，最后圈缩得实在是太小，而敌人又太强，许月亮身先士卒地冲出去，被敌人干掉了。林绮眠冒了个脑袋，一命呜呼。

两人拿了第三的成绩，许月亮哈哈哈笑着，返回游戏大厅的时候，夸着林绮眠：“我们这一局很不错啊，你进步得好快，我们的积分加了不少呢！”

林绮眠回：“是你厉害。”

许月亮的游戏人物快乐地转了个圈：“嘿嘿嘿，我枪法不行但策略行啊。”

现在游戏大厅里只有她们两人，薇薇发来了消息，说她那一局很快就结束了，让她们稍微等一下。林绮眠看着许月亮飘动的裙摆，又看了看自己身上灰扑扑的白T恤、牛仔裤，问道：“怎么换衣服？”

许月亮赶紧指挥她到达商城，并且提醒她：“11你现在玩的是女号，性别在人物设置的左上角。男生的衣服也都有配套的，也挺好看。”

林绮眠看了眼男生的衣服：“男生的衣服不好看。”

她买了几套套装，没找到许月亮身上穿的那套：“你的黑白熊猫在哪里？”

许月亮说：“啊，我这个是之前活动的时候抽的，现在没有了。你喜欢的话，待会儿进游戏，我脱给你穿。”

林绮眠清了清嗓子，还能这样？但她是个正直的大佬，她不需要许月亮的衣服。林绮眠问：“现在能买到的，你喜欢哪些衣服？”

许月亮迅速明白了她的意图：“11 你要给我送衣服吗？但我们刚加游戏好友，是不能送的，要三天以后。”

什么破规定。但林绮眠思维敏捷：“你喜欢哪个？我可以脱给你穿。”

许月亮咯咯咯地笑起来，跟个小鸡仔似的：“11 你的学习能力真的很强，真会举一反三。那我要你刚才换的那套孔雀旗袍，我教你待会儿怎么脱啊……”林绮眠认真听着。

薇薇那边结束游戏，回到了队伍中。一进来就看到 11 的游戏人物在不停地换衣服。每一套衣服都是最新出的，几乎把现在商城里能买到的买了个遍。

“这是发生了什么？”薇薇问，“绝地换装游戏啊？”

许月亮笑着解释：“11 想送我衣服，但是我们俩刚加的游戏好友送不了，所以他就买了好多，说给我看看哪个喜欢，待会儿进游戏脱给我……”

“哟——”薇薇拖长声音，“这也太宠了吧！”

她顿了顿，用开玩笑的语气道：“大佬我下把带你赢，你能不能给我也脱一套衣服？”

林绮眠换衣服的手一顿，她没急着回复。她等着许月亮说话，但许月亮那边突然没了声，一个字都没说。

尴尬的几秒钟里，林绮眠打字：“赢了再说。”

薇薇说：“行，那我这把可是要努力了，拿出我绝地枪王的实力。进游戏，进进进！”

三人匹配到队友上了飞机，这次林绮眠早早地跟随许月亮跳伞，两人沿着同样的轨迹飘下去，落在离对方只有几步之遥的位置。

林绮眠跑到许月亮跟前，脱下了身上的旗袍。许月亮换上，身上的黑白熊猫裙自然就掉了下来，林绮眠捡了穿上了。

薇薇跑到了两人面前：“大佬你有那么多衣服还穿月亮的啊？”

林绮眠：“嗯。”

薇薇说：“跟紧我啊，我留东西给你。”

林绮眠站在许月亮身后，没应声。薇薇进了房间搜索物资。这一局薇薇十分卖力，时刻关心着队友的位置，排兵部署很有一套。有敌人的时候她让林绮眠躲着，等她把敌人打得剩一丝血了，就叫林绮眠过来，补上两枪。

林绮眠打了两个敌人，只觉得索然无味。

许月亮小声跟她道：“11，薇薇这是在给你让人头呢。”

林绮眠：“嗯，谢谢，但不用了。”

薇薇笑起来：“大佬觉得这样不够爽，要自己打死的才爽。”

“大佬你有调参数吗？我这里有参数图，待会儿打完了发给你。

“指法我这里也有教学视频，都是各区游戏主播的精髓，好上手，进步快，保你一个星期横行游戏……”

薇薇本来就是游戏区的主播，自己打得不错，懂得也多。她认真起来，带新手队友和教学的任务都自然而然地落在了她身上。许月亮插不上嘴，只偶尔捡到好东西的时候，会悄悄跑到林绮眠身边，扔下来。

这一局她们运气不错，挺近决赛圈的时候，她们的队伍只损失了一位路人队友，而剩下的两个敌队都只剩下了一个独狼。

她们正面遭遇解决了一个，另外一个一直躲着不出来。薇薇的声音有点烦躁：“不知道那个人藏哪儿了，摇了一圈了也不动，这也太能藏了……”

许月亮出了声：“我出去诈一诈，你们看着。”说完她便跳出了掩体，朝前面的空地跑去，站在毫无遮掩的大马路上，跳起了舞。

孔雀绿的旗袍在晴朗的日光下分外鲜艳，许月亮选的动作一个接一个，甚至有些妖娆。林绮眠站起了身，薇薇喊她：“大佬你别动……”

林绮眠蹲着身移出了掩体，蹲在了马路边上，看许月亮跳舞。许月亮转头看到她，笑得不行：“哈哈哈 11 你干吗啊，你快回去……”

话还没说完，枪声响起，狙击枪一枪爆头，林绮眠趴在了地上。

“欸！”薇薇大喊了一声。

许月亮连忙放出烟雾，去拉林绮眠。“我看到人了，125 方向……”薇薇看了一眼烟堆中的两人，忍不住道，“欸，你们真是，打游戏但凡上点心……”

林绮眠退到了石头后，许月亮一直扶着她，没有去对战。薇薇和人对枪，在毒圈进一步缩小之前，拿下了胜利。胜利的标志亮起，林绮眠也刚被拉起来。其实最后救她这一步根本没必要，她没什么战斗力，许月亮不如和薇薇一起去打最后一个敌人。

薇薇在那儿打礼花枪庆祝胜利：“我就说了这一局肯定赢吧！哈哈哈，大佬我们说好的事你可别忘了啊……”但林绮眠正看着许月亮。游戏里的许月亮和她并肩站着，两人裙摆飘飘，画面十分美好。

回到组队大厅，林绮眠正想给许月亮发条私信，告诉她，对于自己来说，游戏输赢不重要。她能打死几个人，能不能玩得爽，也不重要。许月亮不用在意这些事，玩得开心就好。

但消息还没发过去，许月亮那边掉了线了。几秒钟后，薇薇道："大佬，月亮接了个电话，有事，一时半会可能完不了，我们先玩一局吧？"

林绮眠："等等她。你可以先去玩，不用管我。"

薇薇说："哎，那我们等她。要么咱俩加个微信，我把教程参数图那些发你，你有不明白的地方我刚好跟你说说。"林绮眠回："行。"

游戏能打得好一些当然是有必要的，看航海群里的意思，许月亮经常举行打游戏活动。下一搞活动次的时候，林绮眠希望是她来保护许月亮，而不是许月亮处处照顾着她。

两人加了微信，薇薇的微信名叫薇薇 Vivi，主页签名写着自己的直播间号。和许月亮一样，这是主播们专门经营的加粉丝的微信号，里面的内容非常丰富。林绮眠只看了一眼，便退回了聊天界面。

薇薇发过来了很多教程，林绮眠认真看起来。

十分钟后，许月亮还没来，林绮眠学习的时候很少提问。薇薇伸了个懒腰，说："我去吃点东西。"

二十分钟后，许月亮还没来。薇薇吃完喝完了，问林绮眠："大佬要不要练一把？"林绮眠还是回复："你玩吧。"

薇薇没进游戏，又五分钟后，她道："大佬，月亮来不了了，她有些事，去处理了。"

林绮眠切到橙子直播，又上微信看了眼，和许月亮的对话框里空空如也，许月亮没有给她发消息。

"我也有点事，先下了，今天辛苦了。"林绮眠给薇薇发消息。

退出游戏之后，薇薇又发了些教程过来，还发了几个直播间链接。

"这些都是游戏打得不错的主播，里面包括我哈哈哈哈。

"大佬没事可以来我的直播间逛逛，我也会带带水友。

"你和月亮玩也可以叫我啊，我们仨配合，把把胜利！"

林绮眠回："好，谢谢。"

这天晚上许月亮都没回来。航海群里发了通知，还排着的号往后顺延。但应该也不是什么太麻烦的事，第二天许月亮的直播照常进行。林绮眠在上班的时候，口袋里的手机振了振，是开播提醒。

下了班看直播，许月亮一切如常，见了她热情地欢迎，还询问她游戏玩得怎么样，开不开心。单就已经玩过的几局来说，林绮眠发送弹幕："开心。"

往后几天，林绮眠都抽出时间认真练游戏。一开始上手想要杀死真人确实难，但林绮眠学习能力强，手稳，一个星期之后，虽然正面打枪时她的判断还是会有些不足，但偷摸着打狙，已经相当准了。

等到许月亮的下个休息日，林绮眠甚至有些迫不及待，她早早地报名插了队，毫无愧疚感。

许月亮的微信给她发来了微信消息："11，今天还是我们和薇薇一起哦。"

林绮眠回复道："可以双排吗？"

游戏里分为单排、双排、四排，一般情况玩四排的人确实多一些，队友多了，可以取长补短互相帮助，战略更丰富也更容易获得胜利。但林绮眠觉得双排更好。比起胜利，她更喜欢的是一路欣赏风景，听许月亮跟她唠唠叨叨地说话。许月亮那边打字的速度慢了些："欸？你想要双排吗？可以呀，我跟薇薇说一声。"林绮眠："嗯。"

两人进了游戏，这次队伍里没有别的人。许月亮穿的还是上次的黑白熊猫裙子，林绮眠点开商城，这次非常顺畅地购买、赠送，皮肤礼盒全都飞到了许月亮手中。许月亮轻轻叫了一声："啊。"

林绮眠："这次我们可以穿一样的。"许月亮的声调微微提高，像直播时那样，用俏皮的话表达感谢："谢谢11,11真是走到哪里都是我的衣食父母！"林绮眠被逗得笑了笑。

许月亮顿了顿，突然道："11，我可不可以拜托你一件事啊？"

林绮眠："你说。"许月亮说："就是……咱们上次玩游戏的时候，薇薇不是说赢了想要你脱套衣服给她嘛。如果你觉得游戏里不方便的话，我可不可以把你送我的衣服选一套送给薇薇呀？"

林绮眠攥着手机，察觉到了一点不对劲。上次薇薇提要求，林绮眠并没有答应。况且，薇薇只是想让她在游戏里把衣服脱给她穿一下，许月亮现在却直接要把衣服送给薇薇。

薇薇作为主播，为自己争取出手阔绰的粉丝，林绮眠能够理解。但林绮眠不理解的是，许月亮竟然愿意把自己送出去。

虽然两人是完全不同区的主播，可大家直播的时间基本都在那个点，看了这个看不了那个，礼物给了这个，另一个的自然就少了。

林绮眠有些不明白，关系好的主播之间都是这样互通粉丝的？还是说，另有别的原因？

“她喜欢哪一套？”林绮眠问许月亮。

许月亮说：“金丝蟒那套，她在直播里喊了很久了，说特别骚气，非常想要拥有。”

林绮眠操作游戏界面，几秒钟后回复许月亮：“行，已经送过去了。”

许月亮惊讶道：“啊？11 我不是这个意思，你刚给我的里面有，我把我的转送过去就行了。我问你只是怕你介意，不是让你再花钱……”

林绮眠回：“没事，进游戏吧。”许月亮再没敢再提这个话题，点了匹配。

经过一周的训练，林绮眠终于可以真正意义上地和队友打起配合。许月亮正面对枪的时候，她侧面包抄，许月亮冲锋的时候，她架枪。

两人开开心心地玩了两把，一次第五，一次落地被淘汰。到了第三把，林绮眠想要和许月亮多待一会儿，便跳了偏远又贫穷的地方。

两人一人拿一把霰弹枪，面朝大海，欣赏风景，顺便打死了两个掉海里的人。许月亮突然深吸了一口气，好像真能闻到似的：“啊，海风，咸咸的。”

林绮眠笑起来，打字道：“我也很喜欢游戏里的风景。”

许月亮说：“那你可以每个地图都逛逛，沙漠、雪原、海岛、雨林，对了，新开的山谷里有片花海，很漂亮。”

林绮眠回：“一起去。”

许月亮顿了顿：“我打游戏的时间其实不多，你知道的，我大部分时间都在直播，你今天进步这么快，平时没少练吧？”

林绮眠说：“我会抽出点时间来练习，但都是单排，或者看教学视频。我之前不打游戏。”许月亮那边突然噤了声，没接话。

林绮眠再扔出砝码：“我之前也不看直播。”海浪轻轻地翻涌，许月亮的游戏人物一动不动地站着，穿着林绮眠送的可爱的衣服。

林绮眠知道她是聪明的，十分聪明，这些年的主播生涯将她锻炼得八面玲珑，见百个人会说百种话，永远都猜得准观众的心思，永远都控制得住自己的情绪。榜一的话说到这种地步，她肯定是明白的，明白林绮眠在向她表忠心，在告诉她，她对自己的特别之处。

不是因为你，我既不会看直播也不会打游戏。所以如果对方不是你，我既不会看直播也不会打游戏。所以，你不要想着把我推给其他人。我不乐意，没兴趣，你也推不过去。

远处响起几声枪响，许月亮的游戏人物动了起来，她跳到了车上，对林绮眠道："刷圈了。"林绮眠上了车，没非要许月亮回应她说的话。

这局的后半段，许月亮沉默了许多，但到了危险时刻，还是会冲到她前面保护她。游戏结束以后，许月亮轻轻哎呀一声，对林绮眠道："11，对不起啊，有电话进来。"细微的凉意从林绮眠的脊椎蹿上来，林绮眠回道："你接。"然后她非常贴心地给了许月亮台阶下："我也要去忙了，下次见。"

许月亮的声音甜甜的："那再见呀，早点休息。"

游戏界面只剩下了林绮眠一个人，她点开了好友信息栏，许月亮的头像已经黑了。打游戏时来一次电话被打断很正常，第二次这样就太过刻意了。而且这次许月亮做得这么明显，连游戏都没断。

林绮眠的微信跳出新信息，来自薇薇Vivi。

"大佬我才刚出游戏，看到你送我的衣服了，太谢谢你了！

"这是我这个赛季最喜欢的一套衣服！你也太会挑了吧！

"大佬我看你的账号还在线，玩吗玩吗？

"带你上分带你飞，我就是你的四级甲！"

林绮眠勾了勾唇角，这就是许月亮给林绮眠的回应，或者说，是给11的回应。我会在你看直播的时候热烈地欢迎你、回应你，会在陪你打游戏的时候尽心尽力地保护你、让你开心。但你扔给我多余的礼物，我要想尽办法还给你，你对我的特殊照顾，我真心实意地建议你分给其他的姐妹。

这是我的工作，我公私分明。

林绮眠突然想起蓁蓁有一天中午在休息室里抱着手机叫，脸上的表情又痛苦又快乐。林绮眠问她怎么了，蓁蓁给她看一个视频，视频里明艳动人的女星，笑着对镜头道："姐姐只是嘴甜，姐姐心里没有你。"

林绮眠露出了和蓁蓁一样的表情。

第七章

Chapter VII

这天晚上，林绮眠留意了一下航海群里的排位。在她之后，还有两个人排上了号，和许月亮打了游戏。林绮眠长长呼出一口气，这一晚什么都没再干，躺在床上发了好久的呆。

第二天下午，刚到下班的点，薇薇就发来了游戏邀请。林绮眠想到昨天许月亮安安稳稳地退出游戏的样子，拒绝的手顿了顿，回复道："得晚点。"

"我今晚都有空，大佬你随时找我。"薇薇回得很积极。

林绮眠慢悠悠地往回走，路上堵车都没着急。路过小区门口的超市时，见外面摆着的水果新鲜，她停了车进超市买了些东西，这才回了家。

到家了也不太想看手机，她大致又回到了以往的日子，手机里没什么可以让人期待的新鲜事。于是她又慢悠悠地做了顿饭，吃饱喝足又泡完澡了，这才给薇薇发了条消息："玩吗？"

薇薇回复得很快："来！"两人进了游戏，队伍里加进来两个人，都是薇薇平日直播间的水友，三人一块，叽叽喳喳的很热闹。林绮眠没有什么好说的，她本来就不开语音，现在连打字的工夫都省了。

四人开了两局，成绩不错，林绮眠的积分涨了不少。第三局的时候，她借口累了，退出了游戏。

橙子直播的推送消息还在手机顶部挂着："您特别关注的主播小月亮正在直播中……"林绮眠盯着那条消息良久，扔掉了手机。是书不好看？还是论文不好写？看什么直播，玩什么游戏。

这一晚，林绮眠终于在该睡觉的时间早早地睡了觉。但充足时间的睡眠好像并没有让她恢复精神，早晨起床，林绮眠看着镜子里的自己，怎么都有些双眼无光。

那就多睡几天。林绮眠下了决心，每晚十点上床，早上六点起来晨跑，运动量比之前加了一倍，几天过后，终于觉得自己再次充满了能量。

脑袋里关于许月亮的部分也变得清晰起来，11 只不过是许月亮遇到过的众多榜一粉丝中的一个，许月亮如常对待，并无不妥。

而她也只是现实生活中见不到许月亮，所以一时沉迷于 11 这个身份，释放自己那些无处发泄的情绪罢了。许月亮不欠 z92565611 的。

到了周末，薇薇再次约林绮眠打游戏，这次加了句“月亮也在”。

林绮眠点进游戏，许月亮毫无芥蒂地同她打招呼：“11，你好呀。”公事公办，一句好久不见都没加。

“你好。”林绮眠笼统地回复。她话少，很少回应别人抛出的话题。薇薇大概已经适应了，所以整局游戏中基本就和许月亮聊天。

两人聊最近橙子直播发生的一些事情，聊哪里又开了什么好吃的店，聊着聊着，薇薇突然哎哟一声。

“怎么了？”许月亮关切地问。

“刚吃了口西瓜……”薇薇的声音有些含糊，“冰得我真是……龇牙咧嘴。”

许月亮问：“牙疼？”

薇薇说：“嗯，有一颗，泛着酸。”

许月亮很有经验的模样：“有可能有龋齿。”

薇薇很害怕：“妈呀。”许月亮安抚道：“龋齿不怕的，浅一点的磨干净补了就行，深一点的根管治疗，以后再套个牙冠，都是随治随走。”

薇薇问：“你怎么知道这么多？你搞过吗？”

许月亮顿了顿：“我之前不是去拔了颗智齿嘛，医生跟我说了一些。”

林绮眠并没有说过。林绮眠跟许月亮说的话，都是关于她那颗要拔的智齿的。但许月亮在之前去过佑海，有其他的医生接诊，跟她说点基础知识也正常。

林绮眠趴在了草丛的石头后，已经做好了听许月亮提到自己的准备。就像直播间里的网友说的，许月亮拔了颗牙，见了个美女医生，只要再提到牙，必然关联到美女医生。就跟这美女医生是自家的宝似的，她总要拿出来显摆显摆。果然，两人再聊了两句，就到了推荐环节。

许月亮说："你可以去我上次去的那个佑海医院，它家环境真的不错，收费也公道。你之前不是一直嫌牙不够整齐吗？也可以去正畸科看看。他们还有 VIP 病房，万一挂个水住个院什么的，也舒服。"

薇薇问："医生的技术怎么样啊？"

许月亮说："很好啊。医护人员也都很贴心。"

薇薇说："行，那我抽空去看看。"

话题到这里就结束了，话题居然到这里就结束了。

林绮眠趴在草地上一动不动，她甚至听到了有人偷偷摸过来的脚步声，都没听到许月亮提起美女姐姐医生。许月亮提到佑海了，提到拔牙了，甚至提到 VIP 病房和贴心的医护人员了，都没提到美女姐姐医生。

为什么？她在直播间里说了那么多次，为什么现在就不说了？

是因为直播间里面对的是茫茫众生，许月亮既不会透露自己去的是哪家医院，也不会透露自己看的到底是哪个医生，所以可以张口闭口美女姐姐，把这件事当作一段奇遇，把这个人当作一个有特色的人设？

现在，现实里的朋友真的要去了，她便怎么都不提那个让她印象深刻的人，是怕朋友去了碰到？碰到了便提到？而提到了又会说什么？许月亮当着林医生的面，无数遍地称赞她的技艺和好心，介绍朋友来医院，岂不是很正常？

除非，在许月亮的心里，林医生这个人有什么不正常的地方，让她离了医院，便不再愿意在现实生活中有一点联系。

林医生有什么不正常的呢？她永远戴着的口罩，她过于友好的行为，她那张……也许许月亮看了，便觉得熟悉的半张脸。

还有，其实只要登录医院的挂号系统，或者稍微留意一下科里的宣传资料，就会注意到林绮眠配着名字的照片。

林绮眠凭什么一意孤行地认为，许月亮没有认出她？或者说，她凭什么一意孤行地认为，许月亮在认出她以后，会想要和她相认？

她们俩的过往，甚至都称不上过往，只是一场乌龙，难堪又尴尬。

林绮眠眨了眨眼，视线放空。

一个人突然跳了出来，一颗子弹对准她的后背，贯穿了她的胸口。她的血量瞬间掉到了底，没等她的队友反应过来，她便已经一命呜呼。

许月亮喊起来：“欸？11你那边怎么了？”

“不玩了。”林绮眠回复道。备用手机被她扔到了一边，再没管。

两个小时后，许月亮如常开了直播，林绮眠窝在沙发上看电视，接到了父亲的电话。

“林总好。”林绮眠道。

林海森低声训斥：“怎么叫人的？”

林绮眠问：“林总，你有什么事吗？没事我挂了。”

林海森说：“你这孩子怎么这样，没事我就不能给你打电话了？”

林绮眠没应声，答案很明显。林海森顿了顿，语气软了下来：“咱们一家人，好久没一块儿吃饭了。萱萱这礼拜回国了，今晚你过来，爸带你们去吃好吃的。”

林绮眠说：“你们一家吃，我就不打扰了。”

“你也是这个家的一分子！”林海森加重了语气，“萱萱给你带了礼物，挑了很久，你就算不喜欢你赵阿姨，也不能辜负了萱萱的一片心意……”

林绮眠笑了笑，抬头盯着天花板，电视的光影落在上面，像一幅诡异的画。

手机里又有电话进来，林绮眠退出通话界面看了看，等待通话的是黄小艺。

挺好，救驾及时。林绮眠对父亲道：“林总，我有事，先挂了。”

说完她不等那边回应便切了线，接了黄小艺的电话。

“怎么了？”林绮眠问，声音懒懒散散的。

黄小艺说：“美好的周末，还能干什么。问问你有什么安排，我这里有好几家餐厅，排队等着我去大驾光临。还有我妈给我寄的辣炒牛肉干，我的天香死了，一秒回到高中的时候……”

高中的时候。怎么今天什么都好像跟高中有关？

林绮眠脑内灵光一闪，突然笑起来：“小艺，阿姨给你寄了那么好吃的牛肉干，你不想回家看看她吗？”

黄小艺毫不犹豫：“想啊！但我上个月刚回去了，我妈让我不要跑得那么勤快，说累得慌……”林绮眠说：“不累，我开车。”

黄小艺说：“啊？”

林绮眠说：“我要回Z市一趟，来吗？”

黄小艺立刻道："来！！"

林绮眠鲜少邀请她干什么，况且这次还可以坐免费的顺风车。

黄小艺满口答应下来，已经在想要带回去的东西了。

林绮眠道："半个小时后，我去你家门口接你。"

黄小艺说："这么快？！好好好！"

挂了电话，林绮眠给父亲发过去条信息："吃饭可以，我在老宅等你们。"

两人到达Z市的时候，太阳正好落山。林绮眠送黄小艺到了家门口，她妈妈正在门口等着。黄小艺奔进妈妈怀里，和妈妈一起招呼林绮眠去家里吃晚饭。"不了，谢谢阿姨，"林绮眠礼貌地回绝，"我也得赶回去。"

黄小艺的妈妈非常理解："也是，家里人都等着呢。"

林绮眠笑笑，将车开了出去。家里并没有人等她，只有一栋冷冰冰的房子。

林海森发家时买的第一套别墅够大够豪华，有花园游泳池，还有几十个空荡荡的房间。即使没人住了，也有专人打理。花园里植物繁茂，沿着小径栽着两排玉簪花，莹润清透，幽香四溢。

林绮眠进了大厅，在金灿灿的欧式沙发上坐下，掏出手机搜了搜。高中时她常去吃的几家餐厅倒也还在，特色菜品也没怎么变。

林绮眠点了餐，并给父亲发消息："饭都准备好了，你们人到就行。"

半个小时后，天色暗下来。林绮眠将大厅里所有的灯都打开。屋子里很明亮，点的餐也都送了过来，摆满了长长的餐桌。她这才上了楼，房子实在太大，房间实在太多，一路过去，一路开灯，脚踩在雕花红木楼梯上，嘎吱作响。她的卧室一直没变，是朝向非常好的一间房，白天日光明亮，晚上去拱形阳台上，对着一弯明月，可以幻想自己是被困在城堡里的公主。

她有公主床，公主的梳妆台。她有公主的宝箱，打开里面都是她的宝贝。

宝箱里有一罐花花绿绿的糖纸，一包过期了很多年的薯片，一沓粉色的信件，一个镶着黑白照片的相框。她将相框拿出来，合上了宝箱。

她带着相框下楼，摆在了餐桌上，照片里的妈妈眉眼温柔，唇角带着淡淡的笑容。这就是她的高中时期，每天陪她吃饭的，一家人。

良久之后，门外有了响动，传来车子的声音，热闹的说话声，清脆的笑声。

林绮眠起身，到了窗前向外看去。灯影下先进入视线的是林梓萱，她小跑着往前冲，有人拽着她的手。

按道理来说那人该是她的妈妈赵丽，但人影一晃，竟然是林海森。那个总是皱着眉头板着脸的，说好听点叫不怒自威，难听点叫“好像谁欠了他五百万”似的，著名成功企业家林海森。

大概有一年没见，林海森胖了不少，脸上多了两团肉，被小女儿活泼可爱的姿态一逗，唇角上扬，眼皮下耷，显得和气又亲切。

“你慢一点。”林海森拖着步子道，“你姐在屋子里，又跑不了。”

赵丽上前一步，拽住了林梓萱的另一只手，笑着道：“对啊，你着急什么，多大的姑娘了，还和小孩子似的。”林绮眠环抱双臂，偏着脑袋静静看着。

林梓萱呼口气：“外面热，爸爸妈妈你们太慢啦！”

赵丽拽了拽她的裙摆：“衣服都皱了。”

林梓萱说：“妈你就知道心疼衣服，衣服是爸爸送的，爸爸都不管。”

赵丽说：“你爸知道什么？你爸只管掏钱。”

林海森哈哈地笑：“我知道我家闺女漂亮，穿什么都好看啊。”

林绮眠简直想给他们鼓掌。好一副父慈子孝、阖家欢乐的景象。他们把一段路走得跟电视剧开场似的，把“我们一家可真好啊”的台词说完了，这才到了门廊前。

林绮眠转身，换了个方向看着。门被推开，三人进屋。她没有迎上去，还是在原地。林梓萱先看到的她，眼珠子四下一骨碌，明媚的脸便对准了她。这下谁都拦不住，林梓萱跑着朝林绮眠冲过来，双臂在空中抬起又放下，最终也没敢有别的动作，在距离林绮眠一步之遥的地方堪堪停住。

“姐姐！”她亲切地叫她。

林绮眠勾了勾唇角：“嗯。”

林梓萱问：“姐姐你什么时候到的？我怎么感觉你又白了好多啊。”

林绮眠说：“我一直在这儿待着，晒不着肯定白。”林梓萱有些愣。

林海森道：“你们在那边做什么？去厅里坐下。萱萱你不是一路喊着要给你姐礼物吗？这会儿倒忘了。”

“哦哦哦！”林梓萱又跑了回去。林绮眠径自到了沙发前坐下。桌上有瓶水，是她下车的时候拿的，已经没有什么凉意了。林绮眠拿过来喝了一口。

林海森和赵丽都到了她跟前，林海森打量一下空荡荡的茶几，再打量了一下林绮眠手中的水，道：“这边离得远，又这么久没住人了，什么东西都没有，你怎么想起来这儿……”

“爸你觉得这边不好吗？”林绮眠道，“我还记得咱们刚搬进来的时候，你觉得这里什么都好得很，叫了一堆认识的、不认识的亲戚朋友过来，热闹了三天。”林绮眠抬眼看了他一眼，“你这么快就忘了吗？”

林海森的脸色沉下来，方才合家欢的笑意一点都没了：“多少年前了……”

赵丽抚着他的肩膀让他坐下了：“老房子也好，偶尔过来看看，还挺有味道。”

“是挺有味道。”林绮眠道，“毕竟赵阿姨没闻过这儿的味道。”

她俯身往前靠了靠，饶有兴致地问道：“我记得赵阿姨还没嫁给我爸那会儿，就已经在T市买好了房子。你们有没有大宴宾客，闹个三天三夜？”

赵丽扯着嘴角笑了笑：“我们那儿不兴，没怎么办……”林绮眠说：“也是，您年轻漂亮，嫁我爸这一把年纪二婚丧偶的，前妻死了也就半年……”

“绮眠！”林海森喊道，“好不容易一家人在一块儿，你就不要说这些了！”林绮眠挑了挑眉。

赵丽尴尬地指了指外面：“那个，我让小王去买点东西，顺便看看咱们今晚去哪儿吃……”林绮眠说：“阿姨，不用了，吃的我已经准备好了。”

赵丽愣了愣：“啊，是吗？”

林绮眠笑着点了点头：“对，都是我以前常去的店，味道不错。你不知道，我高中那会儿，家里没有大人，做饭的阿姨逢年过节指不定什么时候就找不着人了。我给自己排了个表，一三五吃什么，二四六吃什么，方圆十里就没我没吃过的店。”林海森站起身：“那我们先去吃饭，边吃边聊。”

林梓萱捧着个礼品盒子送到了林绮眠身边：“眠眠姐你看看这个，我觉得跟你好配。”林绮眠没接，就着她的手打开了，里面是一条黄水晶手链，大概是某知名品牌的早秋新款。“不错。”林绮眠道，抬了抬自己的手腕，“但我工作时不戴这些东西，不方便，你自己用吧。”

林海森说：“你也有不上班的时候，不要一天到晚都想着工作，年纪轻轻的，该有的个人生活也得有……”

不等林绮眠回他话，先过去餐桌那边的赵丽突然惊叫了一声：“啊——”声音不高，尾音更是被硬压了回去，林海森赶紧大跨步地过去，问：“怎么了？！”

林绮眠听到赵丽柔弱又有些慌张的声音：“没什么，我就是一下子看到……”

林绮眠进了餐厅，长桌尽头，本该是主位的地方，端端正正地摆着个黑白相框，相框两边有烛台和鲜花，配着满桌子已经凉了的菜，像一场华丽的祭奠。

赵丽远远地站在一旁，而林海森的目光落在那相框上，脸色阴沉，眉头皱得能夹死苍蝇。

“啊，”林绮眠轻声感叹道，“赵阿姨是被吓到了吗？”

“对不起啊。”她神色真诚，“林总说了要一家人吃个团圆饭，我想我妈也算是咱们这个大家庭的一员吧？”

赵丽往林海森身后躲了躲：“算，算。”

她招手叫林梓萱：“萱萱，你过来。”

林梓萱看了眼那照片，又看了眼林绮眠，对着照片鞠了一躬，然后去了赵丽身边。林绮眠走过去，拉开了椅子：“坐吧，再不吃菜都凉了。”

林海森看着荤菜上结的一层油：“已经凉了。”

林绮眠说：“啊，这样在林总眼里算已经凉了吗？我觉得还好，外面的东西嘛，比不上自己家里新炒的热乎的。我有时候半夜饿了起来，凉了的菜就馒头吃，还挺好吃的。”

林海森这顿饭怎么都吃不下去了。林绮眠平时没这么多话，或者说，平时压根不会跟他说话。他打电话，三次里面她能接一次就算好的，能答应一块吃饭，更是奇迹。所以她突然提出要回到老宅吃饭，林海森觉得，只要不出现什么大问题，在哪儿吃都行。

现在，大问题是没有，但林绮眠一直在硌硬人。她说的话，没有一句让人听着舒服的，每一句都在指责林海森——他对不起她，他没有尽到一个做父亲该有的责任。林海森年龄大了，听不得这些话。他指了指外面：“小丽，你先带萱萱出去，我有话和绮眠说。”

赵丽赶紧拉着林梓萱出了餐厅，宽阔又繁复的空间里，只剩下了林绮眠和林海森两人。林绮眠还是坐下了，在她常坐的那把椅子上。

林海森沉着声音问她：“你想干什么？你要是不乐意吃这顿饭，电话里就跟我说清楚。”林绮眠倒了杯酒，对着母亲的方向敬了敬：“由我乐意不乐意吗？这不是一家团圆嘛，妹妹还给我买了礼物。”

林海森的指节敲在桌子上：“我说错了吗？谁不是真心真意地想要跟你

拉近关系，想要补偿你……"

"爸。"林绮眠喝了那杯酒，觉得挺没意思的，"那我也就跟您直说了吧，有些事情你干了就干了，该受的罪我也受了，本来都是过去的事了，你又赔了我那么多钱，本来是可以一笔勾销的。但如果你不想从我这里掏点什么的话。"

"小时候我想不明白，长大了这些事情多清楚。你没有在我妈活着的时候出轨，也没有在我妈死了以后就扔了我，不过是新欢旧爱换得快了一点。你不带我去你的新家，不也是因为我性格烂，怕我去了一家人都不得安宁。

"人选了这个就没那个，你选了新家和睦，现在新家这不挺和睦的。

"至于十几年前就扔了的东西，咱也没必要再想着要回去了吧？

"哪能让你什么都占了啊，我这儿也没有你要的东西。"

林绮眠摊了摊手，给他展示这偌大的餐桌、凉掉的饭菜、只剩下照片的母亲、冷冰冰的屋子："我妈死了，我就这样过了三年，啊，具体来说是十三年。你真指望我跟你家小公主一样，单纯可爱，甜美活泼，做爸爸的贴心小棉袄呢。"

林绮眠又扒拉了下自己的脸皮："你再看看这张脸，跟你说这些话的时候，是不是连个表情都没有？更别说红个眼睛，掉个眼泪了。"

她笑了笑："您有那些心思，不如趁着赵阿姨年轻，再生一个。"

林绮眠又给自己倒了杯酒，朝林海森敬了敬："我祝您早生贵子，尽享天伦之乐。您以后别来烦我了。"

林海森僵在了那儿。林绮眠提着酒瓶，把妈妈的照片抱进怀里，转身上楼："慢走不送。"

黄小艺的这顿晚饭吃了很长时间，她这次回来得匆忙，妈妈没有提前准备，所以她到家以后，基本上是她边吃，妈妈边做。

她吃完这个想那个，那个刚进了嘴里，这边又有新的进了锅，直到吃得她肚子滚圆，都走不动道了，妈妈才劝了两句，让她停了下来。

"又不是没吃过，哪里有这么香。"妈妈笑眯眯地道。

"就香，你做的最香，哪里的东西都没你做的香。"黄小艺瘫在沙发上看了看手机，"所以我的肚子上有这么多赘肉呢，你看人家绮眠那身材，穿什么都好看。"

妈妈道：“怪我身上了，绮眠没妈妈呀？人家照样吃妈妈的饭长大……”

黄小艺顿了顿，说起来的时候有些难过：“妈，绮眠真的没妈妈了，我认识她的时候，她妈妈就去世了。”

黄妈妈愣住，好一会儿才道：“那该让她来咱家吃饭的。”

“她的性格，叫不来的。”黄小艺放下手机，想起以前高中时林绮眠的样子，“现在还好点，我一个月能拉她出来一块儿吃顿饭。之前上学的时候，我连话都不敢跟她说。你敢信，我俩做了同桌，一学期，我就跟她说了两次话……”

“她那个时候冷着一张脸，那真的是……嘴角永远都平平的，能不开口就不开口，要干什么事，就给你个眼神，让你自己体会。

“我笨嘛，有时候体会得到，有时候体会不到，就很怕她。总感觉做错了什么事，我就会被她拉到学校后操场给‘咔嚓’了。

“真不是我胆小，全班都怕她，大家见了她都绕道走。她长得那么漂亮，学习成绩又特别好，传说她家里特别有钱，住的都是大别墅，所以感觉她就跟另一个世界的人似的……”

黄小艺眨巴了下眼：“后来还是发生了点事情，她有事求我了，我们俩的关系才亲近了一点。”

黄妈妈问：“什么事情能求到你啊？”

“我还是有点用的，嘿嘿嘿。”黄小艺道，“有人隔两天就趁着我们做早操和体育课这些大家没在教室的时间，给绮眠的抽屉里塞东西。绮眠就让我帮忙把这个人查出来。”

黄妈妈说：“是小男生吧？”

黄小艺捂着嘴：“是小女生。”

黄妈妈很惊讶：“啊？”

黄小艺说“我看到了也惊讶，绮眠也惊讶，所以我们就查了这个女生好久。”

“查她叫什么名字，是哪个班的，每次考试的成绩怎么样。

“看她什么时候去小卖部，看她和谁关系好，看她运动会跑步的时候有没有人递水。

“我们看了一年半，直到我们毕业了。”黄小艺停了下来。

黄妈妈着急地问她：“然后呢然后呢？”

黄小艺说："然后毕业前，绮眠去逮这个小女生了。小女生从教室里哭着跑出来了，绮眠就再没提过这个人了。"

黄妈妈问："啊，发生什么事了啊？"

黄小艺也说："啊，发生什么事了啊？"

那天在教室里到底发生了什么事，黄小艺一直在猜。以前年龄小她猜不到，这些年见识得多了，大概也就明白了。

少女的心思，还能有哪些事？青春期的时候总会有一些你远远望着想要靠近的人，却因为一些稀奇古怪的婉转心思没法靠近。

自卑？胆小？孤僻？消极？在以前黄小艺觉得两个都有心的人，迟早会破除障碍，她实在是没想到突然有一天，林绮眠会和许月亮形同陌路。

黄小艺没敢再在林绮眠面前提过许月亮，直到许月亮再次出现在了她们的生活中。许月亮啊，黄小艺甩了甩脑袋。她以前搞不清楚林绮眠，现在搞不清楚许月亮，她可真菜。

和妈妈聊了会儿天，看了会儿电视，黄小艺去洗澡，准备睡觉。

澡洗了一半，妈妈在外面不停地拍门："小艺小艺，你的电话。"

黄小艺揉着脑袋："先别管，我出去了再接。"

黄妈妈说："一直打，是绮眠的！"

黄小艺愣了愣，赶紧冲了泡沫，裹着浴巾跑了出来。她的妈妈听了一点故事，都知道林绮眠不停地给她打电话，那肯定是要紧事情。

黄小艺接起电话，着急得声音都有些颤："绮眠，怎么了啊？"

"你在哪里？"林绮眠的声音听起来倒好像很平静的样子。

黄小艺说："在家啊。"

林绮眠说："我要回去了。"

黄小艺呆住了："啊？"

林绮眠重复了一遍："我要回去了，你一起吗？"

"啊……"黄小艺的脑袋高速运转。

今天回来的时候，黄小艺没问林绮眠回来干什么，是因为知道问了林绮眠也不会说。但两人约好了明天下午一块回S市，结果现在这才过了几个小时，林绮眠就在大半夜要赶回去了。

"怎么了？"黄小艺还是试探着问道，"是医院有什么急事吗？"

林绮眠那边顿了顿，道："不是。"然后她又道："是房子太黑了。"

这句话黄小艺终于听出了点不对劲。林绮眠冷静的语调里藏着丝含混，是她以前从来没有的状态。"你喝酒了？"黄小艺福至心灵。

林绮眠说："对，喝酒了不能开车。"

她真是个乖宝宝，都这样了，还知道喝酒不开车。

黄小艺已经确定了，林绮眠不仅喝酒了，还喝多了。

不然林绮眠不会给她打电话，不会嫌屋子黑，这人可是在鬼屋里面都能全程面无表情地和工作人员讨价还价要线索的人。

"回。"黄小艺向来为了朋友可以两肋插刀，"我现在去你家。你家在哪儿啊？"林绮眠给了个地址。

黄小艺又匆匆和妈妈告别，提着一行李箱吃的，打车到了林绮眠家。

林绮眠的家可真气派，看来传言也不假。但她没空欣赏林绮眠气派的家，因为林绮眠抱着箱东西，就站在院门口等她。路灯打在她脸上，白惨惨的。

黄小艺偏着脑袋仔细看了看，林绮眠的眼角有些红，其他看着都正常。

"钥匙。"林绮眠把一串东西扔到了黄小艺怀里，"车在车库，车库往左走。"黄小艺找到了车库，将车开了出来。

林绮眠拉开副驾驶座的门，坐上来的时候，她怀里还抱着那个箱子。

"你怎么不在车上等我？现在天还是挺热的，"黄小艺看了看那个箱子，"东西放后面吧？"

林绮眠扯着安全带，因为怀里有东西，倒了好几趟手，才把安全带系好了："不放。"她的声音听着有点赌气，黄小艺鲜少见她这样，赶紧跟哄小孩似的问："宝贝的东西就要抱着是吧？"

林绮眠点头："对，宝贝。"她拖着一点尾音，着实有些可爱。

黄小艺笑起来，打开导航，将车开了出去："没想到你也有宝贝的东西。"

林绮眠说："我有很多。"

黄小艺配合道："哇哦，有很多。"

林绮眠转头看她："不信我给你看看。"

黄小艺看了林绮眠一眼，她的眼睛里有亮闪闪的光，有抑制不住地想要跟人嘚瑟的期待和兴奋。但凡高中的时候，林绮眠看人是这个样子，黄小艺都不至于被她吓了大半个学期。

“嗯，看看。”黄小艺道，“但我在开车哦，你不能突然拿过来挡住我的视线。”

“放心吧。”林绮眠道，“我又不是傻子。”

黄小艺：……

您现在这样，已经挺像傻子的了。

林绮眠打开了箱子，从里面掏出第一件东西：“这是我妈妈。”黄小艺吓得踩了一脚刹车。她转头，看到了一张和林绮眠极其相似的脸，在镜框里静静地注视着她。

“阿姨好。”黄小艺胆战心惊地叫道。

“小艺好。”林绮眠学着妈妈的样子回应了句，然后把相框又安安稳稳地塞了回去，“这个是糖纸。”

比起刚才突然的介绍，现在林绮眠正常多了。

黄小艺重新发动了车子，慢悠悠地开着：“你怎么也收集糖纸啊？”

林绮眠说：“许月亮给的。”

林绮眠说：“许月亮买了好多好多好吃的给我啊，我刚开始扔了好多。”

黄小艺应道：“对，你以为是哪个男生塞的，直接扔垃圾桶了。”

林绮眠小声道：“可惜了，那些零食很好吃的。”

黄小艺问：“后来的你都吃了吗？没见你在学校吃啊，也没给我吃过。你自己偷偷拿回家吃了啊？”

林绮眠乖乖道：“嗯咯。”

还嗯咯，黄小艺被她逗笑了：“小气鬼。”

林绮眠说：“我晚上饿的时候吃。有一包没吃。”

林绮眠将那包薯片掏了出来：“这是她趁我们去拍毕业照的时候塞的。我本来打算抓住她以后，和她一块儿吃。”

黄小艺忍得真难受：“然后呢？”

林绮眠没回答她的问题，将薯片塞回去，开始翻信件。她抽了一封信出来，里面是粉色的、上面印着可爱小动物的信：“她给我的信。”

黄小艺回道：“嗯。”

林绮眠说：“你在开车，我念给你听。”

黄小艺应道：“嗯。”

林绮眠念起了手中的信——

“林绮眠，你好呀，今天是周二，你的心情怎么样？

“应该挺不错的吧，我在标兵栏里看到你的照片了，听说你们这次的考试题特别难，别人都不及格，你还拿了第一，你可真厉害。

“我什么时候能有你一半的聪明就好了，数学课真无聊啊，让人想睡觉。

“今天是个大晴天，但听天气预报说明天要下雪，你喜欢下雪吗？

“下雪了你记得要去打雪仗、堆雪人。你要起得早一点，路边的雪还没扫，就可以躺到干净的雪里面去，印个大印子！

“但你要穿得厚一些，记得戴帽子、戴围巾、戴手套。刚玩雪的时候冷，玩完了手就烧起来啦，这样就有可能被冻坏了。

“我不希望你的手被冻坏，但你万一不小心，我可以给你我的冻疮膏。

“真希望明天能下第一场雪呀。

“我们一起看雪吧。”

黄小艺转头看林绮眠：“她小时候真可爱……”

林绮眠低头，盯着那信纸：“现在也可爱。”

林绮眠说：“那个时候是不是流行一个传言？一起看初雪的人会永远在一起。”黄小艺说：“现在也流行。”

林绮眠将那信纸突然甩了甩：“但这不是她写给我的。”

黄小艺呆呆的：“啊？”

林绮眠说：“一百二十四封信，都是她替她哥给我的。”

黄小艺又踩了刹车：“啊？啊？？”

林绮眠笑了笑，看起来像哭：“想不到吧，她帮她哥追我。她对我的那些好都是假的。”

黄小艺说：“可是，我们不是拿了她的作业本来比字迹，这就是她的字啊！她又抄了一遍？或者她替她哥写信？”黄小艺狠狠地拍了一下方向盘。

林绮眠将信叠好放回去，又拿了一封出来。她的脸上明显有了醉酒的红晕，声音都变得含混起来：“我再念一封吧，让我们看看这封里面有多少真的许月亮……”黄小艺不说话了，开始变得和林绮眠一样郁闷。

林绮眠就这么念了一路，念得声音发哑，而黄小艺听得仿佛丢了魂。

车子到达 S 市以后，林绮眠终于安静下来。黄小艺将她送到了家门口，忍不住道："绮眠，你以前太高冷了，真的，大家都不敢和你说话。你现在也这样，只是装得好像和人亲近了点。"

林绮眠看向她，黄小艺干脆把心里话全倒了出来："以你的长相和条件，该有多少人排着队追你？但其实这么多年，连几个敢跟你搭讪的人都没有。"

"你有考虑过为什么吗？"黄小艺道，"因为你是天上的仙女，普通人站在你身边，觉得自己就是地上的一摊泥，根本不配。"

"所以不管是谁，能指望一摊泥能攀上仙女吗？

"既然你那么想要靠近她，到现在还想和她交朋友，为什么不能主动一点呢？

"反正你们现在连朋友关系都不是，再差还能差到哪里去呢？

"你又不是不想要，想要就得把面具摘下来啊。"

想要就得把面具摘下来啊。

林绮眠抱着一箱东西进了屋，靠着门，缓缓地蹲了下去。

她不是什么高贵的仙女，她只是害怕。她害怕她要了也得不到，害怕仅有的一点自尊和期盼都没了，害怕那些热切和欢喜，那本就不是她能拥有的东西。

她掏出手机，点进了许月亮的直播间。许月亮今天穿着身粉绿相间的荷花童子汉服，正笑盈盈地和直播间的观众们聊天。

"对呀，天气凉快了好多。

"我每个季节都喜欢。

"最喜欢的啊，我喜欢下雪啊，下雪可以玩的东西很多。

"S 市不太下雪，对，这几年都没下。

"如果下了一定要和朋友出去看看啊，要打雪仗、堆雪人……"

下雪了你记得要去打雪仗，堆雪人。你要起得早一点，路边的雪还没扫，就可以躺到干净的雪里面去，印个大印子！

但你要穿得厚一些，记得戴帽子、戴围巾、戴手套。刚玩雪的时候冷，玩完了手就烧起来啦，这样就有可能被冻坏了。

我不希望你的手被冻坏，但你万一不小心，我可以给你我的冻疮膏。

真希望明天能下第一场雪呀。

我们一起看雪吧。

我们一起看雪吧。林绮眠真想要啊。

哪怕她失去过一次也想要，哪怕丢掉了所有的东西也想要。

关于雪的话题，许月亮说了这么两句就不再提。她又说起了医院的事，说过两天要陪朋友去看牙。

“当然会去找美女姐姐医生啊。”

“叫什么？我不知道欸。”她一脸为难的模样，“她不是我挂号的那位，中途换了医生，她戴着口罩，没看清脸。”

“很漂亮，对啊，戴着口罩也能看出来很漂亮。

“是那种很高冷的，让人想喊‘姐姐我可以’的漂亮……”

林绮眠眨了眨眼，不知道这个话题，许月亮再说几次便不会再提。

她终于忍不住，怀抱着那一箱的宝贝，打字道：“叫林绮眠。”

七彩弹幕飘了过去，鲜艳耀眼，林绮眠控制不住自己的手指，一会儿僵直一会儿发颤。

她又发了句：“什么时候可以？”

在雪降下来之前，什么时候可以。

许月亮坐在摄像头前，仿佛被按了暂停键，许久没动。

她直播间里的弹幕实在飘得太快，尽管她有一个专门用来看弹幕的屏幕，消息还是会变成白色的字符，很快就湮没在了时间线里。

林绮眠。

许月亮许久没有反应，直到关系要好的管理员私信问她怎么了，她才找回了视线的焦点，她伸手拿过旁边的水杯，灌了一大口水。

弹幕上的字变得清晰，都在问她刚才怎么了。

“月亮，你的网卡了吗？”

“刚才的一分零二十八秒，是非静止画面。”

“你是被大佬吓到了吗？”

“11 不会真是月亮的美女姐姐医生吧？”

“没想到在橙子还能看到这样的小说剧情。”

“你们做什么梦呢，不如猜猜主播是不是私下联系了榜一，人家能聊的东西可多了去了。”

“医生叫什么来着？在哪个医院？我去看看美女，顺便看看牙。”

许月亮一个激灵，反应了过来，她快速地回复管理员的消息：“我没事，把刚才11发的名字删了，之后有人再提到，都删了。重复发送的，直接封号。”

管理员跟着她挺久了，动作迅速地执行要求，不问原因。

半分钟后，弹幕记录里便没了关于林绮眠的信息。

许月亮清了清嗓子，换了首歌：“抱歉哦。刚才身体突然有点不舒服。”

她离开了椅子，站起身：“最近练了新舞蹈，可好看了，我跳给大家看。”

直播间里大部分都是男生，听到有新舞可以看，弹幕便只剩下捧场的内容。

许月亮站定位置，音乐一起，表情管理便自然到位。

能拿到直播间来跳的舞，都是她练了很久的，要练到身体形成了肌肉记忆，哪怕不动脑子，也不会出现差错。

她现在需要的就是不动脑子。她的脑子被那三个字塞满，像血管中被塞进了棉花，没法运转。一二三四，二二三四，她在心里给自己打着节拍。

一首歌很快结束，弹幕恢复了平常的样子。许月亮弯腰换歌，没有翻看弹幕记录，也没有读感谢名单。一连跳了四首，呼吸开始变得有些沉重了，许月亮这才停了下来。她看了眼时间，对屏幕招了招手：“今天的直播就到这里啦。时间差不多了，大家早点休息，晚安。”说完这句，没等弹幕反应，她便退出了直播间。主屏幕黑了下来，摄像头的灯也变红了。

许月亮关掉了所有器具，将直播用过的东西归置到原位，然后出了房间。那是她的工作间，里面有最好的灯光、最好的隔音设备、最丰富的道具和最漂亮的布置。出了工作间，便是她的生活区。小小的一居室，卧室被用来工作了，客厅便变成了睡觉的地方。沙发可以变成床，也可以用来放衣服。电视基本不开，茶几就是最好的餐桌。

“餐桌”上扔着半份面包，许月亮坐到了地毯上，抓过那面包啃。

她食不知味。搁在脑袋里没有处置的信息，这会儿疯狂地涌了进来，四下安静得厉害，脑袋里便愈发吵闹。

等面包终于吃完了，她抓过手机，犹豫良久，她发消息给z92565611，问他：“11，你是不是认识林医生？”

林绮眠猛然睁眼的时候，是清晨五点。城市还在睡眠中，日光从客厅大大的落地窗洒进来，铺满了半个屋子。头疼得厉害，她动了动身子，脖子疼，腰疼，哪哪都疼，手指发麻，怀里的东西乒乒乓乓地落了一地，林绮眠低头去看，眼睛酸涩。

掉在地上的，有她的两部手机，有她的糖纸罐，有许月亮送给她的那些不知道到底是谁写的信，还有一包已经破了的薯片。

林绮眠拿起薯片，半包薯片渣掉进了她的“欢迎回家”地毯里。

林绮眠：……

她怎么就睡在了自家玄关处？

她怎么就长途跋涉地抱回了那想起来就让她难过的百宝箱？

她怎么就……

林绮眠愣在那里。她抓过手机，不用去查自己发过的弹幕记录，当头的消息栏里就是许月亮发过来的微信。

“11，你是不是认识林医生？”

11，你是不是认识林医生……

她怎么受了点打击，喝了点酒，就把所有的理智和算计全抛了，任由那些并不重要的情绪包裹了她，推着她干出了这么蠢的事情？

林绮眠挣扎着站起身，忽略了酸痛的身体，大跨步地进了浴室。一捧凉水浇到脸上，她终于清醒了很多。她洗了脸，但并没有回复许月亮的消息。

许月亮问的是“你是不是认识林医生”，而不是“你是不是林医生”，那就说明事情就还有转圜的余地。余地有多少，要看自己昨天晚上犯了多少蠢，透露了多少消息。林绮眠抓着手机，坐到了沙发上，开始查昨晚的事情。

叫黄小艺来送她回来的时候，她已经喝得脑袋迷糊了。一个惯常不喝酒的人，一旦稍微喝几两，便会头脑发热，理智消失，做出些自己都想象不到的事情。

林绮眠看了眼行车记录仪，自己路上的那个傻样不忍直视，她赶紧给视频加了密。回家之后，她好像就只待在玄关那里，橙子直播的浏览记录显示，她也只进了许月亮的直播间。

她深吸了口气打开弹幕记录，看到了两条。

“叫林绮眠。”

“什么时候可以？”

并且弹幕已经都被管理员删除了。

模糊的记忆变得清晰，联系前后语境她想起了个大概，但也就到此为止了。发完这两条要命的消息，她便睡了过去，还做了个简直称得上甜美的梦。许月亮是什么反应，她完全没印象。

昨晚的直播录屏还没有放出，不管是给她发了消息的主播本人，还是昨晚直播间的观众，大概都正睡得香。这事还可以抢救。

彻底暴露的不过是林医生的名字，那个给许月亮拔牙的、戴着口罩的林医生。她叫林绮眠，对于许月亮来说，大概不是什么稀奇的事情。只不过是撕破了那层“相见不相识”的窗户纸，要是许月亮还记得她，她也就是个没什么交集的老校友而已。只要林绮眠嘴硬，只要许月亮没有确切的证据，网上的 11 也就不过是认识林医生而已。

林绮眠给自己找到了退路，安稳了许多。但她还是没有回复许月亮的消息，她抓着手机，静静地等待着，直到天光越来越亮，整个城市都喧闹起来。

林绮眠感觉到了饿。实实在在的饥饿，从她的五脏六腑蔓延过来，传递到了全身。她想起了许月亮送给她的那些零食，她高中时送的零食，都是最便宜、最常见的，也是最符合小孩子的口味的，要甜便甜到极致，要辣便辣得眼睛流泪。

等到许月亮长大了，送给林绮眠的零食便变成了最新奇的、贵的、口味独特却又温和的，谁吃了都不容易出差错。两种她都喜欢，但她现在好想吃小时候的那一种。

林绮眠起身，抓起包下了楼。她先去了小区内的超市，并没有找到那些零食。出了小区她打车去了最近的商场，商场大多数店都关着门，她一无所获。

从商场出来，她看到路边的妈妈带着穿校服的小孩，才猛然顿悟，觉得自己真是个傻子。

林绮眠找了所老小学，在早高峰开始之前到达，钻进了最有年头的小卖部。她终于找到了那些东西，跨过漫长的时间，吃的喝的，红的绿的，静静地躺着，就像是已经等了她许久。林绮眠抱了一大堆零食，来到老板面前的时候，老板笑眯眯地问：“以前是这里的学生吧？来追忆童年？”

林绮眠含混地应道：“嗯。”

老板哈哈地笑，给她算着账：“我进这些的时候我老婆还不让，说过时了。看，我就说吧，经典就是经典，小时候吃的东西就是香。”

他把东西一一塞进袋子里，朝林绮眠眨了眨眼：“其实是小时候的时光好，陪着我们在那些时间里的人也好。”林绮眠接过袋子，道：“谢谢。”

她提着袋子出门，没急着上车，拿了包辣条出来，撕开了口子，沿着马路牙子，边走边吃。

晨光灿烂，学生们朝学校涌去。林绮眠想起了自己小时候的样子。在母亲去世之前，她的性子虽然算不上活泼，但也绝对不会被人说成高冷。那个时候，她也有人关心、有人爱。她也觉得这个世界是明亮的、灿烂的、充满希望的。如今，她嚼着嘴里熟悉的味道，想起许月亮笑起来的脸。

她突然就觉得，这个世界真是明亮的、灿烂的、充满希望的。

她停住了脚步，打开了橙子直播。许月亮的直播间没有动静，而薇薇的直播间早已挂上了请假条：“今天到后天，请三天事假。”

林绮眠抬手拦车，报了佑海口腔医院。车子还没开出街道，她又改了主意，换成了家的地址。

回到家，林绮眠以最快的速度洗漱，然后站在衣橱前，挑了十分钟的衣服。

这衣服不能过于庄重而显得呆板，也不能过于轻佻而不符合身份，要在白大褂下不臃肿，脱了白大褂，要得体又漂亮。发型和妆容也要搭配上，要不经意，要自然，又要精致，要迷人。

好在她长了张人人见了都得夸句漂亮的脸，起码在外表上，大概不会招人厌烦。林绮眠仔仔细细地收拾妥当后出了屋。

到了医院，她先去查了各科室的预约记录，然后目标明确地过去进行同事间的友好交流。自从上次开会公布了她股东的身份之后，同事们都对她非常友好。她不难知道薇薇名叫尤薇薇，而许月亮最终没有向尤薇薇推荐自己的老同学医生林绮眠。

但林绮眠还是坐在了尤薇薇预约挂号了的诊疗室里。

有些桎梏一旦打破，就可以坦诚点，再坦诚点。比如，她今天既没有戴口罩，也没有戴眼镜。

她这张脸不仅全须全尾地露着，还挂上了自己的医生名牌，名牌就在胸口处，上面清清楚楚地写着几个字——主治医师：林绮眠。

她把自己扔了出去，她早就把自己扔了出去。

剩下的——来到佑海口腔医院，就会见到林绮眠，这是许月亮应该考虑的事情。

THE MOON IS SHINING ALL NIGHT FOR YOU.

第八章

Chapter VIII

许月亮刚收拾好，尤薇薇便来砸门了。

许月亮赶紧抓过包背上，临跨出去的一秒又突然收了步子回来，在全身镜前来来回回地看了遍。没什么问题，许月亮蹦了出去。

门打开，戴着帽子的尤薇薇喊道："哟——"

许月亮反身锁门，手指有些微微地发颤："你哟什么？"

尤薇薇往后退了一步，上上下下地打量她。许月亮上身穿着件薄薄的短袖针织衫，上面缀满了红红的樱桃，下身穿了条高腰阔腿的牛仔裤。她不动的时候上下堪堪连接住，一动便分离开来，露出截细白的腰。

尤薇薇道："看我受刑，自己打扮得漂漂亮亮的。"

许月亮锁好门，转身挽住她的胳膊往外走："我不每天都这样吗？"

尤薇薇说："那谁知道呢，你在直播间打扮得肯定比谁都精致，不在直播间的时候……我也见不到你人啊。"

许月亮说："我大部分时间都在直播间。"

尤薇薇笑起来："倒也是，橙子直播的劳模。"

她仰着脑袋，有些发愁："我今天什么都没收拾，头发是昨天晚上洗的，这已经是对医生最大的尊重了。妆没敢化，我看了下视频，搞牙那个样子，啧，化了妆也没用，丑死了……"

许月亮晃了晃眼神，转头看她："看牙的时候很丑吗？"

尤薇薇反问："不然呢，张个血盆大口在那儿，还要抽口水，能好看吗？"

许月亮：……

尤薇薇说："你搞过啊，你又不是不知道。"

许月亮有些沮丧："嗯。"

尤薇薇突然盯住了她的脸，使劲地看，许月亮吓得脚步顿住，愣在了原地。

尤薇薇说："美中不足，你今天有点黑眼圈。妆化得淡，所以还是能看出来一点。"

许月亮说："嗯，我昨晚……昨晚没睡好。"

"你直播的时间实在是太长了！"尤薇薇感慨了句，拉着她继续走，"我要是你，别说长黑眼圈，可能直接躺进 ICU 了……"

两人聊着天下了楼，出了小区，拦了辆出租车。许月亮报的地址，并且跟司机师傅说从哪条路过去不会太堵。

"熟门熟路啊。"尤薇薇把脑袋搁在了她肩上，"呜呜呜呜多亏有你陪我，我这牙拖了好久了，要不是你硬拉着我，我能拖到天荒地老去……"

许月亮抿了抿唇："治了就好了，长痛不如短痛。"

说完她又立马摆着手补充："其实也不疼，医生都很好的！"

尤薇薇道："好。"

过了会，她突然想起来，问道："月亮，给你看牙的是哪个医生啊？我随便挂了个综合门诊，不会有问题吧？"

"不会的。"许月亮道，"你得先看看到底是什么问题嘛，我那个医生，她主要是……拔牙的，不一定适合你……"

尤薇薇说："哦，那希望我不用去看你的那个医生，拔牙我不敢。"

她没正儿八经地看过牙，第一次去难免紧张。许月亮安慰了尤薇薇一路，等车子到达了医院门口，尤薇薇倒是不怕了，大跨步地下了车，雄赳赳气昂昂地往里冲。许月亮被她拉着，迈出去一步心脏就跳一下，等冲到了门诊大楼下，佑海口腔熟悉的招牌映入眼帘，许月亮猛地停住了脚步。

尤薇薇被她拖得一个踉跄，问她："怎么了？走错地了？"许月亮摇了摇头。今天是周天，医院里人却不少，医生护士来来回回地穿梭，白大褂很是眼熟。"我……"许月亮张了张嘴，只发出了一个音。

尤薇薇发觉了她的不对劲，回身打量她："你哪里不舒服吗？"

许月亮将手捂在了胸口处，咚咚，心脏猛烈地撞击着她的胸膛。“我……心脏不舒服……”她回答得十分诚实。

尤薇薇吓了一跳：“怎么会心脏不舒服啊？我要叫医生吗？可是这里是牙科医院啊，能看心脏吗？”

许月亮摆手：“不不不，我……我休息一会儿就好了。”

她想了想，找了个非常说得过去的理由：“我没睡好嘛，就会突然难受。”

她前后看了看：“我可以找个地方坐着等你吗？就不陪你进去了。”

尤薇薇有些失望：“啊……”

许月亮垂下了眼睫：“我听到磨牙的那个声音就害怕……”

“行。”尤薇薇道，“那我一个人去吧。没事，单枪匹马闯枪林弹雨，我绝地枪王向来如此。你找地歇着吧，如果时间太长我就给你发消息，你不是下午还想准时开播吗？”

“嗯。”许月亮点了点头。尤薇薇和她挥挥手，进去了。

等尤薇薇的身影消失在了拐弯处，许月亮快步离开了门诊大楼宽敞的大路，跑到了一旁的小花园里去。这会儿天挺热的，花园里没人。林医生的诊疗室在三楼西边第三间，许月亮努力分辨了下位置，仰着脑袋看了看，只能看到诊疗室的窗帘是拉开着的。

窗帘拉开着，那大概有人。但人是不是林医生，就不一定了。

太阳光晃得人眼睛疼，许月亮觉得脑袋昏沉沉的，心脏也昏沉沉的，哪哪都不舒服，大概真是她昨晚没睡好的缘故。

四下里看了看，许月亮找了个不太可能会有人经过的廊桥坐下。

手机里发给 11 的消息，他还没有回。另一个微信里，林医生的账号从来都是静悄悄的，别说给她发消息了，连朋友圈都是一直空白的。

许月亮点进了她的头像，仔细地看了看，还是什么新的内容都没有。

管理员倒是睡醒了，回复她道：“没觉得大佬有什么奇怪的地方啊。”

“他是真有钱，从上次 PK 那事来看，他对你也是真挺上心的。

“对了，之前我让他加大群，他没加，大概是嫌人太多了。然后他来问过我咱们上个榜一那事。

“感觉他挺……争强好胜，年轻气盛的。

“估计他年龄不大，是有钱人家的公子哥，也不知道怎么就扯到你的现实生活去了，你把认识的人再排查下。”

争强好胜，年轻气盛……许月亮攥着手机，盯着林医生和她的对话框又看了好一会儿。

尤薇薇被护士带到了诊疗室门口，伸着脑袋往里看了看。

诊疗室里有三个人，一个看起来就是医生，一个看起来就是助理，还有一个坐在另一张桌子前，年轻又漂亮，气质沉稳高贵，既不像助理也不像医生，像是来拍医疗剧的女演员。尤薇薇进了房间，跟医生打了个招呼。

医生微笑着请她坐，果然是她预约的那位。然后尤薇薇交代病情，上治疗台，被不知道什么工具磨了半天牙，她头皮发麻，理解了许月亮的感受。

一颗牙补完以后，她捂着脸，迫不及待地下了治疗台。医生在换器具，看到她这样，被逗笑了：“还有一颗呢，来，一口气解决了。”

尤薇薇狠命摇头：“不不不，医生，我歇歇，我歇歇。”

她总觉得牙根酸得厉害，心里也实在不想再受折磨：“我能不能明天再来？明天再来……我还有工作，工作……”

医生一副见多了的模样：“你还有另一边呢，这边搞完，等另一边消了炎，刚好再一起搞就完事了。”尤薇薇还是摇头，非常坚决：“医生，我明天再来，明天补另一颗。你让我适应适应，我明天绝对来。”

医生无奈地摇了摇头，笑着对一旁什么都不干，只干坐着看电脑的医疗剧女演员道：“你看你那里有拔牙哭的，我这里有补牙跑的。”女演员笑了笑，没说什么，只淡淡地看了尤薇薇一眼。

尤薇薇莫名地有些紧张，咽了咽唾沫。好在医生放过了她，给她开药，并且嘱咐她：“这边的牙刚补完，你两个小时内不要吃东西。”

尤薇薇用力点头，别说两个小时了，她今天一整天都不想吃饭了。医生开好单子递给她，尤薇薇正想去取药，却被那个医疗剧女演员叫住了。

“尤薇薇。”她道，“你过来一下。”几个字她说得轻却有分量，波澜不惊但很好听，尤薇薇赶紧走了过去，心道：果然美女连说话的声音都是出挑的。

尤薇薇站到了女演员面前，瞄了眼她胸口的牌子。哟，她还真是医生。林绮眠，名字也特别好听。

“林医生，怎么了？”她问。

林绮眠拿了张宣传单给她：“我们有一个爱牙宣传月的活动，请问你能配合我一下吗？”

尤薇薇问：“怎么配合？”

林绮眠说：“听我讲一下牙齿护理科普就可以了，只要五分钟时间。”

尤薇薇说：“免费的？”

林绮眠点头：“免费的。”

尤薇薇立马坐了下来，将外面等着她的许月亮抛到了脑后：“可以可以，没问题。”她当然要配合，绝对要配合。美女医生温柔地跟你讲怎么保护你的牙齿，还不收钱，哪里有这种好事？

尤薇薇热切地看着林绮眠，林绮眠笑了笑：“科普完成还会有小礼品哦。”

尤薇薇激动道：“哦哦哦，好好好，那可太棒了。”

接下来的五分钟时间，尤薇薇如沐春风。林医生讲话的声音好听，语调温柔，逻辑清晰，内容简洁又实用。结束时，尤薇薇还有点意犹未尽。

林医生站起了身：“你要好好爱护牙齿，才可以少花钱少受罪。”

尤薇薇点头如捣蒜：“嗯嗯嗯……”

林医生说：“你跟我去拿小礼品吧，这里没有了。”

尤薇薇又点头：“嗯嗯嗯……”

两人离开诊疗室，来到了医院的走廊里。

林医生在前，尤薇薇在后。林医生人是真的好，微笑着和她聊天，来化解路上的沉闷。

“你是一个人过来的吗？”

尤薇薇顿了顿：“啊，对。朋友送我过来，但她没进来。”

林医生问：“怎么不进来呢？外面这么热。”

尤薇薇笑起来：“她太胆小了，之前在咱们医院拔过牙，说听到声音就害怕。”

“哦——”林医生拖长声音应了声。

尤薇薇怕美丽的林医生误会，又赶紧补充道：“佑海口腔还是她推荐给我的呢，说医生的技术很好。”林医生勾了勾唇角：“谢谢。”

两人上了三楼，到了一间诊疗室里，林医生拉开抽屉，拿了包东西递到了尤薇薇手里。尤薇薇看着手中的亲亲虾条愣了愣。

林医生笑着道："保护好牙齿才能尽情地享受自己喜欢的食物。"

尤薇薇说："我懂了，我悟了，林医生真是用心良苦啊！"

"我送你出去。"林医生将她送下了楼，左右看看，又嘱咐道，"牙该治还是要治，害怕是没有用的。明天让你朋友陪你，会好一些。"

尤薇薇超听话："嗯！！"林医生对她招招手，尤薇薇捧着虾条出了门，一路都走到大门口了，她才想起给许月亮打电话。

许月亮很快也从医院里蹿了出来，小跑着到了她跟前，关切道："怎么样怎么样？"

"哇真的是，吓死我了，我一口牙就没几颗没问题的，补了颗蛀牙，说疼也不是疼吧，那个感觉奇怪得很……"尤薇薇唠唠叨叨地说开来。

许月亮伸着脖子听着，两人边走边聊，到了医院正门口，准备打车回家。但聊了好一会儿，尤薇薇把自己今天治牙的主要感悟都讲完了，车还没拦到。

又一辆载客的车从面前开过，许月亮抿了抿唇，道："薇薇我们去另一边吧，那边好打车一些。"

尤薇薇没意见："成。我明天还得来，我觉得林医生说得有道理，要赶紧治了……"

许月亮愣住："林医生？"

尤薇薇说："对，我差点忘了跟你说林医生，我一定要跟你说说这个林医生。她好漂亮啊，好年轻啊，医院怎么会有这么好看的医生啊。我刚开始真的以为她是什么女演员来着。放着这样的医生在医院，病人是来看病还是来看美女的？不过她不是我的主治医生，可能是宣传部门的？他们有个活动我配合了一下，还得了个小奖品。"尤薇薇把怀里抱着的虾条显摆了出来。

许月亮愣愣地看着那虾条："你刚搞完牙，不能吃东西。"

尤薇薇说："对，但林医生是为了警醒我，为了吃零食，要保护好牙齿。"

许月亮问："林医生的全名叫什么？"

尤薇薇说："名字也特别好听，一下子就让人记住了……"

有车子开了过来，尤薇薇招了招手："欸，这边真的好打车。"

车子在她们面前停下，尤薇薇打开车门，补充完了刚才的话："叫林绮眠。"

叫林绮眠。

许月亮站在路边，尤薇薇上去坐好了，她还直愣愣地站着。

“快上来啊！”尤薇薇催她。许月亮握了握拳头，脚尖刚刚偏转，兜里的手机“嗡嗡”两声，来了新信息。

是 11 发来的。

“对，认识。她是我朋友的朋友，我见过两次。听你在直播间说了那么多次美女医生，就总觉得是她。看来真巧。”

看来真巧，许月亮的脚尖收了回去。尤薇薇再一次催促的时候，她上了车。

车子静静地行驶，许月亮呆呆地坐着。尤薇薇看她一眼，又看她一眼，但许月亮都没有发觉她的目光。

“你怎么了啊？”尤薇薇问她，“还不舒服吗？”

“啊？”许月亮愣愣地回她，目光终于转过来一些。

尤薇薇指了指她胸口：“你不是之前心脏不舒服吗？”

许月亮捂住了胸口，感受胸腔里的跳动，半晌，道：“现在好多了。”

“那就好。”尤薇薇道，“你要是一直不舒服，就得去看看，戴个那什么监测仪……”许月亮的目光下移，落在了那一包虾条上。亲亲虾条，是很老的牌子，很老的口味。

许月亮的手指动了动，声音轻轻的：“你可以把这包虾条给我吗？”

“啊？”尤薇薇没想到话题突然拐到了吃的上去。

许月亮目光晃动，一抬眼，睫毛忽闪，眼里盛满了难以名状的羞赧：“我有些饿了……”

“你早上来之前没吃饭啊？你这个作息饮食，真的是太不规律了。”尤薇薇赶紧把虾条递了过去，“虽然这是美女医生给我的奖品，但给你给你，都给你。”许月亮抱住了那包虾条，却并没有急着去吃。

车子前进，尤薇薇转头问她：“你明天还陪不陪我来医院啊？”

许月亮今天呆得像个木头人：“啊？”

尤薇薇说：“虽然很不愿意承认，但林医生说了，要是害怕，有人陪着会好很多。”

林绮眠发完消息，便看着聊天页面，等许月亮的回复。

今天本不是她上班的日子，所以诊疗室里没有其他同事，也没有病人，空荡荡的，方便她为此事发呆。过了挺长时间，手机里终于来了新信息——

“真的好巧哦。我在林医生那儿看过牙，觉得她人很好。请不要把我的事告诉她呀。太丢人了。”林绮眠回：“好。”

许月亮立刻回道：“谢谢 11！网络和现实产生交集真的好尴尬呀。”

“我以后不会在直播间说林医生相关的事情了，也请你不要再提她的名字，我怕会对她造成困扰。”

林绮眠说：“好。”许月亮回：“再次感谢 11！”

她还发了个乖乖鞠躬的小猫表情，林绮眠知道，对话到这里就该结束了。z92565611 和林绮眠的关联，也该暂时结束了。

昨天是她情绪失控，今天是她一脑门子的热情太过冲动，吓到许月亮了。许月亮之前来看牙，在陌生人面前都不想暴露自己的职业，何况是在认识的老同学面前呢？一个曾经同校，有过一点尴尬交集的老同学，突然摸到了你的直播间里去，用和她现实的样子极其不符的态度，天天给你砸礼物，还向你表达出显而易见的热情，任谁都要被吓得汗毛倒立，退避三舍。就像许月亮说的，碰上了这种事情太尴尬了。

许月亮哪怕在直播间里说一百次美女医生，都没有暴露过这个美女医生到底在哪家医院，叫什么名字，就是为了隔离这两个世界。现实里和网络上，人人都有不同程度的伪装和释放，以便给自己找寻一块安全之地。

不管 11 不是林绮眠这事许月亮信了几分，林绮眠都得保护这片安全之地。她现在还无权侵入。至于纯粹的两人在现实中的交集，那就简单多了。林医生有她的一套处事章程，许月亮也有自己对待老同学的态度。

林绮眠往后退了一步，许月亮也立马返回了原地。林绮眠虽然不能和她面对面地交谈，但还是感受到了许月亮的放松。这放松让林绮眠有一点点难过，但因为这难过持久地侵袭着她，所以如今她适应良好，只觉平常。

欲速则不达，林绮眠只能徐徐图之。

下午两点，许月亮没能准时开播。

林绮眠坐在诊疗室里，戴着耳机整理工作资料。门虚掩着，房间里很安静。

终于，在三点的时候，橙子直播发来了开播提醒。

林绮眠点进直播，看到许月亮笑眯眯地跟大家打招呼："对不起大家，今天来迟了。"有弹幕问她干什么去了，有人记性比较好，替许月亮回答：主播陪朋友去医院看美女医生去了。

许月亮看了眼弹幕，道："不是啦，是我自己有点事耽搁了。"

林绮眠将手机架在了支架上，拉远了自己和画面的距离。

还有人在刨根问底，许月亮整理了下衣服和头发，今天她的服装是清爽的嫩绿色的，妆容粉粉嫩嫩的，十分可爱。

她发动了可爱攻击，凑到镜头前来，抬手捂着嘴，用说悄悄话的姿势小声道："其实是我睡过头啦。"此招一出，直播间里画风立转，再没人关心什么真正的原因。许月亮嘿嘿一笑，眉眼弯弯，随着音乐的节奏摆了摆身子。

她真是说到做到，说不会再在直播间提到林绮眠，便直接连去医院这个话题，都从直播内容中删除了。

林绮眠欣赏许月亮做事利索、不拖泥带水的样子。哪怕这种利索用在了处理她的事身上。

林绮眠送出个礼物，说了句最规规矩矩、客客气气的"你好"。

许月亮合着双手读感谢名单，到了11这里，她毫不磕绊，也是最规规矩矩、客客气气的样子。

林绮眠看了会儿直播，退出了直播间。

薇薇不像许月亮，即使有事，只要能赶得上开播绝对开播。她请假了就是请假了，哪怕她早上的那点治疗压根不影响她做任何事情。

整个下午，她都在陪水友打游戏。林绮眠上线的时候，邀请消息几乎瞬间就发送了过来。

"大佬大佬，组队吗？"

林绮眠加入了队伍。

薇薇："大佬今天挺早啊。"

林绮眠："周末。"

薇薇："哦对，瞧我，都给忘了。"

她招呼大家进游戏，顺便聊天："这大周末还在上班的，除了我们这种娱乐行业，也就一些医生警察了吧？"

队友和她聊起来，十来分钟过去，林绮眠没有获得有效信息。

林绮眠只得自己发送道："薇薇明天开播吗？"

薇薇看到她的消息十分惊讶："大佬怎么突然关心起我了？啊我真是有些受宠若惊。"

"但我明天还得去医院，牙没看完呢，应该是开不了播了。"

林绮眠："嗯。"

薇薇："周二，周二应该就可以了，周二我去打新地图，有个宝箱活动。大佬那我开播前提醒你啊。"

林绮眠："嗯。"

薇薇又兴奋了一会儿，但一点儿都没提去医院的具体信息。林绮眠想问她会不会有人陪着，可她又觉得以现在这种状况，说这种话实在是危险。她既然往后退了，就不要轻易地露出狐狸尾巴。

林绮眠就这么忍到了游戏结束，薇薇赢了，高兴得蹦蹦跳跳。林绮眠送了她一套最新的载具皮肤，粉色的玛莎拉蒂，内心希望明天薇薇来医院的车上能载上许月亮。薇薇退出游戏，顺手便发了个朋友圈，感谢大佬的慷慨赠送。

几乎瞬间，林绮眠的手机里便出现红点提醒：小月亮点赞了这条朋友圈。

林绮眠去许月亮的直播间看了眼，许月亮没在镜头前，应该是去短暂地休息了。许月亮的手机瘾挺大，林绮眠想。

周一，林绮眠如常到了医院。一踏进诊疗室，蓁蓁便喊起来："林老师！两天不见，你怎么这么好看！"

林绮眠：？？

林绮眠问："我平时不好看吗？"

蓁蓁道："啊，平时也好看，但今天格外不一样。"

"成。"林绮眠挺满意这效果。蓁蓁见她坐下了，还没有戴眼镜，疑惑地问道："林老师，您的眼镜坏了吗？您这样看得清吗？"

"看得清。"林绮眠道，"之前那个是平光镜，防蓝光的。"

蓁蓁愣了好一会儿，恍然大悟道："那我明白了，您就跟电视剧里明明长得很漂亮却硬要扮丑，然后一摘眼镜，便惊艳众人的女主一样！"

林绮眠笑了笑。蓁蓁鼓起勇气，小声问："那您的男主呢？"林绮眠手中的笔在指间轻轻转了一圈，然后她掏手机给同事发消息："昨天那个尤薇薇，来了跟我说一下。她很配合科普活动，我再薅她一把。”

活动是院里真的有的，但那是暑假的时候为了开拓客户源安排的，现在已经过了最火热的时候。这种事用不着林绮眠来干，同事虽然觉得奇怪，却也不会多问。

因为以林绮眠的身份，说不定是为了体验调研一把，来制定下一次的活动内容。这都不是他们这些拿着死工资的人该操心的事情。

于是等尤薇薇一进诊疗室的门，消息便发送到了林绮眠的手机上。林绮眠预估了一下时间，看完了手上的这个病人便出了自己的诊疗室。

尤薇薇躺在治疗台上，手把衣服抓得死紧。林绮眠进去，站到了治疗台旁边，尤薇薇眼睛一亮，然后用可怜兮兮的表情跟她打了个招呼。

林绮眠笑了笑，道："你好呀。"

正在治疗的同事停下了手上的动作，让尤薇薇漱口，道："林医生你在这儿，我还有点紧张。"

"不紧张，我来打个招呼。"林绮眠趁机问道，"薇薇今天还是一个人过来的吗？"

尤薇薇说："哎，还是我朋友陪着，她在外面陪着！"

林绮眠说："嗯，看来你的朋友是真的胆小。"

尤薇薇说："对，她来都来了，不敢进来，拉都拉不进来，哪里有这么可怕嘛！"林绮眠深有感悟地点点头："是，哪里有这么可怕。"

尤薇薇继续治疗，林绮眠出了诊疗室，顺着走廊转了一圈，然后下了电梯。

许月亮会在哪里等？照她来了两次，躲着两次的劲，大概率是连楼都不敢进来的。但许月亮这个人，对人又是极其真诚又热切的，既然是陪朋友，那又得尽可能近一点地陪着。这两边条件一相交，范围便被大致划了出来。

林绮眠出了楼，顺着大楼外的一圈绿化带寻摸过去，左拐到了花园口，便远远地望见了廊桥里的人。不怪许月亮藏得不隐蔽，只怪在林绮眠的眼里，许月亮比任何事物都鲜明。

她穿着长裙坐在花园的廊桥里，和她穿着校服夹杂在熙熙攘攘的人群中一样，都可以轻而易举地跳进林绮眠的眼睛里。

林绮眠没有再上前，退后一步躲在了树的阴影里。她远远地看着许月亮，只能看到一点侧影，一点背影，攥着手机，低着脑袋。就像她曾在无数个角落里去看许月亮一样。

只是她年少时是全然的欣喜，是静默的欢愉。如今，她仿佛握着长杆，踩在高悬的钢索之上。许月亮害怕她，躲着她。戳破了那层窗户纸，许月亮连过来见她一面，叫一声林医生的勇气都没有。

足可见，当年和林绮眠的乌龙事件，于许月亮而言尴尬程度有增无减。

良久，林绮眠的手机响起来。她转身，接起了电话。同事通知她尤薇薇的治疗已经结束了，她可以过去科普了。

“嗯。”林绮眠进了楼，先去了休息室。她拿了给许月亮的特供零食，然后用同样笨拙的方法，当作尤薇薇的科普奖励送出去。

尤薇薇抱着一大包的软糖乐开了怀。“林医生你真好，”她夸奖道，“你们医院这活动真好。”

“嗯。”林绮眠提醒她，“但现在不能吃哦。”

“不吃不吃，我的牙根酸得厉害。”尤薇薇道，“昨天的零食都被我朋友抢走了呢。”

林绮眠的眉头轻轻一挑，心脏也轻轻地飘起来：“被朋友抢走了？”

尤薇薇说：“嗯！她是个‘吃货’，看到吃的就走不动道。昨天来陪我又没吃早饭。”

林绮眠指尖微动：“那……要不要让你朋友过来也听下科普？闺密同行，奖品翻倍。”尤薇薇很惊喜：“哇！”

林绮眠说：“她总不能看到医生都怕吧？”

尤薇薇摆手：“不会不会不会，她哪有那么胆小。”

她立马掏出手机，准备给许月亮打电话。

她也不是稀罕这一包两包的零食，主要是不仅零食是免费的，自己还碰上了个温柔体贴的大美女医生，便特别想要和人分享，不然就跟吹出去的牛没有落到实地一样。

林绮眠却阻止了她，道：“还是别让她进来了，万一听到声音又害怕。”

尤薇薇说：“啊？”

林绮眠从抽屉里又抽出了两包糖，目光落在抽屉角落的口罩上，犹豫了一瞬，最终还是抽了一个出来。她打开包装，戴上了口罩，重新挂上这层虚伪的窗户纸：“我陪你出去，尽快科普，尽快结束。”

尤薇薇被她如此细致入微、舍己为人的体贴折服。

两人开始快步地往外走，林绮眠脚下不停，尤薇薇脚下也不停，一时之间，竟不知道到底是谁如此着急。

很快到了大楼外面，林绮眠一转弯，尤薇薇也自然而然地转了弯。

花园近在眼前，廊桥近在眼前，尤薇薇冲廊桥用力地招了招手，廊桥上的人终于转过头。

“月亮——”尤薇薇喊了一声，朝前跑去，“快来！林医生要给你科普！奖励零食大礼包！”许月亮愣在原地，林绮眠看着她，一步一步，不紧不慢地靠近，最终站到了她面前，看清了她满脸的惶恐。

“原来是你啊。”林绮眠笑得温和，是林医生一惯常有的模样，“小月亮，好久不见。”

小月亮，好久不见。许月亮觉得初秋的天一下子热得让人头晕目眩。她张了张嘴，没能发出声，倒是尤薇薇喊了起来：“啊？林医生，你们认识啊？”

林绮眠看着许月亮，盯紧了她的眼睛。许月亮却只敢有这一瞬间的对视，下一秒立马垂下了眼睫，手指紧紧地攥着包带，不发一言。

她没有给她们的关系下定义，林绮眠便只道：“嗯，之前月亮在我这里拔的牙。”

尤薇薇瞪大了眼睛：“就是您给月亮拔的牙啊！您是拔……牙的啊……”

林绮眠笑了笑：“对。”

尤薇薇不好意思地笑了笑，指了指她手里的宣传资料：“我以为您……”

“兼职科普宣传。”林绮眠晃了晃手里的资料，视线重新回到许月亮脸上，“月亮能帮我这个忙吗？这是我们医院的一个活动。”

“帮，帮。”许月亮这次倒是回答得迅速，甚至立马掏出了手机，“是要扫码下载软件吗？”

林绮眠被她逗笑了，唇角上扬，带得露在口罩外的眼睛都笑起来。

“不用。”她道，“听我讲一下就行了。”

“啊，好。”许月亮四下张望，原地转了一圈，“那我们在哪里？”

“你热吗？”林绮眠问她。

“啊？”许月亮愣住，抬眼匆匆看了她一眼，眼神飘忽得像只受惊的鹿。

她竟然能被吓成这个样子。林绮眠只得去掉了言语间那些多余的枝丫，用公事公办的语调解释道：“如果不热的话，我们在这里进行就行。”

“不热，不热。”许月亮连忙摆手。

“好，那……”林绮眠看了下廊桥的长椅，“那我们坐下吧。”

“嗯嗯。”许月亮立马一屁股坐下了。

林绮眠把拿着的零食先递给了薇薇，接着坐到了许月亮的身边。

宣传单就一张，林绮眠指着图片给许月亮讲解，许月亮努力撑直着腰背。

许月亮有小而挺翘的鼻尖，屏着呼吸，鼻翼良久才会翕动一次，带动得整个胸口都会大幅度地起伏。

许月亮今天半扎着头发，别在耳后的发丝跳出来一小撮，虚虚地掩盖住泛红的耳朵。细长的脖颈上戴着条和今天的裙子极其相配的银色项链，细细的链条陷进锁骨窝里，林绮眠的眉头皱了皱，因为许月亮竟然出了汗。

天气确实热，但廊下晒不到太阳，许月亮穿得也凉爽，不该这么两分钟就出了汗。但薄薄的一层水汽就是沾上了她的皮肤，许月亮大概身体的每一个角落，都会哭。林绮眠停下讲解，问她：“都记住了吗？”

“嗯！”许月亮用力点头，攥了攥手指，立马就要背给她听，“牙齿健康的五个标准……”

“不用。”林绮眠笑了笑，收了手里的东西，先站起了身，“自己记着就好。”

“嗯嗯。”许月亮也立马站起了身，双手在身前规规矩矩地交错搭着，目光下垂，不去看林绮眠的脸。

“谢谢林医生。”她冲林绮眠鞠了个躬。林绮眠没有应声，看了她几秒。许月亮的热气几乎由里而外地冒了出来，烘出又闷又燥的氛围。

林绮眠伸手，拿过了尤薇薇手里的零食：“任务完成了，这是你的奖品。”

“嗯！”许月亮接奖品的动作倒是利索，很快就把两包软糖抱进了自己怀里。

“那……”林绮眠盯着许月亮低垂的脑袋，“再见。”

许月亮攥着零食袋子，点了点头。林绮眠忽地笑了笑，道：“如果你真这么害怕，下次就不要勉强自己过来了。”

她转头看向尤薇薇：“你得换个朋友陪着，月亮再这么被吓下去，要应激了。”尤薇薇蹦到了许月亮身边，抱住她的胳膊搓了搓：“哎，我也没想到她会这么害怕，下次不了，我已经适应了，下次我一个人来。”

许月亮眼神晃动，抬头看向林绮眠。林绮眠勾了勾唇角，朝她们招招手，转身走出了廊桥。直到她的身影看不见了，许月亮才长长地深呼吸一口，然后突然蹲到了地上，抱着膝盖哭了。

尤薇薇吓傻了，蹲在她身边，给她用力抚着背，一脸迷茫：“月亮你怎么了啊，怎么了啊？”许月亮自己哭了会，抬手一抹眼睛，道：“我们回吧。”

尤薇薇应道：“哦哦哦。”

许月亮抱着两袋零食，大步地往外走，等坐进了车里，眼睛还是红的。

尤薇薇和许月亮认识的时间不长，两人住在一栋楼里，又是一个行业的，平时网上的交流更多。许月亮在网上都是乐呵的、可爱的，现实里偶尔一块儿吃顿饭，她也是活泼欢快的。尤薇薇几乎没见过许月亮难过的模样，更别说见她哭了。她只知道许月亮的确是胆小，但没想到胆小成这样。

车子行驶了一段路，尤薇薇见许月亮止住了那个难过劲，开始扒拉怀里的零食了，便问道：“月亮你刚才怎么了啊？是真的那么害怕林医生吗？拔牙真的那么恐怖吗？赵医生还和我说，我这个牙要想做矫正的话，也得拔两颗……”

许月亮吸了吸鼻子：“林医生很好，不可怕。”

她捏了捏手里的零食袋子：“她拔牙也很好，不恐怖。”

尤薇薇说：“那你刚才吓成那个样子，林医生跟你讲课的时候，你都快发抖了。”

“啊？”许月亮转头看向尤薇薇，“我发抖了吗？”

“还没有吧。”尤薇薇道，“但真的你一副要吓死了的模样。我寻思着林医生虽然看着高冷，但其实人挺温柔的。她又那么漂亮，完全不是教导主任的脸……哎，她出来的时候戴口罩了，你都没看到她的脸。”

许月亮抿了抿唇：“她之前在医院也戴着口罩。”

“在医院没戴啊。”尤薇薇道，“我去的时候她没戴，就刚出来的时候戴了。那你没见过她的全脸吗？也太可惜了！她长得超好看！！”

许月亮愣了会，鼻子一吸，眼睛又要红了。

她垂下了眼睫，盯着怀里的零食，声音噎在喉咙里：“我知道她很好看。”

尤薇薇问：“你到底怎么了啊？”

许月亮想了想，突然道："薇薇，你这两年有见过老同学吗？"

尤薇薇说："林医生是你的老同学？！"

许月亮摇头："我……我……有个同学聚会……"

尤薇薇问："什么时候的同学？"

许月亮说："高中的。"

尤薇薇撇了撇嘴："那我劝你不要去。"

她往后靠进车座里："能组织同学聚会的，都是混得好的。能去的，也都是觉得自己混得比别人好的。"

"这种招呼一大群人的聚会哪里是为了联络同学情谊啊，就是为了显摆的。

"我们这个行业，虽然混到咱俩这个水平的人赚得不少，但说出去难听啊。

"谁听到'女主播'三个字心里不往别处想？这压根就不是什么好词。

"尊重你点的人说一句，'也挺好'，不尊重的还要问你平时到底播什么，是不是要跟砸钱的大哥私联，都会干些什么事……"

尤薇薇吸了吸鼻子："说到这种事，我也想哭了。我过年回去，我妈都不让我跟亲戚说我是干啥的。在电子厂上班也比女主播听着好听。"

她看着窗外，长叹一口气："哎，像林医生这样的多好啊，医生、律师、公务员、警察、老师……说出去多骄傲，光宗耀祖。"

许月亮垂着脑袋，半晌，嗯了一声。

尤薇薇转头看她："这聚会里你是不是有关系好的朋友啊？"

许月亮赶忙摇头："没有没有。"

"哎，谁高中没有关系不错的人呢。"尤薇薇拍了拍她的胳膊，"反正我还是建议你别去这种聚会，去了别人肯定第一句就问你现在在干什么。你不撒谎不好，撒谎了也不好，以后总会被人拆穿。"

她想了想："如果还想和那个人玩的话，你不如自己想点办法，私下里接触。刚开始你也别提自己的职业，熟了以后再说，会好很多。"

许月亮问她："你去看牙，医生有问你的职业吗？"

尤薇薇摇头："没有，医生问这个干吗？问了我也不想说。"

许月亮点了点头："嗯，不要说了。"

尤薇薇又叹了口气。车里氛围沉闷，两人好一会儿没说话。

下了车，她们一块儿往回走，尤薇薇道："那下次我就不叫你陪我去了啊，你还是害怕的，嘴硬得很，眼泪很诚实……"

许月亮抬头："下次是什么时候啊？"

尤薇薇揉了揉自己的脸颊："不确定，医生说要等我这边消炎了，我觉得得一周吧。"

许月亮小声说："这么久啊？"

尤薇薇说："我不着急，我越去越怕，我得缓一缓。"

"嗯。"许月亮又低下了脑袋。

两人进了电梯，各回各家。

许月亮推门进屋，房间里的窗帘拉着，一片黑漆漆。距离开播时间很近了，她得吃午饭，布置直播间，然后化妆搞头发，没有时间去想别的事了。

可她突然没了动力，胸口闷闷的，四肢软绵绵的，什么都不想干。

许月亮将包放下，穿着拖鞋，进了工作间。灯一开，这里便是一个闪亮的世界，像是童话故事里实现梦想的舞台一般。但许月亮知道，这不是舞台，也没有梦想。

她抱着那两包糖，坐到了直播间的椅子上，电脑屏幕旁贴着一张便签，上面有可爱的卡通图案，还有一行陌生的字："一定要加油哦！！"

一定要加油哦。

许月亮抬腿窝在了椅子上，扯开一包零食的封口，拿出一小包来。是酸妞软糖，有各种颜色，各种口味的，撕开来，每颗糖果上面都撒着一层薄薄的糖霜。

许月亮一仰头，倒了小半包进嘴里，都是甜的，又都是酸的。吃完了糖，她站起身，做了两个幅度极大的热身动作，然后跑出了工作间。

许月亮点了外卖，但给自己再煎了个蛋，煮了一小把绿油油的青菜。她要继续生活，继续工作。如果脸皮再厚一些，胆子再大一些的话，她还要问问尤薇薇，她的牙龈消炎了没有？

今天没有，就明天再问。明天没有，就后天再问。

尤薇薇的下一趟医院之旅来得挺快，间隔了不过三天。周五的时候，林绮眠便接到了同事的电话，说你的那个科普对象过来了。

“好。”林绮眠收拾了下手上的事，出了诊疗室，照例先去同事那里晃一圈。她看一下尤薇薇的状况，然后溜达到楼外的花园，找一下许月亮。但她没抱多大的希望。

那天是真吓到许月亮了，回家之后，林绮眠反思了很久。如果靠近一个人的手段，让那个人极度不舒服，那么这种接近，便是不应该存在的。

她正义凛然地替许月亮挡了好几次这样的接近，轮到自己了，便头昏脑涨，失了分寸。她这是双重标准。

所以她告诉许月亮，如果这么害怕，下次就不要来了。她把自己会出现在医院的这件事明明白白地摆在了许月亮面前，但凡许月亮现实生活中和在网络上一样头脑清醒，就不会再让自己陷入险地。至于之后林绮眠要怎么办，她自己也不太清楚。靠近一个人不像数学题，会有正确的解法。

来到同事的诊疗室前，林绮眠调整自己的表情，变成那个温和正直的林医生。

尤薇薇正坐在桌前和自己的医生聊天，诊疗室里除了助理，再无他人。林绮眠笑着冲同事点了点头，尤薇薇顺着赵医生的目光望过来，眼睛一亮：“林医生过来啦！”

“嗯。”林绮眠应了一声，主动表明自己的态度，“今天没有科普任务了，治疗结束你可以早点回家了。”

尤薇薇一脸可惜：“那不是没有零食吃了……”

林绮眠说：“牙好了慢慢吃。”说完这些，她便转身准备出诊疗室，脚刚跨出去一步，门外突然进来一人，穿着件明黄色的棒球服外套，闪得整个世界都亮了。

林绮眠愣住，许月亮的双马尾随着大步冲进来的动作晃了晃，人在距离林绮眠一步之遥的地方堪堪停住，眼睛里是同她如出一辙的惊讶。

时间仿佛按了暂停键，欲往前的动作都没再继续，欲出口的话都没出口。

许月亮今天的装扮实在是靓丽得过了头，棒球服、紧身背心和百褶短裙，足球袜裹着纤细的小腿，脚上的运动鞋也配了三种以上的颜色，处处吸引着目光。而林绮眠，低束的黑发，白大褂，素得能融进医院的任何一处背景里。好在她今天没有戴口罩，一张脸便足够惊艳。

尤薇薇喊了句：“月亮！”

许月亮应道：“欸！”

她努力拔高气势，让声线显得响亮，却还是在林绮眠的注视下，尾音打了个颤。

“你拿到了吗？”尤薇薇问。

“拿到了。”许月亮晃了晃手里抓着的东西，是个大大的食玩汉堡，材质很软，被许月亮细白的手捏出凹陷的痕迹。

林绮眠收了自己那些多余的情绪，全都塞进心底。她笑了笑，问许月亮：“这是什么东西？”

许月亮猛地朝她鞠了个躬：“林医生好！”

“这是解压神器。”她着急忙慌地给林绮眠解释，就像在回答老师的问题，“就这样抓手里，可以随便捏……”

林绮眠的视线落在她抬高展示的手上，汉堡在许月亮的手心被揉成了各种形状。

“恢复得很快，手感很好。”许月亮努力笑着，“薇薇还是害怕，所以给她拿这个捏在手里。结果刚才落在车上了，我打司机的电话找了回来。”

“嗯。”林绮眠轻轻应声，“挺好玩。”

许月亮猛地抬眼看她一眼，又立马别过了目光：“我……我拿给她……”

林绮眠侧了侧身子，让出了正前方的路。

许月亮走过去，马尾辫晃动，带出淡淡清甜的花香。

林绮眠转身看着她们，许月亮把东西塞给了尤薇薇，低头跟她说：“你乖乖地听医生的话。”

尤薇薇说：“听话，我听话得很。你可以坐旁边的椅子上，外面走廊的椅子也行，我今天好像得挺久。”

“嗯。”许月亮看椅子的位置，视线扫过林绮眠白大褂的衣角。

她端端正正地坐在了诊疗室里的椅子上，彩色双肩包放在并得整整齐齐的双腿上。林绮眠没再出门。她看着许月亮。

许月亮给的答案好像很明显，但林绮眠却不敢轻易下结论。她这次不仅陪尤薇薇来了，还大大方方地进了医院，意思是并没有那么害怕见到自己，对吗？

在撞到林绮眠的正脸时，许月亮虽然慌张，但并没有躲，还认认真真地回答了林绮眠提出的并不重要的问题，是在表明自己愿意和林绮眠进行正常的交流，对吗？她明明可以选择离林绮眠远一些的位置，却挑了一个最近的。林绮眠是否可以理解为，许月亮给了自己可以继续交谈的机会？

那么，她应该说些什么呢？说些什么才会在许月亮可以接受的范围内，让她自如地笑，而不是紧张到身体冒汗？

林绮眠虽然不喜欢社交，却从来没像这一刻这般，觉得自己丢失了所有的社交技能。她仿佛在干一件全新的，毫无经验的，因为不知对错，所以甚至有些让人战战兢兢的事。她垂下了视线，琢磨着。

许月亮的眼睫却晃了晃，眼皮子掀起，她偷偷地瞄了林绮眠一眼，又一眼。

最终，竟然是她先开的口，声音轻轻的、软软的："林医生，我是不是占了你的位子呀？"

"嗯？"林绮眠抬头看向她。许月亮站起了身："你要坐这里吗？"诊疗室里没有太多的位子，林绮眠站着又不走，确实容易让人误会。

"不用，你坐着。"她回答许月亮，随手抽了一本旁边架子上搁着的宣传册翻了起来。许月亮拿着包，一副想坐不敢坐的模样。林绮眠看宣传册，她便一直看林绮眠，尤薇薇上了治疗台，捏着那玩具挥挥手："月亮，我这儿得磨很久，你还是在外面等我吧，这声音听着都牙酸。"

"啊，好。"许月亮应了声，终于找到了解决之道，小跑着出了诊疗室，去了外面走廊的长椅上坐着。

林绮眠将宣传册插回了架子上，抬脚也出了诊疗室。

这次，她没再犹豫，直接询问许月亮："要不要去我那边坐坐？"

"啊？"许月亮抬头看她。

林绮眠道："我觉得有些事，我们还是说清楚一些比较好。"

许月亮愣了几秒，最终还是起身，跟在了林绮眠身后。林绮眠带着她一路往前走，没有刻意找话题，两人之间的沉默像一堵柔软的墙。

林绮眠带她进了自己的诊疗室，这里对于许月亮来说，算不上陌生。

诊疗室里没有患者，只有在对着电脑整理病例的蓁蓁，她抬眼看到许月亮，一下子瞪圆了眼睛。

林绮眠道："你去影印室打印一下我昨天给你的资料。"

蓁蓁起身：“哦哦。”

蓁蓁人往外走了，眼睛还在许月亮身上。许月亮不好意思地同她笑了笑，蓁蓁立马来了一句：“月亮今天好漂亮啊！”

许月亮道谢：“谢谢谢谢，你也很漂亮。”蓁蓁笑着跑掉了。

林绮眠抬手指了指蓁蓁的位置：“你坐。”

许月亮乖乖地坐下，只搭着一点椅子边。

林绮眠说：“在我这里，你放松一点。”

许月亮挺直的脊背瞬间耷拉了下去，来证明自己十分放松。

林绮眠被她逗笑了，本来想好好坐着和她聊，现在却觉得，就这么站着，对着许月亮仰头看她的脸，也不错。她偏了偏脑袋，尽量让自己的语调轻松和缓：“这么久了，你没有认出我吗？”

许月亮捏了捏手里的包：“认出了。”

林绮眠问：“什么时候？”

许月亮说：“上，上次，在花园。”

林绮眠又问：“之前没有吗？在我给你拔牙的时候。”

许月亮的眼睛里渐渐蓄上水光：“我有觉得眼熟，但……但是……”

她嘴里的话停了，视线也垂了下去，睫毛忽闪两下，她就像要哭了。

林绮眠自己把话头接上了：“但是不确定对不对？毕竟这么久了，得有七八年了吧？”许月亮点了点头，脑袋还是没有抬起来。

林绮眠换了站着的动作，走到一旁给许月亮接了杯水，让自己的姿态和语调如同最寻常的老友般叙旧：“我刚开始也没反应过来，见着你人了，我才觉得脸熟。但是看你没认出我，就一直没敢认。”

她把水放到了许月亮手边的桌子上：“你的术后反应那么严重，我还挺不好意思的。”许月亮终于抬头，看了她一眼。

林绮眠笑了笑：“好在，恢复得很好。”

她望了望许月亮的脸蛋：“很漂亮，没有影响脸部的对称。”

许月亮立马接上了话：“很好的，林医生你的技术很好，我没有任何不舒服了。”林绮眠说：“那就好。”

许月亮笑起来，笑容甜滋滋的。这一刻，林绮眠才觉得她稍微放松了一些。

堵不如疏，她干脆彻底讲通透了。

林绮眠话锋一转，道：“但是认出我，让你不舒服了。”

许月亮的笑容瞬间凝固。林绮眠的笑意倒是扩大了：“可见你还记得以前的事，还记得挺清。”许月亮慌张起来，人也坐不住了，站起身就跟她道歉：“对不起林医生，我那个时候太蠢了，我根本搞不清……”

林绮眠打断了她的话：“没关系。”她对着许月亮道“没关系”，那些年少时候的事，好像真的被风轻轻一吹就散了。

“没关系。”她又重复了一遍。

“那个时候谁不傻啊。”林绮眠笑着道，“你不要在意以前的事了。”

她想起黄小艺的那套说辞，觉得用在此时刚刚好：“过去这么久了，我们还能在一个城市里碰到，还挺巧的。有空一块儿玩啊。”

许月亮看着她，眼泪到底还是蓄满了眼眶，惹得整个世界都变得模糊了。

她看不清林绮眠的脸，林绮眠也无法看清她的目光，只有抬手抽纸的声音，清晰地响在耳边。

林绮眠把那薄薄的纸巾盖在了她的眼睛上，像初次重逢时那样。她的指腹轻压着纸巾，让纸巾吸走了许月亮的眼泪，也遮掩住了她那些混乱、羞愧、无地自容的情绪。容她喘息一口，容她粉饰一个成年人的自尊。

许月亮吸了吸鼻子，站得端正的身体也随之抽了抽。

“你怎么这么爱哭啊。”林绮眠多抽了两张纸塞进她的掌心里，然后笑着道，“你要还这么害怕我，我就把口罩又戴上得了。”

“不要！”许月亮攥着手指，喊出破音的两个字。她将掌心里的纸巾揉成一团，狠狠地在自己的眼睛上搓了搓：“我不哭了。”

她用力扬起嘴角：“林医生之前那么照顾我，我还要请林医生吃饭呢。”

THE MOON IS SHINING ALL NIGHT FOR YOU.

第九章

Chapter IX

影印室里这会人不少，蓁蓁等了挺久，才印好了资料。回来的时候诊疗室的门虚掩着，里面没什么声音，她没敢贸然进去，抬手敲了敲门。

“请进。”是林绮眠的声音。蓁蓁推门进去，刚叫了句“林老师”，就看到了林绮眠身后坐着的许月亮。

两人的距离不远不近，隔着一米多，林绮眠在翻桌上的书，许月亮端端正正地坐着，在看手机，闻声抬头对她笑了笑。蓁蓁搞不清楚这是什么状况，站在门口愣了两秒，才道：“林老师，资料印好了。”

“嗯。”林绮眠应了声，指了指她的位置，“这会儿没人，看看吧。”

这会是没人，没病人。但许月亮不就是她们的病人吗？蓁蓁轻手轻脚地坐下，翻开手中的资料，有些想不通。许月亮来难道不是找林医生看病的吗？如果不是看病，有点别的事，也不该这么干坐着呀。

蓁蓁抬眼偷偷地瞄了一眼许月亮。许月亮化着精致的妆，穿着漂亮时尚的衣服，和之前见到的样子大不一样。她显眼得要命，那会进诊疗室的时候便闪得蓁蓁的眼都花了，这会更是跟部正在播放的电视剧一样，吸引着蓁蓁的注意力。

蓁蓁低头看了两行资料，又忍不住抬头望了许月亮一眼。

这么七八分钟过去，林绮眠的指节叩在桌面上，笃笃作响。

“认真点。”她对蓁蓁道，“月底院里有考核。”

蓁蓁赶忙埋低了脑袋，没敢再多看一眼。

三人就这么各干各的，安静坐着，直到有病人进了诊疗室，许月亮连忙站起了身，“林医生，那你忙，我去看看薇薇好了没有。”

“她应该还需要一会儿。”林绮眠抬头道，“没关系，你可以就在这儿坐着。”

“不了不了。”许月亮看看病人，又看看蓁蓁，“我去陪她一会儿。”

林绮眠看着她：“好。”

许月亮脚步轻快地出了诊疗室，林绮眠投入了工作：“哪里不舒服？”

是个需要拔牙的病人，等她前前后后处理完这个病例，已经逼近了中午下班的时间。林绮眠在洗手，蓁蓁凑过来问她：“林老师中午在哪里吃啊？”

林绮眠的动作顿了顿，想着尤薇薇那边应该早就结束了，便道：“食堂吧。”蓁蓁犹豫地问：“那个漂亮主播，是要检查牙吗？”

“别人有名字，”林绮眠看过去，神情严肃，“不要用这种代称。”

“哦哦哦，对不起林老师。”蓁蓁往后退了一大步，“我，我没注意……”

林绮眠说：“她过来陪朋友做治疗。”

蓁蓁说：“嗯嗯，这样啊，在别的老师那儿吗？”

“对。”林绮眠又强调了一遍，“患者的职业属于隐私，不要再提了。”

“好，我记住了。”蓁蓁用力点头。

林绮眠擦干了手上的水，去收拾东西，蓁蓁跟在她的屁股后面，给她介绍中午食堂的菜谱。

诊疗室的门突然被人敲了敲，蓁蓁偏头望过去：“请进。”她的眼里映出个鲜亮的人影，许月亮探进半个身子问：“林医生忙完了没呀？”

蓁蓁有种奇异的预感，于是嘴上十分顺溜地回答：“刚忙完，正说午饭的事呢。”

“嗯嗯……”许月亮溜了进来，站到了林绮眠跟前，“林医生，薇薇那里搞完了。”林绮眠的眉梢轻轻上挑，她看着许月亮，猜测她的意图：“嗯，有什么不舒服的地方吗？”

“没有没有。”许月亮摇着脑袋，浅金色的马尾也跟着晃动，“她套了个临时牙冠，赵医生说一周后来换全瓷的。”

林绮眠笑了笑：“那跟她说，这两天注意一下咬合，要是感觉硌着了，磨着了，就给赵医生打电话。”

“嗯。”许月亮道，“他们留了电话。”

林绮眠说：“那就好。”

许月亮说：“我也有林医生的电话。”

林绮眠说：“对，咱俩是有。”

许月亮睫毛忽闪，语调轻轻扬起：“那林医生什么时候有空？我们约饭呀。”

原来她是惦记着那顿饭呢。林绮眠有些惊讶，这种请你吃饭的客套话，到了许月亮这里，竟然是这么庄重的事情，会等她忙完了，再特意过来跟她确认一遍，要问她具体的时间，才算把这件事敲定下来。

今天是周五，照旁人的想法，那肯定是约这个周末就最合适，但林绮眠知道许月亮的工作时间，周末才是流量好、赚钱的时候。许月亮多在周一休息，而且两周才休息一次，还要陪粉丝打游戏。所以倒不是林绮眠有没有空了，而是许月亮自己忙得一点时间都没有。

推迟不如提前，林绮眠干脆道：“不如就今天中午？刚好到饭点了。”饭点了大家都要吃饭，一块把这个任务完成了，许月亮还能赶回去开直播。

这大概是对于许月亮来说，最方便的处理方式。但许月亮的眉头皱了起来，很不赞成的模样。她偏了偏脑袋，问林绮眠：“林医生，你下午还上班吗？”林绮眠说：“要上的。”

许月亮拒绝了她：“那不行，那我们的时间就太赶了，吃不好的。”

居然不赶时间吗？许月亮的这身装扮，明显是直播需要，怕来不及才提前打扮好的。林绮眠看着她，停顿了几秒，道：“那你说什么时间。”

许月亮挺不好意思的，手里抓着包带晃了晃：“嗯……今天晚上可以吗？林医生下班之后……”林绮眠是真没想到，许月亮会挑这个时间。

她问许月亮：“你那个时候有空吗？”

许月亮仰着脑袋，自信满满：“有空啊！”

林绮眠：……

看来许月亮是真不想暴露自己的职业。犹豫了这么两秒，许月亮便开始有些慌张：“不行吗？林医生是不是……要陪家里人啊？”

“不是。”林绮眠道，“可以的。”

许月亮的脸红起来："哦哦。"

林绮眠说："那就今天晚上吧，七点以后。"

"好的！"许月亮的眼睛亮晶晶的，"林医生有没有什么想吃的？有没有什么忌口？"

"没有。"林绮眠道，"这方面你比较擅长，你来定。"

许月亮愣了愣："林医生怎么知道我擅长……吃……"

林绮眠：……

她大意了，但林绮眠找补得回来："我不是有你的微信吗？你朋友圈发的都是吃的，过来挂水那两天，心里也都是吃的。"

"哦哦哦，这样啊。"许月亮"嘿嘿"笑起来，"我确实有点……咳咳咳，那餐厅我选，时间就七点半。"

"那……"她左右看了看，"那林医生你先忙，餐厅选好了我发你微信。"

林绮眠说："好。"许月亮冲她招招手："林医生再见。"

林绮眠也招招手："待会见。"

许月亮笑得灿烂，脚步轻轻一跳，出门去了。

林绮眠嘴角上扬，好一会儿都没下来。

蓁蓁旁观完了全程，愣愣地问："林老师，你和月亮的关系这么好了啊？"

林绮眠说："我们是校友。"

"哦，这样啊！"蓁蓁恍然大悟，"我就说嘛，林老师你平时绝不拿患者一针一线的，多少人想请你吃饭呢，你都没去过……"

林绮眠问："有很多人吗？"

蓁蓁说："啊，很多，好些都问到我这儿来了，我知道您的性格，没敢传这个话。"

林绮眠表扬道："你做得很好，以后也不要传。"

蓁蓁立刻回道："明白！"

"去吃饭吧。"林绮眠拿起手机看了看。

备用手机顶端跳出信息："您特别关注的主播小月亮发送了新的动态。"

林绮眠点进去，发现是请假信息，劳模主播小月亮，居然发了请假信息。

"小月亮：今天有重要的事情，不开播。大家明天见。"

她说的重要的事情，是和林绮眠吃饭。

重要的事情，是和林绮眠吃饭。

林绮眠把这个结论在脑袋里过了两遍，笑了起来。

她实在没想到，当摘下口罩，摊开身份之后，那个听她科普都会吓得身上发汗的许月亮，居然变得如此坦然又勇敢。和她说话时声音不颤了，人不后缩了，说请她吃饭立马就请，刻不容缓，雷厉风行。这样看来，那些过往许月亮虽然记得清楚，心有愧疚，但只要林绮眠这个当事人表达了谅解，一切就真的像风一样，吹过就散了。这也挺好。她们重新开始，重新相识。

林绮眠堵在胸口的东西，到底是复行数十步，豁然开朗。

另一个手机里，那个叫皎皎的账号，也终于活了过来。

“林医生，晚上我可以带着薇薇吗?

“她也非常感激你的照顾，吵着说想和林医生吃饭。

“如果这次不方便的话也没关系的。我跟她说就好了。”

她最后还发了一个“猫猫瞪大眼期待回复”的表情。

林绮眠笑了笑，怎么可能拒绝她。

虽然是老友相见，但之前两人没什么接触，又不是一个年级一个班的，真到了吃饭那一刻，估计没什么话题可说。许月亮怕尴尬，所以带上了尤薇薇，这倒让林绮眠有了些别的想法。她给黄小艺拨去电话，大概说清了事情经过。黄小艺兴奋得像只上蹿下跳的跳蚤，听到她今晚要和许月亮去吃饭以后，尖叫声穿透手机，吵得林绮眠直皱眉头。

“吃个饭而已。”林绮眠道。

黄小艺说：“这是吃个饭吗？！这是从线上到线下，从相见不相识到老乡见老乡，两眼泪汪汪啊！！”

林绮眠想到上午那会儿许月亮的模样，笑了：“她汪了，我没汪。”

“啧啧，”黄小艺道，“你再多说点细节，多好的事啊被你几句话就打发了。”

林绮眠说：“没了，要细节你自己来看吧。”

黄小艺愣住了：“啊？”

林绮眠说：“她怕尴尬带了朋友，我也带个朋友吧。”

黄小艺战战兢兢的：“那……您带朋友是为了啥？”

林绮眠想了想：“破冰吧。”

“你性格比较活泼，万一我们话题接不上，有你在也不会冷场。

“她的朋友来我们医院治疗，见过我。你和许月亮是一个学校的，说过话。

“人多了热闹，有彼此身份明确的朋友在，也容易加强信任。”

林绮眠一一列举，说到这里，顿了顿：“有你在，就自然多了。”

黄小艺不解：“啊？你想干什么啊？”

林绮眠呼出口气，低头看了看自己的脚尖：“吃完饭，我们找个能放松下来的地方，玩一会儿，可以打破边际感，加强了解，产生互动。”

黄小艺乐了：“嗐，还以为你要干吗呢。你这任务派得跟我们老板让组织团建似的。”

林绮眠嘱咐道：“我机会不多，总不能到最后，她还叫我林医生。”

黄小艺瞬间想哭了：“好的，姐们，谁能想到你有这一天，我保证完成任务。”

许月亮抱着杯奶茶上了车，尤薇薇龇牙咧嘴的，看着很不是滋味。

“明知道我这会儿吃不了，你还刺激我。”

许月亮握着奶茶，不知道想到了什么，嘬一口奶茶，乐得都看不到眼睛了：“就是让不能吃的人看着，才更香啊。”

“你有点飘。”尤薇薇道，“从林医生的办公室出来就飘得不得了。”

“嘿嘿。”许月亮傻乎乎地一笑，拿出手机刷新消息。

林绮眠的回复跳了出来：“可以。我这里也要带个朋友，女孩子，也是一中的。”许月亮赶紧回复：“好啊好啊，大家一块儿玩。”她打完字，又精心挑选了个表情发送过去，这才收起手机。

尤薇薇偏着脑袋看着她，许月亮猛然对上她的视线，被抓包般颤了颤身子。

“那个……”她挥了挥手里的手机，“你今天晚上就可以吃好吃的啦，我请你和林医生吃饭，还有林医生的朋友。”

尤薇薇一脸的疑惑。许月亮尴尬地解释：“之前我拔牙不就挺麻烦人家的嘛，这次你又……”

尤薇薇说：“虽然林医生又漂亮又能干，谁看了都喜欢，都想跟人家交个朋友，但你上次突然哭，这次突然请吃饭，真的也太奇怪了吧！”

许月亮：……

尤薇薇说：“我肯定是乐意的啊，不吃白不吃，反正我今天也不上播。你呢？约的几点啊？”

许月亮搓着手机：“七点半，我请假了。”

尤薇薇沉默了好一会儿，道：“我觉得你必须把这事跟我解释清楚，不然我都不知道该拿哪张脸去对待林医生。”

许月亮的嘴巴张了张，她最终艰难地吐出几个字：“林医生……是我的高中校友。”

尤薇薇一针见血：“所以你上次说的同学聚会，就是问的林医生？”

许月亮说：“没，没有，林医生不参加同学聚会……”

尤薇薇问：“你们以前关系很好？”

许月亮说：“我们不是一个年级的……接触不多……”

尤薇薇问：“那不一个性质吗？如果只是你去拔牙偶遇的话。”

许月亮眨了眨眼，不说话了。

尤薇薇烦躁地揉了揉自己的脑袋：“对不起啊，我不是说林医生是那种人，也不是说你不好，我就是怕到时候出现那种状况……”

许月亮抬头道：“我们先不说好了。要是她问起来，我们就说在……传媒公司上班……做自媒体运营……”

尤薇薇笑了：“这倒也不算撒谎。”

她问许月亮：“今晚吃什么啊？”

许月亮说：“烤肉！之前我挂水，林医生说想吃烤肉，但为了给我换药，都没能吃得上。”

尤薇薇盯着她，半晌，道：“你挺在意林医生的啊？”

许月亮连忙摆手：“不是不是，我就是觉得挺对不起她的。”

尤薇薇说：“她是医生，那是她该做的，没什么对不起的。”

许月亮说：“不是不是，她对我挺照顾的。”

尤薇薇说：“老同学是应该照顾一些。”

许月亮说：“不是不是，我们以前真的不熟，都没说过几句话。”

尤薇薇说：“所以你不喜欢林医生咯？不喜欢还约人家吃饭。”

这次没等许月亮摆手，尤薇薇夹着嗓子学着她的声音，替她回答了：“不是不是，我怎么会讨厌林医生呢。”

许月亮：……

尤薇薇大笑起来，笑得许月亮的整张脸都变红了。

两人回到公寓，分开的时候，许月亮的耳朵尖还是红的。

尤薇薇嘱托道：“反正不开播了，你吃完饭睡一会儿，好气色比什么化妆品都有用。”

“嗯！”许月亮用力地点头。

她难得有这样的空闲。以前不是在直播，就是在巩固粉丝，还要抽时间去学舞、练舞。偶尔请假，她也是因为有些不得已的急事需要去处理。

现在，她既没有什么着急的事情，也没有什么必要的任务。

许月亮脑子一热，便坚定地约下了这顿饭，并为此冲动地请了假。打开房间门的那一刻，看着太阳懒散的光从窗帘缝中透进来，她才觉得，是真的给自己放了个假。

假期，就是要有快乐的心情，要满怀期待。即使那期待让她忐忑，让她的心脏总是止不住地快速跳动，那也是她心心念念且乐意的事情。她原本以为，今天陪薇薇去的这一趟，大概就是她能见到林绮眠的最后一次了。她想要漂漂亮亮地出现在林医生面前，正常地说上两句话，然后告诉她，自己没有害怕她。这就可以了。

但事情完全出乎她的意料。就像上天砸了份礼物到她面前，林绮眠把她带到了自己的办公室，然后和她说起了以前的事情。她说没关系。她还给自己擦眼泪。她完美得……就像不能形容的完美一样。

许月亮拉开了窗帘，让所有的光都照进来。她哼着歌，从冰箱里拿出食材，简单地给自己炒了两盘菜，配上了一杯鲜榨的果汁。吃完饭，她原本想像薇薇说的那样，睡个美容觉。可是躺在沙发上，日光从她的眼帘上滑过，她根本毫无睡意。她的大脑跳跃着，里面塞满了欢快的情绪。

她会想起林医生说话的样子，回忆起每一个好像亦真亦假的细节。她会想象今天晚上见到林医生的样子，就像一盒待拆的礼物。

她干脆又坐起了身，收拾房间，然后找一身适合今晚的衣服，再化一个精致的妆，凑近了看，也毫无瑕疵的那种。还好，这些年她努力学习，精于此道，起码可以把这幅皮囊修饰得不再羞于见人。

六点钟的时候，林绮眠的车便到了黄小艺的公司楼下。

打卡时间一过，黄小艺便奔出了公司，直直冲到了停车场。车门一拉开，她哇地大叫一声，就连身体都往上跳了跳，脑袋差点撞到车顶。

“你见鬼了吗？”林绮眠道。

“我是见着仙女了啊。”黄小艺盯着林绮眠，上上下下地打量，“大美女你终于舍得打扮了啊，我的天我根本就没见你这么隆重地收拾过啊。我真的是被吓到了，一开车门，我以为我进了明星的保姆车……”

林绮眠转头看她：“太过了吗？”

黄小艺被她化了精致眼妆的眼睛闪得心花都开了：“那的确是过了，我可能需要呼吸机。”

林绮眠的眉头轻轻一蹙：“我说正经的呢，会不会有些太夸张？太刻意？是不是显得不太平易近人？”

黄小艺说：“那的确是高不可攀。”

林绮眠一打方向盘：“那我回去卸了。”

黄小艺连忙喊道：“哎哟别啊，平不平易近人那靠的是态度，不是脸啊。你说你顶着这么一张高贵美艳的脸，到时候一开口，又亲切又温柔，那多么让人惊讶，多么有反差感啊……”

林绮眠问：“反差感？”

黄小艺说：“你先给我亲切一下试试。”

林绮眠：……

黄小艺掏手机：“就是这个无语的表情，十分接地气。我拍给你看啊，拍给你看……天呐，我的手机何德何能，能拍到这种美人！”

林绮眠：……

虽然黄小艺嚷得让她头疼，但林绮眠还是配合她拍完了照片。

手机递到林绮眠跟前，林绮眠看了看，有些无法分辨。她好看大概是好看的。许月亮在直播的时候夸过她漂亮，说她的气质不仅吸引男生，也十分吸引女生。

“你喜欢吗？”林绮眠抬眼，问黄小艺。

黄小艺被她盯得魂都飞了：“我说句实话，姐姐你这样的，我可以为了你干任何事情……”

“吹。”林绮眠将车开了出去。

黄小艺问：“我们现在去哪儿啊？”

林绮眠道：“餐厅。”

黄小艺不乐意了：“你不送我回去洗个头、换个衣服啊，你收拾得这么好看，我工作了一周蓬头垢面……”

林绮眠说：“没时间了。”

黄小艺说：“不是约的七点半吗？现在才六点零十分钟。”

林绮眠说：“路上堵。”

黄小艺说：“地址我看了，不堵。”

林绮眠说：“早到早准备。”

黄小艺都要被气笑了：“还要怎么准备？你在手机上都聊了一下午了……”

林绮眠就这么早早地把车开到了约定地点。停好车以后，她转身看黄小艺：“我强调的两件事……”

黄小艺连忙道：“记着呢记着呢，一，坚决不提月亮工作的事；二，一切以月亮舒服为前提。”

林绮眠说：“好，谢谢。”

黄小艺拍了拍她胳膊：“你不要太紧张了，放松放松。”

林绮眠推门下车：“我不紧张。”

黄小艺跟在她身后：“还有快一个小时呢，我们先去别的地方看看？我挑的那两家店，一个在五楼，一个就走二百米……”

林绮眠说：“先去餐厅看看。”

黄小艺说：“餐厅没啥，挺好一餐厅，月亮还挺会挑的，这店出了名的好吃，价格又不是特别贵，平常都满座，这会铁定人多……”

“嗯，去看看。”林绮眠挺坚持。

黄小艺拗不过她：“行吧，那我们去早了可以先排个号，就是不知道这样，月亮会不会有点尴尬，毕竟是她请客嘛……”她话说着说着就没声了。

因为进了商场，店近在眼前，的确是人多，的确是排了队。等着的人都在店外，在小桌旁坐着，嗑嗑瓜子吃吃糖，玩玩游戏打打牌。

其中，正中间那桌的漂亮姑娘特别显眼。她浅金色的头发直顺地垂着，没有多余的修饰，只在耳边别了个珍珠发卡。衣服是纯白色的连衣裙，剪裁简单，乍一望去，清新得像是一朵乌泱泱的人群里不谙世事的小白花。

她端端正正地坐着，即使是玩手机，也玩得比别人好看，比别人正经。

黄小艺嗓子眼里的话全都咽进了肚子里，她看向林绮眠，问："那是……月亮吧？"林绮眠早在望见许月亮的时候，便停下了脚步，她看着早早地来排队的许月亮，勾了勾唇角："是。"

黄小艺说："你这是猜到了她也会早到吧？"

林绮眠摇头："没猜到。只是不想让她等。"

黄小艺有些无语："得，我怎么觉得其实不太用得上我呢。"

林绮眠笑起来。黄小艺仰头看她："行，您就这表情，就这笑容，亲切得很呐，比对我可亲切多了。我们这就过去吗？"

林绮眠说："过去。"

黄小艺说："那走啊。"

林绮眠转身看她："我有没有什么不对劲的地方？"

黄小艺说："你哪哪儿都不对劲。"

林绮眠强调："我是说衣服和妆。"

黄小艺说："仙女，你完美得要死。你俩今天还都穿白的，不仅好看还特巧。行了吧？"

"行了。"林绮眠大跨步地往前走去。她才行几步，许月亮便抬头望了过来。两人的目光相撞，有一瞬的凝滞，但很快，便都笑了起来。

许月亮离开凳子，站起身，朝她们跑了过来。她穿着双骑士长靴，连衣裙的下摆留出一截细白莹润的腿，跑动间裙摆微扬，像是电影里会被无限慢放的美丽画面。

黄小艺瞪着眼睛，许月亮很快到了两人跟前。她和林绮眠的身高有些差距，仰着脑袋看她的时候，发丝会垂落下去，眼睛越发显得闪亮，脸越发显得小。她娇娇柔柔、甜甜美美地喊了一声"林医生"，尾调上扬，透着不加掩饰的欢快。

黄小艺心中震撼，实在是没忍住，偏头凑到林绮眠耳边，小声同她道："我理解你了。"许月亮看向她，眼睛弯得像月牙儿："这位漂亮的小姐姐在跟林医生说什么悄悄话啊？"

黄小艺赶忙冲她摆了摆手："没说什么，没说什么。"

林绮眠笑着道："她在夸你可爱。"

黄小艺愣住了。

"啊，"许月亮一个鞠躬，"谢谢谢谢。"

黄小艺也连忙鞠躬："不谢不谢，你真的很可爱。"

许月亮鞠躬："你也可爱。"

黄小艺鞠躬："你更可爱。"

林绮眠提了把黄小艺的衣领，让她站直了："行了，你俩别互吹了。"

黄小艺抬头，和许月亮一样闹了个大红脸。

林绮眠介绍道："月亮，这位是黄小艺，我高中时的同桌。"

许月亮连忙道："小艺学姐好！我就说小艺学姐看着眼熟，和林医生一个班的话，我们肯定是见过的。"

黄小艺说："见过见过，月亮好。"

林绮眠看向许月亮："对，许月亮。"

黄小艺腹诽：呵呵，真简洁。

许月亮自己把话接上了，带着两人往店里走："我和林医生是在医院碰到的，林医生可厉害了，给我拔牙我一点都不疼。"

黄小艺看林绮眠："呵呵，厉害厉害。"

林绮眠追了一步，和许月亮并排走。许月亮的脸颊总是粉扑扑的："这家餐厅人挺多的，也不能预订位子，不过我来得早，排的号马上就到了。"

林绮眠问她："那要是号到了，我人还没到呢？"

"啊……"许月亮没看她，愣了一秒道，"那就往前让一位嘛。"

林绮眠唇角上扬："谢谢，辛苦了。"许月亮摇脑袋："不辛苦不辛苦。"

几人到了店前，就听到服务员叫号："169！"

许月亮连忙从包里拿出小票："这里这里！"

她小跑着过去，把票交了，然后回头对林绮眠道："林医生，你运气真好，刚来就排到号啦！"林绮眠笑了笑，问她："薇薇呢？"

许月亮又跑回了她身边："她去买奶茶了，我没想到你们来得这么早，怕奶茶放久了味道不好，就没让她带你们的。"林绮眠问："那你的呢？"

许月亮摸了摸肚子，挺不好意思："我刚才喝了好些茶水，就没买饮料。"

林绮眠说：“那你待会儿想喝了，我们一块去买。”

许月亮用力点头：“好啊好啊，看看薇薇的好不好喝，好喝了我们再买哈哈哈。”黄小艺持续腹诽：这不聊得挺好的吗？这有我什么事吗？有人看我一眼吗？

林绮眠转头看她：“小艺，快跟上。”

黄小艺说：“欸，好好好。”

店员来带三人进店，林绮眠落后了一步，许月亮也随着她落后一步。

黄小艺成了那个打头的，店员热情地跟她介绍着店里的特色菜品，大堂里摆了不少桌，满屋滋滋的烤肉声，香气扑鼻。

许月亮排的是包间，上了楼，竹帘一挑，安静了许多。两排六人位，黄小艺就近坐了进去，店员给她看菜单，旁边突然伸进来一只胳膊，手上抓着个包：“放你那边。”

黄小艺：？

黄小艺接过包，放在了自己旁边，就这么无声无息地占了位子。

林绮眠让许月亮坐到了对面里面，自己顺利地坐在了许月亮旁边。

黄小艺算是明白了，林绮眠刚才叫她“快跟上”，就是为了此刻。这种被利用的滋味啊，黄小艺咂咂嘴，决定发挥主观能动性，展现自己不那么像废物的一面。在许月亮问到“林医生，你有什么忌口的”时，黄小艺插话：“月亮，你还叫她林医生啊。”

许月亮抬头，愣住了。

黄小艺道：“林医生林医生，我听着都牙疼，我这一口牙，有一半都是被她折磨过的，你是不是……”她开玩笑道：“时间太久，忘了她叫什么了啊？”林绮眠拿茶杯的手微微一顿，她看向许月亮，许月亮脸颊的粉色一下子便扩散开来，像颗熟透了的水蜜桃。

“我没有！”她连忙回答，“我记得的！”

许月亮直直地望着黄小艺，道：“林医生叫林绮眠，转朱阁，低绮户，照无眠……”她停顿了下，放在桌下的手指攥紧了衣角，接下来的这句话，起调高，落得快，尾声轻，很快便消失不见。

“是形容月亮的……”

是形容月亮的。

林绮眠笑起来。一首人尽皆知的词，被背了无数遍，也被唱了无数遍。在遇到许月亮之前，林绮眠并不在意自己名字的这点特殊性，但在遇到许月亮之后，她曾在无数个夜晚里想：这大概是上天给的巧合。

上天给的东西，要珍惜啊。

林绮眠看着许月亮，待许月亮偷偷地朝她瞥过来的时候，她抓住了她的视线。“对啊，是形容月亮的。”林绮眠道，“许月亮，好巧哦。”

黄小艺看着对面的两人，林绮眠和许月亮穿的都是干干净净的白色衣服，而椅背偏偏是红色的。许月亮的脸红得如同一盆水煮大龙虾。

黄小艺接过了菜单：“来，我看看咱们吃什么啊。”她还是专注地吃吧。

菜单在大家手里转了一圈，菜上来了，尤薇薇端着杯奶茶回来了。

她跟着服务员进来，一看到这画面，正嘬着奶茶的嘴都停下来了。尤薇薇向来是个不太会掩饰的人，她的目光从左扫到右，从右扫到左。被林绮眠藏在里面的许月亮探出个脑袋：“薇薇你终于回来啦，快坐呀。”

尤薇薇沉默了：我坐哪儿啊？黄小艺将放在边上的林绮眠的包拿到了里面去，用一股认命的架势拍了拍自己身旁的空位：“来，薇薇妹妹，坐。”

黄小艺特自来熟地给她摆好了餐具：“我叫黄小艺，刚才月亮说你喜欢吃鸡心、鸡肫，这些都给你点好了。你看看还差什么……”

尤薇薇走过去，在她身边坐了下来，抬头看了眼对面，道：“林医生今天好漂亮。”

许月亮弯着眼睛，接话道：“林医生一直都很好看。”

尤薇薇看她：“是吗？”

许月亮说：“是啊是啊，她高中的时候是比校花还要好看的存在。”

尤薇薇问：“那她为什么不是校花本花呢？”

许月亮说：“因为她的成绩特别好，拿了好多奖项，还代表我们学校去省里面发言……反正她就是很厉害，超级厉害。这么厉害的人，大家是不敢拿去排什么校花的。”尤薇薇又好奇地问：“月亮那个时候排第几？”

许月亮晃了晃手：“啊，我高中的时候丑丑的，没有人会拿我去排名啦。”

“不丑。”林绮眠道。许月亮偏头看她：“欸？”

服务员切割好了刚烤好的牛排，林绮眠拿过夹子，夹到了许月亮的盘子里：“你很漂亮，很可爱。”

许月亮攥着筷子的指尖紧了紧，小声问林绮眠："林医生还记得啊？"

"记得啊。"林绮眠冲她笑了笑，抬手画了下，"那个时候你的刘海在这儿，脸上的肉更多一些。"

许月亮抿紧了唇，有点委屈，但很快又笑起来，将林绮眠夹的那块肉一口塞进嘴里，大力咀嚼："好吃。"

林绮眠指了指她的腮帮子："现在这样就更像小时候了。"

尤薇薇：……

黄小艺给她的盘子里塞了几块肉："吃吧，咱们吃饭吧。"

尤薇薇埋头苦吃。

这顿饭吃得十分和谐，中途林绮眠和许月亮一块去给大家买了饮料，回来以后，许月亮不让服务员烤了，自己拿着夹子把肉翻来覆去地烤，十分尽心。

黄小艺问她："月亮，你喜欢做饭啊？"

"还可以。"许月亮伸着胳膊，脖子也伸得长长的，生怕烤盘上的肉熟得不够完美，"我平时有空了就自己做饭，但味道一般啦。"

林绮眠的目光落在她细白的手腕上，突然道："别动。"

"欸？"许月亮立马停止了所有的动作。

林绮眠将她的袖口轻轻挽起，别得整整齐齐："小心别把衣服搞脏了。"

黄小艺：……

服务员说："我去拿围裙过来。"

许月亮笑得特别不好意思："我好像有点笨手笨脚的。"

她睁大了眼睛，对黄小艺解释："但是林医生不是不喜欢吃生食嘛，我就想烤得到位点，但是不能焦……"

黄小艺应道："啊，挺好的，挺好的。"

她看向林绮眠："林医生，你不吃一点带生的东西啊？"

林绮眠笑了笑："嗯。"

许月亮说："她还不爱吃内脏呢，点菜的时候问她她也不说，我看她好些东西都没动筷子，刚才去买奶茶才问出来的。"

黄小艺：……

她跟林绮眠一块吃了那么多顿饭，都不知道她有这些癖好。

黄小艺觉得自己是个傻子，掐着嗓子道："林医生，你好坏坏哦。"

林绮眠接过了服务员递过来的围裙，站起来又俯身，帮许月亮套上了。

黄小艺：……

尤薇薇给她夹菜："吃吧吃吧，吃饭吧。"

许月亮烤得是真尽心，真好，凡是她放到林绮眠盘子里的东西，林绮眠都吃得干干净净的。

一顿饭结束，许月亮眼睛闪亮亮地问林绮眠："林医生，你吃饱了吗？"

林绮眠点头："吃得很好。"许月亮转头问对面："小艺学姐和薇薇呢？都吃饱了吗？要不要我再来点？"

黄小艺和尤薇薇异口同声道："饱了饱了，别再喂了，吃不了了。"

许月亮笑起来，一副高高兴兴的模样："那就好。"她摘了围裙，把杯子里剩下的一点果汁喝了，然后肉眼可见地局促了起来，眼睛忽闪着。林绮眠看向许月亮，许月亮的额头饱满，侧脸有甜美又俏皮的弧线。

许月亮放在桌下躁动的手终于来到了桌面上，胡乱地挥了两下。其他人转头看她了，她的视线却下垂着，只敢落在自己的衣领上。

"时间还早，要不要……"林绮眠没等她把话说完，便接道："嗯，去玩一下。"许月亮抬眼，眼里盛满了快乐的星星。

四人离开了餐厅，在商场里溜达着。眼看着就要到看好的地点了，但林绮眠没出声，黄小艺只得又担起了这个重任。

"啊！我听我同事说，这里有个密室超好玩！！"

"密室？"尤薇薇兴奋起来，"是之前在中心广场打广告那个吗？"

黄小艺忙说："是欸是欸！"

尤薇薇很激动："我也听说了！我……新媒体的同事说，那家刚翻新过，几个故事都特别恐怖，特别刺激！！"

黄小艺捧场道："对啊对啊！"

林绮眠终于开启了这个话题，她转头看向身边的许月亮："你想玩密室逃脱吗？"

许月亮背着双手，回答得特别高调，特别肯定："想啊！我超喜欢的！"林绮眠看着她快拧成麻花的手指："真的想玩吗？"

许月亮哈哈地笑："真的啊，这还能有假的吗？"

林绮眠说："我有看过那几个剧本简介，一个鬼新娘，一个无头军队，还有一个是转世童子，会有工作人员扮成巨婴，在地上爬来爬去……”

“啊！”许月亮尖叫一声，然后双手握拳，在身前用力往下一拉，“真是太刺激了！！”

她用力深呼吸，目光坚定地盯着前方：“既然是玩密室，那当然是要玩恐怖的！不恐怖的叫什么密室？！用什么逃脱！！”

尤薇薇赞同道：“你说得对！”

黄小艺也附和说：“那咱们就冲！五楼出了电梯左拐！”

许月亮握紧拳头：“冲啊！”

她自己先跑了出去，一溜烟的，身影都给晃模糊了。

尤薇薇追了过去，黄小艺到了林绮眠跟前，道：“您终于落单了啊。”

林绮眠说：“她怕玩这些。”

黄小艺说：“大家都怕，但只要还想去玩，就说明不是很怕。”

林绮眠没应声，黄小艺说：“你是不是觉得，她是为了和你待一块儿才去玩的？”林绮眠看她，黄小艺咯咯地笑起来：“林医生啊林医生，你突然就自信了起来。”林绮眠抬手，在她的肩膀上轻轻扇了一巴掌。

黄小艺清了清嗓子：“行吧，咱们玩个不恐怖的，里面有个青少年本，非常健康，是什么奇幻动物园的设定，成年人进去了都觉得无聊，成了吧？”

林绮眠说：“成。”

黄小艺问：“你知道这家店最有特色的是什么吗？”

林绮眠说：“什么？”

“不告诉你。”黄小艺蹦蹦跳跳的，也一溜烟地往前跑了。

等林绮眠到了电梯前时，三个人围成一团，正有说有笑地聊着。

林绮眠问：“还没等到电梯吗？”

黄小艺撇撇嘴：“刚有一趟，月亮说要等你一起，我们就没上去。”

林绮眠笑了笑，道：“谢谢。”

许月亮仰着脑袋背过了身，装作看电梯旁的广告。

这趟电梯来了以后，里面的人不少。有位妈妈推着婴儿车，其他的人只能尽量地缩到一块，不碰到小孩子。林绮眠最后一个上电梯，许月亮抬手攥住了她腰间的一小块衣料，把她拉了过去。林绮眠一低头，下巴就要蹭上许月亮的头顶。

明明大家一块在烤肉店里熏了那么久，浑身都是烟火的味道，许月亮却偏偏透着一股甜味。清新的甜味，像是切开了多汁的橙子。

还好，电梯上行不需要多久，到了上一层，推着婴儿车的妈妈出去了，留出了充足的空间。林绮眠往后一步，拉开了两人之间的距离。许月亮还在原来的位置，只是手从林绮眠的衣角上收了回去，背到了身后。

到达五楼，许月亮率先跨出电梯。林绮眠跟在她身后，轻声道："你黑色的头发根长出来了。"

许月亮抬手摸脑袋："哎呀。"

林绮眠问："漂头发会疼吧？"

许月亮点点头："漂得特别浅的颜色难免会碰到头皮，要保持这种颜色实在太难了。"林绮眠说："你染深发色也好看，下次试试。"

"嗯！"许月亮转头冲她笑，应得响亮。

林绮眠抬手，手指压过第二颗纽扣。

几人进了密室逃脱的店，大厅里有一整个深蓝色的穹顶和反光的黑色墙壁。墙壁里映出人影，许月亮总是走在林绮眠的身边，在她一抬手就可以抓住的地方。

店员带着四人往里走，给她们安排拼队的人，为她们讲解注意事项。

待她们把身上背着的包都存起来了，知情书也签了，店员突然拿出几只手表来每人发一个，道："这是心率监测仪，可以给大家的安全提供多一层的保障。"店员笑得十分骄傲，黄小艺也笑得十分骄傲。

"虽然大多数时候是用不上的，但我们会为每位玩家记录全程的心跳频率，游戏结束后，不仅可以回顾监控录像，还可以拿到自己的心电图哦！"

林绮眠：……

黄小艺凑到了她身边："咳咳，这就是这家店的特色项目，到时候我们可以看一下，谁是真勇士，谁在装冷静。"

和林绮眠四人一块组队的是互不相识的一男一女。男生理着个板寸头，身材粗壮，女生是个穿着校服的高中生，戴着眼镜，瘦瘦小小，不爱说话。

一队六人被带进第一间密室，来时的门一关，沉重的关门声响起，除了林绮眠和高中生，其他人都情不自禁地抖了抖。

房间的光线暗下来，背景音乐也响起来，密林的风吹声和各种动物的叫声，瞬间让人觉得穿越到了另外一个光怪陆离的世界。

林绮眠四人自然地聚在一堆，高中生不发一言地开始到处搜查，板寸头左右看看，过来搭话。话是对尤薇薇说的，但他的目光在四人身上来回打转："你们一起的啊？"尤薇薇应了声："嗯。"

板寸头问："你们之前玩没玩过啊？怕不怕啊？"

黄小艺皱着眉头："还行吧，这有啥怕的？"

话音刚落，墙上突然有机关蹿了出来，是一个巨大的盒子，盒子上坐着个长着毛发的生物，混成一团，一时之间看不清形状。

黄小艺大叫了一声："啊——"

望过去的众人："啊——"

林绮眠看向许月亮，许月亮自打进了密室就紧跟在尤薇薇身边，抓着她的胳膊。这会儿出现可怕的东西，她抓得便更紧了。她眼睛闭着，不敢往盒子上看，整个人缩得脖子都没有了，嘴巴紧抿着。

林绮眠分辨了下，吵闹的尖叫声里，并没有许月亮的声音。看来平日里在直播间可以一个人说好几个小时的人，真害怕的时候，是不会出声的。她像应激的小动物，只想把自己藏起来。

趁着大家躲避盒子的时候，林绮眠把自己往许月亮跟前挪了挪。

板寸头张开双臂，一脸豪迈地道："不要怕！我护着你们！那是，是个……猩猩！假的，假的！"

他往前战战兢兢地探了探脑袋："好像，好像有卡片，我过去看看。"说着，他的脚往前挪了一小步。

"卡片上应该有字，给信息什么的……"说着，他又挪了极小的一步。

"盒子里有钥匙吧？"

被他的体型完全挡住了的高中生妹妹突然一弯腰，从他的胳膊下钻了过去，然后大步走到了猩猩跟前，拿过了它怀里塞着的卡片，对着光看起来。

板寸头：……

四人组：……

妹妹看完了卡片，踮脚抓住了猩猩的脑袋，另一只手从它的嘴里伸了进去。板寸头尖叫："啊！"

尤薇薇也震惊道："啊伸进去了！"

黄小艺跟着夸她："妹妹厉害啊！妹妹是大佬啊！妹妹，里面有什么啊？"

林绮眠已经成功挪到了许月亮的身侧，对她道："月亮，可以睁眼看看了。"许月亮听见林绮眠的声音，微微地睁开了一只眼。

林绮眠笑着道："我们运气很好，碰到会玩的大佬了，会被她带着通关的。"许月亮伸了伸脑袋："是，是吗？"

"嗯。"林绮眠轻声应她。

许月亮松了一点手上的力道，去看人群前方的高中生。猩猩放得高，体型又大，妹妹整个胳膊都伸进去了，还是没能探到底。她皱着眉头努力拔高自己，就像被猩猩吞了一条胳膊似的。

许月亮往后缩了缩，推了推尤薇薇："薇薇，你去帮一下吧，她够不着。"

尤薇薇连忙道："哦。"

黄小艺也特别好奇，赶紧道："我们一起，一起。"两人一块往前面去了，板寸头跟在了她俩身后，都去研究那只猩猩。

许月亮没了能抓的人，手都不知道往哪里搁，只能握在胸前，摆了个祈祷的姿势。"我们就在这边等着。"林绮眠道。

"嗯！"许月亮用力点头，又转头看她，"林医生，你也怕吗？"

林绮眠应得顺畅："怕。"

许月亮猛地朝她挪了一步："那我们一块儿躲着。"

林绮眠看着她，忍不住笑起来。她们还真就再没上前，高中生妹妹带着大家搜线索、找钥匙、对密码，把第一道门打开了。林绮眠还和许月亮站在原来的位置没挪窝。

战术一旦定下来，就很难再被打破。林绮眠自然而然地走在了许月亮的身边，许月亮也挨着她，没再去抓尤薇薇。

尤薇薇和黄小艺玩得起劲，也顾不上她俩，只在偶尔路过的时候嘲讽几句："您俩真会玩""您俩这是买的现场观光票""我还以为林大医生这么丰富的专业知识，会在今天用得上呢""挪一挪，挪一挪您嘞，吉祥物道具"……

面对嘲讽，林绮眠嘴角挂着丝笑，她依然保持云淡风轻。许月亮倒是非常不好意思，被说了就赶紧四下找东西，装作忙碌的样子。但也就是几秒钟而已，等没人注意她了，她便又很快缩到了林绮眠跟前。

进入第四个房间，大家都颇有些得心应手。东南西北四个方向各去了个人，找寻新的故事线索。

许月亮捏着双手瞅着，小声对林绮眠道："我们要不要也找找看啊？"

林绮眠问她："你想去哪里吗？我们一起。"

黄小艺尖叫起来："啊，这里有蟑螂道具！我死了啊！！"

许月亮：……

许月亮喉咙动了动："我……也不是很想……"

林绮眠说："嗯，那就不去。"

许月亮说："那待会薇薇和小艺学姐又要来笑我们了。"

林绮眠说："给她们笑，笑笑身体好。"

许月亮抬头看她："我倒是无所谓啦，我一直都是弱弱的，打游戏的时候我也喜欢躲着，林医生你不一样……"

林绮眠挑了挑眉，想起自己和许月亮从头躲到尾的那场游戏："怎么不一样？一样的，我也喜欢躲着。"

许月亮好奇道："欸？林医生也玩游戏吗？"

林绮眠大言不惭："玩，有时候会很沉迷。"

"哇！"许月亮惊喜地喊道，"你玩的哪个游戏啊？"

但还没等林绮眠开口回答，她自己顿了顿，突然转了话锋："年龄小的时候是容易沉迷游戏啦，大学那会儿我的一个舍友好喜欢玩游戏，说梦话都在喊'兽人永不为奴'。"林绮眠看着她，许月亮自顾自地讲完了这个故事，睫毛在光影下忽闪，没敢抬头看她。

林绮眠明白了，许月亮喊完那句就后悔了。她不敢和林绮眠一块玩游戏，大概是怕暴露了自己的一系列账号。现实和网络分得如此之清，工作和生活也分得如此之清，她简直到了一种惊弓之鸟的地步。

"嗯。"林绮眠顺着她的话道，"上学的时候玩得多，现在工作忙，没有那么多时间了。"许月亮攥着手指："是啊是啊。"

黄小艺冲她们招了招手："月亮，绮眠，快过来，你俩没法歇着了。"

两人过去，原来是任务有了分线，需要六人分成两队，各自去完成。在刚才的解谜过程中，高中生妹妹、黄小艺和尤薇薇已经组成了一个熟悉的团队。现在三人站在一块望过来。林绮眠道："我和月亮一队。"

板寸头立马道："那我和你们一队。"

他看着林绮眠和许月亮："你们俩比较胆小，我是咱们队里唯一的男生，肯定是和你们一起了。你们放心，我会保护你们的。"

高中生妹妹突然嗤地冷笑一声，转身自己先往A门去了。

黄小艺问林绮眠："你们行不行啊？"

林绮眠说："这不是有这位大哥吗？行。"

黄小艺笑得不行，尤薇薇还有点犹豫，但被黄小艺攥着胳膊，一把拉走了。

林绮眠、许月亮和板寸头一块儿进了B门。

门一打开，里面雾蒙蒙一片，白色的气体充斥了整个空间，可见度非常低。脚下的路只有一排零散铺着的木板，旁边黑乎乎的，不像是能下脚的地方。

板寸头猛地一拽自己的外套衣角，给林绮眠递了过来："来，拉着我的衣服，这雾气障眼，就是想把我们冲散了。"

林绮眠：……

她看着板寸头，停顿了两三秒。板寸头抖了一下，把手收了回去，自己往前走去："这气是干……干冰吧？还挺冷。"

林绮眠侧身，朝许月亮伸出胳膊："你要拽着吗？"许月亮愣住，瞪着大眼睛。林绮眠说："这雾气障眼，就是想把我们冲散了。"

许月亮扑哧一声笑了，笑完了她低了脑袋，小心翼翼地伸出手，不敢像抓尤薇薇那样满掌握着，而是只用两根手指攥住了林绮眠的袖口。

"我激动的时候力气挺大的，"她小声同林绮眠解释，"怕把你的衬衫抓皱了。"

"嗯。"林绮眠道，"那这一小块你捏紧了。"

许月亮用力点头："我不会和你分开的。"

"好。"林绮眠笑起来。

板寸头在前面哇哇地叫唤，林绮眠用这一点衣袖牵着许月亮，慢悠悠地走过木板路。待到了房间正中央，板寸头突然在那头喊着："啊啊啊，你们别过来！别过来！！"林绮眠停住了脚步，许月亮在她后一块的木板上，裙摆轻轻地颤动。

雾气突然就稀薄了，视线也清晰起来。板寸头不知道怎么就走进了个大铁笼里，铁笼的进口关了，出口是个洞，上面歪歪扭扭地写着四个大字：猛兽出没。生怕你猜不到接下来的剧情。

许月亮颤巍巍地道：“林医生，不会真有猛兽吧？”

林绮眠说：“不会。”

板寸头还在叫：“啊啊我怎么办？这门打不开了！”

林绮眠说：“往里继续走。”

板寸头很害怕：“有猛兽啊，救我啊，有猛兽！”

到了这会儿，他是一点面子都不要了。

林绮眠抿了抿唇，没让自己笑得太明显。她转头对许月亮道：“我们找找线索吧，帮他把门打开……”话音未落，就听到一声震天的虎吼声，带着逼真的回响，一下子充满了整个空间。

板寸头的喊声都变调了，而许月亮憋了一晚上的尖叫声终于冲破了喉咙，她喊着“啊，大猫——”，然后往前一跳，撞进了林绮眠的怀里。

许月亮激动时的力气是挺大，她撞得林绮眠的身子一晃。

花香扑鼻。

林绮眠伸手，为了不让两人摔倒，下意识地扶住她。她的呼吸像温热的河流，而直到这个时候，那只攥着林绮眠袖口的手也没有放开。

剧本大概是进行到了最激烈的时刻，各种音效，各种响动，各种道具，从四面八方同时登场，百花齐放。板寸头还在兀自地喊，而许月亮已经没了声，她就这么静悄悄地躲在林绮眠的怀里，直到屋角的广播突然响起。

“林绮眠，许月亮，周勇，你们还好吗？你们还好吗？”工作人员着急地询问着，“需不需要我们停止游戏？需不需要我们立刻停止游戏？”

“你们的心率超速了！你们的心率超速了！！你们的心率超速了！！”

THE MOON IS SHINING ALL NIGHT FOR YOU.

第十章

Chapter X

林绮眠、许月亮和周勇坐在了休息区。三个工作人员围着他们，非常地尽心，一会给他们倒水，一会给他们量血压，密切地关注着他们的状态，工作人员严阵以待的模样，仿佛下一秒就能按个120出去。

林绮眠握着一杯水，拇指在水杯上轻轻画了个圈。许月亮和她在同一张沙发上坐着，但中间离了半个人的位置。许月亮的脊背挺得笔直，正认真地听工作人员说话。

工作人员说如果不舒服一定要告诉他们，说之前的确是有人出过事才这么紧张，说老虎是假的、人扮的，不一定每一场都会出现，属于隐藏任务。

“哇……”许月亮轻轻感叹，“那我们运气还挺好的欸。”她说话的时候脖颈会有肌肉牵动，肩膀平直下沉，处于还有些紧张的状态。

工作人员笑起来，看了眼一旁的周勇：“这也不知道算运气好还是不好了。”周勇躺在沙发上，直愣愣地望着天花板，胳膊和腿都软趴趴地瘫着。另外两个工作人员都在他身旁，他嘴里絮絮叨叨的，还在讲刚才的事情：“哇你们真的太过分了，说好了是青少年剧本呢，青少年能被这么吓啊？那是真的大铁笼子啊，我这辈子就没被关过，原来被关是那种感觉。你们让我歇会，再歇会儿，我现在不想动。”

许月亮看了看周勇，转头去看林绮眠，她拨了拨头发，发现被发卡卡着，没法让头发垂下来遮住耳朵，便慌慌张张地放下了手。

“林医生……”她声音小小地叫林绮眠。

“嗯？”林绮眠轻轻地应她。

许月亮说：“对不起哦，我……我不应该来玩，我其实很胆小……”

她低了脑袋：“我从小就怕这些东西，怕黑、怕鬼、怕打雷，什么都怕……”

林绮眠笑了笑：“嗯，我知道，还怕拔牙。”

“嗯！”许月亮用力应了声，眼睛望过来的时候，总是水汪汪的。

林绮眠等着她多解释一句，比如为什么怕还要和他们来玩，但许月亮抿着唇，很坚决的模样，好像这个话题到这里就结束了。

林绮眠自然不会勉强她，顺着她的话问：“那要是另一边又长智齿了，你还敢来拔吗？”许月亮的眉梢微微挑起：“林医生给我拔吗？”

林绮眠说：“嗯。”

许月亮笑起来，摇头摆脑的：“那我不怕了。”

林绮眠看她笑，自己便也忍不住笑：“嗯，所以，未知的才是最可怕的。今天月亮来玩了密室，密室就不是未知的了，以后就不怕了。”

许月亮说：“这个故事不是未知的了，但别的还不知道。”

林绮眠说：“这个故事我们没有玩完，待会儿问问薇薇和小艺。”

许月亮点头：“嗯！”

许月亮往后坐了坐，身体渐渐放松下来，她看着林绮眠，林绮眠端起杯子，喝了口水。

许月亮说：“我没想到林医生也怕。”

林绮眠看向她，许月亮目光飘忽：“和我一样怕。”

林绮眠勾了勾唇角：“早都说了嘛，我们没什么不一样的。”

许月亮应得特别轻，声音像窝在心口里：“嗯。”

二十分钟后，另外一组人才出了密室。尤薇薇和黄小艺在高中生妹妹的带领下顺利通关，解救了被禁锢的动物们，拿到了奖励。她们兴高采烈的，看到休息区的林绮眠和许月亮时，爆发出一阵喜不自禁的笑声。

黄小艺凑了过来，问林绮眠：“你们那边到底怎么回事啊，玩着玩着就不见人了。”周勇休息好已经离开了，林绮眠放心大胆地把事往他身上推：“那个大哥把自己关在了笼子里，吓得监测仪响警报了。”

黄小艺大笑：“哈哈哈，就只有大哥啊？”

林绮眠面不改色心不跳："嗯。"

尤薇薇问许月亮："月亮，你吓着了没有？"

许月亮撒谎的时候就看着没底气多了："没……没有……"

黄小艺一拍手："有没有我们可以看监控，走，看监控看心电图去咯！！"

许月亮立马看向了林绮眠，一副求助的模样。

林绮眠利索地站起了身，抓住了许月亮的手腕，带着她往前走："看。"她腿长，步子跨得又大，许月亮小跑几步紧紧追上，两人很快就到了队伍的最前端。"我刚才问过了，监控视频属于玩家个人隐私，可以自己决定放给谁看。"林绮眠侧头小声对许月亮道，"我们先下手为强，把自己那段拿了，不给他们看。"

"嗯！"许月亮用力地点头。

计划进行得很顺利，这种计划在林绮眠这里永远都进行得很顺利，她长了张生人勿近的脸，不刻意放柔表情的时候，看着十分的严肃高冷。她和工作人员进行交涉，工作人员只会频频点头。

许月亮仰着脑袋，在一旁看着，眼里星光点点，一脸崇拜。林绮眠和工作人员谈完，转头对她笑着道："好了。"

许月亮点头："嗯嗯嗯！"

等其他人进了监控室，尤薇薇和黄小艺看的是一台机器，许月亮和林绮眠看的是另一台机器。等尤薇薇和黄小艺看完自己的精彩部分，回头来找许月亮和林绮眠的时候，那段 B 门之后的视频，已经躺在林绮眠的手机里了。

"没了。"林绮眠道，"要想知道发生了什么，求我，我可以给你讲讲。"

黄小艺握紧了拳头。

尤薇薇看向许月亮，许月亮挺了挺胸膛，躲在林绮眠身后理直气壮地说："求我。"尤薇薇说："你跟着林医生学坏了。"

许月亮听到这话高兴得很："本来就坏！"

几人闹做一团，吵吵笑笑了好一阵儿。

每个人都有一长串心电图，林绮眠和许月亮倒是没藏着掖着。黄小艺和尤薇薇的心电图曲线惊人的一致，两人的心率大部分时候都是小幅度平稳地跳动，小部分时候一同心率飙升。黄小艺朝她伸出双手，尤薇薇击掌："耶，不愧是同甘苦共患难的好战友！！"

许月亮的心率一直维持在一个较高的频率，在几个不明所以的阶段，会猛地攀升。当然，心电图的最后一段，就是攀升得最高的阶段。

尤薇薇指着最后那个高峰："这就是你们进了B门那段吧，吓得被店员提前救了出来。"

许月亮说："嗯！"还没等尤薇薇再开口，许月亮又说："求我！"

尤薇薇：……

尤薇薇戳了戳她的胳膊："你别急。"

许月亮的脸蛋红扑扑的，把心电图卷了卷，塞进了包包里。

林绮眠问她："你平时心率就比较高吗？"

许月亮愣愣的："啊？"

林绮眠指了指她的包："你心跳得有点快，我担心你的身体健康。"

许月亮摇头，发丝被她甩起，打在林绮眠的胳膊上："不，不，健康的，我健康着呢。"林绮眠看着她："嗯。"

许月亮低头："看你的，看你的。"

尤薇薇和黄小艺立马围了过来，几个人的脑袋凑得特别近。林绮眠的心电图展开了，十分平稳且规律，整齐得就像教科书。

黄小艺：？？

尤薇薇：？？

许月亮脸蛋通红。黄小艺扒拉她的手："你吹呢，你全程都没心跳加速过？最后那段呢？B门后那段呢，你是不是撕掉了？是不是藏起来了？"林绮眠笑着摊开手，她的纸张是平滑的，没有撕折的痕迹，和大家的一模一样。

黄小艺在她的手背上甩了一巴掌，"你绝对提前过来销毁了。你这人怎么这样呢……"

许月亮昂着头替林绮眠争辩："或许林医生就是……身体健康呢！"

林绮眠扑哧一声笑了，低下了头。

黄小艺恨铁不成钢："月亮啊月亮，你傻不傻啊。这能是身体健康吗？玩这么刺激的游戏心跳都不带乱的，这得是机器人吧。"

林绮眠看向黄小艺，她挠了挠脑袋："算了。"她指了指外面："跑了一整晚，搞得我好渴，我们去喝点东西吧。"

"行。"大家都很赞成这个提议。

几个人又乘电梯往上，来到了顶楼的露天咖啡厅。快到九月下旬，暑气已经散得差不多了，这会坐在室外，吹吹风，看看夜景，很是舒服。城市的灯光绚烂，像星星般撒得漫无边际。

黄小艺张开双臂，伸了个大大的懒腰：“好久没玩得这么舒畅了。”

尤薇薇道：“小艺平时比较忙吗？”

黄小艺皱着脸：“忙也不是很忙吧，该有的休假都有。只是老林她吧，真的很难被叫出来，没人陪我玩。”尤薇薇看向林绮眠，许月亮也正看着林绮眠。

林绮眠坐在竹编的椅子上，白衬衫被风吹得微微鼓起，明明是看起来十分随意的姿势，却好看得像是不该出现在这里的画面。一缕发丝落在她的颊边，被她抬拨到了耳后去。大家一时都没了声响，林绮眠抬了抬下巴，目光落在个遥远的方向。

“看，月亮。”她道。几双眼睛看过去。一轮橙色的半月，遥遥地夹在城市的灯火里，像一盏不起眼的夜灯。

“月亮很好看。”林绮眠道。

她没回头，声音却轻轻地打在每个人的心尖：“要多看看月亮。”

咖啡厅墙上的时钟指向十点半的时候，四人才告别分开。

黄小艺上了林绮眠的车，依旧是被她先送回家。许月亮和尤薇薇叫了辆出租车，上车之后不约而同地沉默良久。尤薇薇盯着车窗外繁华的街景：“林医生和黄小艺，确实不是那种老同学。”

“嗯。”许月亮的声音轻轻的，“她们很好。”

“她们也太好了。”尤薇薇转头看她，“好得出乎意料，好得不真实，好得就像电视里演得似的。”

“林医生从小就这样。”许月亮抠了抠包上的铆钉，“那会我没说，其实她的家境也特别好，高中的时候大家都传她家有城堡，她爸爸是黑白通吃的霸道总裁……”尤薇薇被逗笑了，许月亮也笑起来。

尤薇薇说：“我们担心的事情一点都没发生。”许月亮点点头：“嗯。”

尤薇薇又补充道：“我刚才说的好还有很大一部分，是她对你真好。”

许月亮抬眼看她。尤薇薇说：“林医生特别照顾你，总是在照顾你，关心你的一举一动。她根本不像你说的没什么交集，我怀疑你有重要的事情没有告诉我。”

“没有没有，真没有。”许月亮连连摆手，“我们真的都没说过几句话。”

“她就是……”许月亮顿了顿，“人很好。虽然看着高冷，但人很好，所以对我很好。”

尤薇薇皱着眉头：“也是，你俩确实又好像不怎么熟，不是那种很熟悉的老同学的感觉，也没说什么集体八卦……”

许月亮说：“嗯。”尤薇薇说：“那这次还了人家的人情，你打算还和她有交集吗？”

许月亮的目光一阵晃动。尤薇薇说：“普通朋友就没事发个微信聊聊天，放假了一块儿吃个饭什么的。我不知道你今后打算怎么办，所以小艺说什么吃的玩的，我都没敢接话说下次一块去。”

“微信……”许月亮低下了脑袋，“林医生平时很忙的。像周六周日这种休息日，她都经常在医院值班。我每次去医院她都在，肯定是没什么时间和人闲聊的。”

尤薇薇想了想：“也是，医生嘛。”许月亮说：“小艺学姐也说，平时叫林医生出来吃饭很难的。之前……没认出来的时候，我约林医生吃饭，她也拒绝了。她应该不喜欢这些交际，今天玩密室，也不太有兴趣。”

许月亮深呼吸一口气：“这次她会和我玩这么久，应该还是看在老同学的面子上。”尤薇薇说：“你这么说，倒好像也是。”

许月亮的语气蔫蔫的：“所以应该是没下次了。”

“唉。”尤薇薇长叹了一口气。

许月亮抿了抿唇，发着呆。车子拐过一个弯，周边的灯光淡了许多，那轮挂在天上的月亮也就显眼了许多。车子往前开，像是在向月球靠近。

许月亮的手机嗡嗡振了两下，有新信息，许月亮翻转手机，屏幕上显示来信息的是“林医生”。

“呀。”她没忍住，发出一声轻轻的讶异。

“怎么了？”尤薇薇凑了脑袋过来。

许月亮划开屏幕，手指有些微微地颤抖：“林医生发消息了。”

尤薇薇兴奋起来：“快看看她说了什么，是不是在问我们到了没？林医生真的是太贴心了。”

许月亮盯着屏幕，呆呆地说：“她说，她有东西落在我这里了。”

尤薇薇说：“啊？”

许月亮说：“我的包……”

她立马将怀里的包翻了个面，将外面的口袋一一摸过，掏出了个名牌来。

佑海口腔，主治医师：林绮眠

小小的名牌上，这几个字在暗光的环境下闪闪发亮。

许月亮张着嘴巴，不敢相信这种事情会发生在自己身上。

“林医生的东西？”尤薇薇也十分惊讶，“落你包里了？”

许月亮应道：“啊。”尤薇薇看她的手机：“她还说什么了？”

许月亮说：“她说，这东西挺重要的，她上班要用，问我周末什么时候有空，她过来取。”

“回了吗？”快到家门口的时候，黄小艺伸着脑袋问林绮眠。

林绮眠看了眼手机，呼吸灯还在闪烁。呼吸灯其实刚才就已经闪烁过了，这说明许月亮不仅回了，还回了不止一次。

“嗯。”她的唇角勾起来。“呦——”黄小艺喊起来，这一晚她本来就兴奋，这会更兴奋了，直接在副驾驶座上扭了起来。

“我就说吧我就说吧，许月亮肯定会回，肯定会回！”

“这种事情大家都会回。”林绮眠道。

黄小艺说：“你说的倒也没错，谁拿了别人的东西不得还回来。你什么时候塞她包里的啊？”

林绮眠说：“进密室之前不是要把随身物品都存起来吗？我把包塞进自己的柜子里，但手机忘了放了。”

黄小艺：……

林绮眠笑了笑：“月亮就在旁边，自然就放她那里了。”

黄小艺说：“可是你放的是手机啊。”

林绮眠说：“手机和名牌都在兜里，名牌那么小，被带进去情有可原。”

黄小艺：……

黄小艺看着她：“我真的需要重新认识你。你是不是很骄傲？”

“没。”林绮眠笑着道，“这世上还有一种东西叫快递，月亮要是不想见我，只需要用同城速递，今晚我的名牌就回来了。”黄小艺冷笑：“呵。”

车子停到了小区外，黄小艺抬抬下巴：“那快给我看看，许月亮有没有叫快递。”林绮眠拿过手机，划亮了屏幕：“没有，她问我什么时候有空，她可以给我送过来。”

黄小艺倒进了椅背里，感叹道：“我真的觉得你可以做个大梦想家。许月亮好黏你，好崇拜你，跟在你身边，一晚上脸红了好多次。”

“她很容易脸红。”林绮眠看着聊天页面，“也很容易哭。她是单纯又热烈的人，情绪丰富，脸皮薄，藏不住心思。”

“她对每个人都这样。”林绮眠笑了笑，“在医院没认出我的时候也这样。她对薇薇这样，对你这样，对谁都这样。”

“但当你想要和她更进一步成为朋友的时候，”林绮眠深有体会，“她就缩回去了，再不让你逮到了。”

黄小艺的脸皱了起来，林绮眠帮她打开了车门：“所以，慢慢来。”

黄小艺沮丧地推门下车：“哦，拜拜。”

“再见。”林绮眠笑了笑，“今天谢谢你。”

黄小艺离开之后，林绮眠并没有急着开车，许月亮在等她回复，问她什么时候有空。林绮眠周六周日都不上班，从早到晚都有空。反倒是许月亮真的没什么时间，今天已经耽搁了她一天的工作。

林绮眠回复道：“还是看你的时间。东西落了是我麻烦你，我去找你。”

许月亮那边很快便显示“正在输入”，输入了好一会儿，她才回过来一条：“我都有空啦，看你方便啦。”

两人推来让去，还挺不好办的。林绮眠的手指按在键盘上，在输入框里打了几个字又删除。周末找人哪有上午找的，这不得摆明了自己知道许月亮的工作。但许月亮的直播从下午一直延续到晚上，想见缝插针地约她再吃一顿饭都不可以。犹豫间，许月亮那边又发来了消息：“要不明天下午？六七点的时候？”

六七点的时候，是许月亮的直播会休息一会儿的时候，短则四五分钟，长则十来分钟，这一点林绮眠是很清楚的。

“可以。”她回复许月亮。不管是四五分钟还是十来分钟，只要能见到，就已经足够好了。

许月亮的语气轻快了许多：“那我们明天见。地址我发你。你出发的时候就告诉我啊，我好下楼接你。”

许月亮发来的是个甜品店的地址，林绮眠回复：“好的。”

这件事情确定下来以后，今天的交集就算是彻底结束了，林绮眠打方向盘回家，车里明明没有放音乐，她的心情却像是跳跃的音符，忽上忽下，时而激昂，时而又婉转向下。

林绮眠回到家洗漱过后，时间已经很晚了。但拿起手机的时候，她还是有着一份雀跃的期待。来自皎皎的页面空空荡荡的，来自小月亮的页面更加没有新消息。她扔了手机，来到了窗前。一轮月被云掩着，光芒黯淡。

明天去买个天文望远镜，林绮眠想，这样就可以看得更清楚些了。

这一晚，许月亮没有直播，但林绮眠也没有早睡。梦里她抱住了一团云朵，用力握紧再握紧，身体热烘烘的，发了一层薄汗。

第二天，她跑了大半个城市，集齐了一车的食物，全都是许月亮朋友圈发过，她喜欢吃的且能带走的。下午，她早早地到了约定的咖啡店外，找了个四下无人的停车位，关上了车窗。林绮眠没有下车，她将座椅调整成舒服的角度，打开备用手机，戴上了耳机。

z92565611 披着七彩的炫光进入了小月亮的直播间。

小月亮正在跳舞。她今天穿着白衬衫、黑皮裙，马尾低束，戴着金边的细框眼镜，眼镜链随着动作微微晃动，禁欲又性感。

林绮眠看着她的装扮，觉得有些陌生，又有些熟悉。陌生的是这真不是许月亮的风格，不管是她的性格，还是她平日里的穿衣打扮，一点都不沾边。

熟悉的是这好像的确是林绮眠的风格，只要去了那些过于时尚的装饰，便是林绮眠平日里最常见的样子。她喜欢穿衬衫，方便、实用，什么场合都能穿。所以她买了一柜子衬衫，配套的西装和裙子裤子，也买了一柜子。头发这么扎也是图方便，不烫不染是因为她觉得没必要。

林绮眠看着手机里的许月亮，眼光下移，看看自己，突然就忍不住笑起来。她抬手把扎着的头发散了开来，算是打破了一点刻板印象。

许月亮跳完舞，回到了电脑前，她念了一串送礼物的感谢名单，然后道：“欢迎 11。”林绮眠打招呼一般，送了个小额的礼物。

许月亮感谢了礼物，继续自己的直播流程，没有多和她说话。而这个月的月榜第一早都已经易了主，再不是 z92565611 的名字。

这是林绮眠必须做的事。在许月亮已经对 11 产生戒备的时候，尽量让 11 离许月亮远一点。

11 不再是那个豪掷千金的人，不再是那个要和主播产生特殊联系的人，而是变回了一个普通的观众。他会送礼物，也会不送礼物；会来看许月亮，也会看看其他主播。这样，起码再遇到 11 的时候，会让许月亮觉得轻松。林绮眠得承认，许月亮将自己的工作经营得很好，即使没有她的出现，许月亮也不会缺少什么。

直播进行到了下午六点，许月亮跳完整点舞，回到电脑前时低了低头。

时间差不多了，许月亮快要休息了。林绮眠坐直身子，拿起另一部手机给她发消息："我出发了。"

消息发过去的那一瞬，她清晰地看到，直播间里的许月亮眼睛一亮，许月亮拿起了手机，手机挂件在镜头的角落里晃过。

许月亮当着直播间所有观众的面，埋头给林绮眠回了信息："好。林医生路上顺利。"林绮眠笑了笑，她又躺了下去，准备继续看着许月亮的直播，度过这段"路上的时间"。

但直播间里的许月亮回完消息，便站起身冲屏幕鞠了一躬，然后道："对不起啊大家，我有点事，要下播了。"

林绮眠一时呆住了，屏幕上一下子挤满了弹幕，全都是在询问她怎么了。

"主播是有什么急事吗？"

"我被人推荐过来，说这是劳模主播，可以陪你从天亮到天黑，这就天黑了？"

"月亮明显是有急事，她平时只会休息几分钟，不下播。"

"昨天就没开播，今天又只播了这么几个小时，舞都没跳几个。"

"你什么时候回来啊？今天还播不播了？"

许月亮回道："是有点着急的事，但不是坏事，大家不要担心。如果早点结束了会回来继续播，但我也不太确定呢。非常抱歉，大家不要等了，明天我肯定在的。"她又给大家鞠了个躬，摆手道："再见。"然后直播画面便变黑了。

林绮眠盯着变黑的画面几秒钟，将备用手机扔进兜里，调整好座椅，坐直了身。她看了眼车后座上放着的东西，挑了个最适合这个时间点吃的，拿到了前排来。然后，她便安静地、焦灼地等待。

既然许月亮让她出发的时候就发消息，怎么会这会儿就下了播？取个名牌几分钟的事，她怎么就不确定会不会再继续开播？

她直播的时候不玩手机，她是几乎半年都请不了一次假的著名劳模。她在意自己的工作，将这份工作做到了行业的顶端。她向来公私分明，哪怕是给她送了无数礼物的粉丝，只要提出一点私下的要求，她都会早早地拒绝。

怎么现在为了感谢一个收费给她拔牙的医生，请了一次又一次的假？许月亮怎么就从对她紧张又害怕，变得如此欣然前往、迫不及待。

林绮眠攥着手机，呆呆地等着。许月亮并没有立刻出现在她面前。足有二十分钟后，手机亮起，许月亮问她："林医生你到哪儿啦？"

林绮眠抬头，一种神奇的预感，让她的目光落到了约定的咖啡店门前。

一秒，两秒，三秒，漂亮的裙摆一晃，人影出现在了她的视线里。

那是许月亮，是换了一身衣服，换了发型，换了妆的许月亮。

许月亮穿着柔软的棉布裙子，是谁见了都会喜欢的邻家少女的模样。她四下里张望寻找，脸上的期待和欢喜，与车里的林绮眠别无二致。

林绮眠拿起手机，想要给许月亮回消息。备用手机却不断地亮起来，航海群里管理员在不断召集全体成员，好像有什么重要的事情。

林绮眠拿过备用手机看了看。许月亮突然下播，有两个正在看直播的粉丝很是不满，在航海群里发了不少埋怨的话。

比如他们陪月亮走了这么久，是她的事业粉，现在她请假的频率太高了，会影响排名；比如粉丝再努力，也抵不上主播没头没尾地请一次假，直播间还有大佬送了礼物没感谢，小月亮就下播了；比如别家都来嘲讽了，说小月亮火了就飘了，玩得一套一套的。甚至还有人提到了 11，说小月亮再这样下去，是留不住大佬粉的，就像 11 最近已经不太出现了。

管理员在澄清，说月亮最近是家里有事，没办法。她也不想这样的。

她也不想这样的。林绮眠目光动了动，看向车窗外。

橙红色的夕阳下，站在咖啡店门口低头看手机的许月亮太美好，美好到林绮眠不太确定，自己脑袋里方才的那些"大理想家"的推断，到底有几分可信。

人会美化自己的记忆，人会往自己所期盼的方向幻想。

她给许月亮回消息，没有强调“还个东西两人便要坐下来一块吃顿饭”。

“我刚到，在对面的停车场里。”

消息刚一发过去，那边许月亮便抬起了头。显然，她对这片相当熟悉，没有丝毫犹豫，便精准地朝林绮眠所在的方向而来。同时，她把手机抵在唇边，发了条语音过来。

“我马上过去，林医生你停车小心。”

林医生的车停得稳稳的，林医生的车盖都是凉的。

待许月亮到了近前，林绮眠降下了车窗，冲她招了招手。许月亮对上她的视线，瞬间便扬起了灿烂至极的笑容，晃得林绮眠眼疼。她小跑着到了车跟前，弯腰同林绮眠说话：“林医生辛苦啦，我预计的时间真准。”

林绮眠问她：“你也刚到吗？”

“嗯，我刚下来。”许月亮顿了顿，抬手胡乱地指了个方向，“我就住这附近。”她低头打开身上的小背包：“东西我带来了。”

林绮眠打断了她的话，开了副驾驶的车门：“上来说。”

许月亮愣了愣，而后笑容甜美道：“好啊。”她快步来到了车的另一侧，开门上车。林绮眠的车里有清淡的香水味，还有浓郁新鲜的食物香气。许月亮一坐下便吸了吸鼻子，真情实感地感叹道：“好香啊。”

林绮眠微微侧身看着她：“猜猜什么香。”许月亮闭上了眼睛：“好像是帕托家的咖啡面包，它家的面包一出炉，真是一整条街都能闻到味道。”

林绮眠笑了笑，转身去拿了过来：“是有。”许月亮睁眼，看到了递到面前的食物盒子。面包包装得整整齐齐，上面有着熟悉的标志，散发着诱人的香味。林绮眠道：“酱我买了三种口味的，都在里面，你自己看着放。”

许月亮瞪大了眼睛：“酱还可以单独买吗？”

林绮眠说：“可以啊，跟老板说就好了。”

许月亮捧住了盒子，脸上是不可置信的表情。她小心翼翼地问：“林医生，这是给我买的啊？”

“是啊。”林绮眠道。许月亮愣愣地看着她，突然就不说话了。

车里空间小，驾驶座和副驾驶座之间的距离更加小。在深色内饰的衬托下，许月亮浅金的发色和白皙的皮肤，让她整个人都越发凸显出来。每一根睫毛，每一次呼吸，都像是被高清镜头的慢动作记录了一般。

面对如此清晰的许月亮，林绮眠突然觉得心慌。她坐直了身子，拉远了和许月亮之间的距离，并且找补了两句话，破除她故意为之的嫌疑："这不到了晚饭时间了吗？我出门采购，买了一堆吃的。其中刚好有你喜欢的。"

"啊。"许月亮轻轻应了一声。林绮眠指了指车后座："你看看，还有什么喜欢的。"

许月亮没有回头，快速摇着脑袋："可以了可以了，谢谢林医生。"

"面包要配清淡口味的果茶。"林绮眠打开小冰箱，拿了杯奶茶出来，"试试这个。"许月亮愣住了。

林绮眠问："不喜欢吗？"

许月亮捧着面包盒："不是，我……我怎么能……"

林绮眠问："午饭几点吃的？"

许月亮老实答道："十二点。"

林绮眠又问："晚饭呢？"

许月亮说："还没。"

林绮眠帮她插好了吸管："给。"

许月亮手忙脚乱，将面包盒搁在腿上，双手捧过了奶茶。奶茶壁上还有水珠，但林绮眠细心地垫了餐巾纸，这个温度，这个口味，刚刚好。

许月亮呆呆地盯着奶茶，问道："林医生的意思是，让我在车上吃吗？"

林绮眠说："嗯。"

"要是你不着急的话，我们也可以去找个店坐坐。"

许月亮连忙道"不用，不用那么麻烦。我可以的，就是怕把车弄脏了……"

"不会。"林绮眠道，"我帮你把面包切开。"

许月亮应道："啊，好。"

林绮眠服务得特别到位，将面包在盒子里切成容易吃的小块，倒上了许月亮选定的果酱，然后插上小叉子递到她跟前。

许月亮喝一口奶茶，咬一口面包，咬的时候小心翼翼的，进了嘴里便抿着嘴巴快乐地咀嚼起来，腮帮子鼓鼓的，眼睛弯弯的。

许月亮咽下一口食物，小声问她："林医生，你不吃吗？"

"我吃过了。"林绮眠转身，又拿了颗沃柑过来，细细地剥，"这个沃柑不错，给你再加点维生素。"

许月亮说：“林医生，我吃了你好多东西哦。”

林绮眠笑笑：“是吗？”

许月亮点头：“嗯！拔牙的时候吃，陪薇薇看牙的时候吃，现在又吃……”

“不够，”林绮眠想起那些隔三岔五塞自己桌兜里的零食，源源不断的，像小仙女投递的礼物，“还要多吃点。”

许月亮笑起来：“嘿嘿嘿，林医生你是嫌我太瘦了吗？我是有些瘦哦，但是我的体重比看起来重很多，我有肌肉的。”

林绮眠望过去，许月亮立马放下了手上的叉子：“不信我给你看看。”

林绮眠顺势道：“看看。”

许月亮举起了左臂，“啊——”的一声，摆了个健美冠军展示肱二头肌的姿势。她的劲大极了，脖颈的线条都拉直了，锁骨凸出，能架一支钢笔在上面。只是她穿的裙子是长袖泡泡袖，里面的肌肉再鼓，外面也盖得严严实实的，什么都看不出。

“哎。”许月亮瞄着自己的胳膊，皱起了眉头，“就不该穿这个，看不见。”

林绮眠被她逗得直笑，许月亮还不放弃：“林医生，你捏捏，真的，超硬的！”林绮眠抬了抬自己戴着一次性手套的手：“不能捏，我的手脏。”

“唉——”许月亮长叹一口气，把胳膊放下了。

她继续吃，继续喝，林绮眠等她吃得差不多了，将剥好的沃柑分开，递过去，收尾这顿简单的车上晚餐。

沃柑的确是好沃柑，皮薄肉紧，分的时候破了膜，露了瓤，汁水四溅。林绮眠的手指在透明的塑料手套里，葱白一般，捏着这饱满的果肉。

许月亮骤然看到这送到眼前的画面，愣了一秒，但很快，她张嘴，咬住了果肉，将一大块吞吃入肚，满足地眯起了眼睛。

林绮眠看着她，看着自己的指尖，猛然收回了手。剩下的沃柑被她放到了许月亮抱着的盒子里，而后她摘下手套，推门下车，去后座提下来一个巨大的袋子。

里面有她今天买的许多食物，也有她在家里备的、等着全部投喂给许月亮的老零食。满满一袋，五彩缤纷，看着便会让人心情愉悦。

许月亮见她下车，自己也很快下了车，她嘴里还嚼着多汁的水果，手上已经整理好了刚才吃完东西遗留的垃圾。她跑到了林绮眠跟前，口齿不清地问："林医生，你要搬东西吗？我帮你……"

林绮眠掂了掂手里的重量，问她："这个你提得动吗？"

许月亮咽下了水果，信心满满："没问题，我的肌肉可不是摆设！"

林绮眠将袋子塞到了她手里，许月亮的胳膊微微一沉，很快又被她举高了："轻轻松松！"

林绮眠说："你提回去吧。"

"啊？"许月亮愣住。

林绮眠说："医院里做活动，剩了好多零食。我吃不完，你帮我消耗消耗。"

许月亮笑起来："这个忙我倒是能帮林医生，我就是个小饭桶，你尽管往里面倒……"

林绮眠说："哪有人说自己是饭桶的时候还带个小字。"

许月亮笑得脸都红了："哎呀，这样听起来比较可爱嘛。"

你也知道自己可爱。林绮眠看着她，两秒之后，主动结束了这次的见面："家还远吗？远的话我送你。"

"不远不远，我自己可以的。"许月亮往林绮眠跟前凑了两步，"林医生我没手了，名牌在我包里，你自己拿一下。"

林绮眠低头，指尖堪堪捏住拉链，打开包，拿出了自己的名牌。

许月亮看着手里的袋子："送了个名牌拿了你这么多吃的。"

林绮眠到底还是忍不住，给自己捞一个得寸进尺的机会："没关系，你下次再请我吃饭。"她看向许月亮，补了个条件："如果不耽搁你时间的话。"

许月亮对上她的目光，眼睛亮晶晶的："会耽搁林医生的时间吗？"

林绮眠摇摇头："不会。"

许月亮一下子笑开来。她笑得实在是好看，林绮眠已经看透了许月亮的招数，她就是喜欢这样笑，高中的时候这样笑，直播的时候这样笑，只要聊得开心了，对谁都这样笑。

笑得让你觉得，你对她很重要，你同她在一起，便是她最快乐的时刻。林绮眠还是愿意接这样的招数，甚至愿意为她添砖加瓦。

"和月亮玩很开心。"她道，"看月亮吃饭很香。"

许月亮的害羞如约而至，蹿上脸颊，蹿上耳朵，甚至进了眼睛里。她想笑得更开心、更得意，又要按捺住自己的骄傲兴奋之情，脸上神色变换，最终一张嘴，喊了声："好！"然后她摆摆手倒退两步："林医生，下次见！"便转身提着重重的一大袋东西跑掉了。

林绮眠看着她的背影，直到她消失在了拐弯处。她回到了车上，车上有食物残留的气味，还有许月亮残留的香味。手机亮了起来，林绮眠用指尖划开屏幕，看到了许月亮发过来的消息：

"我也很喜欢和林医生一起玩！"

许月亮还发了一个表情，林绮眠将那个动图点开，总觉得发射爱心的猫咪就是许月亮本人。她也有大大的眼睛，小巧的鼻尖和嘴巴，脸颊圆圆的，让人想捏两把。

林绮眠的微信里几乎没有表情，更没有这么可爱的。她翻着聊天记录，从和许月亮遥远的记录里搜寻了一堆表情，全都存成自己的。然后她从里面挑啊挑，发了一个"猫咪捂心口"的表情包。

许月亮的消息很快又跳了出来："林医生开车注意安全。林医生到家了给我发个消息。"她附带发了一个"猫咪捂脸期待"的表情包。

林绮眠笑起来，回道："好。"她发动车子，转动方向盘，开出了停车场。

如果许月亮的家真在这附近，那许月亮距离她家还是挺远的。这会儿是周末出行的高峰期，林绮眠堵了半条街，还没回到家，备用手机上便发来了提醒："您特别关注的主播小月亮开播了。"她居然这么快就又开播了。

林绮眠进入直播间，戴上了一只耳机。

许月亮换回了之前穿的那身衣服，加重了妆容。不知道弹幕问了什么，她笑着回答道："不换衣服了啦，我挺喜欢这身的。"

"对，以前比较少尝试这种的。

"因为我脸圆嘛，比较可爱，嘿嘿嘿，不太能驾驭得了啦，这种要有气质穿着才好看。

"我不行我真不行，你们没见过……"

话说到这里她卡了一下，假咳了一声，才接了下去："有的人穿才好看呢。"

有的人穿才好看呢，林绮眠低头瞄了眼自己身上的衣服。

有的人……包括她吗？大概是包括的吧。

毕竟许月亮夸她长得好看也不是一次两次了，看来是真喜欢这张脸。

林绮眠勾了勾唇角，决定今天晚上好好护个肤。

车子开进小区的停车场以后，林绮眠松开了安全带，仔细看了会直播。

许月亮跳完舞正在读感谢名单，但她的视线老往右下角瞄，嘴上一个磕巴，粉丝名字都读错了。

许月亮赶紧捂着胸口跟粉丝道歉，眼角红红的，看着甚是可怜。

粉丝并没有为难她，只是有人发弹幕问："主播你是不是在看手机？"

许月亮呆呆的："啊？"

有了下午突然跑掉那事，弹幕很快多了起来。

"主播家里如果有事的话，就先去忙家里的事吧，直播不急。"

"是啊，感觉你最近都心不在焉的。"

"我觉得月亮想看就直接看吧，反正直播间玩手机的人多得很，不差月亮一个。"

"我最近的确因私人的事耽搁了工作，非常对不起，对不起对不起，今晚我会多跳几段舞给大家看……"这几句话成功安抚到了粉丝，弹幕干净了许多。许月亮说完这些，又看了眼屏幕下方。她的眼神移开得已经够快了，可是在摄像头下，一切真是无所遁形。

林绮眠突然反应过来，许月亮是不是在等她到家的消息？

林绮眠拿起另一个手机，快速打字，发了过去："我到了。"

许月亮这次看得简直明目张胆，甚至在视线看过去的时候，绽放出一个灿烂的笑容。但刚犯过错误，她没敢立刻回消息，而是突然站起身道："今晚的深夜表演，提前给大家吧！"

林绮眠真是两头占便宜。她见了许月亮，耽搁了她时间，这会又混在直播观众里，享受她的补偿福利。于是，等许月亮跳完舞，气氛正热的时候，她投送了好几个大额礼物出去。但她一条弹幕都没发。

这一晚，听着许月亮甜甜的声音，林绮眠研究着新买的天文望远镜，拍到了一张还不错的月球照片。

等许月亮下了播，林绮眠看着那张照片良久，发了条朋友圈。一条屏蔽其他人，只给皎皎看的朋友圈。配字没什么特别的，只有五个字："今晚的月亮。"冷感的星球照，月亮一半隐在阴影里，一半坑坑洼洼。

几乎在发出去的一瞬间，林绮眠便收获了小红点。

许月亮飞快地点赞，并在林绮眠看那个赞的时候，又发了条评论："林医生拍的吗？好好看！”

林绮眠回到两人的聊天页面，问：“还没睡？”

消息很快得到了回应：“嗯！”

林绮眠像个无聊的中年人：“熬夜对身体不好哦。”

许月亮却应得非常积极：“是的是的是的！我在洗脸了，马上就睡！林医生也不能熬夜哦！”林绮眠：“嗯。只是今晚想看看月亮。”

那边输入了半天才回复，最终回应得特别坦诚：“林医生这样说，我不好意思啦。”

“嘿嘿，都怪我叫这么个名字。”

林医生拍的月亮好好看啊！是用专业的设备吗？

林绮眠拍了张望远镜的照片，给她发了过去。

许月亮十分羡慕，并问了她一些关于望远镜的问题。林绮眠现学现卖，也都是今晚才了解到的知识，硬是被她说出了天文爱好者的感觉。

两人交谈得非常愉快，就像最普遍的关系、最如常的朋友那样。

在互道晚安之前，或许是夜晚太寂静，或许是氛围太美好，林绮眠蠢蠢欲动，最终指尖落在键盘上，问许月亮：“昨天B门后的视频，你要吗？”

片刻后，许月亮回复道：“要。”

简单的一个字，既没有柔软的符号，也没有要展现语气的可爱表情。

视频发了过去，存在于两个人的手机里。

视频里恐怖的场景，硬是被她化成了春风细雨般的温柔。

第二天，林绮眠打开手机，看到了来自皎皎的新信息。没有非要完成的事情，没有紧迫的请求，只是，在周末的清晨，她发来一个延续了昨夜话题的问候：“林医生，早哇！昨晚睡得那么迟，你醒了没呀？”

间隔五分钟后，她又发道：让我们看看，林医生在太阳晒屁股之前，能不能睡醒！后面跟着一个“小鸭子哈哈大笑”的表情。

林绮眠笑起来，觉得早晨同梦境一样柔软。

两人就这么自然而然地聊起来。

早晨说两句，等许月亮要去工作了，林绮眠便克制住自己发消息的手，也去找些事情干，等到许月亮下午休息时，再聊几句。

许月亮喜欢望远镜，喜欢林绮眠拍的月球照片。林绮眠便今晚拍了，明晚又拍，哪怕天气状况不太好，照片拍得不好，也要在夜深人静的时候，发一条仅许月亮可见的朋友圈。

这样，两人便总会有可以衔接上的话题，只是再没聊得那样晚。

许月亮晚上需要工作，而林绮眠的工作，需要早起。

林绮眠不想影响许月亮的工作，而许月亮也生怕在不应该的时候，耽搁了林绮眠的时间。两人自然地向对方表达关心，也自然地分享着自己的生活。

林绮眠投喂给许月亮的那些食物，保质期短的许月亮早早地吃了；保质期长的，许月亮慢慢吃，得空了便吃两口。

吃完总少不了给林绮眠反馈，这让林绮眠也开始变得和许月亮一样，想到食物便觉得开心。

如此绵长又短暂的几日后，到了尤薇薇来换牙冠的这一天。

还是个周五，还是那样有和煦阳光的天气，相见这件事，却不再充满犹疑。

许月亮早早地便同林绮眠说自己要陪薇薇过来，林绮眠也早早地应下，说“我在诊疗室等你”。于是，那个同其他诊疗室布置得毫无区别的诊疗室，便变得独一无二、光彩熠熠。

林绮眠正在给病人做检查，门口探出颗小脑袋。

浅金色的头发变成了蜜茶棕，卷成温柔的弧度。

她的眼眸也是盛了蜜一般的颜色，抿着唇对上林绮眠的视线的时候，瞬间变成一弯水波里荡漾的月亮。

“先进来。”林绮眠对她道。

许月亮小步地挪进来，因为有人在，便不敢说话。

“给月亮泡一杯我带的那个茶。”林绮眠对蓁蓁道。

蓁蓁响亮地应了一声：“好！”

林绮眠指了指一旁的座位，在林绮眠的办公桌旁，多了一个座位：“你先坐。”许月亮快步挪过去，安静地坐下。

林绮眠对她笑了笑：“桌上有个册子，你看一下。”

许月亮乖乖地拿起蓝色的旅游册，翻看起来。

林绮眠继续工作，良久，状似无意地问道：“国庆马上到了，准备去哪里玩啊？”

第十一章

Chapter XI

“嗯。”安静的诊疗室里，许月亮轻轻应了一声。

她从册子里抬起目光，软乎乎地道：“没有什么打算欸。”

“嗯。”林绮眠同她对上视线，只笑了笑，没说什么，继续忙工作。

许月亮看了一会儿她，不敢打扰，又低头看册子。之前她只是为了消遣时间，看一看里面的漂亮画面，现在有了林绮眠那一句询问，再看起来，感觉就完全不一样了。

这是我喜欢的路线吗？这是我会考虑的团吗？这么丰富的旅程，四天三夜真的够用吗？她的视线最后停驻在一张页面上，看了很久。无人区的星空，好美啊。

林绮眠结束了治疗，脱掉手套去洗手。蓁蓁去给患者讲解注意事项，林绮眠擦干手，直到患者出了诊疗室，这才慢悠悠地来到了许月亮身边。

许月亮还在看册子，林绮眠站在她身后，看了一眼，道：“想要去青海？”

“啊，”许月亮慌张地抬头看她，耳尖有些红，“太远了……”

林绮眠问：“你们放几天假？”许月亮垂了眼眸，胡乱翻了几页册子：“我们……还挺容易加班的。”

“嗯。”林绮眠道，“我们也是。”她弯腰，一只手支在了桌面上，一只手去翻册子：“我要值班，七天能放三四天就不错了，像这些，这个，太远的都不行。”

许月亮缩了缩身子，目光无法停留在书页的内容上，总是被林绮眠修长漂亮的手指吸引。“但我们可以调整休哪几天，和同事换一换就行，也算方便。”林绮眠的指尖停下，侧头看过来，“所以如果国庆想出去玩的话，我们可以一起。”

“啊？”许月亮慌慌张张对上她的目光，嘴巴一动，“好啊。”

林绮眠顿了顿：“嗯？”

“可以的。”许月亮点点头，手拍在书页上，“好不容易放假嘛，一起出去玩当然好啦。”林绮眠看着她：“那你想去哪里呢？”

许月亮盯着书页，眨了眨眼：“是啊，去哪里呢？”

林绮眠直起身子，笑起来。她换了个方向，拉开椅子，坐到了许月亮身边。手指一翻，便从抽屉里拿了张地图出来：“其实想看星空的话，也可以不跑那么远。我们自己开车，从这里出发……”她指给许月亮看，指尖一路向上：“路过H省，到息白山，这里海拔高，光污染小，星空也很漂亮。”

“这里不是特别有名的景区，所以国庆期间人不会太多。山脚有几家民宿，可以提前预订。

“如果你不怕累的话，我们可以背上帐篷去爬山，在山顶看日落、看星星、看日出。

“一路过去食物也不错，自驾比较自由，想停哪里停哪里……”

林绮眠像一个贴心的推销员，描绘了一趟完美的旅程。说完，她把选择权扔回到许月亮手里，但其实很难让人拒绝。“还是看你的时间。”她道，“三天就可以玩得很开心，四天还可以安排多一点的项目。”

许月亮抿了抿唇，手指在册子上抠着，刚才答应得迅速，这会又犹豫了起来。“怎么了？”林绮眠问她，“哪里不方便吗？”

许月亮一脸自责地看向她，小声道：“林医生……我不会开车……”

林绮眠愣了愣，怎么都没想到她竟然在担心这个。“没关系啊。”她道，“我会开车，我也有车。那天找你拿名牌，我开的就是自己的车。”

许月亮说：“可是一个人开，很辛苦啊。”

林绮眠笑了笑：“路不长，又随时可以休息，不辛苦的。”

许月亮却不这么认为：“林医生平时工作就已经很辛苦了，假期还要值班，值完班去旅游还得自己一直开车，太不好了。”

她说得委委屈屈的，好像辛苦的这个人是自己一样。林绮眠看着她皱起来的眉头，心软得一塌糊涂。她实在没忍住，抬手在许月亮的头顶轻轻拍了拍：“心疼我啊？”

许月亮的脸一下子涨得通红，眼里也涌出水雾。她拧了拧身子，却没有拉开和林绮眠的距离。她没回答林绮眠的问题，而是把话题拐了出去：“林医生出去玩，是为了放松，自驾游肯定要找会开车的伙伴……”

“行。”林绮眠并不强迫许月亮，她坐直了身子，拿过手机给黄小艺发信息，“那我们就再找个会开车的伙伴好不好？”

许月亮眨巴着眼，看她的手机。只有几秒钟的时间，几乎在林绮眠发过去消息的一瞬间，黄小艺的回复便跳了出来：“去！！！”

林绮眠放下了手机，道：“好了，小艺和我们一起，她会开车，车技还不错。”许月亮眼睛亮了亮。

林绮眠说：“我和小艺轮流开车，你负责做美食攻略好不好？”

许月亮被安排了任务，十分开心，头点得像小狗：“好！”

林绮眠说：“行程和住宿还是我来安排，当然，你有什么新的想法，随时和我说。”许月亮说：“好！费用均摊！包括油费和过路费！”

林绮眠笑起来：“好。”事情就这么被定下来，过程称得上异常顺利。

诊疗室里又来了位患者，出去泡茶的蓁蓁也回来了，林绮眠继续工作，许月亮抱着手机打字，一副也忙碌起来的样子。但她的嘴角是上扬的，整个人看着心情十分愉悦。这让林绮眠觉得平平无奇的工作都变得格外有趣起来。

尤薇薇那边补好了牙，来林绮眠这边和许月亮坐在了一起。她看到桌上的旅游册，抬手翻了翻，发出声长长的感叹：“哎，别人的假期，我们的旺季啊。”许月亮在她的手背上轻轻拍了一下，清了清嗓子，假模假样道：“我们……也有啊，我们就是放得少一点。”

尤薇薇看了眼林绮眠：“对，我们也有，我们国家法定节假日都有。”

林绮眠背过身，笑了笑。两人一直等林绮眠下了班，三人一块去吃午饭。

到底是最近天天都聊天，刚刚又敲定了共同的旅程，许月亮肉眼可见地比之前活泼热络许多，给林绮眠夹菜、倒饮料，说起 S 市的美食来，滔滔不绝。吃完饭，三人又聊了好一会儿，才终于依依不舍地分开。

结果等林绮眠回到医院，还没坐下，许月亮的消息又发了过来，问她周末有没有空，上次说好要请她吃的那顿饭还没吃呢。许月亮完全没把今天中午这顿算上。林绮眠自然想去，只是上次就耽搁得许月亮的直播没能顺利进行，引发了粉丝的不满。往后，国庆假期还要再耽搁一回，所以这次，无论如何她都不能再影响许月亮的工作了。

“这周末我有个会要参加，不在S市。”

“你的饭我可没忘记，周内我们也可以随时约。”

消息发过去，许月亮那边很快便回了个兴高采烈的“好”。

尤薇薇看着许月亮，等她敲完手机，嘴角的笑都快扬到耳朵根去了，才问她：“今天到底有什么事啊？你这么开心。”

许月亮将倒是没瞒她：“我约林医生吃饭，林医生说她周末有事，周内随时可以约她。”尤薇薇说：“那很好啊，不影响你周末的直播。”

许月亮点头：“嗯！”

尤薇薇问：“你们最近聊得挺好？刚才吃饭，你们说的我都插不上嘴。”

许月亮扭了扭身子，把自己塞到座椅里去：“嘿嘿嘿，挺好的。”

尤薇薇突然道：“你好崇拜林绮眠哦。”许月亮一下子瞪大了眼。

尤薇薇抬手撑大自己的眼睛：“你好崇拜人家哦，看人家的时候眼睛亮晶晶的，跟有镭射光一样。”

“哪有？”许月亮嗫嚅出两个字，脸蛋不出意外地全红了。

尤薇薇放下手，表情变得冷酷：“不过我还是得提醒你一下。”

许月亮看向她：“嗯？”

尤薇薇说：“友情有时候和爱情一样，需要坦诚、平等。咱们千万不能放低自己的身段，用热脸贴人家的冷屁股，不然到时候还是会受伤。”

许月亮说：“哎呀！林医生不冷，对我挺好的。”

尤薇薇提醒道：“现在看是这样，但你也说了，那是因为她人好。”

许月亮坐直了身子，靠近尤薇薇，还是没忍住，嘚瑟道：“她约我国庆去自驾游。国庆你肯定要参加星光大赏嘛，所以我就没叫你啦。”

尤薇薇很是激动：“我谢谢你没叫我啊！我是要参加星光大赏啊！你还知道星光大赏重要啊！所以你为了和她去玩，不参加了吗？！”

许月亮低头抠手指：“星光大赏我们舞蹈区曝光量不大啦，不参加不可惜的……”

尤薇薇握住了她的肩膀，开始疯狂摇晃："许月亮你清醒点啊，清醒点啊，谁跟你说舞蹈区曝光量不大了？！你是舞蹈区的榜一啊，榜一啊！！到时候开场，全站的观众都会过来看你的表演啊！"

许月亮被摇得头晕，蜜茶棕的长发晃荡得像一湖春水。尤薇薇盯住了她的头发："你为什么把头发染成这色了？我本来没注意，但我现在觉得不对劲。不会又跟林医生有关吧？那个浅金色头发是你的标志啊！你换了个颜色，好多人会不认得啊！"

"没有，"许月亮缩了缩身子，小声道，"时间长了就想换了，漂头发很痛的，会……会致癌的！"最后一句真是理直气壮。

尤薇薇说："好了我知道了，绝对跟林绮眠有关。女主播重逢个老同学能有如此大改变，林绮眠，你厉害。"尤薇薇一通输出，许月亮嘴巴开阖，好几次想解释，都没能开口。直到尤薇薇发泄完了，车子开到了小区楼下，许月亮付了车费，紧赶慢赶地追上去，拽住了尤薇薇的袖口。

"薇薇，你听我说。"她急匆匆地说完这句，又不知道该从哪里说起。

她仰头向上望，两栋高耸的建筑，有着色彩鲜艳的外墙，直戳到天空里去。

许月亮弯了弯唇角，笑得有些难看："薇薇，我在橙子直播进入到排行榜以后，才搬进了咱们小区里。"

"房租挺贵的，环境挺好的。但是我不敢跟认识的人说我住在哪里。

"别人不知道我们到底是做什么的，他们只会用那种语气说这两栋楼是网红公馆。

"我在圈子里做得越好，赚得越多，就越觉得自己被圈子外的世界抛弃了。

"但我没有办法逃开，因为不可能再有个地方，让一点工作经验都没有的我，再赚到这么多钱了。

"我有时候会想，我大概一辈子都会陷在里面了。哪怕我会老，这张脸会垮掉，再没有办法直播……"许月亮眨眨眼，突然笑起来，这次笑意直达眼底，是那个人人都爱的，闪亮的模样。

"直到我遇到林医生。

"直到我为她请了假，为她翘掉直播。

"为她放弃星光大赏，想要和她一起去旅行。

“我突然觉得生活里还有新的东西，或许那东西从来不会属于我，可是我靠近过，也放肆过了。”

“六年了，我开直播六年了。”许月亮长长呼出一口气，笑着道，“终于有了自己的假期。”

回到家里，许月亮急急忙忙地开始收拾，赶在死线前开了直播。

直播间还是老样子，会有一小撮粉丝守着时间等着，大部分人都是有空的时候进来看一看，要忙了就离开。

许月亮心情好，和大家聊天的时候总忍不住笑得很开心。她想起林绮眠的手指滑在那地图上，一路向上，便觉得自己的心也跟着那手指飞走了，飞去了未知的陌生世界。

弹幕里有人说起了国庆放假的事，许月亮眼尖地瞄到，将这个话题进行了下去：“大家准备国庆的时候去哪里玩啊？”弹幕说什么的都有。要出门的都兴高采烈，不想出门的窝在家里，看着也很舒服。

有人提到了H省，许月亮眼睛一亮：“H省呀，听说蟹粉小笼包非常绝，有没有当地的同学推荐一下口味正宗的店？”说起吃的，大家都挺有得聊的。弹幕里有人开始推荐，许月亮喊着“等等等等”跑着出了画面，很快又拿着个小本子跑了回来。

“我记下来啊，我记下来……”说完她埋头对着弹幕就抄了起来。

新来的观众进了直播间，只看到主播的头顶，疑惑地发弹幕：“这是干吗呢？”

弹幕里嘻嘻哈哈地回复：

“上课呢。”

“找吃的呢。”

“谁能想到呢，舞蹈区的主播满心都是吃的。”

“我是女生我先问，主播是怎么做到这么爱吃还这么瘦的？”

“我看小月亮迟早得转到美食区去。”

……

许月亮抄了一阵，眼看要有粉丝不满了，赶紧扔了笔去跳舞。跳完舞有人在弹幕里又提，她的脑子实在记不过来，干脆又抄起来。她就这么抄了跳，跳了抄，乱七八糟地播了一下午。

到了下午休息时间，弹幕都在劝她赶紧去吃饭，说真是委屈她了，这么想吃但什么都吃不到。许月亮唇角上扬，跟大家挥挥手。她出了镜头范围，翻了翻笔记本上记录的吃的，只觉得自己即将要吃的速食食物，真是索然无味。休息时间太短，她只能吃这些。

林绮眠交给她的美食攻略任务，她利用直播优势可以完成一大半。剩下的一半，她还要上网精心挑选，尽量做到顺路又正宗。所以她连吃饭的时候都在查攻略，越查越饿。最后她打开了林医生投喂的零食箱，从里面挑了根牛肉条，细细地咀嚼了好一会儿，才算得到满足。

她再回到镜头前，时间迟了不少。有粉丝问她，这是吃什么去了，耽搁了这么久，许月亮笑了笑，第一次不太想跟大家分享美食。

“超好吃的，很特别的，”她开心道，“不告诉你们。”

她有了即将到来的旅行，便有了欢快的重要的事。

许月亮开播的时候偷偷地收集信息，下了播废寝忘食地搜索攻略，等夜深人静、万籁俱寂之时，她躺在自己的沙发床上，仰着脑袋看窗外，幻想息白山上的夜景会是什么样子。她在想星星是什么样子，月亮是什么样子，太阳从山际升起是什么样子？爬山是什么感觉，睡帐篷是什么感觉，和林医生一块儿做这些事，会是什么感觉？

许月亮想得脑袋里实在是兴奋，睡不着了，便翻身拿过手机，点开林医生的朋友圈，看她拍的星星，拍的月亮。

但林医生的朋友圈里内容实在太少了，除了分享天体照片之外，没有任何内容，许月亮只能又去看两人的聊天记录。

聊天记录倒是丰富得多，她问林医生晚饭吃的什么，林医生会给她拍来照片。她和林医生分享旅游攻略，林医生会和她认真地讨论，交流想法。

她将这些来来往往的文字，套上林医生的脸，用上林医生的语气，就好像窥伺到了一点林医生的生活，林医生的思想，林医生的世界。

林医生的世界……许月亮把手机捂在了胸口，就像息白山的星星一样，是她未曾经历，但只靠幻想就足够美好的世界。

一夜好梦。

过完了周末，离国庆的大期待还有一周，但周内的小期待，却可以随时开启。她还欠林医生一顿饭，林医生说周内随时找她都可以。

许月亮小心地问候，细心地打探，得知周二周三的时候医院的患者比较少。于是她赶紧把自己的休息时间调整了一下，周二中午的时候，发过去邀约的信息。“林医生今天下午在不在医院呀？我有事外出刚好路过。请你吃饭呀。”她发过去一个“猫咪疯狂进食”的表情。

消息没有立刻得到回复，许月亮趴在床上，握着手机，小腿上下晃悠着。

大概两分钟后，林医生得了空，给她回过来了信息：“在的。你随时过来。”冷静、温和、平稳、内敛，这是许月亮不曾拥有的、十分崇拜的美好气质。

许月亮嘿嘿嘿地笑起来，用力打了“好的”两个字过去，然后从床上蹦起来去收拾。直播要穿什么，她早已经信手拈来。但见林医生要穿什么，要化什么样的妆，许月亮还在探索之中。

折腾了几个小时，许月亮出门的时候时间正好，到了医院，可以坐在诊疗室里安安静静等一会林医生，然后和她去吃饭。

许月亮喜欢坐在诊疗室里等林医生，工作时的林医生特别有魅力。

许月亮既不是患者，又不是医护人员，却可以待在诊疗室里。这种别别扭扭的特殊性总是会让她产生一种难以言喻的虚荣感，好像她真的和林医生的世界有了什么联系。在车上，许月亮心里悄悄地打着小算盘，拿着手机，照了好几次镜子。

车停了，她整理好衣服，这才付款下车，然后脚步轻盈地往医院里走。来医院的人，心情大多都不好。虽然只是牙科医院，许月亮的欢快还是和周围的氛围有些格格不入。

进入到林绮眠所在的楼层，许月亮握着包带，收敛了自己过分的快乐。她不紧不慢地来到林医生的诊疗室外，却发现门是紧闭着的。诊疗室的门很少关得这么严实，应该是有重要的事。许月亮没敢打扰，乖乖地坐到了楼道的长椅上，静静地等着。不一会儿，门开了，许月亮站起身，出来的是蓁蓁。

“蓁医生。”她问候道，“下午好呀。”

“月亮？”蓁蓁有些惊奇，她手里端着托盘，问她，“来找林老师吗？”

“嗯。”许月亮笑着道，“我们约好了吃晚饭。”

“哦哦，那你得等等了。”蓁蓁道，“林老师有台手术，还挺麻烦的。”

“啊，好的好的。”许月亮赶忙后退一步，将过道让出来，“你快忙吧，我在这里等就行。”

“好。”蓁蓁抬手指了指，“那边是茶水间，有水有咖啡。”

许月亮点点头，应下来。

林绮眠忙着，蓁蓁也不会闲着。很快，她拿了新的托盘，又进了诊疗室，这一进去，她快半个小时都没出来。

许月亮有些口渴，前后望望，去了茶水间。佑海口腔的环境不错，茶水间的空间很大，患者和工作人员都可以使用。许月亮接了杯水，转身靠着吧台喝，坐在圆桌那边的两位护士在聊天，时不时就会看她一眼。

许月亮摸了摸头发，又抬起手机看了看自己的脸，没什么奇怪的地方。护士的目光让她觉得有些窘迫，加快了喝水的速度。

眼看着水到底了，她抬脚准备往外走，高个的护士突然起身，目标明确地朝她走过来。“小月亮？”护士试探着叫道。

许月亮吓了一跳，但还是应了一声。

“真的是你欸。”高个护士兴奋地朝后招了招手，“真的是小月亮。”

许月亮往后退了一步，寒意从脊背慢悠悠地往上爬，让她不禁打了个冷战。叫她月亮的人很多，她的名字让大家下意识地就会叫她月亮。但护士叫的是小月亮，那就不是她现实生活中认识的人了。之前来医院拔牙，她素颜，戴口罩，医院这么高端的地方，她觉得没有人会认出她来。

于是，她就放肆了，敢穿得显眼漂亮了，和林绮眠相认之后，就光明正大地在医院里晃了。“人狂没好事，狗狂挨砖头。”许月亮满脑袋里都是这句话，小的时候，她妈妈经常在她耳边这么念叨。她怎么就忘了呢？

许月亮抬脚想走，但两个护士都走上前，团团地围住了她。

“真的是你欸，我还以为自己眼花了。

“你好漂亮啊！本人比直播里还好看！

“我看了你的好多视频呀，微博上那些我都看了。

“你来是复查吗？我记得你上次是来拔智齿的，对吧？”

“上次？”许月亮呆住。“是啊。”护士道，“上次你来我们医院拔智齿，先是在方医生那里，后来林医生给你拔的，我们的大美女林医生。”

许月亮说不出话来。护士说：“哎，那个时候小帅还在呢。小帅是你的忠实粉丝，我们也是看小帅在群里发的消息，才知道你的。”

“我上次没见到你，她们都说你好好看啊，这次终于见到了。

“你真的好漂亮啊，可以给我签个名吗？”

许月亮彻底被寒意包裹了。她头皮发麻，四肢僵硬。无数难堪的情绪被挡在一层薄膜之后，很快就要冲出来。“你们，都认识我吗？”她开口说话，声音都在抖，“都认识吗？群里……你们医院的群吗？”

护士说：“对，医院的群。”

“那个时候小帅疯狂地给我们介绍你，你又……在方医生那里来了好几次嘛，所以大家就都知道你了。

“不过没关系啦，拔牙是真的很可怕。好多人别说拔牙了，过来补个牙，一张嘴就开始哭。

“林医生见得也很多的！我记得之前，她还劝小帅说，要支持喜欢的主播呢。”

轰的一下，所有的围墙都坍塌了。许月亮觉得自己大概是个傻子，才会自以为是地在那里跟人隐瞒自己的职业。什么新媒体的工作，什么也有国家法定的节假日，什么晚上肯定有空……她以为自己是好运，所以林绮眠和黄小艺才至今都没问过她具体的工作内容。她以为林医生对她，就像对待无数普通的患者那样，对待无数老同学那样。

她以为的都是假的，是她自己幻想出来的假象。林绮眠早就知道她是许月亮，早就知道她是个靠取悦粉丝赚钱的网络主播。她隐瞒，林绮眠便绝口不提；她撒谎，林绮眠便顺水推舟。林绮眠顾及着她的自尊心，把她从前和现在干的蠢事全都粉饰了过去，还对她好，送她吃的，陪她聊天，约她去旅游。

林绮眠有多好，她就有多坏。许月亮根本不配说什么“低绮户，照无眠”是形容月亮的，月亮哪有她这样的?

“对不起……”许月亮喃喃道，眼泪从她的四肢百骸疯狂地涌了上来，到了她的眼眶里，无用地砸落下来。

护士吓了一跳，不知道她为什么突然道歉，也不知道她为什么突然哭。

她们想要去扶她一把，问问她是不是哪里不舒服，许月亮却推开了她们，快速朝茶水间外跑去。

她手里还捏着刚刚喝水的一次性纸杯，攥得极紧，杯底还有水。于是她一路过去，滴滴答答、落在地上的，不知道是眼泪还是水。

林绮眠打开诊疗室的门，摘下口罩，抬头之间，只看到走廊尽头一个模糊的背影。“月亮呢？”她问跟在身边的蓁蓁。

“欸？”蓁蓁前后左右地望，满是疑惑，“月亮呢？刚才还在这里的。”

“会不会去茶水间了？”蓁蓁道。林绮眠顺着她的视线望过去，茶水间里有人出来，两个别的科室的护士，正凑在一块朝楼道口张望着。

“时间到了，你检查患者的出血状况。有问题再叫我。”林绮眠交代了蓁蓁一句，大跨步朝前走去。

来到护士跟前的时候，两人还在叽叽喳喳地讨论着。

“怎么回事啊？她被吓到了吗？我刚才的样子很可怕吗？”

“我们是有些激动来着，但是这么大的一个主播了，不至于吧。”

“我们还都是女的呢，也不会做什么啊，就是要个签名。”

“之前不会也是被粉丝吓哭的吧？小帅那个时候狂热得很……”

“怎么就说起彭小帅了？”林绮眠接了话。

两个护士转头看到是她，吓得齐齐后退：“林医生……”

“嗯。”林绮眠应了一声，唇角挂上点笑容，看起来不那么冷淡了，“刚才碰到谁了？”护士不敢瞒着，道：“之前来我们医院的一个患者，是个网红主播来着，我们挺喜欢她的，就想要个签名。”

林绮眠问：“哦，许月亮是吧？”

护士说：“对，是她！林医生，还是你给她拔的牙呢，你还记着啊？”

林绮眠说：“当然记得，她那么漂亮。”

护士赶紧点头，见林绮眠都说到漂亮的话题上了，氛围轻松了许多：“是啊，她漂亮得不得了，跟个小明星似的，就是胆子也太小了点。”

林绮眠双手背后，捏了捏指尖，面上还是很和煦：“嗯？聊了什么？吓哭了吗？”护士说：“对，哭了，突然就哭了，其实也没聊什么，就说大家都很喜欢她。”

林绮眠再引导了几句，两个护士你一句我一句，将刚才的情况和盘托出。

林绮眠脸上的笑意逐渐消失，等她们说到群的时候，眉头皱了起来。看到她神色的变化，矮个的护士拉了拉高个的，两人齐刷刷地闭了嘴，她们端站在林绮眠面前，低了脑袋，噤若寒蝉。

四下一下子安静了下来，林绮眠让这安静持续得足够久，久到面前的两人快被她吓哭了，这才道："工作累了，在不忙的时候过来喝杯茶休息一下，是可以的……"她的声音平淡又冷厉，"但不能打扰到患者。"

"患者是来医院看病的，不是来逛街，也不是来举办粉丝见面会的，他们不希望在这个时候被打扰。

"我们医护人员，就是要拿出自己的专业素养，在医院，就要尽到自己的职责。我们关心的和只能关心的，是患者的身体健康。"

"以后，这种事情不能发生。"林绮眠看着面前的人，"见了人不能打扰，在社交软件里也不能分享讨论任何关于患者隐私的信息。"

两个护士频频点头，不敢吱声。林绮眠顿了顿："好了，去忙吧。"

护士赶紧鞠了个躬，转身准备离开，但刚抬脚，她们又被林绮眠叫住了。

"等一下。"林绮眠道，"你们知道彭小帅为什么没在咱们医院了吗？"

两个护士摇头，林绮眠等她们慌张地抬起眼，对上她的视线了，才道："就是因为刚才我强调的那些东西。"护士这下真是要被吓哭了。

高个护士的声音里带上了哭腔，嘟囔着道："林医生，我们这是第一次，对不起，我们以后不会再犯了。"

"我就是提醒你们一下。"林绮眠淡淡地道，"这些事又不归我管。"

两个护士愣愣的，林绮眠抬脚去了院长办公室。十五分钟后，院办发布了通知：《关于加强医护人员日常行为规范的十个要点》。

蓁蓁给林绮眠发消息，汇报了一下患者的状况。然后问她：林老师，你看到院办发的通知了吗？八卦小群要完蛋了。林绮眠没回复她，她的手机停留在和皎皎的聊天页面上，等待那边发来信息。

皎皎那边没有输入，也没有信息。

许月亮一言不发地跑了以后，真就消失了。

又等了十来分钟，到了林绮眠下班的点。她直接拨了个电话过去，想要通过许月亮的声音，来判断她的情绪。电话响了很久，直到快自动挂断时，才被接起。林绮眠还没来得及说话，那边便哽着声音开始道歉。

"对不起林医生，我……我临时有事，就，没等你了。"许月亮吸一口气，抽抽搭搭的，"真的对不起，今天……今天不能请你吃饭了……"

她听起来那么伤心，又那么小心翼翼，林绮眠哪里忍心苛责她。

"没关系。"她道，"今天不行，我们就明天再约。"

许月亮赶忙道："明天也不行……"

林绮眠问："后天呢？"

许月亮快哭了："后天也不行。"

林绮眠说："那就等你有空的时候，你有空的时候，我们随时约。"

许月亮那边突然就没声了，连环境音都没有了。

林绮眠大概是看了她太多的直播，又在见她的时候，太过认真地看她的脸，观察她的喜怒哀乐，所以即使现在隔着电话，隔着遥远的不知道多少千米的距离，林绮眠也看得见电话那边的许月亮，捂着手机蹲下了身。

她在忍着不哭，可她忍不住，她是不会怨林绮眠的，她在怨自己。

林绮眠被这静默攥紧了心脏，心一阵抽疼。她却不敢轻易地去打破这静默，就像如果此刻，她在许月亮面前，也不敢去抱许月亮一样。

良久，电话那边有了一点声响，大约是衣料的摩擦声，又或者是许月亮在擦眼泪。"如果……"林绮眠轻轻说出两个字，轻得好像吹一口气，蝴蝶就飞走了，"如果有什么不开心的事，你都可以跟我说。"这是林绮眠如今唯一有资格为许月亮做的。

"嗯！"许月亮用力应了一声，慌张又匆忙地道，"林医生对不起我要挂了……"

"挂吧。"林绮眠的声音很温柔。

两三秒后，许月亮挂断了电话。

林绮眠握着手机，发了会儿呆，往诊疗室走去。

这一晚天气不太好，林绮眠没能拍到好看的月球照片，却仍然发了条朋友圈。月亮隐在阴云里，只露出微微的一点亮光，像蒙了厚重的纱。

许月亮没有开直播，也没有回应她。仅一人可见的朋友圈等了一晚，也没有等来那一个小红点。

第二天，林绮眠和同事调了休。她开车到了之前许月亮给她的那个地址，这次，她坐进了咖啡店里。这家店的装修很漂亮，咖啡拉花也很漂亮。食物上桌以后，林绮眠拍了张照片，环境信息给得不少，如果许月亮今天还问她中午吃的什么的话，她就可以发这张照片过去。

但许月亮没问。聊天页面静悄悄的，一条新消息都没有。

林绮眠喝完了咖啡，戴上了耳机。

下午两点，小月亮的直播间准时开播。许月亮今天是小丑的造型，衣服上缀满了彩色的棉球，脸上画了大面积的彩妆。黑眼圈，红鼻头，夸张的嘴角。

弹幕里有人喊今天的造型太过了，看不清主播的脸，衣服也太严实了，看不清主播的身材。许月亮笑了笑，平日里灿烂的笑容配着这样的妆容，看起来有些瘆人。

“偶尔尝试一下啦，大家也可以看点新鲜的。”她说话倒是和以前一样，柔柔的，甜甜的，是顺从的绝对不会和人起争执的语气。

还有人不满，但许月亮忽略了那些弹幕。她开始了每天的直播流程：聊天、抽奖、跳舞、感谢。午后时间，观众容易犯困，所以她放的都是些欢快的歌，随着歌曲摇晃脑袋的时候，化了夸张妆容的嘴角大大地咧着。

林绮眠突然想擦掉她的妆，看清她的脸，她总是水汪汪的眼睛，她总是扬起来的嘴角。林绮眠想把这些都擦掉，看看她的脸。

直播持续到城市的人们大多都下了班，持续到夜幕降临，持续到咖啡店打烊。林绮眠坐回车里，守到直播结束，第一次用手机，拍了张城市里的月亮。

城市里的月亮遥遥在上，却没有灯光那么闪亮。

林绮眠终于收到了来自皎皎的信息，许月亮道：“林医生对不起，国庆我有个重要的活动要参加，息白山不能去了。”

她发过来份文件，全都是这一路的地道美食。

“你和小艺学姐好好玩。祝你们一路顺风。”

林绮眠看着那几条消息，反复地看。二十分钟后，她收了手机，没有回复，将车开了出去。

黄小艺为这趟自驾游准备了许多，主要准备的是一个人消遣娱乐的东西，比如衣服带了挺多套，相机带着三脚架，她准备玩自拍。

林绮眠一天一个样，一会儿吃饭玩密室，一会儿自驾游看星星，黄小艺就喜欢看人高兴，喜欢看人梦想成真。她嘴里哼着曲儿，等待着假期的来临。

午休得空，她给林绮眠拨过去电话，想问问她住宿的事，到底是订三间房，还是两间房，还是干脆订一个大套房。但电话拨通了，她刚起了个话头，林绮眠道：“不去了。”黄小艺傻了：“啊？”

林绮眠说：“我给你报个团，时间地点你定，国内国外都行。”

黄小艺说："还有这种好事？！"

林绮眠声音很平淡："嗯。"

黄小艺说："但我是那种见钱眼开的人吗？嘿，我不是。"

林绮眠：……

黄小艺一脸愁容："怎么了啊到底，谁不想去了？你还是月亮？"

林绮眠没回答。黄小艺说："哦，月亮。"

黄小艺出了办公室，找了个没人的安静地："说说吧，你要不说，我问月亮去，毕竟她也放了我鸽子。"绮眠说："你什么时候加了她的联系方式？"

"哈哈哈，"黄小艺乐得不行，"你管我呢，我们都一块玩了，加个联系方式怎么了？"林绮眠问："她加你的微信叫什么？"

黄小艺说："皎皎啊，明月皎皎，非常有意境啊。"

林绮眠说："哦。她加咱俩都用的小号。"

黄小艺说："就为这事？你也太小心眼了吧。"

林绮眠打断了她的话："我是智障吗？"

黄小艺成功地打破了林绮眠的平静，将她的怒火引了出来。也不是什么不能说的，反正林绮眠因为这事在黄小艺面前丢的脸也够多了。

她顿了顿，将那天发生的事总结了下，几句话交代清楚了。"大概是觉得自己隐瞒了我们，有些自责。发现我早就知道她的工作以后，又有些生气。"林绮眠呼出口气，"反正，她好几天没理我了。"

黄小艺问："那你理人家没有？"

林绮眠理直气壮："理了，我天天都发朋友圈。"

黄小艺说："我看看。"

林绮眠说："另一个号发的，那个号没加你。"

黄小艺：……

林绮眠说："别难过，加了也看不到，我仅她可见。"

黄小艺说："你把准备给我报的团折现吧，我告诉你这事怎么办。"

林绮眠在手机上点了几下，黄小艺收到了一笔转账。她当即在电话里喊起来："我还有这么值钱的一天！"林绮眠问："怎么办？"

黄小艺笑道："嘿嘿嘿，我还有智商碾压你的一天！"

林绮眠：……

黄小艺清了清嗓子：“不知道你还记得不，我早就跟你说过，你太高冷了。这还是往好听了说，说难听点就是太能装了。”

“你装得跟天上的仙女似的，又整天冷着一天脸，谁知道你在想什么啊?

“相信我姐姐，一般人真不敢觍着脸往你跟前凑，也就我这些年没脸没皮，对你不离不弃。

“就这样，有时候我还觉得自己的自尊心受到创伤了呢。当然我知道你是爱我的。”林绮眠说：“说重点。”

“重点就是，许月亮不知道啊。她不知道你这冷脸后头是一颗火热的心啊，不知道你真的很想跟她玩。

“这些的确暂时不能让她知道，但你起码得让她知道，你是个凡人。

“你会笑就也会哭，有风光的时候，也有落寞的时候，表面看着钢筋铁骨、无所不能，其实内心柔弱。”

林绮眠：……

“不管是友情还是亲情，你都得让对方感受到，你们是互相需要的。

“当别人觉得只能从你这里得到东西，而不能给你什么的时候，就会自卑，会受伤。

“人就是这么奇怪的东西，在一些奇怪的方面追求绝对的平等。

“所以我现在被你需要了，我很开心。”

黄小艺顿了顿，道：“让月亮知道，你需要她吧。”

黄小艺下了班，坐进了林绮眠的车里。林绮眠穿着身毫无生气的白衬衫、黑西裤，完全是素颜，连个口红都没抹。见识了之前林绮眠的样子，黄小艺由奢入俭难，非常不满：“你真是见我都懒得打扮。”

林绮眠说：“我也刚下班。”

黄小艺问：“那如果你现在要接的是许月亮呢？”

林绮眠看向她，薄唇抿成一条线，神色说不上凶，但也绝对称不上温柔。

“对不起，对不起我错了。”黄小艺连忙道歉，“我不该哪壶不开提哪壶，那个……咱去哪儿聊啊？”

林绮眠说：“找个清静的地方。”

黄小艺说：“今天放假呢，好地方都不清静。得了，你往前开，十字路口右拐，里面有家奶茶店，奶茶特别难喝，那里挺清静的。”

林绮眠也不反对，将车开了出去。

两人停好车，进了奶茶店。店里确实没什么人，连服务员都只有一个，躲在点餐台后，边嗑瓜子边看剧。

黄小艺敲了敲台面：“老板，两杯柠檬水。”

老板头也不抬：“今天没柠檬。”

黄小艺挥挥手：“那就有啥上啥吧。”

她带着林绮眠往里面走，挑了个隐蔽的角落坐下来。桌椅倒是很干净，干净得就像没有人来过似的。“说吧。”黄小艺开门见山地道，“你准备怎么办？”林绮眠沉默了几秒，抬头的时候额前的几缕头发落下来，整个人有些许憔悴：“你觉得我要怎么办好？”

黄小艺说：“我在电话里说了，你得让她觉得你需要她。”

林绮眠道：“我需要她的地方……”

绮眠往后靠了靠，没什么表情：“我需要她多陪在我身边。”

黄小艺被她看得发毛，赶紧把乱七八糟的心思都收了，道：“没有条件就创造条件，比如之前你找我打听许月亮的时候，找借口说要了解直播行业吗？现在还了解吗？”

“你们医院，要不要和主播们合作打个广告什么的，主播需要整牙的也多吧，你推销一下业务？”

林绮眠：……

“得。”黄小艺一拍桌子，眉头皱起来，“说什么都不乐意，那你就装病吧。”林绮眠抬了抬眼皮。

黄小艺说：“谁不生病对不对？谁生病了不柔弱，不需要人照顾对不对？这也间接地满足了你的需要嘛，可以和许月亮待在一块儿。”

林绮眠点头：“嗯。”

黄小艺问：“什么？”

林绮眠说：“可行。”

黄小艺小声嘟囔道：“我就是说说，这实施起来逻辑不太顺畅。”

林绮眠说：“顺畅。”林绮眠说清楚了计划，黄小艺给她竖了竖大拇指，对她实在是佩服。

店主把奶茶拿了过来，一人一杯，奶茶又黄又绿的，颜色看着倒是很漂亮。

黄小艺咬着吸管喝了一口，艰难地下咽，没出声。

林绮眠掏出手机查了下时间："她一号和二号要参加橙子直播举办的星光大赏，到时候流量会很大，我们挑她不忙的时候。"黄小艺说："那肯定。"

林绮眠端起奶茶喝了一口，继续道："中间耽搁你两天，你就没法出远门了，没意见吗？"黄小艺观察着林绮眠的表情："没意见。"

林绮眠又喝了一口："嗯，那就最后一个问题。我觉得装病不太好。"

"欸？"

林绮眠淡淡地道："我不想骗她，真生病好了。"

黄小艺的五官都扭曲了起来，沉默了好一会儿。林绮眠看着手机上关于星光大赏的信息，奶茶下去了小半杯。

黄小艺抬了抬下巴："你知道你喝的是什么吗？"

林绮眠回了一点神："嗯？"

黄小艺指着那黄黄绿绿的液体："苦瓜杨枝甘露。"

林绮眠：……

黄小艺说："还是调得很难喝的那种，你都没觉得苦吗？"

林绮眠摇头："还好。"

黄小艺点点头，嘬了一小口饮料，还是要了杯水过来："没有你心里苦，是吧？"

两人离开奶茶店的时候，老板终于站直身子，抬着头，给了她们一个正脸。她虽然头发乱扎着，卫衣松松垮垮的，看着不修边幅，但人意外地长得挺好看。她把一张优惠券递到了林绮眠面前："给。"

黄小艺不满了："老板，你是不是看脸下菜？我来这么多次你都没给我优惠券！"老板看她，道："你来了只敢喝柠檬水。"

黄小艺：……

老板用手指随意一指林绮眠："她把我的饮料喝完了。"

黄小艺：……

林绮眠笑笑，将那张优惠券递给了黄小艺，然后道："味道……挺独特。"

"谢谢。"老板应得十分大言不惭。

将黄小艺送到家，林绮眠回到了自己的公寓里。

国庆假期正式拉开了帷幕，工作号的朋友圈里大家去哪儿的都有，显得十分热闹。林绮眠点进了许月亮的直播间，许月亮一如既往地在手机里陪伴着来来往往的观众。

聊的话题自然也离不开国庆，见她进来，许月亮顺嘴句："11，你放假了没？国庆去哪里玩呀？"林绮眠回了条弹幕："放了。"

但她没说去哪里玩。她哪里都去不了，没有许月亮在，哪里都一样。

直播进行着，林绮眠把直播投到了大屏幕上，许月亮的声音充斥了整间屋子。林绮眠洗漱、做饭、收拾房间、看书，进行着自己的日常活动。

九点多的时候，手机响起来，林绮眠看了眼，是林梓萱。她没接电话，直到手机铃响到自动挂断。书翻了两页，铃声又响起来。

铃声一遍遍地响，对方颇有些不打通就不罢休的架势，很是吵闹。

林绮眠皱起了眉头，看了看投在大屏幕上的许月亮，许月亮眼睛弯弯，笑得十分可爱。林绮眠接起了电话："喂。"

林梓萱黏黏糊糊的，先是问她在哪里，又问她有没有吃饭，再问她假期有什么打算，说着说着便开始为上次团圆饭的事情开始道歉。

林绮眠听完了她的一通陈述，面无表情。林梓萱已经习惯了同她说话只能得到简短的回应，语气便一直高扬着，一点都没往下落。

林绮眠瞥了眼时间，快五分钟了。"还有什么事吗？"她问道。

"我能有什么事？我最近课业又不多，就都只是在玩。"林梓萱说得犹犹豫豫的，"姐姐，我国庆能不能去S市找你玩呀？"

林绮眠没有犹豫："不能。"

林梓萱：……

林绮眠说："我有事。"

林梓萱嘟囔道："你刚才还说了你国庆没什么打算。"

林绮眠说："没有玩的打算就是因为有事。"

林梓萱问："工作上的事吗？"

林绮眠说："私人的事。"

林梓萱十分好奇："什么事呀？是和朋友……"

林绮眠说："再没什么要说的话，我挂了。"

“欸欸欸……”林梓萱赶紧喊起来，“姐你不要挂不要挂，我还有话没有说。”林绮眠没挂电话，但林绮眠也没应声。

林梓萱顿了顿，道：“爸妈是爸妈，我是我，不管你多不喜欢爸妈，我是喜欢你这个姐姐的。”

林绮眠：……

“姐姐你不要生我的气，我只是想做你一个普普通通的妹妹。”

“好，再见。”林绮眠挂了电话。

手机里没声了，房间里的环境音还在继续。许月亮轻轻笑了一下，道：“当然开心最重要啦。”林绮眠勾了勾唇角。

第二天，普天同庆。午看完各种节日庆典，下午林绮眠打开了投影仪，看橙子直播的星光大赏，其实就是把各个区的知名主播凑到一起，搞几场网络晚会。

许月亮是舞蹈区排名第一的女主播，又是今年好几次火出圈的人物，于是等主持人念完了台本，接进来的第一个直播间就是许月亮的。

许月亮早已做好了准备。她穿着色彩鲜艳的飞天舞服，梳着高高的发髻，细眉杏眼，跟大家甜甜地打招呼。

弹幕飘过一片惊叹号，大多数人都在夸她长得漂亮，声音可爱。

过了开头的寒暄环节，许月亮调好音乐，站到了可以拍摄到全身的舞台位置。她摆好了起舞姿势，弹幕里的老粉一下子着急了。

“月亮月亮，你忘了开滤镜！”

“还要开那个三倍竖屏模式，三倍美女，三倍的快乐！”

“我们月亮宝是不是太紧张了？”

“小星星滤镜呢，滤镜呢！对不起啊大家，美女第一次参加这么大的活动，对不起对不起。”

“啊要开始了，她不会看弹幕了，她发现不了了。”

…………

航海群里也一阵消息刷屏，管理员已经在发送统一弹幕，组织大家来尽量挽救这次失误了。林绮眠却没有着急。她看着大屏幕上的许月亮，许月亮神色自如，姿态漂亮，镜头能拍到的场地被她清理得干干净净，只剩下几盏灯，打着灿烂的光，其他的修饰全无。

音乐声起，是从未在直播间播放过的音乐，是从未在直播间跳过的舞。梵音阵阵，鼓声轻点。许月亮赤足踩在地上，轻盈地挥袖、跳跃，纯粹得仿佛水墨画中人，蓬莱天上仙。

林绮眠交握双手，抵在唇边，清晰地感觉到自己的血液在慢慢地燃烧，直至沸腾，仿佛有天生的希冀从心脉迸发。她充满期待。她恨不得辟出一个天底下最大的舞台让许月亮站上去，堂堂正正、昂首挺胸地站上去。

林绮眠看着许月亮跳舞，看着她的灵魂飘荡在乐声之外，甚至愿意永远都这么自下而上地凝望着她，只要她能得到一切她想要得到的和她该得到的。

许月亮一定不止于此，这是林绮眠唯一认同的，她有职业羞耻心的理由。

表演结束，白色的弹幕盖满了整个屏幕。所有人都在感叹，说太美了，说没想到，说这哪里是网络主播，分明就是首屈一指的歌舞团舞者的水平。

“橙子要搞大事啊！我看你们不满足搞直播行业了啊！”

“第一个主播上来就拔这么高，后面的人咋整？游戏区不得各个拿出国家队的实力。”

“不愧是国庆献礼啊，我又一次被中华文化熏陶得热泪盈眶。”

“这是什么宝藏博主，爱了爱了。”

“刚还有人说人家忘了开滤镜呢，这开了滤镜不得是暴殄天物。”

“我今天就要点一百万次的关注。”

…………

林绮眠笑起来，与有荣焉。

直播画面切到了主持人那边去，林绮眠拿起另一部手机，进了许月亮的直播间。许月亮刚跳完舞，有一点点喘气。她捂着胸口，正在看弹幕。她脸上挂着开心的笑容，嘴上不断地跟大家说着谢谢。

林绮眠刷了一串的大额礼物，让整个屏幕开满了热烈的礼花。她只发了一条弹幕：“恭喜表演成功。”许月亮看弹幕的目光微微一顿，再抬眼的时候，眼里有一点水光，越发显得人灿烂明亮。

没几分钟，这段表演视频便被传到了互联网的各个角落。大家惊叹于一个网红女主播居然可以把舞跳得如此美，如此专业，如此出乎预料。反差越是强烈，传播度越高，也越发地证明了，网络主播在大众眼里的印象并不怎么好。

许月亮的直播间涌进来了大量的游客和新号。林绮眠想清一下屏，画面一闪，她居然被卡出了直播间。之后她再怎么点都点不进去了。

林绮眠又气又想笑。看不了许月亮，她便将录屏视频投满整面客厅的墙壁，并且发送了一份给黄小艺。黄小艺向来在冲浪的第一线。她在网上逛了一圈回来，给林绮眠发消息："月亮也太牛了。"

"我觉得这波得火出新高度，都已经有人把视频转到我朋友圈了。

"你说她还有啥必要介意自己的职业？我现在要说我认识许月亮，那得是牛吹到天上去。

"这么看来，月亮没和我们去旅游，也挺好。"

是挺好。虽然关于许月亮，林绮眠有了更多、更丰盛、更遥远的夹杂在自私与无私之间的想法，但她还是转身进了衣帽间，换了身衣服，下楼跑步。

天气已经凉了下来，她却只穿着身短袖短裤，长发束起，沿着最凉的湖，最荒的山，一圈又一圈地跑。直到天色彻底黑下来，头上的止汗带全部浸湿了，她这才停了下来。

她停在了湖边，静静地站着，被夜风吹着，看天上那倒映在湖心的一轮月。

良久，林绮眠终于打了个喷嚏："阿嚏——"

THE MOON IS SHINING ALL NIGHT FOR YOU.

第十二章

Chapter XII

二号一早，林绮眠同样穿着短袖短裤晨跑。

二号下午的星光大赏，许月亮的表演在中段，仍然惊艳了无数观众。林绮眠看着她的粉丝量一天之内翻了一倍。晚上，林绮眠继续夜跑。

三号，黄小艺如约来到了林绮眠的公寓外。林绮眠打开门，黄小艺看着她，顿了顿，然后道："哇哦。林医生生病也这么美呢。"

林绮眠转身进屋，道："拖鞋穿蓝色的那双。"黄小艺换了鞋，放了包，边往里走边欣赏："自从你买了这房子，我来你家也就……这是第三次吧？"

林绮眠给她拿饮料："是吗？"

黄小艺说："对，乔迁之喜一次，去年我和室友吵架，半夜没处去你收留了我一次，再就也没有来了。"

林绮眠说："你可以多来。"

黄小艺说："你的行为不是这么说的。"

林绮眠说："你喜欢的果汁。"

黄小艺乐呵呵地接过果汁，喝了一大口："但我还是很爱你的。"

坐下后，黄小艺好好地扫视了一遍这屋子，也说不上太豪华，不过是大平层、落地窗，在城市中心，装修有品位又有质感罢了。

林绮眠不爱大的变动，东西都放得很整洁规律，跟黄小艺上次来的时候相比，不过是书架上的书更多了，窗帘和装饰品换了。

“哎——”黄小艺长长叹了一口气。

林绮眠立马问道：“怎么了？哪里不对吗？”

黄小艺说：“打工人看着哪里都不对。”

林绮眠说：“具体说说。是装修太冷感了吗？会让人觉得生硬不舒服？是色彩不够明亮吗？装饰物是不是有些怪异？”

黄小艺：……

林绮眠拿起了手机：“我也觉得不太好。我让人送几幅画和几盆花过来。”

黄小艺握住了她的手腕：“那倒也不必。”

她想了想，同林绮眠解释道：“在增加亲和力的时候，还是要保留一些……装腔作势的。”林绮眠一脸困惑。

“这样就会让人对你又崇拜又喜欢，又敢靠近又充满期待。”

林绮眠：……

“房子就保持这样，人变一变就好了。”

黄小艺看着林绮眠，上上下下地打量她。林绮眠穿着身柔软的家居服，衣服本来没什么，但她长腿长胳膊的，穿得跟模特一样好看。她身姿板正，气色也很好。

“你……就是这样生病的吗？”

林绮眠抽了张纸巾，捂住嘴，打了个喷嚏：“我的确是病了，有点感冒症状。”

黄小艺：……

林绮眠扔掉了纸巾：“没办法，我折腾了三趟，昨晚感觉还好，有点发烧的趋势。今天早上又去跑了一趟，症状，好像缓解了。”

黄小艺：……

林绮眠揉了揉鼻尖，硬生生把自己的鼻头给揉红了：“看着有没有像一些？”黄小艺哭笑不得，挥了挥手：“得了吧，我也没想让你真把自己搞病了。就这样吧，我们还是凭演技。”

林绮眠问：“现在开始吗？”

黄小艺说：“我来你家后一杯饮料还没喝完呢！”

林绮眠说：“饮料你可以慢慢喝，月亮火了，不仅有直播，还有很多商务都找上门了。”黄小艺放下了杯子：“走走走，进卧室进卧室。”

林绮眠笑笑，往里走。黄小艺进了卧室，被她挂在墙上的月球星体图晃了眼。“你真是……”她抬手指了指林绮眠，懒得说了。

床上的被子铺得整整齐齐，黄小艺走过去，道：“我开始了啊。”

林绮眠说：“随便。”

黄小艺拉起那床被子，胡乱地甩了两下，被子上连个褶皱都没出来。她干脆把被子团成一大团，狠劲“蹂躏”。林绮眠看得津津有味。

黄小艺指挥她：“水杯、药片、体温计，你都有吧？”

林绮眠说：“有。”黄小艺命令道：“拿来。”

林绮眠拿了过来，黄小艺接过，在床头柜上摆好，将胶囊扣出几粒。

“这个不要浪费，”黄小艺盯着手里的胶囊，“你要么吃了吧。”

林绮眠接过，还真就着水一口吞了。

黄小艺：……

林绮眠云淡风轻地说：“我真有点感冒。”

黄小艺掀开了被子：“行，躺进来吧，林大病人。”

林绮眠上床躺了进去。黄小艺用枕头调整好她靠的姿势，命令她把头发拆了，并把头发揉乱。“人往下点，不要挺得那么直，耷拉一点，放松，整个脊椎都放松，邋遢，邋遢你懂吗？你说你天天在医院见那么多病人，学一下学一下。”林绮眠捂了捂腮帮子，逗得黄小艺哈哈大笑。

黄小艺跑出了卧室，去到了化妆台前，扒拉出林绮眠的化妆品来。

再回来的时候，她拿着盘腮红，在林绮眠脸上这里刷刷，那里刷刷。几分钟后，她满意得不得了。“行了。”黄小艺掏出了手机，弓着腰，“眼睛向下看，对，自然下垂，好！”

她把手机拿到了林绮眠面前，林绮眠望过去，照片里的自己确实躺在床上，低头垂眸，眼角、脸颊、鼻头有不正常却漂亮的红晕，一只细白的手搭在被子外，手腕纤弱，手背青色的血管鲜明。

背景的床头柜上，水杯、打开的药片、体温计，一个要素都没少。

“嗯。”林绮眠看了她一眼，“你们喜欢这种？”

黄小艺抱着手机：“嘿嘿嘿，病弱美人谁不爱？”她深吸一口气，编辑文字，修改了好几遍，又检查了好几遍，这才发了朋友圈。

“哎，别人都在玩，只有我在照顾生病的朋友。”

配图是刚才的照片，虽然拍得精心，却并没有进行任何的后期操作。自然，随意，美。发完之后，黄小艺又自己评论自己："可是手上还有项目没有完成，我可怎么办呀？"

"怎么样？"黄小艺把手机拿在林绮眠面前晃，"不错吧，这演技。"

林绮眠眼睁睁地看着那条朋友圈瞬间多了好多个赞，并且评论一条接一条地冒出来。林绮眠说："你忘了分组了。"

黄小艺拿回手机。她的确忘了分组了，一个组都没选，发给了所有人。不止评论，私聊很快找了过来。

"你朋友圈里的美女是谁啊？"

"你朋友吗？"

"朋友生病了吗？需要人照顾？"

"现在立刻把我的联系方式推过去，你朋友在哪儿我在哪儿。"

"我其实是高级护工你信不信？"

"我不旅游了，我付费照顾你朋友，你看行不行？"

"还有什么项目？咱们的项目不都做完了吗？"

"不会是我那杯奶茶喝的吧？"

黄小艺看向林绮眠，快哭了："我错了，我太激动了，我删了重发一条吧？月亮应该还没看到。"

林绮眠问："月亮和你有共同好友吗？"

黄小艺想了想："应该没有，我的老同学都在 QQ 上。"

林绮眠说："那没事，不重发了，太刻意。"

黄小艺点头："哦哦哦。"

林绮眠动了动身子，躺得舒服些："其他人不要理。"黄小艺："哦。"

但手机里到处都是红点，她不点不舒服啊。黄小艺挑着平日里关系好的，随便把话题扯开，回复了下。

林绮眠见她打字，问："是月亮吗？"

"不是不是，我刷微博。"

林绮眠：……

林绮眠躺了会儿，又问："刷微博需要打字吗？"

"哇，有人在抹黑我喜欢的玩偶！我必须骂回去！"

林绮眠：……

她无聊地、焦灼地等待。林绮眠挑的是许月亮起床，但还没开工的时间。这个点，她大概在吃饭、化妆、布置场景。手机她应该会看一眼吧。

林绮眠回忆和许月亮的相处，和她在一块儿的时候，许月亮倒是不看手机，但在医院等她的时候，是会一直看手机的。之前两人聊天，只要不是在直播，许月亮都回得很快。不过要是看不到朋友圈也没关系，她设了个时间期限。一个小时，如果月亮不上钩，黄小艺便会把钩子直接递过去。

黄小艺会直接私聊许月亮，说自己需要帮助，看许月亮帮不帮这个忙。

时间一分一秒地过去，黄小艺偷偷地瞄她。林绮眠忽略了她的偷看，静静地躺着，并不想表露太多她这种无耻又软弱的情绪。

是的，她发觉了自己的软弱。她装病装得就像是真病了一样，脉搏跳动得没有力气，四肢也觉得乏力。这病症，大概已经持续了快一周，从许月亮从她面前跑掉开始，到如今彻底爆发。她脑袋空空，什么都没想，什么都没法想，像数着落叶一般，数着流逝的时间。

“月亮发消息了！！！”黄小艺大喊了一声。

林绮眠被她的声音震得心脏猛地一跳，像被吊在了悬崖边上。

黄小艺盯着手机，激动得手指都在抖：“她问我你怎么样了。”

林绮眠捂了捂胸口：“跟她说，我快死了。”

黄小艺说：“戏过了啊，过了。”

她念着自己打出来的字：“不太好，感冒有些重，会反复发烧。”

黄小艺猛地抬头：“她问我你有没有去医院！”

林绮眠指了指自己。黄小艺打字：“林医生她自己就是医生，不用去医院。”

“对啊，自己给自己看病，自己给自己开药，她说，再不行，就得自己给自己扎针挂水了。

“可能习惯了吧，哎，自己要强，身边又没个人照顾。

“国庆都忙嘛，我这也是抽空过来一下，公司叫我加班，一个挺重要的项目，但我实在是不放心她一个人。

“她睡了好久呢，没精打采，昏沉沉的。”

黄小艺念着念着就笑起来，手下打字也越发地快了。

“也不需要特别干什么，就是倒个水，看着时间让她吃个药。

“万一发烧严重了，还是得送她到医院去。

“吃饭点外卖啊，哎，我知道不好，但我不会做饭啊，没办法。

“她倒是不挑嘴，就是外卖太油腻了，她吃得少。”

停顿了几秒，黄小艺猛地一拍大腿，看向林绮眠：“姐们！我们成功了！！”

林绮眠的眉头轻轻挑起，黄小艺朝她晃着手机：“月亮说要送粥给你喝！亲手给你煲粥！你看到了吗？生病特产，皮蛋瘦肉粥！”

林绮眠抓住了她乱晃的手，看清了屏幕。确实是许月亮，她问得犹犹豫豫的，却连配菜都想好了。林绮眠笑起来，松开了黄小艺的手，道：“你快回她。”

黄小艺也乐得不行，看一眼林绮眠，念道：“她喜欢啊，她很喜欢！这个她也喜欢，放心吧，她什么都喜欢。”

“怎么会？你真是帮了我大忙了，林医生和我感激都来不及呢。

“地址，林绮眠，她要地址！”林绮眠抬手捂住了眼睛，报了地址。

黄小艺这次没念，飞快地打完字，这才一扔手机，道：“成了，她说熬粥需要些时间，大概一个半小时后过来。”

林绮眠说：“嗯。”

黄小艺说：“她说替我一下午，让我去公司。”

林绮眠说：“嗯。”

黄小艺不可思议道：“好顺利啊，怎么这么顺利啊，顺利得备用方案一个都没用上。”林绮眠打断了她的话：“别说了，现在就很好了。”

黄小艺一瘪嘴：“我突然想哭，我好感动，我……林绮眠，你是不是在哭？”林绮眠说：“不，我只是感冒变得严重了。”

她声音有些哑，嗓子噎得难受，松开手的时候，眼角有些红。

黄小艺盯着她：“你保持这个状态，我就不信了……”

林绮眠抬头看她，笑了笑：“你去忙项目吧。”

“磨还没卸呢，驴就杀了；河还没过呢，桥就拆了。您可真是……”

林绮眠道：“早回家，早休息。”她顿了顿，“有什么进展我会跟你说的。”

“好！”黄小艺开心了。

她又反复问了几遍，确认林绮眠的身体是没有大碍的，便背起包，开开心心离开了林绮眠的屋子。

林绮眠躺了会儿。这次，她没有那么多复杂的心思，是真的想在冷硬的家里，摆上一瓶柔软的花。半个小时后，一大捧白色雏菊被送了过来。林绮眠仔细整理、修剪，将它插进透明的花瓶，摆在了客厅最中央的桌子上。

十来分钟后，黄小艺发来消息，说许月亮在路上了。二十分钟都没有，林绮眠的门禁通话器便响了起来。林绮眠看着那扇门，在手机上开了锁。

然后，许月亮进了门，找电梯，上电梯，按了楼层，然后乖乖地站着……所有的一切，都像电影画面一般，出现在了林绮眠的大脑里。

唯一不清晰的，反倒是许月亮的脸。许月亮今天会是什么样？许月亮看见她会是什么表情？许月亮的心，在想些什么？

电梯门开，林绮眠站起了身。当她到门前，门外的脚步声刚刚止住，许月亮敲了敲门，又慌慌张张地按了按门铃。林绮眠低头笑了笑，而后收了所有的表情，拿出一个病人该有的样子，柔弱地握上门把手，打开了门。

门外的许月亮，比鲜嫩的带露珠的雏菊花还要让人心旷神怡。她弯起来的笑眼，微微抬起来的提着保温桶的手，都在看到林绮眠的一瞬间，陷入了凝滞。她眼睛瞪大了，眼神也慌了。她把手放了下去，不知道是该先进屋，还是先去扶林绮眠。她就这么卡在半拉开的门缝里，脑袋垂着。

“林医生，你怎么下来了？我以为来开门的会是小艺学姐。”她的声音又软又带着小心，“你……你快进去吧，外面有风。”

是有风，从林绮眠的心坎里轻抚而过。

林绮眠拉大了门，弯腰将一双粉色带蝴蝶结的可爱拖鞋放到了许月亮的脚下，道：“先进来。”

许月亮低声喊：“你不要弯腰，不要动，你不要管我，我自己可以的。”

林绮眠退后一步，许月亮动作迅速地脱掉了脚上的运动鞋，换上了林绮眠准备已久的那双粉拖鞋。

许月亮抬头去看林绮眠，大概是一路鼓着照顾人的力气太有冲劲，也或许是林绮眠退后的那一步没拉开距离，她的发顶撞到了林绮眠的下巴。

许月亮紧张、慌乱，又身负职责，一低头，就要从林绮眠身侧钻过去。

林绮眠的身子晃了晃，只是想给她让开路，许月亮却瞬间警觉起来，一抬手便攥住了林绮眠的胳膊。

“林医生你站稳了！”许月亮道。

林绮眠：……

许月亮的掌心热烘烘的，指尖如葱白一般，攥着她的力道却那么紧，让人觉得全身熨帖。“嗯。”她轻轻应了一声，承认了自己的娇弱。

许月亮听她声音软软的，视线齐平的地方，长发垂落在棉质的家居服上，看起来也软软的，便一点都没敢松开。许月亮一手还提着保温桶，另一只手就这么攥着林绮眠的胳膊，给她一个站稳的力道，劝她道：“去床上躺着吧。”

林绮眠很听话：“好。”许月亮扶着她往里走，眼睛注意着脚下，余光注意着身边人，便没在意周边的环境。一直扶着林绮眠重新躺回到床上，许月亮这才长舒一口气，道：“我应该给林医生发条消息的，我看你家是密码锁，这样就不用你来开门了。”

“没事。”林绮眠道。她张了张嘴，想说没到那种地步，但许月亮掌心的温度还残留在她胳膊上，让她把这句话咽了回去。

许月亮却误会了，手脚都慌乱起来：“我不是要你家密码的意思，我只是……”

林绮眠抬眼：“11728。”许月亮愣住。

林绮眠笑了笑：“这是这段时间的密码。我习惯不定时地更换密码，所以输入指纹更方便。”许月亮忙道：“哦。”

林绮眠调整了一下姿势：“我这会儿没什么力气，待会你自己输一下指纹。”许月亮瞪大了眼睛。

林绮眠没理她讶异的表情，还在调整姿势，由于太“柔弱”，折腾了几下才摆好身体。她把自己摆成了一副无力反抗的、虚弱的模样。

“你带的什么？”林绮眠抿了抿唇瓣，“我有些饿了。”

“哦，”许月亮赶紧应声，动作迅速地将保温桶打开，里面清粥小菜一应俱全，连餐具都有。

“我自己熬的，比外卖放心一些。”许月亮把东西一一摆出来，打开餐具盒，将勺子递到林绮眠手边，“我问了小艺学姐，她说你不挑食，但我记得你不喜欢腥味，所以肉是我去市场挑的很新鲜的，熬的时间也久。”

“嗯。”林绮眠接过了勺子，并在考虑，自己要不要病得拿不住勺子。

许月亮说：“哦，对了，勺子、筷子都是新的，但是我用沸水煮过，消了毒。”林绮眠还是把勺子攥紧了。

许月亮端出了粥，左右看看，这样弯腰弓着身子，动作很不流畅。

林绮眠说：“坐吧。”

可床边没有凳子，卧室里也没有凳子，最近的凳子在书房。许月亮还在犹豫，林绮眠将她手里的粥碗接了过来，小小地尝了一口。白粥软糯，肉末充足，皮蛋鲜香。“好喝。”林绮眠真心实意地夸道。

许月亮抿着唇笑起来。林绮眠的目光落在离自己最近的床边的位置：“但我在喝粥就不好夹菜了，你可以帮我夹一下菜吗？”

“好啊好啊。”听到林绮眠有需求，许月亮的动作就顺畅多了。

她坐了下来，拿好筷子，捧着菜碗，夹了一点萝卜丝，放到了林绮眠的勺子里，林绮眠盯着勺子里那一点鲜红的萝卜。

许月亮说：“你这样再舀一点粥吃，很好吃的。”林绮眠试了下，是很好吃。她笑起来。许月亮挺不好意思的，垂下了眼睫问：“林医生你笑什么？你是不是觉得我这种吃法很幼稚啊？”

“嗯，”林绮眠接得顺畅，“跟幼儿园小朋友一样。”

许月亮的脸一下子就红了，却还是抬眼，努力跟她解释：“这样方便嘛。”

“嗯。”林绮眠主动把勺子递了过来。许月亮赶紧给她放上菜：“尝尝这个酸豆角，够味。”两人重复这样的动作，配合得十分默契。大半碗粥下肚，林绮眠全身都暖起来，甚至觉得被子里的身体有些热。

她看着许月亮，许月亮今天难得没有化妆，衣服穿得也并不精致。她穿着套头卫衣和牛仔裤，长发简单地扎成个丸子头，打扮得很随性，这副模样适合干活。林绮眠又笑起来。只要许月亮在她身边，只要她看着许月亮，许月亮的一举一动，许月亮在想些什么，便清晰明朗得仿佛一幅儿童画。

但如果许月亮不在身边，她存在于社交账号里，在直播的视频里，在回忆里，那就会变成天边的一轮月，可望而不可即。

小艺说了，要林绮眠摘下面具，表达需求。

“我……”林绮眠道，“我没这样吃过饭。”

许月亮问：“是吗？小时候也没有吗？”

林绮眠摇摇头：“没有，我妈妈很严格，不会这样给我夹菜。我爸爸工作忙，不太管我。”许月亮的脸颊红扑扑的，她有些不知所措：“那我这样，你是不是不习惯？”

“有点，”林绮眠眼睛弯了弯，“但很舒服。”

“啊……”许月亮顿了顿，别过了视线，“哈哈哈，不愧是我这种懒人的法子，舒服那肯定是要舒服的。”林绮眠说：“晚饭我也想这么吃。”

许月亮愣住了：“啊？”

林绮眠将吃完的碗递到了她手上，自己滑进了被窝里：“外卖太难吃了，人也没力气，我要在床上吃你做的饭。”

“啊，好。”许月亮应得特别快，站了起来，把碗筷都收拾好，“那我去洗碗。”林绮眠一点都没把自己当个主人，动也不动：“嗯。”

许月亮走到卧室门边上望了望：“厨房是进门左拐那边吗？”

林绮眠说：“嗯，有洗碗机，你把碗塞进去就好了。”

许月亮出了门：“这点东西哪用费那个劲儿啊。”

林绮眠听着她的唠叨，彻底把自己埋进了被子里。天气还不冷，薄被透出一层橙色的光，像小孩子才会发现的童话世界。林绮眠双手抓着被角笑起来。许月亮就是童话世界。

没几分钟，“童话世界”又回到了她身边。

“林医生你晚上想吃什么？”许月亮道，“我看了下冰箱，可能差点东西。”一旦打开了某个口子，林绮眠提起要求来真是狮子大开口，毫不害臊。她就这样躺在被子里，报了一串的菜名，最后才礼貌地加了一句：“都可以，看你方便。”

许月亮的声音轻飘飘的，语调扬高，像哄着调皮孩子的幼教：“嘿，你猜怎么着？这些菜月亮都会做。”

“是吗？”林绮眠掀开了被子，看了看脸有些红的许月亮。

林绮眠伸了伸手：“许月亮你是不是也发烧了？”

“啊我没有！”跑来跑去的勤劳许月亮矢口否认，抬起双手捂住了自己的脸颊，“你家有些热。”

“是有些热。”林绮眠伸出去的手落在了自己的额头上，“嗯……”

许月亮凑了过来：“你又烧起来了吗？”

林绮眠说：“我自己摸不出来。”

许月亮目标明确地奔向床头柜上放着的体温计："测……"

"不想测。"林绮眠干脆拿出喝醉酒的架势，皱着眉头拒绝这合理的要求，"体温计太冰了。"许月亮说："我暖暖？"

"暖了它不就测不准了吗？"

许月亮：……

林绮眠看着她，不说话。许月亮同她对视不超过三秒，认命般放下体温计，大步过来，突然捧住了林绮眠的脑袋。

她把自己的脑门贴上了林绮眠的脑门，感受到一片温凉，便放开了林绮眠。她比林绮眠还慌张，甚至抬手扇了扇风，然后下了一个荒谬的判断："林医生你又发烧了，温度还不低呢！"

"嗯。"林绮眠抬手捂住了脸，笑起来，"发烧了。"

"我们还是测一下具体的体温，看要不要吃退烧药，或者去医院。"

林绮眠嗓子干哑："不急，我想喝点水。"

"哦。"许月亮小跑着出去，跑到半路又折返回来，拿了林绮眠的水杯，无师自通地找到了她家的饮水机，端了一杯温水进来。

"林医生，喝。"她双手把水杯递到了林绮眠跟前。

林绮眠接过去，许月亮大概是怕她拿不稳，一只手始终放在杯子上。

林绮眠抬眸，许月亮还没放手，瞪大眼睛看着她。两人对视，一秒钟后，许月亮啊了一声松了手，喊道："对不起，对不起，林医生，我不是故意的！"

林绮眠的手一松，杯子掉到了地上。地上有地毯，杯子不会碎，但水全洒在了许月亮的裤腿上。"啊，对不起。"林绮眠道。

许月亮蹲下身，去捡地上的杯子，道歉的话快把她的嘴巴占满了："对不起，对不起，我没拿稳，我真的太笨了……"

"没关系。"林绮眠道，"是我不小心。"

许月亮却一点都没听她的话，杯子拿起来了，人还皱着眉头盯着地毯上的水渍。"这个怎么办啊？我拿纸吸吗？"

"可以。"林绮眠随意应了一句，转身拉开床头的柜子，从里面拿出一整包纸巾来，直接撕开所有的外包装，弯腰将厚厚的几沓纸扔在了水渍上。

许月亮的嘴巴张成了 O 型，显然对林绮眠的浪费感到十分惊讶。

"这样就可以了，别管了。"林绮眠道，"你的裤子湿了，换一条吧。"

话题转得好快，许月亮的0型嘴没白张："啊。"林绮眠直接下地，往衣帽间走去，许月亮张着双手小跑着跟在她身后，生怕她身体一晃就趴在地上起不来了。

衣帽间的门被打开，里面的感应灯亮起，衣帽鞋袜分门别类地放置，该叠的叠，该挂的挂，整整齐齐，干干净净。就是颜色有些单调，黑、白、灰调偏多，这些颜色占了大半个衣橱。林绮眠推开另一扇门，从一堆米白色中挑出了一套粉色的家居服。

"换这个吧。"林绮眠道，"跟拖鞋比较搭。"

许月亮没想到，林医生对搭配的要求高到了这种地步。

许月亮本来还有些犹豫，比如衣服上的水晾一会就干了，比如穿别人的衣物实在是不太好，比如她待的时间也不会太长，没必要这么麻烦……

但现在，林医生说，粉色的家居服跟拖鞋比较搭。许月亮低头看了看脚上的拖鞋，粉嫩嫩的，蝴蝶结的装饰毛茸茸的，十分可爱。这双鞋的确和她的牛仔裤卫衣很不搭。她又没自带拖鞋，如果林医生看着实在不舒服的话，那她也只能换掉了。于是她咬了咬下唇，抬头的时候乖巧地道："好的。"

林绮眠把衣服递到了她手上，转身往回走："换下来的衣服扔脏衣篮里。"

许月亮看她的背影进了卧室，长长地呼出一口气。她环视四周，心想：林医生的衣帽间真大。许月亮也有很多衣服，大多都是为了直播准备的，花花绿绿的，净是些穿不出门的款式。而且她放得也不整齐，要精准地找一件衣服，得扒拉出很多件衣服。

许月亮瘪了瘪嘴。她可没法像林医生这样，随随便便就把自己的衣柜打开给别人看。她垂着脸坐下，换好了衣服。等站到了穿衣镜前，那些不悦瞬间就被惊喜冲散了。

她真是没想到，林医生的衣服穿在她身上，怎么会这么合适？！明明林医生比她高了一截，平日里的穿衣风格也和她完全不同，但这身家居服却不仅和拖鞋很配，和她也很配。粉色竖条纹，袖口和裤边都是波浪边，衣领是巨大的娃娃领，边上缀着毛茸茸的蝴蝶结。

"啊……"许月亮感叹出声。她真是没法想象，林医生穿这身衣服会是什么样的效果。许月亮前前后后地打量一番，没敢太耽搁，出了衣帽间。

她还惦记着林医生没有喝水，洗干净了杯子，又去接了杯水来。

进屋的时候，林医生靠坐在床上，手里正拿着体温计。许月亮赶紧到她面前，去看那支体温计："你量过了吗？怎么样呀？"

林绮眠将体温计递了过去："低烧，不影响。"

许月亮仰着脑袋看了看："嗯，37.4 摄氏度，还好还好。"

林绮眠笑了笑。这次水接得十分顺畅。林绮眠小口地喝水，许月亮盯着她喝水，四下里安静得要命。林绮眠放下水杯，看着许月亮，对自己挑的衣服十分满意。许月亮精准地捕捉到了她的目光，低了脑袋，双手抓着上衣边晃了晃："没想到林医生平时在家里穿得这么可爱。"

林绮眠含混地应了一声："嗯。"

许月亮抬头看她："林医生你是不是有点强迫症啊？"

林绮眠问："何以见得？"

许月亮答："你屋子里的东西都摆得很整齐，方方正正的。"

许月亮明显没有强迫症。她随性得很，粉丝礼物送到 999 个，都不想再多个 1。

林绮眠不想和她拉开距离，道："是家政阿姨收拾的。"

许月亮：……

许月亮又抠了抠手指："林医生你是不是还有些洁癖呀？好像医生都会有点……"林绮眠抬了抬眼皮，指向地毯上还在吸水的纸巾："你看，我没有。"

"是哦。"许月亮不好意思地笑起来。她还想再问林医生一些问题，但门铃突然响了起来。许月亮转头往外看，林绮眠皱起了眉头。

许月亮站起身："林医生，我去开门。"

林绮眠叫住了她："等一下。"

她打开了手机里的监控视频："我没买东西，也没有朋友说要过来……"话到这里顿住了，门外当真有个不速之客。林绮眠不明白，林梓萱怎么跑了过来？许月亮见她没出声，有些担心地问道："林医生，怎么了，是谁啊？"

林绮眠思考了几秒钟，抬起了头，道："你能不能不要叫我林医生？"

许月亮不解："啊？"

林绮眠眨了眨眼："我要放门外的人进来，但我需要你配合我演一场戏。"

许月亮惊呼："啊？"

许月亮瞬间警觉了起来，弯腰凑到林绮眠面前，神情严肃，仿佛这是什么伟大任务：“林医生，你说！”她语气铿锵，大义凛然。

林绮眠也换上了认真的表情：“怎么还叫我林医生。”

许月亮说：“林医生，那你说叫什么？”

林绮眠说：“叫我林绮眠，必要的时候叫绮眠，再必要的时候……”

她停顿了，许月亮这个时候倒是聪明得很，立马接口道：“没问题！眠眠！”

林绮眠：……

她的体温又有点上来了。

“就是演得咱俩关系很好，表现出我不需要别人照顾的样子。”林绮眠道。

“好的眠眠。”许月亮转身就走。林绮眠是真被她逗笑了，道：“你都不问问我门外的到底是谁，我为什么要这么做吗？”

许月亮回头：“林医生自有林医生的道理。”

林绮眠看着许月亮，一致对外的时候，她对自己真是信赖。林绮眠顿了顿，还是解释道：“门外是我的继妹。继妹，你懂了吗？”

许月亮的表情更严肃了，如临大敌的模样：“懂了。”她再往外走的时候，脚步都比方才重了许多。林绮眠实在是不想错过这精彩的画面，还是下了床。她走到卧室边上，站在能够看到外面的状况的地方。

许月亮深吸一口气，拉开了门。门外的林梓萱显然没想到给她开门的会是别人，愣了愣，又看了看门牌号，小声道：“没错啊。”

许月亮道：“你找谁？”语气挺硬，但由于她的嗓音本来就甜，还是显得很软糯。“找我姐姐。”林梓萱说话也带着一点嗲，“我姐姐叫林绮眠，是位医生。”

“没找错。”许月亮道，“林医生是住在这里。”林梓萱疑惑：“啊，你是？”许月亮没回答她的问题，转身朝屋内喊了：“绮眠！有人找你！”

林绮眠快笑死了，光听这声，这气势，许月亮的演技是真不错。许月亮哪里这么叫过她？简直像换了个人一样。

林绮眠清了清嗓子，正想应声。许月亮的脑袋却已经转了过去，道：“对不起啊，今天绮眠身体不舒服，可能不太适合接客。”

林梓萱道：“我知道，她病了，我不是让她来招待我的，我是带她去医院的。"

"她就是一点小感冒，也没发烧，养两天就好了。"许月亮还是打开了门，"你进来吧。"林绮眠赶紧让自己缩了回去。

林梓萱进了屋，视线左右瞟。许月亮对她这样子并不陌生，弯腰打开鞋柜，尽量动作流畅地拿了双拖鞋出来："你是第一次来这边吗？"

"对，"林梓萱道，"我之前在国外留学，上个月刚回来。"

被自己蒙对了，许月亮挑了挑眉。两人往里走，许月亮指了指客厅沙发的位置："你坐。"

林梓萱倒是很听话，对她点点头，便去坐下了。许月亮拿出主人翁的气质，接了杯水给她，这才道："我去看看绮眠起来没，她刚才在睡觉。"林梓萱说："好。"

许月亮身姿笔挺地进了卧室，一走到门外看不见的位置，腰一下子就猫了起来。她迈着小碎步跑到了林绮眠跟前，小声地说："她进来了，在客厅。林医生，我表现得还不错吧？是这个味吗？"

"是这个味。"

许月亮又问："那我继续这样表现啦？"

林绮眠："嗯。"

许月亮抬手，到底没敢捏，只轻轻地用指尖在林绮眠的鼻子上点了一下："好的，我知道了。"

林绮眠：……

许月亮说："我给她拿了一双蓝色的拖鞋，我看那样的拖鞋你的鞋柜里有好几双，可以用吧？"

林绮眠答："可以。"

"杯子我是在杯架上随便拿的，透明的玻璃杯，什么装饰都没有的那套，可以吧？"

"可以。"

"那林医生你这会儿要出去吗？"

"都可以，你搞得定我就不出去，你搞不定我就出去。"

许月亮摇了摇肩膀："那我得试试，她和我是一个风格的呢。"

林绮眠看看她："嗯？"

许月亮说："可爱的，甜甜的，说话嗲嗲的。"林绮眠笑了，道："她没你可爱。"许月亮也笑起来，唇角扬得老高："她也没林医生你漂亮。"说完她都没敢再看林绮眠，转身旋风一般又出去了。

林绮眠听到她说："绮眠还在睡，她刚才吃了药，药里有安定类成分。"

"哦，这样啊。"林梓萱应道，又关切地问，"怎么回事呀？怎么就感冒了？我们前两天打电话，她听起来还好好的呢，姐姐是医生，平时也注意……"

"换季嘛。"许月亮道，"有个头疼脑热也正常。虽然说是医生，但也不是百毒不侵的。"

林梓萱："什么时候开始的呀？"

许月亮开始胡诌："就昨天，不对，还得从前天算起。哎，国庆嘛，她想出去转转，让她多穿件外套也不穿，就穿一件薄衬衫，领口又开得大，进进出出风一吹……"

"哎！"许月亮拍了下腿，皱着眉头，"下次不管说什么，都得让她穿严实了！"林梓萱看着她："姐姐，你和我姐姐关系好好哦……"

"还行。"许月亮笑了笑，"认识得久了嘛，她一生病，跟个小孩似的。我就多照顾着点了。"

林梓萱："姐姐我看你有些面熟。"

许月亮："是吗？"

"像姐姐这么漂亮的人不多。"林梓萱把手支在下巴上，想了想，"嗯……我昨天刷到个跳舞视频……"

许月亮的冷汗一下子都要下来了。

林梓萱笑了笑，道："那个跳飞天舞的姐姐好漂亮，和你长得好像啊。"

她低头去拿手机："姐姐你叫什么名字啊？我还不知道你的名字呢。我给你看那个视频。"许月亮呆住了，不敢动了，脑袋里所有的构想都没用了，她所有的智慧也都下了线了。这两天能够刷到的飞天舞视频的主角，还能是谁？她的名字也瞒不住，直播账号叫小月亮，真名叫许月亮。她是想演林医生的一个好朋友，来给林医生撑场面。但现在，很快，她就要给林医生丢人了。

许月亮唰地站起身往外走："冰箱里有果汁、咖啡，看看你还要喝什么……"

林梓萱抬头看了过来。许月亮顾不上林梓萱了，她这会儿只想把自己藏起来，往前冲了几步，眼前却突然出现个人影，挡住了她的去路。林绮眠站在她面前，手掌搭在了她的肩上，将她转了个方向。

许月亮的半个身子都靠在林绮眠的怀里，她感觉柔软却踏实。她们一起，面对着同一个方向。而后，带着笑意的声音在头顶响起，林绮眠道："对，那个视频里的人是月亮。你也看到了啊？"

许月亮的身体里像生出了无数根刺，穿破皮肤，透了出来。她还是想躲，她害怕，她觉得冷。林绮眠却没有松开她，手掌不仅一直搭在她的肩上，甚至安抚般地捏了捏。许月亮几乎被她捏得跳起来。

林绮眠带着她往前走，许月亮无法控制自己现在的表情，只能低下头。

林绮眠终于松开了她的肩膀，但离开不到一秒，下一瞬，她的掌心盖在了许月亮的脑袋上。她轻轻揉了揉许月亮的头，道："你怎么不把衣服配套的发圈戴着？"

"啊？"许月亮终于发出一点声音。林绮眠的另一只手伸进了许月亮上衣的兜里，从里面掏出个毛茸茸的发圈，然后抬手，帮她套在了头发上。

调整好了发圈的位置，松紧都调舒服了，林绮眠这才结束了这场伟大的事业，视线落到了林梓萱身上。她淡淡地道："月亮的舞跳得棒吧，我那天和大家一起看的直播，她居然都没提前告诉我……"林绮眠看向许月亮，直到两人的视线对上了，才笑着道："就给了我们这么大一个惊喜。"

THE MOON IS SHINING ALL NIGHT FOR YOU.

第十三章

Chapter XIII

许月亮呆若木鸡。林绮眠就这样带着她回到了原来的位置，坐到了沙发上。林梓萱看着林绮眠，心不在焉地道：“是很厉害。”

林绮眠问她：“还要再看一遍吗？我这里有，我们可以投到屏幕上看。”

林梓萱笑了笑：“啊，我是不是吵到姐姐休息了呀？”

“有点。”林绮眠一点都没客气，“我刚睡着。”

“对不起，”林梓萱一下子没了精神，很沮丧的样子，“我就是看到姐姐生病了，很担心，所以想过来看看。”林绮眠也没避着许月亮，直接问：“你怎么知道我生病了？”

林梓萱答：“看到小艺姐的朋友圈了。”

林绮眠的眉头皱了皱：“你怎么会和她加上好友？”

林绮眠垂眸。许月亮低着脑袋，睫毛忽闪，大气都不敢出，跟只鹌鹑似的，完全没了刚才耀武扬威的劲儿。

林绮眠忍不住笑起来，搭在肩膀的手下落，揉了揉她的胳膊，然后便收回了手，让许月亮坐得舒服点。

林梓萱一直在观察她们，这会儿慢悠悠地回答：“很早之间就加上了，出国前我们见到过一次，姐姐你还记得不？在安市欢乐谷……”

林绮眠想了想：“嗯。”

她们是碰到过一次。那年年节，她回了安市，黄小艺硬要拉着她去新开的欢乐谷玩，结果碰到了林梓萱。林梓萱打小也不在安市长大，又不住在那里，也不知道怎么这么巧，几人就碰到了。

林梓萱小林绮眠五岁，那个时候只有十六岁，瘦瘦小小的一个小姑娘，大冷天的裹在厚厚的羽绒服里，看着有些可怜。黄小艺便邀请了林梓萱和她们一块玩，林梓萱眼巴巴地望着林绮眠，林绮眠没有拒绝。结果就这一次，两人就交换了联系方式。

林绮眠捏了捏手指，黄小艺的微信好友列表可真丰富啊。

“姐姐你生气了吗？”林梓萱小心翼翼地问。

“没。”林绮眠淡淡地道，“那你怎么知道我住哪儿的？”

林梓萱不敢说话了，犹豫了好一会儿，才道：“我……我问爸爸。”

林绮眠：……

关键是你爸爸也不知道我住哪儿。但你爸爸怎么会真不知道我住哪儿呢，你爸爸那么厉害。

林绮眠往后靠了靠，不想说什么了。她没什么表情的时候看着是真有些可怕，林梓萱一时也不敢开口。

静默了一会，许月亮倒是反应了过来，越过关于她的那段，许月亮的智商回来了许多。她没有忘记自己此刻的职责，赶紧扯了一旁的毯子过来，盖在了林绮眠身上。“别又着凉了。”许月亮道。

林梓萱看了看她，道：“月亮姐姐一号的时候有演出，还和我姐姐出去玩了呀？”许月亮愣住，刚才演戏的时候好像的确是提了这么一嘴。

果然她的身份暴露以后，谎话就不好圆了。

“她没空。”林绮眠接上了话，“但我们有手机。”

许月亮望过去，林绮眠盖着毯子，头发有些乱，脸色白，唇色淡，说这话的时候神色莫名。许月亮一时之间不知道她只是帮自己圆谎，还是真有些责备的意思。毕竟她莫名其妙地就放了别人鸽子，说好的一块儿去旅游，结果她忙着自己出名去了。

“林……”她张了张嘴。

林绮眠看了过来，许月亮一个磕巴，赶紧换了称呼：“眠眠。”

林梓萱几乎瞪圆了眼睛。林绮眠笑起来：“嗯，叫林眠眠有什么事？”

许月亮一阵慌乱：“啊，那个，你要不要……喝点水啊？”

林绮眠答："喝。"

许月亮站起了身。

林绮眠道："要喝鲜榨的果汁。"

许月亮问："生病喝果汁，好吗？"

林绮眠没什么表情地道："我不管，我就要。"

林梓萱：……

许月亮：……

许月亮快步离开，去给林绮眠榨果汁了。

林绮眠将毯子往下拉了拉，问林梓萱："你国庆非得来这里一趟，是家里有什么事吗？"林梓萱有些委屈："没事。我都说了，家里是家里，我是我，我只是想……和姐姐多待一会儿。"

林绮眠没说话，林梓萱抬眼看她，眼睛红红的："我看到姐姐生病了，真的很担心。不然不会来打扰你的。我不想你生病的时候，朋友都在身边，我却没在。"

"之前我在国外没办法，我现在不是回来了吗。

"姐姐以后你有什么事都跟我说，我现在课业不重，也没什么正经事，都闲着！"

林绮眠不以为意："闲着就多陪陪你爸妈。"

林梓萱：……

林绮眠又说："也不是什么朋友都能在我身边的。"

林梓萱：……

林梓萱瘪了瘪嘴，揪自己的衣服边："看出来了，你们的关系很好。那天我给你打电话，听到的声音也是她的吧？"

林绮眠想了想，好像还真是。林梓萱打电话过来的时候，她正在看许月亮的直播。"是。"林绮眠大方地承认。

林梓萱继续揪衣服："你们住在一块儿吗？是室友吗？她是网红女主播吗？她直播的时候在公司还是在这里？用你的房间吗？我还没看看你的房间是什么样子……"

林绮眠道："这都属于我的隐私。"

她表情淡然，语调没有一点起伏，仿佛在平静地陈述一个事实——这一切都跟你没关系。林梓萱快哭了，低了脑袋不再说话。

许月亮榨完果汁，冷静了许多。她端了三杯果汁过来，给林梓萱的果汁还是用方才那套无装饰的透明玻璃杯盛着，而给自己和林绮眠的是两只有菱形花纹的杯子，一个金边，一个银边。

金边的送到林绮眠手上，许月亮还体贴地为她打开吸管，放进去。银边的自己端着，许月亮喝了两口突然皱了皱眉头，然后便一个猛吸，杯子里的果汁瞬间下去了一半。

“好了。”许月亮咂了一下嘴，去拿林绮眠的杯子，“你的给我倒些。”

林绮眠：“嗯？”

许月亮展示自己空了一半的杯子：“我喜欢喝，而且你生病了，不能多喝。”林绮眠笑起来：“好。”

她没有去给许月亮倒，而是把许月亮杯里的吸管拿出来，放在了自己的杯子里。林绮眠把杯子递到了许月亮嘴边：“喝吧。”

林绮眠挑了挑眉，眼里含着笑意，看起来心情不错。许月亮看了眼林梓萱，林梓萱正盯着她们，许月亮笑笑，立马把嘴巴凑过去，叼住了吸管。

她喝得卖力，喝得唇边都沾上了果汁，喝得快要打嗝。林绮眠看着她一直笑。“你笑什么笑？”许月亮把自己的吸管拿了过来，故作凶狠地道，“林眠眠你待会儿要吃药了，我看你还笑得出来不。”

“哦。”林绮眠咬住了自己的吸管，轻轻嘬了一口。

许月亮方才想了不少招数，这会马不停蹄地又进行下一个。她掏出了手机，道：“中午那会儿你不是报菜名了吗？还记得几个啊？我补充点菜。”

“都记得。”林绮眠直起身子，一边重复着中午说的那几个菜，一边握住许月亮的手机替她打开软件，找到了最适合的超市，定位了准确的地址。

许月亮松了一口气，偷偷给了她一个赞许的眼神。

等林绮眠把自己要吃的菜都加入购物车了，许月亮这才抬头问林梓萱：“妹妹想吃什么呀？不是太复杂的我都能做。”

林梓萱哪好意思吃这顿饭，哪有心情吃这顿饭。她道：“我本来准备带姐姐去医院，然后去温粥堂吃。”

温粥堂是家高端餐饮连锁机构，专门做一些清淡、健康、营养的饮食，非常适合老年人、幼童和病人。

许月亮应了声："啊，这样啊。"她转头看林绮眠，"你是怎么个想法？在家里吃还是出去吃？或者买了给你带回家里吃？"

林绮眠道："我吃你做的。"

许月亮：……

林绮眠的语气还挺倔："我平时又吃不到。"

许月亮嘟囔了句："平时饿着你了？"

林梓萱实在是看不下去了。从进这屋子开始，她心里就没舒畅过。许月亮只是姐姐的一个朋友，摆出主人架势就算了，姐姐对她又亲近又护着也就算了。最重要的是，不管是吃是喝，还是一举一动，一句话，一个表情，这两人一旦接上了，就像一堵密不透风的墙，她根本插不进话。

"那我就不打扰你们了。"林梓萱站起了身，话里带着气，脸上也没掩饰。

她就这么气冲冲地起了身，气冲冲地拿了包往外走，气冲冲地换鞋，林绮眠都没拦一下，甚至说了句："月亮，帮我送一下萱萱。"从进门到现在，林绮眠唯一叫的一句"萱萱"，居然是为了送她走。林梓萱跺了下脚，谁都没再理，拉开门便冲了出去。

许月亮愣愣地盯着被甩上的门："还……送吗？"

"别了。"林绮眠拍了拍自己身边的位置，示意许月亮过来坐下，"再送她得气死了。"

"哦哦。"许月亮乖乖地回来，坐下了来，坐的位置比刚才可远多了。

林绮眠看着她，许月亮没了方才的架势，人坐得端正，头埋得低，双手搭在腿上，十分拘谨。林绮眠拉了拉身上的毯子，道："你表现得很棒。"

许月亮点头："那就好，那就好。"

顿了顿，她又道："会不会有点过了呀？我看你妹妹是真的蛮关心你的。"

林绮眠放松了身体，靠在沙发背上："可能是关心的吧，但你做得不过头。"许月亮疑惑："欸？"

林绮眠笑了笑："不管她是真心还是另有目的，我都不太想和他们接触。"

许月亮问："他们？"

林绮眠道："对，我家里人。我爸爸，我继母，还有就是刚才你见到的林梓萱。我们一直……不太亲近，现在就更不想亲近了。"

"这样子。"许月亮低声道，"我还以为……"她的声音没了，人也没看林绮眠。林绮眠看着她："以为什么？"

许月亮摆摆手："没有什么没有什么。"

"想说什么就大胆说。"林绮眠道，"林眠眠都叫了，你还有什么不敢说的？"

许月亮："那个是……林医生让我叫的……"

林绮眠："林医生让你现在也这么叫，林医生让你想叫什么就叫什么，想说什么就说什么，林医生又不吃人。"

许月亮的双脚落在地毯上，轻轻地点啊点，她终于道："我以为林医生什么都很厉害，学业厉害，家世厉害，工作厉害，身体也厉害……没想到林医生和我一样，也有很多烦恼。"

林绮眠的声音带着笑意："嗯，说说你有什么烦恼。"

许月亮继续摇啊摇，视线落在客厅中央那瓶漂亮的白雏菊上："我和林医生一样，也会生病，生病的时候也特别想吃自己做的饭。

"也有一些发愁的家庭矛盾，理智上觉得应该这么做，情绪上却有些不乐意。

"我还和林医生一样，打游戏菜，玩密室菜，面对自己不擅长干的事，就躲着。

"还有……"

许月亮停了下来，脸又红了一分。

林绮眠："还有什么？"

许月亮特别不好意思地晃了晃自己身上的衣服："我也喜欢粉色，喜欢这种可爱的衣服。"

林绮眠笑起来，道："我的确喜欢。"

这句话倒是没撒谎。

许月亮笑笑，看着放松了许多。

林绮眠的指尖轻轻敲在沙发上，觉得有些话题大概是等不到许月亮主动提了，便开口道："我还有很多工作上的烦恼。"

许月亮睁圆了眼睛："啊？"

林绮眠道："比如，我不喜欢上下班晚高峰被堵在路上，不喜欢医院里时不时就搞促销活动，还要往医生头上算绩效。

“我不喜欢微信里总有无数个小群，不喜欢拉帮结派，钩心斗角。

“我不喜欢团建，总有人过来问你是哪个科室的，多大了，父母是干什么的，有没有男朋友。

“我还非常没有职业道德地不喜欢遇到中年男性患者，他们很容易脾气臭，嘴也臭，口罩都挡不住味。

“还有很多患者，一看我的脸，就不让我看病，说要找其他真正的医生来……”

林绮眠笑了笑，问许月亮：“你是不是刚开始也这么想过？”

许月亮头摇成拨浪鼓：“啊……我不是，我就是没想到，给我拔牙的医生这么漂亮……”

林绮眠道：“没想到这么漂亮，也就是说，在你的印象里，有资历、技术好的医生，都是不那么漂亮、不那么年轻的？”

许月亮一下子看了过来：“我不是！”

林绮眠的眼睛弯了弯：“是也没关系的，大部分都这么想。人们总会对特定的职业群体有特定的印象，这是不可避免的。”

她顿了顿：“但是我们交朋友的话，是看具体的这个人，对吗？”

许月亮愣住。林绮眠道：“具体的人，要是符合这个群体的刻板印象，那很正常。她要是不同于这个群体的刻板印象，那也没关系。我们作为她的病人，她的观众，能认识到的只是一部分的她。我们和她一块吃饭，一块玩耍，互相帮助，互相带来快乐，心里才会有一个完整的她。

“我心里那个完整的许月亮，我愿意和她交朋友，所以她坐在了我的身边。

“她今天是主播，明天是舞者，后天又换了个职业，对我来说，这就像是她身上装饰的星星，她点亮了一颗又一颗。它们会给她带来新的光芒，但并不会掩盖她真正的光芒。

“所以，知道你是主播的时候，我只觉得惊喜。”

许月亮的鼻子皱起来，眼角也垂下来，像在抽噎的小狗。

林绮眠抬起手，却并没有去碰她：“看到你跳舞，我心里想的是，这也太厉害了，她要是能跳给我一个人看，也太爽了吧。”

许月亮憋不住了，眼泪一下子掉了下来。她吸着鼻子，觉得胸腔的空气都要被她用光了，心脏怦怦地跳着，像艰难的战争后为胜利击响的鼓。

“我……”她想说话，却一开口就被眼泪呛出一个嗝，还是橙汁味的，丢人得不得了。于是她捂着嘴呜咽了一阵，干脆不说别的了。她靠了过去，把自己的脑袋伸到了林绮眠的手下，向上顶着蹭了蹭。

这个下午，林绮眠和许月亮就这样窝在沙发上，聊了好久各自的职业。

林绮眠鲜少和人抱怨工作上的事，毕竟工作对她来说算不上难。而且自打毕业，她就清晰地认识到了工作的本质——不过是换取生活所需，再加上一点人生价值感的体验罢了。但许月亮打开了话匣子，跟她讲直播都是干什么，主播和平台之间是什么样的关系，会遇到什么奇怪的观众和竞争对手，讲她以前几乎不请假，在直播间里看起来笑得很开心，其实累得要命。

讲她嗓子会哑，讲她韧带拉伤那个月发明了只动上半身的舞蹈，还讲了点因为这个职业受到的歧视，然后就满脸愧疚、可怜兮兮地跟林绮眠道歉，说放了林绮眠鸽子，害林绮眠不能去旅游还感冒了。

林绮眠偷偷地乐，这的确是许月亮害的。

许月亮每说完一段，就会停下来看着林绮眠。她的下巴搁在抱枕上，歪着脑袋，一脸期待。林绮眠回应她的话题，自然便要平等地分享。她把自己平日里的那点不耐烦掰开了讲，说得多了，觉得工作的确是一件非常麻烦、让人深恶痛绝的事。

两人有了共同的敌人：目标一致地批判万恶的资本家。说得渴了，许月亮有品种丰富的饮料喝，而“生病”的林绮眠，只能喝凉白开。

就这么聊到太阳西斜，许月亮跳起来，问林绮眠：“你还要吃那么多菜吗？”林绮眠说：“够我们俩吃就行。”

许月亮笑起来，夸奖她：“忆苦思甜，学会不铺张浪费，林眠眠同学真是个孺子可教的好同学！”

林绮眠笑：“还真让你叫顺口了。”

“啊。”许月亮捂着脸跑走了。

晚饭许月亮做的还是不少，林绮眠的菜单，她完成了几乎一半。只是所有辣口的菜都没了辣椒，各类调料都放得少，味道偏淡，吃得林绮眠怅然若失。

好在坐在对面的人够甜，伺候她伺候得十分到位，又夹菜又递纸巾，除了张嘴这事，恨不得都替她干了。

林绮眠就着笑得灿烂的许月亮下饭，别有一番滋味。

吃过饭，许月亮还是坚决不让林绮眠动，推着林绮眠进卧室休息，然后自己去收拾。

厨房里响起声音，林绮眠拿手机，给黄小艺回电话。

“怎么现在才打给我啊？”黄小艺着急得不行，“怎么样了怎么样了啊？你们相处得好不好？你有没有把我教你的东西发挥到极致？”

林绮眠答：“好，极致。”

黄小艺：……

林绮眠说：“你怎么连林梓萱的号都加？”

“林梓萱？”黄小艺愣了愣。

林绮眠说：“我妹。”

黄小艺想了想：“啊，好像是有，我见个人都加，朋友多了路好走。你可不知道，我发你的那条朋友圈，多少人上赶着找我打听你的消息，快能给你凑齐个林绮眠专属医院了……”

林绮眠没说话，黄小艺说着说着自己反应过来了：“林梓萱不会把你生病的事告诉你家里人，然后打扰了你吧？”

林绮眠道：“嗯，她自己跑来了。”

黄小艺惊讶：“她也没问我啊！”

林绮眠道：“她还用问你吗？”

黄小艺道歉：“我大意了，对不起。哎，那条朋友圈我已经删了，联系上月亮就删了，我实在没想到……”

林绮眠道：“不用对不起。”

黄小艺不解：“啊？”

林绮眠道：“她来得挺好的。”

黄小艺更是一头雾水：“啊？”

林绮眠清了清嗓子：“我打电话主要是想说一声……”她压低了声音：“你今晚也要继续忙项目。”在家闲得抠脚的黄小艺一脸茫然。

林绮眠道：“你最好忙得昏天黑地，别的什么事都干不了。”

黄小艺要哭了。

林绮眠结束对话："挂了。"

黄小艺嚷嚷："我要报酬！完事了你要跟我好好讲讲，一个细节都不能漏。"林绮眠把电话挂断了。

黄小艺又在微信上号叫了好一阵，发了一堆表情。林绮眠没理她，打开手机商城购买东西，唇角却止不住地上扬。

许月亮收拾完厨房回来的时候，林绮眠窝在被子里看书。长发散着，落地灯的灯光暖融融的，床头柜上放着的那杯感冒冲剂已经见了底。

许月亮拿着苹果和小刀，坐到了她身边。她不打扰林绮眠，低着脑袋慢悠悠地削苹果,从头部开始,细细地一圈又一圈地削下来,直到削完都没有断。

"耶！"许月亮低低地感叹了句，拿着小刀的手夹着长长的苹果皮想要给林绮眠展示，又想起她在看书，于是笑容和动作都僵在了半空中。

林绮眠却很快看了过来，并且笑着夸奖道："你好厉害啊。"

"嘿嘿嘿。"许月亮晃了晃身子，笑起来。林绮眠夸她："你怎么这么厉害啊，饭做得好就算了，削苹果也这么厉害。你怎么做到的？这么长都不断。"许月亮拉了拉屁股下的小板凳，凑得离林绮眠近了点，给她解释："其实削慢一点就行了，注意角度，这个苹果皮比较薄……"

她讲解了一通，林绮眠连连点头，一副"听君一席话，胜读十年书"的表情。许月亮嘚瑟完了，把削好的苹果递到林绮眠面前："吃个苹果，远离病毒。"林绮眠道："我吃不完，我们一人一半。"

许月亮赶紧分了，两人各拿一半啃。"好甜。"许月亮眉眼弯弯地感叹。

"好甜。"同一个苹果，尝到的是同一个味道。

吃苹果的活动打断了林绮眠的阅读，书放下来，就再没拿起来。

她提议许月亮："无聊的话，去看看电视？你最近有在看的剧吗？"

"有啊有啊。"许月亮点头，"最近有个网剧，讲妖精谈恋爱的，特别好看。"

"妖精谈恋爱……"林绮眠顿了顿，"听起来很有意思。"

许月亮歪了歪脑袋，瞄了眼她腿上放着的书：《水母与蜗牛——一个生物学观察者的手记》。

"林医生要和我一起看电视吗？"她道，"不看书了吗？"

"不看了。"林绮眠掀开被子就下了床，"看妖精恋爱。"

许月亮跟在了她的屁股后面：“林医生不用特意陪我看电视。”

林绮眠道：“怎么是陪你呢，我平时也很喜欢看剧，各种剧我都追。”

许月亮有些意外：“是吗？”

两人到了客厅，投影屏幕落下来，林绮眠将遥控器交到了许月亮手上。

许月亮按了几下，问林绮眠：“林医生平时怎么追剧啊？在家用投影仪，还是用手机？”

“都用，哪个方便用哪个。”

许月亮抿着唇笑了笑，又按了几下遥控器，道：“林医生你骗我。电视里连视频软件都没装。”

林绮眠：……

许月亮替她装好了软件，打开了自己要看的那部网剧，又笑起来：“林医生连视频会员都没有……”

“怎么可能？”林绮眠怒了。她怎么能是没有会员的人呢？她在橙子直播都是高级会员了！

“你等等。”林绮眠道，“我平时都是直接投屏看的。”

许月亮明显不信：“哦。”

林绮眠拿起手机，往旁边缩了缩，确定手机屏幕在许月亮瞄不到的位置，然后疯狂地下载各大视频网站软件。她直接充值年卡会员、超级会员、超级影视会员，买了一大堆乱七八糟的会员。

好在网速没拖后腿，充值通道资本家们向来也做得最为通畅。没一会儿，林绮眠道“好了”，然后投屏了许月亮要看的那部妖精谈恋爱的网剧。

许月亮惊叹：“哇！”

林绮眠道：“说了我追剧的。”

下一秒，页面跳出小广告：新会员专享福利……

许月亮：……

林绮眠：……

许月亮大笑：“哈哈哈哈……”

林绮眠看她那笑得前仰后合的模样，自己也忍不住笑起来。

小广告很快消失，电视跳过片头直接开始。许月亮收了笑专心看剧。林绮眠也看剧，一半的注意力看女主面冷心热，喜欢男主不肯说，一半的注意力看许月亮被荧屏的光照得明明灭灭的脸。随着剧情，她一会儿皱起眉头，一会儿唇角上扬。看了半集，故事中断，开始插播剧内小广告。

林绮眠想起自己买了一大堆的会员："居然还有广告。"

许月亮凑到她跟前，笑着道："林医生我告诉你一个小秘密，其实双十一的时候，这些会员年卡都会打五折哦。"

"是吗？"林绮眠乐得不行，大方承认了，"那我今天真是亏大了。"

许月亮很高兴："嘿嘿嘿，我应该提前和林医生说的，我有这个网站的会员，这个网站的片源最多，所以我买了会员。我应该登自己的账号……"

林绮眠道："以后登我的吧。"

许月亮转头看她，愣住了。林绮眠打开自己的手机屏幕，晃了晃那一整页的视频软件："会员我刚才全买了，我承认我不太看剧，这钱不能浪费了。"

许月亮顿了顿，视线下移，不敢再对着她的目光："那多不好意思啊。"

林绮眠道："有交换条件的。"

许月亮歪歪脑袋："欸？"

林绮眠道："双十一的时候，你把你的购物车分享给我，我实在算不明白那些满减折扣。"

许月亮笑起来："林医生哪里会算不明白？林医生是懒得算。不过这些事情确实不值得浪费林医生的时间。好啦，我帮你算，你想买什么东西都可以提前告诉我，我能找到最低价！"

"你真棒。"林绮眠夸奖道，"没有你我亏了多少年。"林绮眠真心实意地道。

两人就着林绮眠的超级会员，多看了好几集的超前点播。最新更新的剧看完以后，夜色已经很深了。电视的吵闹声突然消失，许月亮的手指在遥控器上胡乱按了几下，最终还是放下了遥控器，道："林医生，你该睡了。"

林绮眠懒懒地靠着沙发背，看着她："嗯。"

许月亮站起了身："那我……"

林绮眠截断了她的话："小艺今天又照顾我又加班，已经没劲过来了。"

许月亮感叹："啊，小艺学姐好辛苦。"

林绮眠道："我昨晚半夜发了一次烧，不知道今晚会不会反复。"

许月亮赶忙往她跟前来了两步："你这会儿感觉怎么样？"

“感觉生病了不能一个人待在家。”许月亮的表情一下子变得很难过，眼睛水汪汪地看着她。林绮眠把半张脸埋在膝盖上，只露出眼睛看她：“月亮要走了吗？”

“不走。”许月亮用力地摇头，“我就是觉得林医生好可怜。”

林绮眠：“嗯，好可怜。”

许月亮的手抬起来，落在了林绮眠的胳膊上。她轻轻拍了拍：“不要怕呀，我陪你。”

叮咚。有人按响了门铃。许月亮转头：“欸？这会儿怎么有人来？是小艺学姐吗？”林绮眠几乎从沙发上跳了下来：“不是，我去看看。”

许月亮急忙说：“我去我去，林医生你躺着……”

林绮眠摇头：“我去。”

许月亮自告奋勇：“我去我去。”

林绮眠抓住了她的胳膊，把她定在了地上。“站着别动。”林绮眠命令她。

许月亮愣愣的，半晌道：“林医生你……力气好大啊……”

林绮眠打开了门，门外的人穿着物业的制服，把一大箱东西递了过来。林绮眠接过箱子，两人一句话没说，只一个眼神，便完成了交接仪式。

门又关了，许月亮还在原地，脚没敢动，只能伸着脑袋问林绮眠：“是谁呀？林医生你拿的什么呀？”

“没什么。”林绮眠将箱子抱进了衣帽间，“同事寄给我的特产咸菜。”

她拿出咸菜，归置好了，从另一个方向绕过，又进了侧卧。侧卧几乎没用过，家政阿姨打扫得倒是一尘不染，但是床单被罩都是灰扑扑的颜色，看起来冷酷又无情。林绮眠在里面转了一圈，出来的时候关好了门。

许月亮还在原地，林绮眠没看她，只道：“你去洗漱吧，时间不早了。”

“哦。”许月亮脚步动了。

林绮眠叮嘱：“你用大浴室，可以泡澡，洗漱台下有干净的浴巾，内衣在衣帽间 C 区从上往下第五个抽屉，都是新的，你随便用。”

许月亮点头：“嗯。”

林绮眠又补充：“你睡侧卧，书房旁边那个。”

许月亮乖巧回应：“好。”

林绮眠道：“晚安。”

许月亮没想到这么快就到了这句话，愣了愣，还是马上接道："林医生晚安。"

林绮眠进了卧室。许月亮盯着那扇关上的门，松了一口气，又莫名地心悸。

她去到衣帽间，按照林绮眠说的打开了C区的第五个抽屉，入眼是一堆淡粉、淡黄、淡蓝、淡绿和草莓图案、波点、条纹、碎花的可爱衣服。

许月亮感觉到惊奇，想了想又觉得顺理成章，毕竟自己身上现在穿着的这套家居服也是这种风格的。但她不知道，林医生到底是偏爱这种风格，还是说什么风格的衣服都备着，来了不同的朋友，便有不同的招待。

或许第四个抽屉里就是冷酷一点的呢。

或许第六个抽屉里就是性感一些的呢。

许月亮什么风格的衣服都见过，但许月亮不敢打开别的抽屉去看看。她不能随意地去窥探林医生的隐私，她和林医生的友情才刚刚开始，还没到那种地步。

许月亮挑了条粉色的衣服，关上了抽屉。

林医生喜欢成套搭配的，那当然要选粉色的。

洗完澡出来，许月亮身上有了和林医生相似的香味。她左闻闻，右闻闻，觉得血液里好像有了糖果色的爆珠，时不时打破一粒，让人心旷神怡。

许月亮推开侧卧的门，打开侧卧的灯。如果说在衣帽间只是合理地惊讶的话，那现在的她，就是收获了完全意想不到的震撼。

林医生的低调又奢华，充满艺术气息，极度有品位的家，居然有一个铺着粉色床单与被罩的侧卧。还是那种鲜嫩的粉色，那种有着白色星星蕾丝边的粉色，那种一定要配着蝴蝶结、把可爱幼稚做到极致的粉色。那种和许月亮从内到外都很搭的粉色。

"啊……"许月亮在地上蹲了下去。她把脑袋埋了起来，蹲了好久好久。

这一晚夜色静谧，许月亮在粉色的大床上翻来覆去，临睡前还是小心翼翼地握着手机，给林绮眠发送了一堆消息。

"林医生如果有什么不舒服的，一定要叫我哦！"

"你发消息或者喊我都可以！"

"如果我睡得太熟，你就过来把我的被子掀掉！"

过了好一会儿，林绮眠回复她："好。"

许月亮满意地沉入了梦乡，今天对于她来说，的确累了。她要做饭要照顾人，要演戏还要时刻警醒自己，不要在林医生面前得意忘形。她精神压力好大的，但哭了几次，又笑了很久，窝在心头的许多情绪，像洪水一般倾泻了出去，让人感到前所未有的舒爽安稳。

许月亮呼吸平稳，甚至打起了小小的呼噜。

而主卧里的林绮眠，关了灯静静地躺着，许久都没睡着。她的脑袋里有太多东西要处理。林绮眠得好好地复盘，看哪里做对了，哪里做错了，会造成什么样的后果，需要怎么样再进行。

这像是一门没有标准答案的学科，相处的每一分每一秒都是考试。但林绮眠甘之如饴。林绮眠将每一道题都慎重对待，将解题的视觉、触感和气味，深深地刻进脑海里。许月亮说，如果我睡得太熟，你就过来把我的被子掀掉。

把我的被子掀掉。那她岂不是会看到，一只在粉红色的海洋里遨游的粉红色小猪。林绮眠抬手盖住了眼睛，笑了起来。

第二天，许月亮是被手机铃声吵醒的。因为怕林绮眠晚上不舒服了会找她，所以她的铃声不仅没关，音量还开得挺大。铃声一遍遍在耳边响起来的时候，简直如同锣鼓喧天。许月亮被吓得心跳都有些猛，攥过手机发现是橙子直播那边的经纪人打过来的电话，松了口气。

她退出电话页面，去看了下微信，林医生那边静悄悄的，除了昨晚那条消息，就再没动静。心跳缓和了下来，许月亮四下瞅瞅，下了床，走到了阳台上。阳台的位置和主卧离得最远，应该不会打扰到林医生睡觉。

电话终于接通，许月亮刚叫了句“芸姐”，周芸就迫不及待地进入了正题：“昨天请了一天的假，你今天开不开播啊？”

“啊，今天应该就回去了。”许月亮揪了揪衣服边，“如果没什么意外的话……”

“还能有什么意外啊，我的小祖宗。”周芸道，“不是不让你请假，你看平时没什么事的时候，都是我劝你多请假、多休息。但现在不一样啊，咱好不容易有了这么大的流量，得趁热打铁。昨天好多人跑到橙子直播的官方微博下面喊，问你去哪里了，你这假请得真的不是时候啊。咱就算没有准备什么特别的东西，就按照平时那样播，那一天的收益不也能顶半个月的？咱为啥不赚这个钱？"

"嗯，嗯。"许月亮乖乖应声。

周芸又唠叨了一会儿，突然问："月亮啊，你是不是突然火了压力有些大，不知道该怎么处理？如果是这方面的原因，你跟芸姐说，芸姐现在就开视频跟你讲讲这个事。这种情况很多主播都有，你不要觉得不好意思……"

"不，不是。"许月亮赶忙道，"不是我自己的原因。"

周芸问："那到底……"

许月亮道："我……朋友生病了。"

"啊，这样啊。"周芸顿了顿，道，"那能理解，能理解，你朋友现在情况怎么样啊？严不严重？"

"不严重，好多了。"

周芸放心了："那就好那就好，那你就……再陪陪？反正还是尽快开播啊，现在网站首页挂着你的海报呢，经理都问了。"

许月亮道："好。"

周芸有些犹豫，在挂掉电话前还是问了："月亮，是不是……男朋友啊？"

许月亮赶忙摇头，哪怕她摇了对方也看不见："不是不是，芸姐你误会了，是女生，女性朋友。"

"哦哦，行。"周芸道，"那你忙吧，我挂了。"

电话挂断了，许月亮握着手机，长长地舒出一口气。

阳台窗户对着的室外，能够看到一片葱葱郁郁的、黄了一小部分的银杏树，还能看到个带着亭子的人工湖，不像是在小区内，像个公园。许月亮推开了窗户，一阵风刮进来，清凉舒适，带着草木香。她又长长地吸进一口气，心想：金秋十月，不冷不热，风景优美，的确是适合旅游度假的日子。只可惜她一低头，切到工作账号上，不管是群还是私聊页面，消息不断。

许月亮收了手机，蹑手蹑脚地走出卧室去洗漱。

主卧的门虚掩着，也不知道林医生醒了没有。洗手台上有灰白相间的牙刷、牙缸、冲牙器、牙线，口腔清洁相关的东西摆了满满一排。最厉害的是有一套粉色的牙具，崭新的，不用问许月亮就知道，这是她的。

林医生看着冷漠，实际上最体贴、最细心、最温柔。

许月亮开始刷牙，用林医生科普的方法，仔仔细细，认认真真地刷牙。

有人影晃了晃，镜子里映出了林绮眠的脸。她真的比许月亮高了许多，长发有些乱，睡衣有些皱，衣领松着两颗纽扣，不知道是不是睡姿不对被压着了，锁骨上有一点淡淡的红痕。

许月亮满嘴的泡沫，不能说话，便瞪大了眼睛，用眼神向她传递信息：林医生早！林绮眠弯了弯唇角，对上她的视线，也不同她说话，就这么默默地拿了自己的东西，站到了她身边。

林医生家的洗手台，面积足够容纳两个人同时洗漱。许月亮把自己往旁边挪了挪，尽量不影响林绮眠的动作。

镜子她也不太敢去看了，同时映着两个人的脸，一丝一毫的表情都无处遁形。这让她不知道该去看镜子里的林医生，还是看身边的林医生，是该看林医生的眼睛，还是平视过去，看林医生漂亮的肩颈。

许月亮埋头干活，牙刷得快了许多，漱口漱得小心翼翼，洗脸洗得跟旋风过境一般。当她抬头，仰着满脸的水去找东西擦的时候，林绮眠指尖一动，抽了张洗脸巾递到了她面前。

隔着水雾，林绮眠的手指好看得不可思议。许月亮呆了呆，才接过东西，狠狠地盖在了自己脸上。擦干水，林绮眠又递了东西过来。她递什么许月亮用什么，成功地完成了一套护肤流程。

“我好了！”许月亮铿锵地道，“林医生你继续！”说完，她便一溜烟地跑了出去，厨房里很快有了响动。

林绮眠放下了手上的东西，进了浴室，去冲了个澡。

她出来的时候，早饭已经摆在了餐桌上，同样摆着的还有她床头放着的那盒“多吃几粒也吃不死”的感冒药。

许月亮摘了围裙，头发松松垮垮地扎着，催促她吃饭，吃完饭吃药。然而许月亮还没坐下，手机便响了起来。她看了眼，便匆匆地往客厅走。

林绮眠看着她，许月亮去了尽量离她远的地方，用尽量压低了的、她听不见的音调。

林绮眠当然知道许月亮忙，爆火之后人人都想抓住流量。许月亮能跑来照顾一天，作为朋友来说，已经仁至义尽。航海群里，橙子直播官网，各个社交软件，到处都在寻找许月亮，等待许月亮，这让她觉得幸运又惭愧。

许月亮接完了电话，回到了饭桌上。

林绮眠主动提起："工作电话吗？"

许月亮和她说开了工作的事，现在倒也不瞒着："对，网站又搞活动，有采访什么的。"

林绮眠问："什么时候？"

许月亮摆摆手："时间没定，刚才只是问我呢。"

林绮眠把手边的药推到了一边："我昨晚没发热了，今天感觉舒服了许多，药不用吃了。"

许月亮很不赞同："林医生你怎么能稍微一好就不吃药呢？药要按疗程吃的！要巩固！"

林绮眠挑挑眉："你叫我什么？"

许月亮支支吾吾："林……医生。"

林绮眠颔首："我是医生，我说了算。"

许月亮：……

许月亮埋头喝了会儿粥，小声嘟囔道："林眠眠我觉得你有些叛逆。"

林绮眠笑笑，不理她。

许月亮开始直说："你是不是怕我待在这儿耽搁我的工作啊？"

林绮眠坦诚道："是。"

许月亮搅了搅碗里的粥："可是我也不是天天都要工作的呀。"

林绮眠道："你现在工作，事半功倍。"

许月亮：……

许月亮鼓了鼓腮帮子，又瘪了下去。

对别人她还能争论几句，可对面坐的是林绮眠，许月亮知道自己的职业都暴露了，根本骗不过林绮眠。她低下脑袋，不再说话。

林绮眠安慰她："忙过这阵了我们再一块去玩。"

许月亮还是垂着脑袋："嗯。"

林绮眠又道："你要是还不放心我，我就把小艺再叫过来，她应该忙完了。"许月亮沮丧："哦。"

林绮眠还要再说什么，许月亮的手机又响了起来。许月亮几乎用埋怨的眼神望向了手机。林绮眠笑了笑，催促她："快接吧，赚钱重要。"

许月亮抓过手机，眼睛亮了亮："不是工作电话，是我家里打来的。"

语调快乐得仿佛小孩子逃课成功，把林绮眠逗乐了。

家里在假期打来的电话，一般都会聊得比较久。林绮眠嘱咐许月亮：“你别跑那么远了，在客厅沙发坐着慢慢打。”

“嗯！”许月亮十分听话。

她接起电话，叫了声“妈”，窝在了林绮眠的沙发上，抱着抱枕小声讲话。

林绮眠继续吃许月亮做的爱心早餐，时不时望过去一眼。许月亮煲电话粥的时候摇来晃去的，特别可爱。

刚开始一切正常，等许月亮说话越来越少的时候，林绮眠再看过去，就发现事情演变得不那么愉悦了。许月亮不晃了，脸上挂着的笑容也没了，怀里的抱枕被她攥得紧紧的，电话贴在耳边，只偶尔地应一声“嗯”。

林绮眠看着她，许月亮并没有注意到她的视线，头埋得越来越低，很快，整个人都静止了。电话那边还在说，许月亮却连“嗯”都没有了。

太阳明晃晃地升上了高空，阳光从巨大的窗户照进来，洒了许月亮一身，但她陷在了阴影里，走不出来。林绮眠皱起了眉头。

电话又这么持续了十来分钟，终于挂断了。许月亮拿着手机的手落下，人却还维持着那个姿势，呆呆地坐着。良久，她的肩膀轻轻抽动了一下。

林绮眠起身，没再犹豫，大跨步地过去，来到了许月亮面前。她蹲下身，这样就可以看清许月亮的脸。

许月亮的长睫毛上挂满了泪珠，眼泪却没有落下来，只是汪在发红的眼眶里。林绮眠的手搭在了她的胳膊上，轻轻地叫她：“月亮……”

话音未落，那泪珠就砸了下来，砸在她的手背上，一片温热。

“呜……”许月亮憋不住了，一声哽咽。

林绮眠赶紧将人揽进了怀里。许月亮的脑袋搁在了她的肩膀上，她抽抽搭搭的，眼泪很快便打湿了林绮眠的衣服，蹭到了林绮眠的脖颈上。

“不哭不哭……”林绮眠下意识地哄着，手掌在许月亮的背上来回抚摸。她反应过来，又觉得自己说得不对。

“哭吧哭吧……”她的语言系统有些混乱，“想哭就哭，不想哭了你跟我说……”许月亮抽搭两下，摇脑袋，柔软的头发蹭到林绮眠的颈窝。

“不要跟我说吗？”林绮眠陷进这难题里，“不跟我说就不跟我说，没事。”

许月亮用力吸了吸鼻子，嘴巴终于能发出声音:“林医生你……好笨……”

林绮眠：……

许月亮直起身子，脱离了林绮眠的怀抱，满眼泪花地看着她：“我要问你一件事儿。”

林绮眠手边没有纸巾，于是拽着袖口给她擦了擦眼泪：“你问。”

“赚钱真的是最重要的吗？”

“不是，我刚才在跟你开玩笑。”

“如果不开玩笑呢，什么比赚钱重要？”

“很多很多。”林绮眠看着她，“你的健康，你的快乐，你的眼泪，都比赚钱重要。”许月亮瘪了瘪嘴，眼泪又要掉下来了。

她努力在哽咽的声音里表达自己的请求：“那我要拿多少……多少眼泪，才能……能换林医生陪我……陪我玩……”

她竖起一根手指：“玩，一整天。”她性子软又黏人，情绪崩溃的时候提要求还要给自己加上一个期限，生怕不说清这个期限，就会被人拒绝。

林绮眠的心细密地疼，却并不像被刀割裂，反倒如同泡在了牛奶里，要深深地坠下去。这次，她什么都没用，拇指蹭过许月亮柔软的皮肤，这比任何东西的止泪效果都要好。许月亮呆在那儿，嘴巴微微张着，眼睛瞪着，睫毛许久才落下来，碰到了林绮眠的指尖。

林绮眠笑了笑，道：“不能用眼泪换哦。”

许月亮一点就通，不等她再说，便忽地笑起来。她笑了起来，用最灿烂的方式，唇角上扬，牙齿洁白，只是眉眼弯弯地一挤，余下的那点泪珠又滑了下来。

泪水滑进了林绮眠的掌心里。

许月亮想要的陪她玩并不复杂。只是不上班而已，不上班干什么都可以。

并且许月亮体贴地考虑到林绮眠的病情，安排的活动都是些室内的，不让她跑远，不让她吹风受寒。“我们去逛街。”许月亮打开手机地图指给林绮眠看，“这个商场国庆肯定有很大的折扣活动。”

林绮眠点头：“好，折扣好。”

许月亮继续安排：“逛完了就到午饭时间了，这块好吃的店不少，但适合你的嘛……”许月亮陷入了思考，林绮眠道：“我病好了，都适合我。”

许月亮很坚决：“不行不行，还得巩固，不能听林医生的，要听许月亮的。”林绮眠被逗得笑起来：“好。”

许月亮敲了敲自己的脑袋：“有几家还是可以的，到时候我再具体地和你说，看你饿了想吃什么。”

“嗯。”林绮眠道，“许老师安排得真棒。”

许月亮仰起了脑袋，洋洋自得：“你叫我什么？”

林绮眠：“许老师。”

“嘿嘿……”许月亮没得意两秒，自己先脸红了，“还没人叫过我老师呢。”

林绮眠道：“喜欢的话，我以后都这么叫你。”许月亮愣住。

林绮眠抬眼看她：“怎么了？有问题？”

“没有没有，”许月亮视线低垂，抬手乱挥，“中华文化博大精深哈哈哈哈……”林绮眠：“哦。”

许月亮的手还在挥：“不叫老师不叫老师，就叫月亮，月亮月亮。”

林绮眠笑着道：“好，月亮。”她学着许月亮那尾音会拐弯的腔调，唤出口的时候，声音软绵绵的。

许月亮红着脸转移话题：“吃完饭我们去看电影，如果你累的话，我们就找私人影院躺着看。如果你不累的话，我们就去大影院看最新上映……”

林绮眠点头：“好。”

许月亮道：“看完电影时间就差不多了，我们回家，看你晚饭想吃什么，我再做给你吃。”

林绮眠道：“好。”

许月亮收了手机，抬头对林绮眠笑笑：“今天晚上早点睡觉，明天我继续努力工作。”

林绮眠道：“那我们就可以直播间见了。”

许月亮有点惊讶：“啊，林医生你真看我的直播啊……”

林绮眠面不改色：“偶尔。”

许月亮眼睛亮亮的：“可是知道你在的话，我会不好意思的。”

林绮眠故意逗许月亮，“那我不告诉你我在，也不告诉你哪个是我。”

许月亮捂脸："那我岂不是每分每秒都得操心着？"

林绮眠："哈哈哈，你猜猜嘛，猜猜哪个是我，多有意思。"

许月亮鼓着腮帮子，盯着林绮眠，想哭又想笑："林医生你怎么是这种人啊？"林绮眠笑得不行。人和人的关系真像黄小艺说的那样，你需要我，我也需要你了，才会进入到一个平静安稳的状态。

林绮眠揪着许月亮来照顾她，许月亮也大胆地揪着林绮眠来陪伴她。短短的时间内，她们在对方面前，能做什么，能说什么，好像有了条清晰的界限。

这条界限在每一次的试探中，都在往内推进。林绮眠把真实的自己一点点地在许月亮面前摊开；而许月亮，自然也给了她同样的回报。

出门的时候，许月亮穿着自己昨天穿的卫衣和牛仔裤。林绮眠便也挑了身舒适休闲的衣服。两人都没有多做打扮，轻装上阵，按照计划去逛街，横扫各大折扣卖场。

以前林绮眠觉得逛街无聊，现在明白了，只是没有许月亮的逛街无聊。

许月亮永远都能发现新的乐趣，对一切都充满好奇，总是能轻易地进入别人预备的故事，获得那些孩子一般的快乐。

许月亮喜欢漂亮的衣服，跃跃欲试。但许月亮绝大多数时候试了就满足了，并不想要占有。月亮配合商家的活动，玩游戏机，有奖竞猜。许月亮得了包糖果的奖励就满意了，笑容灿烂地同店员挥手拜拜，转头挽着林绮眠的胳膊，悄悄地道："他们卖得还没有官网便宜欸。"

许月亮碰到无人理睬的发传单的玩偶，不仅接了传单，还在音乐声响起来的时候，和玩偶动作一致地跳舞，吸引了一大批人围观。看到有人举起手机，许月亮赶紧抓着林绮眠跑："我现在都是名人了欸，万一被发到网上认出来，芸姐要杀了我！"

林绮眠问："芸姐是谁？"

许月亮答："我在橙子的经纪人，她今天早上催我开直播，我说朋友生病了，我回不去……"声音越来越小，她抬眼瞅林绮眠的时候贼兮兮的。

林绮眠点点头，语气无波无澜地纵容她："嗯，是生病了。芸姐需要的话，林医生可以给林医生开个入院证明。"

许月亮笑："哈哈哈才不要林医生住院呢！"

两人逛完街去吃饭，吃完饭看电影。许月亮明显对新上映的国庆档大片十分感兴趣，林医生表示："病好了，不累，人多也可以"。

两人抱着爆米花和可乐进了影厅，前前后后的位置几乎都被人填满，后排有情侣腻歪，前方有小孩跑来跑去，又热闹又烦人。

许月亮把爆米花一颗一颗慢悠悠地往嘴里塞："家长没看简介吗？居然带小孩来。"林绮眠道："我也没看，片子是你选的，名字都没看全。"

许月亮偷偷地笑，凑到林绮眠的耳边，道："林医生看肯定没事的，但小孩会要吓哭了。"林绮眠攥了攥手指："那不一定，我也害怕的。"

许月亮把吃的喝的都放到了另一边，放下了两人之间的扶手，拍拍自己的肚皮："林医生怕的话，就躲进我怀里。"

林绮眠看着她："也不知道谁更怕，挂在我身上，跟树懒一样。"

许月亮转过脸，不看林绮眠了。

她吃着爆米花，等影院广告开始，影厅里的灯熄了，这才小声道："林医生还记得呢……"

"当然记得。"林绮眠的声音也很轻，需要努力去听才能够分辨得清，"有视频为证。"

许月亮扭了扭身子："电影开始了。"林绮眠转头看她，止不住地笑。

许月亮选的影片够刺激，够好看。情节跌宕起伏，画面暴力血腥，怪物从人的体内破壳而出的时候，影厅里的小孩们终于憋不住，齐齐大哭了起来。

接下来，电影里的人又跑又叫，影厅里的人也又跑又叫。好像有孩子拉在了裤子上，被家长提着出了影厅，飘过一阵臭味。

林绮眠：……

正在吃东西的许月亮：……

林绮眠表情镇定："咳。"

许月亮捏紧了爆米花盒子："林医生，对不起。"

"没事。"林绮眠笑着道，"看完吧。"

电影还是看完了，两人混在乱哄哄的人群里往外走。林绮眠朝后伸出一只手，许月亮捏住了她的袖口，为了防止走散就这么虚虚地牵着，出了电影院，许月亮也没有松开。

两人坐上了回林绮眠家的出租车，出租车内的气味不太好，许月亮降下了车窗。

路上拥堵，到了林绮眠家附近，司机拐进了条小路，倒是清净。两边高大的梧桐树树冠交错，阳光只能从树叶的缝隙中落下。

许月亮看着窗外，喃喃道："秋天真的来了啊。"

"对。"林绮眠应她，"树叶黄了，天也高了。"

许月亮："春天和秋天真好，花开叶落，气温宜人，就是太短暂了。"

林绮眠看着她，许月亮仰着脑袋，在看那梧桐树顶。

"师傅，前面停一下。"林绮眠对司机道，"丈二口。"

许月亮转回了脑袋，问林绮眠："到了吗？怎么停在这儿？"

"差不多到了。"林绮眠道，"刚才在影院里闷太久了，我们下去走走，吹吹风。"

"哦哦哦，电影确实看得乱七八糟的。"许月亮很是歉疚，又充满期待，"下去走走好！"

车子停了下来，两人下了车。一阵风吹过，几片树叶摇摇晃晃落下来，许月亮去追，还真被她抓到了一片，她乐得哈哈笑。

林绮眠招招手，把她招了回来。身侧是扇朱红色的大门，门口开着几个小吃摊。"你有想吃的吗？"林绮眠问。

"啊，"许月亮抓着树叶一指，"棉花糖！"

于是棉花糖摊前除了个等着的小孩子，就只有林绮眠和许月亮了。

老板技术不错，可以用不同颜色做出不同形状的小动物。许月亮选了个兔子，老板问要什么色的时候，她看了看林绮眠，眼睛弯起来道："粉色！"

"好嘞！粉色！"老板笑呵呵地道，"小姑娘就喜欢粉色！"

许月亮还是看着林绮眠，意有所指："对！小姑娘就是喜欢粉色！"

林绮眠能说什么呢？林绮眠才不去解释。解释那些粉色的东西都是特意为你备着的，解释你在我眼里就是粉嫩的兔子，或者是小猫，或者是小狗，或者是一切可爱的意象。

许月亮拿到棉花糖，整个人的快乐度又上升了一截。她几乎跳着进了公园的门，跳了一阵才反应过来，问林绮眠："这是不是从你家侧卧望出去的那个地方？"林绮眠答："是。"

许月亮乐了："我真聪明！我看到了！"林绮眠夸她："真聪明。"

许月亮望了望四周："这里人好少，好清静。"

林绮眠道："这是老公园，没有做新的修缮，也没有引进什么新的项目，所以没什么人。"许月亮停住了步子，张开双臂仰头深呼吸了一口："来自城市中心的自然的味道。林医生你可真会挑地方住。"

林绮眠笑笑，带着她一路进去，看泛黄的银杏林，看铺了一层厚厚落叶的小山包。湖上有残败的荷叶，湖心亭有穿汉服的姑娘在拍照。再行过一条小径，她们来到了一片适合野餐的草地。草地上有人搭了小帐篷，铺了野餐垫，有吃有喝，爬进去钻出来，看起来十分惬意。

许月亮看着那帐篷，揪了揪手指，林绮眠的视线跟着飘过去，许月亮低下了脑袋："对不起。"

"怎么又道歉？"林绮眠拍拍许月亮。

"就是对不起，说一百次都不够。"

林绮眠看着她失落的神情，突然明白了她在想什么。

她不再回答那句"没关系"，有时候，这三个字轻飘飘的，你越说得容易，对方的歉疚便越深。既然有遗憾，那就弥补遗憾。

林绮眠道："晚上的菜单我想好了，但是我累了，不想去买菜了。"

许月亮抬头："欸？"

林绮眠又道："超市送来的不够新鲜。"

许月亮醒悟过来，抬手指天："我去买！"

林绮眠笑起来："好。"她报了一串食材，专挑那些难找的。给许月亮圈了几个地点，分散在四周，买齐菜得花些时间。许月亮却一点都没嫌麻烦，头点得像拨浪鼓，拿着手机便签，记得特别仔细。

两人从公园出来，林绮眠一抬手："你从这边走，拐过弯就能到那个水产市场。"许月亮仰着脑袋："我要先送你回家。"

林绮眠指了指另一个方向："我从另一边穿过去，五分钟就到家了。"

许月亮想了想："那挺快的，我先送你回去，我再去买东西。"

林绮眠皱眉，一副不乐意的模样："我没有那么柔弱，我不要你送。"

许月亮哄她："乖，你这不是在生病嘛。"说完许月亮挽住了她的胳膊，把她往回带。林绮眠定住身体，没让她拖动自己。

许月亮：……

林绮眠看着许月亮："我的确没那么柔弱，对吗？"

许月亮又使了使劲，林绮眠纹丝不动。

许月亮：……

林绮眠挑了挑眉，许月亮放开她的胳膊，气呼呼地转身走：“林眠眠你奇怪得很……”林绮眠看着她的背影，唇角上扬。

直到许月亮拐过弯，看不见了，林绮眠这才动了，又回到了公园里。

公园边上有个卖野外装备的店，林绮眠进去，说清自己的要求，买了一大堆的东西。老板看林绮眠是个年轻女生，要帮她送货。她该背的背，该提的提，硬是让老板没了一点用武之地。

“谢谢，两步就到了。”林绮眠负重出了店，风一吹，觉得这两天的柔弱装得她真是腰酸腿乏，她快步往回走去，一路到了家，刚好算热身。

客厅的布置一直没变过，现在，倒是可以玩些新的花样了。

许月亮四下奔走，因为担心林绮眠，所以尽量加快购物的速度。但林绮眠给的菜单实在是复杂，她急匆匆地跑，闹了个满头大汗，依然花了不少时间。最后她提着两大袋东西，叫了辆出租车。

她回到林绮眠的小区时，太阳下落，暮色四合。许月亮奔进大门，又倒退一步，奔了出去。

林医生家只有一大把清冷的白色雏菊，她还该有一些鲜艳的花。大红色送着不合适，粉色太娇嫩，香槟金低调温柔又高贵，最配林医生。

许月亮的怀里又多了一束花，她哼哧哼哧地终于到了林绮眠家门口。指纹已经输了进去，不必再按门铃。许月亮深呼吸，缓和自己因为跑动而激烈的心跳。

她想起不过是一天半之前，她站在同样的位置，觉得忐忑、紧张、担忧、不安、愧疚、迷茫——全是些负面的情绪。

如今，她安稳、欢愉、平静又充满期待地接受着一份新的友情，觉得甚至因为此，而拥有了一个新的自己。许月亮长长地呼出一口气，笑了起来。她将手握上门把，滴的一声，门应声而开。

“我回来啦！”许月亮欢快地喊着，猫着腰将室外的东西搬进来。只有花，一直在她的怀里，保持着最好的姿态。

林绮眠没有应她，许月亮放低了声音，将花束藏到了身后：“林医生，你是睡了吗？”

“我没有。”回答的源头在客厅。

许月亮换了鞋，慢悠悠地往里走：“嘿嘿，那你猜猜，我给你带了什么？”

等到了能望见客厅的位置，许月亮扬起最灿烂的笑脸，将背后的花束猛然伸到了面前。

“噔噔噔噔！”她喊道。

像她期待的那样，林绮眠望见了娇艳的花。

她接过了那束花，低头去嗅，长发垂落下来，蹭到了花瓣。

许月亮呆在那里，林绮眠抬头温柔地笑，也学着她散布惊喜的语调：“噔噔噔噔！”

许月亮看见了一个野营的场地，在最温暖舒适的屋子里。所有占据空间的家具都被搬到了一旁，宽敞的客厅里搭着彩色的帐篷，铺着野餐的垫子，摆着两把户外折叠椅，中间是又大又漂亮的、闪着银光的天文望远镜。

落地窗的视野足够开阔，夕阳和城市都尽收眼底。

“这是我们自己的息白山。”林绮眠道，“我们依旧可以一起看日出日落，星星月亮。

“你不用再说对不起了。”

番外·过春天

The Spring.

B 市三月，气温回升，暖融融的春意包裹了整个城市。林绮眠在上班路上看到了绽放一整条街的早樱，恰巧逢上晴朗的天，阳光落在花瓣上，像是动漫里才会有的美丽场景。她将车停靠在路边，拍了个小视频，发给许月亮。

许月亮没有很快回复，说明她还在睡觉。

年后便开始了新剧的巡演，许月亮在各个城市马不停蹄地跑，中午排练，下午和晚上演出，等到了演出结束收拾好一切睡觉，便已经很晚了。所以她早上也起得晚，通常在林绮眠忙过两台手术后，才能收到来自许月亮的消息。

“早安！！”

“昨晚梦到你掉水里了！！我捞了一晚上！”

“想吃你做的早餐小披萨了，呜呜呜外面卖的都没有你做的好吃。”

“眠眠眠眠眠眠！”

她发的回信什么内容都有。林绮眠勾了勾唇角，指尖在聊天页面上轻敲了一下，就当是敲了许月亮的脑袋。她把车子重新开出去，期待今天许月亮的早安，许月亮的回复，许月亮咋咋呼呼又别出心裁的一切。

然而今天，直到林绮眠忙完上午的所有工作，都没有收到许月亮的消息。

助理通知她去参加一个临时会议，林绮眠抬了抬手，视线还落在手机上：“我打个电话，待会儿过去。”助理伸着脑袋好奇地探了探，林绮眠拿着手机往阳台走，也不瞒着：“月亮没回我消息。”

“噢——”助理拖长声音，一副了然的模样。在这所医院里，凡是和林绮眠熟的人，没人不知道她跟许月亮很要好，但凡是跟许月亮有关的事情，一定会排到所有事情之前。

拨出去的电话许久都没有人接。林绮眠又发了几条消息过去，等了十分钟，还是没有收到任何回复。她转头拨了团里和许月亮关系最好的同事的电话。这次电话倒是很快被接起，都不用林绮眠开口问，同事便非常熟练地说：“月亮今天加练呢，和老赵他们一起。她吃过饭了，但估计没空看手机。”

“嗯，好，谢谢你。”林绮眠松了一口气，“没事就好。”

“能有什么事，你放心吧。”同事乐呵呵地道，“月亮人缘好，走哪里大家都跟着宠着，不会有事的。”

“谢谢。”林绮眠笑了笑，“回来了我请团里吃饭。”

“嗐，林医生你真客气。”

电话挂断，林绮眠收了心，该开会开会，该吃午餐吃午餐，一口气忙到下班。手机里终于有了动静，许月亮发过来条消息：“我今天太忙了，马上要上台了！”林绮眠的手指刚搭上去，那边又发过来了一张照片。是张自拍，照片里是许月亮凑近镜头灿烂的笑脸，脸上带着演出的妆容，身后是乱糟糟的后台和人群。

“给林医生看最漂亮的月亮！”她发过来的话十分自信。

林绮眠笑起来，等了一天的那点小小的埋怨瞬间便消失无踪，她手指快速地敲击键盘，夸她：“月亮是最漂亮的。”

许月亮回她“龇牙乐”的表情，林绮眠嘱咐道：“演出结束了给我打电话。”

“好嘞！”许月亮响亮地应下了。

林绮眠舒出一口气，忍住继续聊下去的心思，将手机揣进了兜里。车子行驶上公路，城市的夜幕渐渐落下来，墨蓝的天边只余一丝绚烂的橙色夕阳。

许月亮的每一部舞台剧，林绮眠都看过很多遍。只要是在 B 市演出的，只要是许月亮允许她飞去其他城市观看的，她都会一遍又一遍地欣赏，看许月亮在舞台上变成另外一个角色，变成一个绚烂的、闪闪发光的自己。

都说人与人相处时间久了会腻烦，会产生矛盾。但过去三年了，林绮眠完全没有这种感觉。她的生活中有了一个叫“许月亮”的柔软治愈的存在，可以让万事烦忧都往后退去，也可以让快乐同之有关。她依赖许月亮，时间越是久，这种依赖便越深，甚至让她产生了担忧的想法。

这个困扰一直缠绕着她，像一团粉红色的惑人的雾。

回到家，林绮眠忍着打开微信的冲动，将手机扔到了沙发上。这个时间，离许月亮演出结束还早，手机里不可能有来自许月亮的信息。

她换了衣服简单地洗漱，冰箱上贴着一排许月亮手写的便签，安排着食材的储存和消耗。林绮眠微微弯腰，眯着眼睛看了好一阵，欣赏够了可爱的字体，这才按照她写的那样，打开冰箱，补充每日所需的身体营养。

维生素，淀粉，优质蛋白，哪样都不能少。许月亮甚至将食材分门别类摆放得整整齐齐，拿取都很方便。林绮眠一样样地拿着菜，又忍不住开始笑。即使许月亮不在她身边，她的生活里也充斥着许月亮的影子，角角落落，无处不在。每一处都让人欣喜，怎能不叫人开心。

她吃过饭，收拾了厨房，又去泡了澡看了会儿书。她心里的期待快要满溢时，手机铃声终于响了起来，是专属许月亮的可爱铃声。

林绮眠几乎从沙发上弹跳起来，扔下书，拿过手机接起了电话。她的动作行云流水，电话接通的时候发丝还在晃，声音却已经平稳："结束了？"

"等了你好久。"电话那边背景音嘈杂，许月亮的回应却清晰又生动："眠眠只有这些要讲的吗？月亮可是有很多很多很多要说的呢！"她拖着嗓音，说话的时候语调永远要拐两个弯，林绮眠在两个弯里听得见许月亮扬起的嘴角，也听得见她与自己相同的心情。

两人欢快地聊起来，讲讲今天干了什么，见了什么人，碰到什么事。

她们一直说到许月亮那边的背景音变得安静，甚至能听得见风刮过的声音，林绮眠顿了顿，问她："你在回去的路上了？"

"嗯，回酒店。"许月亮乖乖应着。

林绮眠问："晚饭在哪里吃？"

许月亮伸个懒腰："今天有些累，回房间叫餐吧。"

"挺好。"林绮眠笑了笑，指尖捏住了怀里的抱枕，"那我们可以开视频。"她的手机这几年用得最多的功能，就是同许月亮开视频。

许月亮咯咯地笑起来，声音压低了，娇兮兮地道："又拿我下饭……"林绮眠正想逗她两句，电话里突然传来了异常的响动，伴随着许月亮低低的惊呼声。“怎么了？”林绮眠赶紧问。

那边不知道在整理什么，几秒钟后才回道：“没什么没什么，被人撞到了。”林绮眠问：“什么人？”

许月亮语调十分正经：“剧团的演员。”

林绮眠眉头微微皱起来，这个剧团演员说话的声音不大，但还是隐隐约约传了过来，是女孩子年轻又甜美的声音，叫许月亮的时候，像腻在蜜罐子里：“月亮姐姐，你要吃宵夜吗？”林绮眠有了不好的预感。

果然，许月亮回道：“要吃的呀，演出消耗那么大，要补充营养。”

女孩说：“我也要补充营养，我可以和月亮姐姐一起吃吗？我室友不在，我一个人待着害怕。”

许月亮的声音非常温柔：“好呀。”

林绮眠：……

她还真是有了些姐姐的架势。许月亮在她的世界里一直都是甜甜的妹妹，如今，到了别人嘴里，许月亮也成了姐姐了。有比她更嫩更娇的年轻小姑娘，肆无忌惮地仗着年龄差，缠着温柔的小姐姐。

“咳。”林绮眠轻轻咳了声。许月亮回过神，笑着同她道：“绮眠，待会咱俩不能视频了。”林绮眠说：“我知道。”她都听到了。

许月亮说：“那……我们睡觉前再聊。”她也不拖着声音了，语调也不拐弯了，变得十分端庄正经，好像她们睡觉前要聊的内容是工作计划一样。

“嗯。”林绮眠还是应了声，只是捏着抱枕的手指越张越大，张开掌心，狠狠攥了抱枕一把。许月亮同她再说了两句，便挂了电话。林绮眠听着那声音消失，胸口憋着的一股气缓缓吐出。抱枕被她扔到了一边，林绮眠整个人窝进沙发里，手机还在手里握着，人却放空了盯着不远处的花瓶。

今天是周五，明天是周六。周六周天是许月亮最忙的时候，一天的演出很有可能达到三场。她在W市，离得不算很远，飞机航程也就两个小时，加上来回开车的时间，最多一个上午，就能到了。

虽然许月亮明确表示，不希望林绮眠因为去看自己的演出而耽搁工作，可是林绮眠……明天也只有早上有个会而已。她开完会赶着过去，能陪着许月亮在后台化妆收拾，能看着她上台，能看到她跳舞，演出结束后还可以和她面对面吃饭。这么想着，她便觉得整个世界都变得豁然开朗。林绮眠立马拿起手机查找航班，动作利索地订了票，然后起身去收拾行李。

等到一个小时后，许月亮的电话再打过来时，林绮眠躺在床上接起电话，声音慢慢悠悠，心情舒畅。“嗯哼。”她道。

“怎么就哼我。”许月亮声音软软的，又急着跟她说，“眠眠我们开视频。”电话挂断了，视频又拨了过来，林绮眠接通，两张脸出现在了屏幕上，都是躺在柔软的大床上。

许月亮那边光线明亮，人在被子里窝着，长发散在肩头，刘海还有潮湿的水汽。“刚洗完脸。”她圆圆的大眼睛亮晶晶的，水汽也挂在睫毛上，总让人觉得眼睛湿漉漉的。林绮眠抬手，虚空地在那肉乎乎的脸颊上捏了一把。

这一晚两人睡得都不早。第二天许月亮可以睡个懒觉，林绮眠还是得按时起床。她将行李箱带上车，等开完会，一刻都没停留，便开车去机场。

飞机的时间刚刚好，她一路顺利，安全落地。

W市偏南方，温度更暖一些，春意也更盛。这里的道路绿化做得极好，高大的树，低矮的灌木，就连草坪里都开着种类繁多、色彩丰富的花。林绮眠一路看过去，发现许多认不出品种的植物。

林绮眠突然觉得，昨天早上她给许月亮发过去的那片樱花，有些寒碜了。许月亮在更旺盛的春光里，看着更多有趣的花，接触着更多有趣的人。

怪不得都没空回她消息，林绮眠嘴巴抿起，手机在手里来回转了两圈。

临近大剧院，看着不是演出正在进行的时间，林绮眠给许月亮打电话，铃声响了好一会儿，接电话的声音气喘吁吁的：“喂。”

“是我。”林绮眠眉头皱起，“你怎么听起来这么累？”

“这不刚演完一场吗？”许月亮道，“有段走位有问题，我就加紧练一下。”

“舞台原因吗？”林绮眠问。许月亮这剧已经演了上百场了，再加上平时的练习，林绮眠相信她哪怕闭着眼都不会出错。

许月亮回答得含含糊糊的：“嗯……不太适应……”

林绮眠突然就很强烈地感觉到，从昨天到今天，一定有不同寻常的事情发生。而发生了什么，昨晚她们聊了那么久，许月亮都没同她说。

“辛苦了，去忙吧。”她改变了计划，没有告诉许月亮她来了。

电话很快被挂断，林绮眠让司机将车开到了剧场后门处。她跟整个剧团的人都很熟，很容易就从演员入口混了进去。　到了后台，林绮眠一眼就看到了角落里的许月亮。不管什么场合，什么环境，她总是会一眼便看见许月亮。

许月亮在这部剧里饰演的是一只小花仙，身上的戏服有层层叠叠的粉色花瓣裙摆，被鱼骨支棱出花朵的形状。她上半身的衣服紧贴着皮肤，包裹出漂亮的身体线条，从胸口往下覆满了细密的“水珠”，在灯光下波光流转，熠熠生辉。这身衣服很漂亮，人穿着却并不舒适。许月亮跟她说过很多次，一下台她就会赶紧摘下花朵裙，坐下身好好休息一会儿。

但现在，离上一场演出结束已经有二十多分钟了，许月亮还是将这身衣服穿得整整齐齐，她脖颈低着，垂头在看身前的人。

那是个个子只到许月亮胸口的小姑娘，穿着演出装，身材纤弱。两人在说话，也在比画，许月亮的手一抬起，林绮眠看清了两人牵着手。

她们牵着手，说话的时候一直没松开。有人来到了林绮眠跟前，同她打招呼，是昨天接电话的那位同事。林绮眠往旁边让了一步，比了个噤声的手势。

同事笑起来，同她一块站到了阴影处:“怎么，林医生又是偷偷跑来的？”

“正好没事了。”林绮眠笑了笑。

“不去找月亮吗？”同事往外又看了眼，道，“不过月亮这会儿的确挺忙的。”林绮眠试探着道：“她这两天好像都挺忙……”

“嗐。”同事心直口快，也没把她当外人，“本来没月亮什么事，这不，西西老缠着她嘛。”

“西西？”林绮眠抬手指了指，“那个小姑娘？”

“对，团里的小童星。”同事道，“这孩子上台表现挺好的，但是下台了就容易闹。”

同事皱着眉头：“也怪她父母。孩子年龄小，一般家长有时间了肯定会陪着。西西刚开始还有人陪，是她小姨，陪了几天，后来就再没来过了。”

“我就没见过她爸妈。

“收演出费的时候倒是挺快，上次迟发了一天，打电话催了两趟。”

“哎……”同事长叹了一口气，“我也不知道这几天她是不是发生什么事了，昨天演出的时候走神了，演出结束后哭着闹着要回家，说不演了。”

“团里大大小小的人轮番哄了她一遍，最后让月亮给哄住了。

“月亮这两天就专职哄西西了，顺便带着她再练一练，免得台上出问题。”

"这样啊……"林绮眠搞清楚了事情的来龙去脉，"你们真是……辛苦了。"

"儿童演员多的地方就这样。"同事笑了笑道，"月亮是真招孩子喜欢，平时那些小朋友就最喜欢和她玩。西西今天跟别人吹，说月亮姐姐就是真的花仙子……"

"不。"同事摆了摆手，哈哈笑起来，"她说的是花公主，仙子是不如公主的，公主最牛。"林绮眠也笑起来。

两人聊了一会儿许月亮，同事指了指旁边："我得过去了，要不要我把月亮给你叫出来？"

"不用了。"林绮眠道，"你们忙。"

她不可能再和一个没有人管的小朋友抢月亮，月亮还有很多个部分，很多个样子，很多的……爱。她对这个世界有很多爱，爱春天盛开的花，爱秋天落下的叶，爱流浪的动物，爱可怜的孩童。这些都是许月亮之所以成为那个完美的许月亮的原因。

林绮眠将自己藏到了一大片的道具画板后，通过一片不大的缝隙，偷偷望着许月亮。她看着许月亮牵着小姑娘的手摇晃，看着许月亮为她擦掉眼泪，看着她们练习舞蹈动作和台词，直到很久以后，有人来带走了西西。

许月亮脱掉了身上坚硬的花瓣裙，终于坐下了。她躺倒在椅子里，从端正活泼的公主，变成了软软的面条，闭着眼睛养神，手伸到脖子后，敷衍地捏了两下。

林绮眠从画板后出来，终于大跨步地走到了她身边，蹲下身握住了她的肩。许月亮睁开了眼。

林绮眠笑着道："对不起，我还是跑来了。"她手上没停，用最适合许月亮的力道，帮她放松僵硬疲劳的肌肉。

"呜……"许月亮的嘴巴一下子瘪了起来，那个招所有人喜爱的许月亮，那个总是能带给大家能量的许月亮，一个字没说出口，眼泪就已经填满了眼眶。她眼泪汪汪地望着林绮眠，嘟嘟囔囔，只冒出两个字："眠眠。"

"嗯。"林绮眠又心疼又欣慰，看着这个小泪包许月亮，"等我按完了再骂我。"她笑着道："放松一会儿，月亮宝贝。"

许月亮彻底放松下来，林绮眠身上有股熟悉的让人安心的味道，以前她总觉得是林绮眠惯常使用的香水味，后来她搞明白了，那是什么香水都不能比的、独属于林绮眠的味道。

遥远地望林绮眠一眼，是冷冽的，是不涉足于人世的山崖的冰。再靠近，她是温柔的，是潺潺流动的水，可以清晰地倒映出万物，包括那个窥视她的自己。

到现在，许月亮只觉得，她像是老家的壁炉，燃烧着松枝，是递到唇边的糖果，是甜味的云朵。一靠近林绮眠，便觉得身心都有了着落，都回了家。

林绮眠的手指有力，又能准确拿捏她那些酸痛的点。许月亮再什么都没想，只享受着这顶级的服务和极端的舒适。待到脖子不僵硬了，身体也软乎了，许月亮睁开了眼，将林绮眠拉到自己面前，看着她。

"好了，我不难受了。"她软软地道。

"嗯。"林绮眠总想着照顾她，"渴不渴？要不要喝点水？"

这会儿是在人来人往的后台，而且距离下一场演出开始，时间已经不多了，她们没有更多的休息时间。

"你怎么又来了呀？"许月亮问她，"今天不是还有工作呢吗？"

"我的错，没忍住。"林绮眠道歉得很诚恳，"早上工作忙完了就过来了。"许月亮小声道："也不提早跟我说一声，知道你要过来，我就……"

林绮眠截断了她的话，不让她觉得懊恼："我也是临时起意。"

许月亮说："哦哦。"林绮眠问："下一个场次还是你的吗？"

许月亮点点头："嗯。"许月亮四下看了看，压低了声音："最近出了点小问题，我上比较保险。"林绮眠已经知道了是什么问题，却还是顺着她的话头问了一句："什么事呢？"

许月亮说："有个小演员状态不太好，和我有挺多对手戏的，她那个角色没有演员可以换，我又和她玩得比较好。这不，刚哄着她玩了一会儿。"

许月亮倒也没瞒着林绮眠。虽然电话里支支吾吾，没有事无巨细地告诉她，但等人到了跟前，还是会忍不住跟她分享遇到的所有快乐和困难。

林绮眠心下舒畅不少，抬手小心翼翼地揉了揉许月亮做了造型的脑袋："宝贝月亮辛苦了。"

"嘿嘿，不辛苦。"许月亮仰着头，把脑袋往她手里送，笑得跟朵太阳花似的。两人就这么握着手，聊了好一会儿。等时间差不多了，许月亮站起身，林绮眠帮着她穿好了花瓣裙，又给她整理了头发，甚至给她补了补妆。

“技术娴熟啊。”团里的同事路过，笑着夸了一句。

“嘿嘿。”许月亮傻呵呵一乐。

林绮眠说：“今天晚上演出结束大家都别走，我请客。”

“好耶！”同事很开心，“林医生眼光好，每次选的店都好好吃。”

“月亮推荐的。”林绮眠看向许月亮的眼神放松又愉悦，“她是个小美食家。”

“哎。”同事哈哈笑，她一路过去，把消息给大家传递了出去，团里的大人多多少少见过林绮眠，知道她心诚又好相处，都很高兴有这样的团建。

西西正在被化妆老师扎小辫，盯了大家好一会儿，问道：“林医生是月亮姐姐什么人？”化妆老师拍了拍她脑袋：“好朋友，最好最好的朋友。”

西西抿着唇，眉头也皱巴巴的。

演出按时开始，大幕拉开，演员依次登场。

台下坐了一大半的观众，上座率非常不错。林绮眠既然见到许月亮了，就没再去台下。她就站在后台，和等候为演员换装的工作人员一样，在这个特殊的视角操心着台上的表演。

演出非常顺利，特别是大家都有些担心的小演员的部分，也异常地顺利。

西西上台前安安静静地没有闹，上台后努力地表演，没有说错一句台词，也没有跳错一个动作。下台时，许月亮牵着她的手，满是欣喜：“西西今天表演得真棒！”

大家赶紧都开始夸夸西西，她攥紧了许月亮的手指，突然抬头问林绮眠：“林医生，你觉得我演得好吗？”

林绮眠眉梢动了动，没想到这小孩会注意到她。林绮眠同她对视，小孩一点都没有避开目光，直勾勾地盯着她。

胆子还挺大。

林绮眠一下子笑了，她不知道这小孩听说了什么，心里绕了什么弯。她只是觉得这么大点的孩子瞪着眼睛气鼓鼓地跟她较真的样子，挺好玩。

“演得好啊。”林绮眠才不会跟一个小孩计较，实事求是地说道，“你演得很好，表现得很棒。”西西咬住了嘴唇，胸口起伏，她没有看许月亮，仍然盯着林绮眠，但话却是对许月亮说的：“那月亮姐姐要说话算数。”

“嗯？”许月亮一愣。西西终于抬头看向她，声音委屈：“你说了如果我今天表演得好，今晚就像昨晚一样，我们一起去吃夜宵。”

林绮眠：……

许月亮一拍脑袋：“哦对，我是有说过，我……”她看向林绮眠。

林绮眠飞了几千公里来找她，非工作时间，她自然是要陪着林绮眠的。但答应的话是她昨晚说的，又是给小孩子的承诺，这真让她有些为难。

所幸林绮眠开口得十分爽利：“月亮说的话当然算数，今晚我们一起吃夜宵。”西西皱起了眉头。

林绮眠说：“团里一块儿吃，我请客。你有什么想吃的告诉我，都可以。”

西西紧紧捏着许月亮的手：“我要和月亮姐姐一起吃。”

许月亮赶紧道：“对对对，我去的。”

西西噘着嘴，停了好一会儿，道：“月亮姐姐吃什么我吃什么。”

许月亮说：“好啊好啊。”

团里的化妆师过来带小演员们去卸妆，西西有些不情愿，但在许月亮的哄劝下还是松开了手，跟着化妆师走了。

许月亮长舒出一口气，林绮眠道：“别的小朋友都有专门的化妆师给卸妆，月亮小朋友也要有。”

许月亮笑得不行：“我在眠眠跟前就变小朋友啦！”

“对呀。”林绮眠回话的声音又轻又软。

许月亮轻轻跳了一下：“好耶。林大化妆师给我卸妆耶！”

“什么都要给我加个大。”林绮眠拍了拍她脑袋。

两人熟门熟路地往回走，到后台的时候，大家都在忙着收拾自己。林绮眠帮许月亮脱舞台装卸头发，跟她小声地聊天：“小姑娘是想单独和你一起吃饭。”

“西西啊……”许月亮拧了拧手指，“我是答应她了。她家里出了点事，没人管她，我就想……多关心一下。”

“嗯。”林绮眠道，“我没有怪你。”她顿了顿：“我只是在想……要不要……”话说到这里又停住了。

许月亮睁着大眼睛瞅她：“嗯？”

林绮眠恍了下神，笑了笑：“算了，吃完饭再说。”

团里人多，吃的时间又晚，一伙人几乎包下了整个餐厅。

大人爱吃的和小孩子能吃的很难重合，林绮眠专门开了一个大包厢——孩子专属。除了健康营养的食物，她还放置了不少小玩具，考虑得非常周到。还有家长和餐厅的工作人员照顾，不用团里的其他人再操心。

大家在大厅里坐下，难得的放松。林绮眠招呼了这边，却没看到许月亮。菜上桌以后，她起身去包厢那边，果然，许月亮被西西拽着坐在孩子那桌。

许月亮穿了件鹅黄色的连衣裙，套着个淡绿色的马甲，长发散着，额前的胎毛太茂盛，卷卷地绕发际线一圈，将五官比例衬得也像是个小孩。她跟孩子在一块的时候，笑得灿烂，手里拿着她搜罗来的那些玩具，玩得很是开心。

林绮眠站在原地，看了好一会儿。

有家长路过她，打招呼道："林医生好。"

许月亮抬头望了过来，林绮眠对上她的视线，又瞄见了她身边西西的目光。西西盯着她，表现出防备的姿态，一副紧张又胆怯的表情。

林绮眠突然理解了西西，完全搞懂了她的心思。她只不过和她一样，想要多和许月亮待一起罢了，就想要多缠着她一会，多粘着她一会，让她跟自己产生更多的联系。

许月亮注意到了她俩之间的对视，表情一下子变得局促又尴尬。林绮眠笑了笑，完全放开了，让小孩去闹。她对家长道："我想喝点酒，坐大人那边。"

"哦哦。"家长笑着道，"少喝点啊。"

"嗯，谢谢。"林绮眠对许月亮招了招手，示意了自己的动向，然后潇洒地转身，就像一个成熟的大人该做的那样。

这一顿饭，林绮眠酒喝得不多，但笑容撑得脸疼。

聚餐结束的时候已经过了十二点，餐厅外月明星稀，春风袭人。大家在餐厅门口散了，许月亮一直把西西送到了酒店房间门口。

林绮眠跟在她身后，等她完成了各项事宜，这才拉着她慢慢地往回走。她们没有进房间，在伸出去的花园露台逛了一圈。

"你有话跟我说。"许月亮很笃定。

"对。"林绮眠笑了笑，"跟你在这儿散步就是为了跟你说话。"

许月亮被微风吹得脸颊热烘烘的："那就快说。"

“嗯……”林绮眠思考了一下措辞，“我今天看你和西西相处得很好。她很需要你，但你跟她在一块儿也很开心。”

许月亮说：“我招人喜欢。”

林绮眠问：“那你自己喜欢吗？”

许月亮说：“喜欢呀，其实能帮到小朋友很好呀。跟小朋友相处也很简单，可能身体上稍微累一点，但心里很放松……”

林绮眠微微弯腰，抹去了那点身高差，观察她说话时的神情。许月亮的神态真的很放松，牵着林绮眠的手甚至轻轻地晃悠：“小孩子的思维很简单，社交的原则也很简单，你对她好，她就会对你好。西西是有点粘我，但我被她缠着的时候，还挺有成就感的……”

她是真的挺愉悦。许月亮说到这里，抬起亮晶晶的眼睛看着林绮眠：“怎么啦，林医生？嫌我有别的小朋友，不陪你这个大朋友了？”

“不。”林绮眠终于说出自己考虑了半天的想法，“我在想，你和孩子在一起时很开心，你可以在你乐意的范围陪她玩，享受她给你的纯粹的、属于孩子的关爱。”许月亮听完愣得像个鹌鹑。她呆呆地立着，哪里都不动了，只有风把头发掀起，微微地晃了晃。

许月亮这一晚都有些蒙。哪怕她们最后回了房间，干了很多事，沉入甜甜的梦乡，她的脑袋里始终冒着一排问号。

第二天，许月亮照常地进行排练、演出。只是再和西西接触的时候，就总是多了些异样的感觉，以前只觉得西西是个小朋友，是妹妹，现在会开始想，如果自己真有了个孩子，成了监护人，会怎么去带这个孩子。

这真是个大难题。一个伟大又艰难的题。

演出结束，许月亮拥有了三天的自由假期，而林绮眠耗完了自己的周末，该回去上班了。离开剧团前，西西抱着许月亮的胳膊不撒手，许月亮哄了很久，并承诺下次见面给她带小礼物，这才把人安抚住。西西一直追着她，送她上了车。车门关上，许月亮冲她笑着摆手说再见，西西的眼睛里漾着一层水光，盯了一眼坐在许月亮身边的林绮眠。林绮眠眉梢轻轻抬起，什么话都没说。

车子终于发动，整个剧院都向后而去。许月亮收回视线靠进座椅里，长呼出一口气：“小孩子可真粘人啊。”

林绮眠道：“她喜欢你所以粘着你。”

许月亮转头看她，偏着脑袋看了她好一会儿。

时间已经很晚了，夜幕深沉，城市的灯火像一场绚烂的梦境。林绮眠知道许月亮已经很累了，所以不多同她说话，两人胳膊挨着，有种踏实的感觉。

许月亮往她跟前又凑了凑，把脑袋搁在了她的肩膀上。林绮眠调整了下姿势，让她靠得更舒服些。而后，车内陷入了长久的安静的时光。

路途上车水马龙，机场里的旅客行色匆匆。许月亮跟着林绮眠上车下车，办理手续，坐上飞机。她们在世界之内，又仿佛游离在世界之外。

飞机起飞，城市向下坠落，灯光也被遥遥地踩在了脚下。夜晚的高空一片漆黑，林绮眠终于困了，盖了毯子沉沉地睡去。

许月亮在车上睡过了，这会儿倒是清醒。她盯了会儿交握着的手，脑袋里那些繁杂的事情也随之放空。她只是看着林绮眠的手，一双漂亮得不可思议的手。柔软却有力，指甲永远剪得干干净净，手指细长，关节处却不突兀，指尖圆润，白里透着淡淡的粉。

一个人长得漂亮难得，一个人长得漂亮，手还这么漂亮，更难得。这么漂亮又能干的一个人，她待人纯粹又热烈，一直关心着自己，简直……是个奇迹。

身处在奇迹中，待得久了，有时候会忘记奇迹是多么特别、多么珍贵的东西。许月亮的视线随着那手指上移，越过林绮眠柔软的衬衫，再向上，滑过她利落的下颌线条，最终，停留在了林绮眠的鼻尖。

林绮眠的呼吸均匀绵长，没有声响。但许月亮感受得到她胸腔的起伏，感受得到她馨香的气息，感受得到她微微一颤的睫毛，像又黑又密的小刷子。

西西需要许月亮，但林绮眠对许月亮的需求，哪里少了西西一点点。即使睡得这么沉，她的手也坚决不松开，即使工作再忙再累，都要努力地待在她身边。

许月亮吸了吸鼻子，心尖酸酸的，突然就觉得，林绮眠就是她的孩子，那个依恋她的、纯粹的、给她永恒的关心和最简单放松的世界的……孩子。

许月亮拿出了手机，关了相机声音，偷偷地拍了一张这孩子的睡颜，然后单手悄悄地滑动着手机，翻看两人的聊天记录。她竟然……有好多消息都没有回复林绮眠。

她演出和排练的时候没有时间，有时候看一眼消息，来不及回，后来再拿起手机的时候就忘了。她有时候会给林绮眠打电话、开视频，便自然而然地觉得，那就是回复了林绮眠的消息。

林绮眠发给她的消息，鲜少有什么正经的事情，毕竟普通人的平凡生活，没有那么多的波澜壮阔，不过是柴米油盐酱醋茶，是生活里那些可以较真，也可以忽略掉的细节。

许月亮忽略了好多这些细节。她点开前天早晨林绮眠发给她的视频，视频里有晴朗的天，开满花的树，落在花瓣上的晨光，这一切突然让她愧疚得想哭。林绮眠在匆忙的生活中停驻下来，和她分享春光，而她把林绮眠的春天扔到了角落里。她那个时候在干吗？她在干吗都不对。林绮眠的春天应该是最最要紧的事情，因为这是许月亮拥有的最最珍贵的东西。

飞机落地已经是凌晨。林绮眠的车就在机场附近的停车场内，车座上还扔着她急匆匆换下来的医院制服。许月亮上车帮她收好了衣服。

林绮眠轻轻敲了下方向盘，眼睛里的笑意很温柔："我们回家。"

"嗯！"许月亮用力点头回应她。

车子开了出去，许月亮打开车窗，让春夜温暖的风吹拂进来。她没管散乱地飘着的头发，双手支着脑袋，看向正在开车的林绮眠。

林绮眠瞄她一眼，笑着道："怎么了？从下飞机开始就老看我。"

许月亮笑眯眯的："好看。"

林绮眠摸了下自己的脸颊："我睡得乱七八糟的，脸上都压出印了。"

许月亮说："压出印也好看，红红的，像花儿。"

"十分。"林绮眠给许月亮的奉承打了分。

许月亮乐呵呵地笑，继续用那个姿势看她。夜里开车，林绮眠不能太分神，偶尔瞄她一眼，觉得她眼睛亮得跟小灯泡似的，不知道在想什么。

"再看就危险了啊。"林绮眠提醒道，"林医生脸上要烧出个洞了。"

许月亮大笑："哈哈哈……"许月亮收回了视线，坐正身子，她打开了车载音响，连上手机，播放林绮眠喜欢的钢琴曲。

林绮眠心情愉悦，半分钟后一转头，又发现许月亮支着下巴，愣愣地看她。

许月亮道："我想好了一件事情。"

"你说。"林绮眠接上她的话。许月亮笑起来，乐得停不下来。她越笑，林绮眠越慌。林绮眠打了灯，干脆一转弯，将车开下了主路，拐进了一条没人没车、连路灯都没有的小路。

车子停了下来，林绮眠侧身认真地看着许月亮："快说。"

许月亮装模作样的："哎呀，怎么停这儿了，这不是回家的路吧！"

林绮眠：……

许月亮继续演戏："哎呀四周好黑，人家好害怕哦。"

林绮眠：……

林绮眠深呼出一口气，松开了安全带。许月亮接受到信号，嗷地叫了一声，但还是没能躲过林绮眠的攻击。

林绮眠俯身过来，将人按在了座椅上，捏许月亮那肉嘟嘟的脸，挠她那怕痒的腰。"说不说？"她逼问的声音也冷静得像一泓深潭的水。

许月亮又痒又无处可躲，笑得快要岔气，脸都让人捏红了，这才喘着气求饶："好了好了，我说我说，林医生饶命……"

林绮眠住了手，但距离没拉开，极近地看着她，仿佛许月亮再逗她一下，再骗她一句，就不会放过许月亮。

许月亮笑，心情愉悦地捧起了林绮眠的脸颊，跟她道歉："眠眠对不起，我没有回你消息。"

"啊……"或许之前在意，但现在，林绮眠根本不在意这种小事。

许月亮却在意得很："我会一条一条回复你的，我还要补偿你！"

林绮眠笑："怎么补偿？"许月亮也没想到她现下就要，赶忙抬眼四处看了看。这条路没人，但有花，正是春花盛开的季节，路边的树开满了花。旺盛的雪白的花瓣，在车灯的照射下，像坠落而下的星星。

许月亮瞪大了眼："有了！"她打开了远光灯，让半条路都亮起来，放大了音乐声，推开车门，让交响乐充斥了整个空间。

许月亮脚步轻轻跳着舞，来到驾驶位，牵着林绮眠的手下车，然后像个流落山野的公主一样，向她行礼，邀她共舞。

林绮眠不太会跳舞。但不管许月亮带她去何处，她都会去。

许月亮带她来到花树下，白色的灯光和白色的星辰般的花瓣落在她身上；带她踏着音乐，像飘于流淌的河；带着她转圈，一下又一下，晕眩得仿佛陷进柔软的云朵，整个世界都随着她的气息忽明忽暗。

许月亮将她带入春天，她这才进入了春天。

图书在版编目（CIP）数据

月亮为你失眠 / 今轲著. –武汉 : 长江出版社,
2023.6
ISBN 978-7-5492-8863-2
Ⅰ. ①月… Ⅱ. ①今… Ⅲ. ①长篇小说–中国–当代
Ⅳ. ①I247.5
中国国家版本馆CIP数据核字(2023)第081445号

月亮为你失眠　今轲 著

出　　版 长江出版社
（武汉市解放大道1863号　邮政编码：430010）
选题策划 漫娱图书　解天予
市场发行 长江出版社发行部
网　　址 http://www.cjpress.com.cn
责任编辑 钟一丹
特约编辑 胡丽云　陈雪琰
总 策 划 嗑学家工作室
装帧设计 许　颖
印　　刷 武汉鸿印社科技有限公司
版　　次 2023年6月第1版
印　　次 2023年6月第1次印刷
开　　本 880mm×1230mm 1／32
印　　张 9.25
字　　数 300千字
书　　号 ISBN 978-7-5492-8863-2
定　　价 48.80元

电话：027-82926557(总编室)　027-82926806(市场营销部)